MW01275527

Aurélien Bellanger

L'aménagement du territoire

Gallimard

Aurélien Bellanger est né en 1980. Il est l'auteur de trois romans : *La théorie de l'information*, *L'aménagement du territoire*, prix de Flore 2014, et *Le Grand Paris*.

« Reviens, Robot. »

I

ARGEL

1

Classé 4 sur l'échelle de Turin — requiert l'attention des astronomes, risque de collision supérieur à 1 %, susceptible de dévaster une région —, le géocroiseur Apophis pourrait atteindre la Terre le 13 avril 2036. Le dieu égyptien du chaos et de la nuit devrait pourtant être surclassé, le 5 novembre 2069, par le dieu de la guerre des Gaulois, Toutatis, un objet beaucoup plus volumineux, capable d'anéantir en un instant l'humanité s'il venait à s'écraser sur la Terre — probabilité minime, mais encore incalculable, équivalant à l'explosion simultanée de toutes les armes nucléaires conçues jusqu'à ce jour ; notre salut, par une ruse suprême de l'histoire, consisterait alors à retourner cet arsenal vers l'astéroïde.

L'espèce humaine a jusque-là profité d'un intervalle de temps propice et s'est glissée entre les balles des météores géants, échappant aux extinctions massives qui détruisirent avant elle des millions d'autres espèces, restées à jamais figées derrière la couche de limon cosmique qui leur avait été mortelle.

La fin du monde est pour l'heure un objet de spéculation scientifique.

On peut la simuler en apesanteur.

La Terre est essentiellement liquide — la désintégration de l'uranium présent dans son manteau faisant fondre ses autres éléments chimiques. Ainsi, à l'exception de son cœur solide et de la fine couche de son écorce externe, la Terre se comporte essentiellement comme une goutte d'eau sphérique, objet facile à reproduire dans une station orbitale.

L'expérience consiste à bombarder de sable ces sphères liquides, d'un volume inférieur au litre, puis à enregistrer leurs réactions élastiques à ces pluies simulées de météores. On peut aussi plonger des comprimés effervescents au cœur de ces sphères pour observer comment la Terre, horriblement déformée par les flux bouillonnants d'un magma translucide, finira toujours par retrouver sa forme initiale.

La Terre est un astre régulier soumis à plusieurs mécanismes complexes qui contribuent à maintenir ses équilibres intacts.

Le refroidissement de sa couche superficielle, brisée par les courants de convection de son manteau, donne naissance à de larges plaques animées d'un mouvement régulier. Les continents auront été réunis trois fois, et trois fois se seront dispersés tout autour du globe. Ainsi le centre de gravité de la Terre varie très peu, les montagnes défilant à sa périphérie comme des contrepoids plombés. Le point chaud d'Hawaï énumère avec l'exactitude d'une roue dentée les mouvements de la plaque Pacifique, qui emporte avec elle, aussi régulières que les monticules d'un sablier, les concrétions que le manteau dépose sur le plancher océanique, comme on équilibre une balance avec quelques pincées de sable.

La Terre, continuellement jeune et fraîche, est aussi bien réglée qu'une montre mécanique.

À une échelle plus locale, les séismes assurent à leur tour l'équitable répartition des masses, quand les roches trop denses libèrent une énergie depuis trop longtemps accumulée. Ces ondes de choc achèvent de lisser l'orbe terrestre, qui retrouve une distribution de matière plus équilibrée.

Les rythmes climatiques, liés aux basculements de l'orbite de la Terre comme aux modifications chimiques de son atmosphère, participent eux aussi à ce rééquilibrage continu du globe ; des tourbillons d'air et d'eau viennent éroder les montagnes trop hautes et remplir de ballast les fonds marins ; d'immenses boucliers glaciaires rattrapent le déficit de matière généré à ses pôles par la force centrifuge.

Sphère élastique maintenue par sa propre gravité, juste assez fraîche à sa circonférence pour retenir une fine pellicule d'eau et juste assez chaude pour la conserver liquide, corrigeant elle-même toutes ses irrégularités pour n'offrir au vent solaire que le léger chaos de la photosynthèse, la Terre est l'objet le mieux équilibré de l'Univers.

La notion d'équilibre est une notion clé de la géographie, et plus spécialement de la branche exécutive de celle-ci, nommée *aménagement du territoire*.

L'Europe vit arriver à la fin de la dernière ère glaciaire des populations sédentaires-nomades venues du Moyen-Orient.

La domestication des premières céréales et des premiers animaux avait rendu possible l'apparition d'établissements humains durables, en déliant les conditions de survie des rythmes incontrôlables du milieu — migrations animales, reproduction erratique des plantes consommables, sécheresses, inondations. En accédant à la planification de leurs ressources, les hommes du Néolithique purent indexer leur existence sur des durées nouvelles, dont la plus courte, liée au cycle de vie et de mort des graminées, atteignait déjà une année presque entière.

Les hommes rationalisèrent leurs efforts. Ils se partagèrent les tâches et s'échangèrent leurs services, se spécialisèrent et se hiérarchisèrent. Les premières cités, qui sont la mise en scène architecturale de ces nouveaux modes de vie, fondés sur l'interdépendance des hommes autant que sur leur indépendance vis-à-vis de la nature, apparurent.

Ces premières villes étaient des machines à entropie faible et à croissance rapide.

Mais des déséquilibres nouveaux intervinrent. Razzias et guerres affectaient profondément la vie des premiers sédentaires, et même les mieux protégés devaient affronter des défis inédits, largement liés au développement démographique induit par leurs nouvelles conditions de vie. Enfin, passé les premières années d'exploitation, l'épuisement des sols était difficilement évitable.

Le nomadisme redevint dès lors l'unique solution, mais un nomadisme extrêmement lent, très différent de celui des chasseurs-cueilleurs. La force d'attraction des premiers villages était telle qu'il fallait plusieurs générations pour que ces formes centrifuges se manifestent, et toujours sous une forme dérivée, comme à l'occasion d'un crime puni de bannissement, ou d'une mésalliance provoquant l'exil.

Les communautés humaines, encore visqueuses et fraternelles, se séparant plus lentement que des gouttes de poix, parvinrent cependant peu à peu à remplir toute l'Eurasie. La colonisation de sa péninsule occidentale prit ainsi des milliers d'années, progressant de façon discrète par l'établissement de nouveaux villages — villages de proscrits, de cadets ou de damnés — situés à un ou deux jours de marche de leurs points d'origine.

Au bout de quelques siècles, ce dispositif d'échappement, qui permettait la régulation des premières civilisations humaines, vint se briser contre le littoral atlantique. La fuite en avant devint impossible. Les alignements de Carnac, et le mégalithisme en général, peuvent être interprétés comme la sublimation d'une réaction claustrophobe.

Ces hommes de la fin du monde, après plusieurs siècles de stupeur monumentale, revinrent progressivement sur leurs pas, convertis à des cultes nouveaux et à des pratiques régulatrices barbares oubliées depuis la nuit des temps, qui jouaient sur la confusion entre la couleur du soleil couchant et la couleur du sang. Ils retrouvèrent un à un les villages de leurs ancêtres, dont ils combattirent les descendants restés sédentaires, avant de leur arracher le cœur pour le dévorer encore chaud.

Projetés par la Bretagne élastique dans un paysage trop humain pour eux, ils s'installèrent dans les vides de l'ancien monde, dans les forêts, les tourbières et les marécages. Ce fut un peuple de la nuit, un peuple de druides. Un peuple effrayé encore d'avoir vu la fin des temps en face et d'avoir assisté, sur les bords du monde, à la lente apparition, sous les effets corrélés de la machine océane et des cycles lunaires, du peuple qui lui succéderait, peuple d'animaux fantastiques taillés dans le granite indestructible et destiné à dévorer un jour le continent sans défenses des hommes — animaux qu'il avait, à Carnac ou ailleurs, tenté en vain de domestiquer.

Le savoir de ces hommes était sombre. Ils n'avaient que peu d'années pour propager la nouvelle effrayante : le monde était fini, l'apocalypse avait commencé.

Le temps infini de leurs ancêtres était mort. Un cycle nouveau était né, par-dessus les cycles connus de la vie et de la mort, des saisons et des jours. Ce cycle, contrairement aux autres, ne se répéterait pas. L'Océan reprendrait bientôt leurs outils et les utiliserait, mécaniquement, comme un seul et dernier appareil. Le temps des moissons humaines était proche.

Ils allaient pourtant survivre quelques millénaires à l'ombre de cette prophétie fatale, figés à un stade critique de leur développement, refusant d'évoluer pour ne pas hâter leur disparition.

Il ne reste presque rien des religions de ce peuple sans espoir : quelques rébus tracés sur des mégalithes, les palimpsestes — écrits sur la terre encore chaude des forêts incendiées — d'une agriculture primitive, des sépultures transformées en cénotaphes par l'acidité de la terre, et le souvenir obsédant, comme sorti d'un cauchemar, d'une plante empoisonnée et parasite tenue pour sacrée, et ressemblant, arbre vivant planté sur un arbre mort, à l'arbre mourant de la famille humaine, que les druides, dépositaires du secret de la fin des temps, tranchaient avec une serpe d'or pour la laisser tomber au sol.

Ce peuple fut sauvé de l'oubli par une conquête rapide qui parvint à le saisir dans son figé mélancolique. *La Guerre des Gaules*, implacable récit d'un conquérant pressé, plaque photographique trop rapidement exposée à la lumière, présente la dernière image d'un peuple condamné, et obsédé par la métempsycose comme s'il avait trouvé là l'unique manière de rebondir contre le mur du temps.

Il venait pourtant, rattaché à l'Empire romain, de rejoindre l'une des cellules productives d'une structure qui possédait les dimensions antiques d'un empire galactique.

L'Empire romain marqua l'apogée d'un modèle d'aménagement du territoire commencé huit millénaires plus tôt, à Çatal Hüyük, Babylone et Jéricho, et qui ne serait remis en question que deux millénaires plus tard : une ville-centre toute-puissante tirant ses ressources de la rationalisation d'un arrière-pays qui pouvait être grand comme un continent.

Les voies romaines assuraient le ravitaillement continu de la métropole. Rome exporta ainsi ses techniques vinicoles en Gaule, attendant en retour des livraisons régulières. L'agriculture fut partout réformée par l'implantation de *villae* gigantesques qui employaient chacune plusieurs centaines d'ouvriers agricoles. Aucun espace exploitable n'était négligé ; les lointaines terres des Vénètes, conquises par César au terme d'une bataille navale au large de l'actuel Morbihan, furent reliées à la capitale de l'empire grâce à des villes nouvelles situées sur les marches de l'Armorique. On peut encore visiter, près de Jublains, dans l'ancien territoire des Diablintes, les vestiges rigoureux de l'une d'elles.

Le modèle de développement de l'Empire romain, centralisé et expansionniste, souffrait pourtant d'un défaut majeur : prétendant accélérer les cycles naturels en allant chercher toujours plus loin les moyens de sa subsistance et accaparant, au terme de campagnes rapides, les biens accumulés pendant plusieurs siècles par les tribus conquises, l'Empire romain vivait à crédit sur l'énergie du Soleil ; ses ressources étaient de plus en plus désindexées du cours naturel des saisons. Arrivé enfin aux terres gelées du Nord et aux terres désertiques du Sud, arrêté par l'Océan à l'ouest et par les forêts hercyniennes à l'est, l'empire était condamné à disparaître.

Les barbares s'emparèrent facilement de sa partie occidentale, avant d'adopter sa religion d'État et une partie de ses mœurs administratives. La chrétienté tenta, pendant tout le haut Moyen Âge, de rétablir un semblant de domination romaine et de contenir une civilisation qui pouvait à tout moment lui échapper — un monothéisme concurrent réussit par exemple à s'emparer de ses marges hispaniques avant d'entamer une audacieuse manœuvre de contournement qui fut seulement interrompue, par Charles Martel, devant Poitiers.

La périphérie armoricaine, dernier refuge de l'ancien paganisme, entra à son tour en conflit avec le centre. Pépin le Bref, le fils de Charles Martel, unit alors les comtés qui pouvaient la contenir pour endiguer le réveil anachronique de la nation celte. Zone militaire, la Marche de Bretagne parvint à isoler la Bretagne en verrouillant toutes ses entrées terrestres, de la Manche à l'Atlantique.

Le fils de Pépin le Bref, devenu l'un des derniers empereurs romains sous le nom de *Carolus Magnus*, distingua bientôt le méritant préfet de la Marche de Bretagne en lui confiant une mission d'endiguement similaire dans le sud de son royaume. Roland vint ainsi mourir dans les Pyrénées.

Mais le royaume des Francs, protégé par diverses frontières naturelles, parvint progressivement à un certain équilibre territorial.

L'analogie entre ce territoire et la figure géométrique régulière à six côtés nommée hexagone fut pourtant une invention tardive. Apparue dans la seconde moitié du XXᵉ siècle, elle conquit immédiatement les géographes, qui se plurent à manipuler ce symbole. Il servit bientôt les intérêts d'une classe politique réduite, après une guerre humiliante et un processus de décolonisation cruel pour la fierté nationale, au seul exercice d'un impérialisme intérieur, le jacobinisme. L'image de l'hexagone permit alors aux hauts fonctionnaires du pays de jouer passionnément à un jeu qui tenait du puzzle, du casse-tête et du kriegspiel, mais qu'ils préféraient appeler *aménagement du territoire.*

On partit à la recherche des propriétés de cet hexagone.

La moitié de ses faces représentait des interfaces maritimes, deux autres des montagnes élevées, seule la dernière était dépourvue de frontières naturelles : c'était précisément celle qui concentrait la plupart des sites de batailles célèbres comme Rocroi, Valmy, Sedan ou Verdun. L'intégrité de la figure géométrique y avait été sauvée à de multiples reprises. La France et son peuple de géomètres étaient désormais enclos dans une éternité régulière.

La Loire, le plus grand fleuve de France, était

aussi la seule dont tous les affluents prenaient leur source sur le territoire national. Son bassin versant occupait une position centrale. Difficilement navigable, la Loire était ainsi rachetée par sa puissance symbolique. Le Rhône et la Seine formaient en revanche deux importants axes de communication qui se croisaient perpendiculairement grâce à un savant système de canaux.

De part et d'autre de ce dispositif hydraulique sophistiqué, cinq grands ensembles, interconnectés par deux seuils, celui du Poitou et celui de Bourgogne, apparaissaient clairement : trois massifs montagneux, le Massif armoricain, le Massif central et les Alpes, et deux grands bassins sédimentaires, le bassin d'Aquitaine et le Bassin parisien. Les reliefs se concentraient presque tous au sud et à l'est. Le point culminant du nord et de l'ouest, situé à l'extrémité orientale du Massif armoricain, dans le nord du département de la Mayenne, dépassait à peine 400 mètres.

En dépit du caractère achevé de cette mosaïque, l'hexagone présentait de flagrants déséquilibres. Une *diagonale du vide*, faiblement peuplée, le traversait du nord-est au sud-ouest. Paris, sa capitale tentaculaire, dominait trop largement sa moitié nord. Le géographe Jean-François Gravier parla de *macrocéphalie*, dans un livre-manifeste paru en 1947 : *Paris et le désert français*.

Longtemps, on compta sur les seules Côte d'Azur et vallée du Rhône pour rattraper cette grave anomalie — mais la présence écrasante des Alpes risquait de trop contenir leur expansion future.

Il fallait plutôt dynamiser la périphérie partout où cela était possible.

Des tunnels furent creusés sous les Alpes et les Pyrénées, des ponts construits sur tous les estuaires. Les métropoles régionales furent largement soutenues. L'ENA, l'école qui formait les élites politiques du pays, fut délocalisée à Strasbourg.

Un arc atlantique fut créé pour revitaliser les deux faces ouest de l'hexagone. On pensa même le relier, *via* un axe qui prenait Toulouse pour pivot, à l'arc méditerranéen. À l'est, une *banane bleue* visible de l'espace formait une mégalopole européenne qui reliait Londres à Milan, en laissant l'hexagone à sa périphérie. Il fallut creuser un tunnel sous la Manche pour sauver la suprématie continentale de Paris.

Le système routier et ferroviaire, trop centralisé sur Paris, devait à son tour être réformé. Des autoroutes interprovinciales furent construites. Mais Paris demeurait, malgré son absence de gare d'interconnexion véritable au profit de gares terminus trop nombreuses, l'unique centre de la France.

Le programme pharaonique d'un train à grande vitesse fut ainsi paradoxalement considéré par certains comme un facteur de déséquilibre, malgré les correctifs qui lui furent progressivement imposés, dont le plus spectaculaire reste à ce jour la construction d'une gare d'interconnexion extra-muros à Marne-la-Vallée, trente kilomètres à l'est de la capitale — gare qui permit à la France d'accueillir le parc d'attractions Disneyland et de se rattacher enfin, et de façon définitive, grâce à la sécurisation induite de ses flux touristiques, à la mégalopole européenne.

Il ne restait plus alors qu'à achever l'homogénéisation du territoire à une échelle plus fine. On continua à lacérer la terre pour y glisser des auto-

routes secondaires, comme à transformer les intersections dangereuses en ronds-points ou à poser,
dans les blancs de la carte, des infrastructures susceptibles de générer une dynamique de repeuple-
ment. On désenclava, raccorda, modernisa ; le pont
de Normandie et le viaduc de Millau furent vécus
comme des assomptions républicaines.

Les périphéries et les centres s'équilibrèrent, les
marches et les arrière-pays disparurent. Seul un
intérêt touristique finement calculé préserva la
France d'une géométrisation définitive. Mais, passé
les plats régionaux, les villages de caractère et les
parcs naturels, l'œuvre de modernisation du pays
était achevée. Seuls quelques spécialistes, géographes, historiens ou démographes, pouvaient
encore retrouver sous le pavage régulier de la
France le souvenir de ses désordres anciens.

2

À son retour définitif du front, Marcel Taulpin ne reprit pas la ferme familiale, située dans les confins du Maine. Il ne pouvait raisonnablement plus rêver des travaux de la terre après Verdun, où l'idée de champ, de nature et même de paysage avait été anéantie sous ses yeux par le travail dissolvant des obus, des lance-flammes et des gaz. Il avait assisté, pendant trois années, aux labours inutiles des shrapnels et avait vu, par trois fois, la terre, devenue métallique, rester stérile à l'arrivée du printemps, alors que les derniers vestiges d'une vie animale fondaient lentement sous l'effet de la chaux.

Il avait appris à contenir, dans une certaine mesure, l'avancée du chaos, la stratégie militaire de l'époque exigeant qu'il demeure constamment habitable. Il avait ainsi consolidé les parois de sa portion de tranchée, drainé son sol boueux, étayé ses parties effondrées.

Il acquit ainsi une certaine expertise qui lui permit de monter, après guerre, une petite affaire de terrassement. Les sols et les chemins ayant été beaucoup négligés pendant les années de guerre, les établissements Taulpin connurent un démarrage fulgurant.

Opérant d'abord dans le parallélogramme Villiers-Charlemagne — Meslay-du-Maine — Grez-en-Bouère — Château-Gontier, ils construisirent bientôt l'essentiel du maillage routier du sud-est du département de la Mayenne, recouvrant, à mesure que l'automobile s'enfonçait plus profondément dans les terres, les chemins de pierre d'un revêtement adapté aux pneumatiques.

Au milieu des années 1920, l'entreprise remporta son premier contrat important. Il s'agissait de refaire la route nationale entre Le Mans et Laval : procéder à son élargissement, stabiliser ses accotements, macadamiser sa partie roulante.

Outre la confection d'un revêtement en goudron étanche qui viendrait recouvrir le sommet de la route, la modernisation de la nationale exigeait de manipuler de nombreux matériaux, à la granulométrie choisie, qu'on devait empiler, des plus grossiers aux plus fins, sur plusieurs couches ; ainsi la route acquerrait-elle la solidité attendue.

Marcel Taulpin fit l'acquisition d'une ferme dont les terres jouxtaient la nationale, afin d'y stocker les matériaux et les machines nécessaires à la bonne conduite du chantier — notamment les gigantesques concasseurs à gravier. Elle était située à une dizaine de kilomètres à l'est de Laval, dans un village appelé Argel. Ce fut là que Marcel Taulpin établit son entreprise, dans les anciennes dépendances de la ferme, tandis qu'il emménageait avec sa famille — son premier fils, André, venait de naître — dans le bâtiment principal, une maison en pierre grise couverte de vigne vierge.

Le nouveau propriétaire fit abattre les anciennes étables pour dégager un grand espace vide.

Le jeune André Taulpin passa des après-midi entiers dans ce désert artificiel, grimpant au sommet des dunes instables de sable et de cailloux pour y capturer les lézards qui s'y étaient installés et dont il collectionnait les queues détachables. Il fouillait aussi le sable à la recherche de leurs œufs, translucides et souples, qu'il ouvrait lentement pour y découvrir des embryons de reptile.

Marcel Taulpin convoitait en réalité un site industriel d'une tout autre ampleur, situé à une centaine de mètres de la ferme, qui comprenait une carrière de calcaire, des fours à chaux, des machines de chantier et un quai de livraison. La crise de 1929 lui permit de l'acquérir.

La famille Taulpin était dès lors devenue une famille industrielle et elle s'installa dans le château du Plessis, tout près de la nationale, sur une butte qui dominait le sud d'Argel. Marcel Taulpin fut élu maire du village. Son fils jouait désormais dans les immenses amphithéâtres des carrières, prenant d'assaut les concasseurs grands comme des locomotives à vapeur au moment où ils s'engageaient dans l'étroit défilé d'un canyon, ou escaladant les fours à chaux, identiques à des donjons, qui transformaient la colline sur laquelle ils étaient adossés en une poudre blanche brûlante et dangereuse.

Avec la Seconde Guerre mondiale, les Chaux Taulpin trouvèrent de nombreux débouchés, tant sur le marché extérieur que sur le marché intérieur : grands consommateurs de cadavres, les nazis s'avérèrent aussi d'excellents constructeurs — l'entreprise Taulpin, associée à un cimentier de Lorient, remporta plusieurs appels d'offres liés à la construction du mur de l'Atlantique. À partir du 6 juin 1944, Marcel Taulpin veilla néanmoins à systématiquement inclure de la farine dans la chaux qu'il livrait. Cet acte de résistance passive marqua le rapprochement de la famille Taulpin avec la famille Piau, qui possédait plusieurs moulins sur l'Ardoigne, la rivière qui coulait à Argel, moulins qui fournissaient indirectement, *via* une boulangerie de Laval, les forces d'occupation allemandes. Les Taulpin et les Piau purent ainsi exhiber, à la Libération, une double facturation qui, à défaut de les transformer en héros de guerre, leur permit d'échapper aux douloureux procès de l'épuration. Seul le châtelain local, le marquis d'Ardoigne, dont l'appartenance à la Résistance fut la grande révélation de l'été 1944, se montra suspicieux. Il refusa même de serrer la main du maire, lors du banquet républicain que celui-ci organisa en septembre 1944 dans les jardins du presbytère. On évoqua une ancienne rivalité électorale : Marcel Taulpin avait battu le marquis aux municipales de 1935. Il le battit d'ailleurs une nouvelle fois, aux municipales de 1945 — en réalité, Marcel Taulpin, malgré l'humiliation publique, se serait volontiers désisté en sa faveur si le châtelain avait accepté de le recevoir le jour où, dans un souci d'apaisement, il s'était présenté au château avec son fils, qui avait exactement le même âge que Marie-Élisabeth, la fille du marquis.

André Taulpin épousa finalement Renée, la plus jolie des trois filles de la famille Piau, tandis que son éphémère promise contractait une alliance avec le comte de Lassay, plus digne de son rang.

Moins d'un an plus tard, Marcel Taulpin mourait, foudroyé par un infarctus alors qu'il fêtait la naissance de Christian, son premier petit-fils. André Taulpin hérita du petit empire familial.

Il eut très vite à le défendre contre les prétentions de ses beaux-frères. L'aîné, Jean-Claude Piau, constatant le faible rendement des moulins familiaux, limités par le débit insuffisant de l'Ardoigne, et anticipant sur l'évolution future de la filière agroalimentaire, qui verrait les intermédiaires se développer de plus en plus, convainquit son père de vendre ses moulins pour se reconvertir dans le négoce du grain. Leur clientèle, constituée par les céréaliers du bourg, resterait la même. Mais plutôt que d'acheter leur blé, de le transformer en farine et de le revendre aux boulangers de Laval, on vendrait celui-ci directement à des minotiers industriels sans passer par l'étape onéreuse de la transformation. De plus, la tendance, dans le monde agricole, était de moins en moins au stockage individuel des semences. L'agriculture française devenait plus raisonnée. Les paysans déposeraient leur blé, et recevraient un crédit qui leur permettrait, au moment des semailles, d'en reprendre une partie. Ils s'épargneraient ainsi des frais de stockage, et les risques habituels liés aux rongeurs, aux moisissures et aux germinations. Les établissements Piau disposeraient d'un peu plus de six mois pour spéculer sur le cours de la marchandise qui leur aurait été confiée. Charge à eux de la revendre au meilleur moment, leur seul devoir étant d'en rendre, le moment venu, une part aux dépositaires — quitte à en racheter pour cela, et pourquoi pas d'une espèce hybride et plus performante, issue des parcelles expérimentales de l'Inra, le tout jeune Institut national de la recherche agronomique.

Les établissements Piau s'établirent d'abord en bas du bourg d'Argel, tout près de la ligne de chemin de fer qui reliait Laval à Saint-Jean-sur-Erve. Le blé était stocké dans des sacs au premier étage de la petite gare, et monté au moyen d'une gerbeuse électrique à courroie. La ligne, comme la plupart des lignes d'intérêt régional à espacement non standard, fut cependant fermée dès 1947. Les établissements Piau déménagèrent alors dans les anciennes forges d'un charretier en faillite, un peu plus haut dans le bourg. Après plusieurs aménagements, le stockage en silo remplaça le stockage en sac, et Jean-Claude Piau acquit son premier camion.

Son frère, Guy Piau, installé depuis peu à Vaultorte, l'une des meilleures fermes d'Argel, propriété historique des marquis d'Ardoigne, resta longtemps son principal client.

Dans un premier temps, André Taulpin avait soutenu les ambitions de son beau-frère. Il le laissa même prendre la tête de liste aux élections municipales de 1947, élections qu'il remporta, et dont l'enjeu principal était pour lui d'obtenir le permis de construire dont il avait besoin pour bâtir le grand hangar qui servirait à accueillir ses silos à blé. Logiquement, sa construction revint à la société de son beau-frère.

Mais à peine celle-ci achevée, Jean-Claude Piau présenta à son partenaire une offre de rachat. Le rationnement du pain, qui s'était imposé pendant la guerre, avait pris fin en 1949. Les cours du blé s'envolèrent. L'aide américaine à la reconstruction mit, elle, un peu plus de temps à arriver dans l'Ouest — André Taulpin, contrairement à son beau-frère, manquait de liquidités, d'autant que

celui-ci, pour lui forcer la main, retardait le paie-
ment dû pour la construction du hangar.

Il y eut des scènes violentes entre les deux
hommes.

André ne dormait plus et se sentait trahi par sa
femme, qui le pressait de vendre. Un mystérieux
garant, qui exploitait des forêts dans le nord du
département, vint alors à son secours, et il put définitivement repousser l'offre de rachat. Les deux
beaux-frères, malgré les intercessions répétées de
Renée, ne se reparlèrent plus jamais.

Désireux de priver son ennemi des revenus liés à
la présence de son entreprise sur le sol de la commune que celui-ci administrait, André Taulpin
transféra les établissements Taulpin à l'entrée de
Laval. Il conserva cependant le château familial du
Plessis.

En seulement dix ans, le groupe Taulpin devint
l'une des plus grosses entreprises du département.

Le jeune chef d'entreprise réalisa d'abord une
acquisition stratégique, en rachetant, près de la
frontière orientale du département, à l'emplacement de l'ancienne «ceinture de feu» du Massif
armoricain, une gigantesque carrière de rhyolite,
roche volcanique très utilisée dans la construction
routière, et également appréciée, pour ses excellentes qualités mécaniques, dans le monde ferroviaire qui l'utilisait comme ballast.

Incapable de moderniser son appareil industriel,
la société qui exploitait la carrière depuis un siècle
venait de se déclarer en faillite. Il s'agissait, pour
les établissements Taulpin, d'un investissement
majeur : les concasseurs primaires, déjà gigan-

tesques, devaient être remplacés par des appareils encore plus grands, capables de fonctionner avec des blocs de roche de plusieurs tonnes. Les cribleurs, destinés à trier, en bout de chaîne, les granulats produits, étaient également obsolètes, tout comme les différents tapis roulants qui convoyaient la matière première d'un bout à l'autre du site.

Mais André Taulpin avait compris que cet investissement lui permettrait, à moyen terme, de maîtriser les coûts liés à l'approvisionnement de ses chantiers en matériaux de construction. Il paria également sur d'importants contrats avec la SNCF — la carrière de Voutré, située au bord de la ligne Paris-Brest, évacuait déjà l'essentiel de ses productions par voie ferroviaire. Mais la compagnie s'obstina à trouver la rhyolite de Voutré de qualité trop médiocre, et n'en acheta jamais la moindre tonne, privilégiant une carrière nivernaise. Cela vexa d'autant plus Taulpin qu'il avait été sur le point, déterminé à déposer lui-même le ballast qu'il aurait fabriqué, de créer une filiale rail.

Cependant, le rachat de la carrière permit, au final, au groupe d'augmenter sensiblement ses marges, la rhyolite restant abondamment utilisée comme substrat routier. Les frais liés à la modernisation de la carrière furent vite amortis, et la stratégie d'intégration verticale d'André Taulpin fut bientôt reconnue comme un éblouissant succès.

Unanimement loué, celui-ci intégra la loge francmaçonne lavalloise, puis compléta sa stratégie d'influence en acquérant des forêts au milieu desquelles il construisit des pavillons de chasse.

Ses chasses devinrent bientôt incontournables : députés, sénateurs et industriels de l'Ouest s'y pressaient. Leur réputation devint même nationale ; Marcel Dassault les honora de sa présence régulière, tout comme François Michelin.

André Taulpin fut approché par le pouvoir gaulliste et remporta l'appel d'offres pour la construction de l'aéroport d'Orly. L'époque était aussi aux grands ensembles, d'immenses barres d'habitation que des grues posées sur rails permettaient de bâtir à moindre coût et presque à la chaîne — André Taulpin remporta, là aussi, de nombreux appels d'offres.

Le groupe se développa à l'international. André Taulpin fut fréquemment reçu par celui qui l'avait soutenu jadis, son compatriote Jacques Foccart, natif d'Ambrières-les-Vallées, dans le nord du département, qui dirigeait à présent la cellule Afrique de l'Élysée, et qui lui fit rencontrer le général de Gaulle.

Taulpin construisit bientôt en Afrique francophone palais, casernes et mosquées, ainsi qu'une cathédrale, réplique exacte de Saint-Pierre de Rome.

Son groupe, désormais coté en Bourse, employait plus de 10 000 salariés. Pour contrer les influences syndicales tout en donnant une âme à son entreprise, André Taulpin ressuscita pour son usage personnel les compagnonnages médiévaux des métiers de la construction, en s'inspirant largement de ce qu'il connaissait de la franc-maçonnerie. L'Ordre du Grand Architecte, qui n'avait de déiste que l'existence, en son organigramme, d'André Taulpin comme entité suprême, accueillait les employés méritants, maçons, conducteurs d'engins ou cadres supérieurs, qui se réunissaient annuellement pour des séminaires de motivation dans des palaces avec piscine.

Leur patron les accueillait avec un discours qui exaltait la raison, le progrès, le béton et le génie démiurgique de l'homme.

Bien qu'il ait exercé, dans les années 1970, la fonction de sénateur de la Mayenne, afin d'influer sur certaines décisions importantes et de profiter de l'immunité parlementaire, André Taulpin était un libéral et se demandait parfois s'il ne faudrait pas un jour éradiquer l'État.

L'exemple des autoroutes semblait lui donner raison. L'État établissait des plans généraux d'aménagement du territoire, puis supervisait les études, les appels d'offres et les expropriations, mais renonçait à temps au communisme intégral en déléguant les chantiers de construction à des sociétés privées, comme Taulpin-Route, puis en les laissant aux mains d'opérateurs privés, comme Taulpin-Océan.

Après avoir offert à son groupe un siège monumental en porte à faux au-dessus d'une autoroute qu'il avait construite à l'ouest de Paris, il vendit son hôtel particulier de l'avenue Foch et fit réaménager, pour y finir ses jours, le vieux château familial du Plessis.

Il commença alors à penser à sa succession.

L'arrivée au pouvoir de la gauche, et son soudain basculement dans l'opposition, le conduisit tout d'abord, par prudence, à renoncer à sa carrière politique, qui risquait de nuire à son groupe. Il feignit également de se retirer des affaires et plaça ses trois enfants, politiquement vierges, à des postes exécutifs.

Christian, l'aîné, et son frère Bernard assurèrent désormais, de façon collégiale, la direction de la filiale construction et de la filiale autoroutière. Dominique, la plus douée des trois, dut se contenter, après quelques années passées à diriger la carrière de Voutré, de la branche ferroviaire, branche issue du rachat d'une société concurrente et qui ne représenta jamais plus de 10 % du chiffre d'affaires du groupe.

André Taulpin ne donnait aucune interview mais recevait beaucoup — toujours des visites officieuses. Certains avaient vu, entre les grilles du parc, des hommes politiques célèbres et des milliardaires saoudiens ou texans, reconnaissables à leurs longues tenues blanches ou à leurs chapeaux caractéristiques.

On prêtait, localement, une influence énorme à André Taulpin. Il était la fierté du département et il venait d'atteindre 90 ans.

Ses fenêtres donnaient directement sur le bourg. Il distinguait parfaitement, juste au-dessous du clocher, le second point culminant du village : le hangar qu'il avait construit jadis pour son beau-frère. Partiellement rouillé, il était moins étincelant, l'été, qu'au temps de sa jeunesse — le hangar était d'ailleurs abandonné et devait être prochainement détruit, ses installations ayant été depuis peu déménagées au bord de la nationale.

Les établissements Piau avaient donc survécu, malgré la concurrence des coopératives agricoles — André Taulpin avait suivi, de loin, cette lutte de la libre entreprise contre le collectivisme, qui lui avait presque fait regretter de ne plus parler à son beau-frère.

Leur ancienne rivalité n'était plus connue que par les anciens du village.

On distinguait, sur une hauteur située tout à droite, la ferme que son autre beau-frère avait longtemps exploitée, avant que le fils de celui-ci ne la reprenne.

Au premier plan, la nationale que son père avait construite passait en ligne droite.

Derrière, juste au pied du village, on apercevait dans les intermittences du paysage l'autoroute Armoricaine, dernière portion payante de la longue quatre-voies qui reliait Paris à Brest, portion qu'il avait construite et dont son groupe assurerait l'exploitation pour les quarante prochaines années.

Seule l'Ardoigne demeurait invisible, mais le toit d'un ancien moulin et les pignons sombres d'un château en signalaient la présence, derrière le rideau frémissant des peupliers, des ormes et des sureaux.

3

Absorbé en 1993 dans la communauté d'agglo-mération de Laval, Argel avait perdu son caractère exclusivement rural.

Les terres les plus proches du bourg avaient été transformées en lotissements, dont les pavillons sans charme étaient majoritairement acquis par des personnes travaillant à Laval.

Le nombre d'exploitations agricoles était passé en trente ans de presque cent à moins d'une ving-taine. Ces dernières, plus grandes, mieux équipées, étaient dorénavant repoussées à trois ou quatre kilomètres du village.

La situation d'Argel sur le grand axe est-ouest Paris-Brest — la portion de la nationale qui reliait Le Mans à Rennes passant au sud d'Argel juste avant d'atteindre Laval — avait aussi contribué à découpler le village des rythmes anciens de la terre, lui communiquant à la place, comme une courroie presque continue d'asphalte, de métal et de caout-chouc, les forces irrésistibles de la vitesse automo-bile.

C'était une route presque entièrement rectiligne dont la monotonie était seulement brisée par la nature vallonnée des espaces traversés : vues des descentes, les montées se dressaient, par un effet de perspective, presque à la verticale, sans que leur déclivité réelle n'excède jamais 3 ou 4 %.

La nationale réservait ses seuls virages aux villages qu'elle traversait, leurs clochers apparaissant à l'horizon comme des repères réguliers.

Vivant jusque-là enfouis dans l'espace trigono-métrique de l'ancienne géométrie, ces villages avaient laissé pendant des siècles leurs rues tourner en étoile autour des murs de leurs églises, ne privilégiant aucune direction particulière, s'ajustant aux formes irrégulières des champs qui composaient la mosaïque pleine et exclusive du monde.

Devenus des villages-rues, ils avaient tenté de détourner à leur profit une partie du flux automobile, accueilli comme une armée de libération, avec les symboles joyeux de la vitesse — stations-service colorées, garages surplombés d'un Bibendum Michelin, snack-bars et restoroutes à l'effigie d'une huile.

Le 27 juin 1968, dans la commune de Vègres, dix kilomètres à l'est d'Argel, un camion-citerne manqua son virage et vint se renverser sur la place de l'église. Le chauffeur eut tout juste le temps de s'extraire de la cabine avant que les 30 000 litres d'essence qu'il transportait ne s'enflamment. Le feu se propagea à l'église, qui fut partiellement détruite, ainsi qu'à plusieurs maisons voisines, dont les occupants furent brûlés vifs.

Le panache de fumée, presque noir et lent comme l'éclosion d'un champignon nucléaire, fut visible à des kilomètres.

Les habitants d'Argel le regardèrent avec stupeur. Les événements de Mai 68, qui avaient terrorisé le village, semblaient se répéter, venus du Mans, ville ouvrière, et de Paris, ville insurgée.

Certain que Laval tomberait bientôt, un agriculteur d'Argel convainquit sa femme, sur le point d'accoucher de leur premier enfant, de faire venir une sage-femme plutôt que de se rendre à la maternité. Pierre Piau naquit ainsi cette nuit-là, dans le lit où était né son père, entouré d'une vague odeur d'hydrocarbures.

L'incendie fut rapidement circonscrit mais l'effondrement d'une nef collatérale de l'église ne put être évité.

On dénombra sept morts dans les maisons voisines.

On découvrit aussi, le lendemain, dans les ruines encore fumantes de l'édifice, une fresque du XIIᵉ siècle, jusque-là dissimulée par un mur de soutènement plus tardif. Elle représentait, dans un style qui rappelait celui de Saint-Savin, «la Sixtine de l'art roman», une scène de l'Apocalypse.

Vègres fut qualifié par *Ouest-France* de «village martyr», avec des photos qui évoquaient celles d'Oradour-sur-Glane.

Le lectorat du quotidien, disséminé d'Angers à Caen en passant par Le Mans et Brest, dans tout le Grand Ouest de la France, s'émut pendant tout l'été de faits divers qui vinrent lui rappeler la catastrophe de Vègres. À Morlaix, deux enfants avaient été renversés par un chauffard ivre ; un cycliste percuté par un engin agricole sur la nationale qui reliait Châteaubriant à Nantes avait été amputé des deux jambes ; à Argel, une mère de famille s'était fait décapiter par une Mercedes grise ; un couple de retraités du Maine-et-Loire avait été tué dans son sommeil par un véhicule fou qui était venu s'encastrer dans leur chambre à coucher.

Plusieurs éditorialistes commencèrent à évoquer le caractère obsolète de certains équipements routiers.

Malgré de nombreux travaux d'élargissement à 2 × 2 voies, qui permettaient aux usagers des nationales d'atteindre 110 km/h et de dépasser sans risque camions et véhicules lents, malgré plusieurs projets de contournement de villages, qui visaient à supprimer ces anachroniques goulets d'étranglement, les nationales devaient perdre peu à peu leur prestige, et finirent par être requalifiées, au début du troisième millénaire, en routes départementales — ce fut l'un des effets les plus remarqués du transfert de compétence de l'État central vers les communautés territoriales intermédiaires, processus connu sous le nom de *décentralisation*.

Les nationales avaient entre-temps été remplacées par des équipements plus modernes, qui permettaient d'atteindre, avec une sécurité accrue, des vitesses plus élevées et plus régulières.

La catastrophe de Vègres avait ainsi achevé de légitimer le grand projet d'autoroute Paris-Brest, initié quelques mois plus tôt par le général de Gaulle et très largement soutenu par les élus de Bretagne.

La construction et l'exploitation ultérieure de l'autoroute A81, *l'Armoricaine,* furent confiées au groupe Taulpin.

Il s'agissait de la dernière section de l'autoroute à péage qui reliait Paris à la Bretagne. À la frontière entre la Mayenne et l'Ille-et-Vilaine, sur le village limitrophe de La Gravelle, l'autoroute à proprement parler s'arrêtait en effet, sur une ultime barrière de péage, après laquelle elle devenait gratuite, conformément à un très ancien privilège négocié par Anne de Bretagne et renouvelé par de Gaulle.

Vègres obtint une sortie d'autoroute, la dernière avant celle desservant Laval.

Michel Piau avait repris Vaultorte, l'exploitation de son père, une propriété d'une soixantaine d'hectares qu'il louait au marquis d'Ardoigne, dont le château se trouvait au bord de la rivière, en contrebas de la ferme — celle-ci s'étendant sur un plateau arrondi qui dominait l'Ardoigne.

Largement soutenu par le Crédit agricole, Michel Piau s'était lancé dans l'élevage des vaches laitières.

Sa proximité géographique avec Laval lui permit de devenir un fournisseur stratégique de la société Beriens.

Louis Beriens était encore, au début du XXe siècle, un petit crémier de Laval quand il négocia avec les moines de l'abbaye d'Entrammes le droit d'exploiter commercialement la recette de leur fromage à pâte pressée, appelé Port-Salut. Le fantastique succès de sa déclinaison industrielle permit à Beriens de devenir en un siècle le deuxième groupe agro-alimentaire français, et le spécialiste incontesté des produits laitiers, du lait en brique au camembert pasteurisé, produits pour lesquels il avait conquis, en cinquante ans, la suprématie mondiale.

Désormais protégé des variations trop brutales des cours du lait par ce statut de fournisseur *premium*, le prudent Michel Piau continua pourtant de se diversifier. L'exploitation de Vaultorte avait longtemps compté deux fermiers. La famille Piau occupait le Grand Vaultorte depuis deux générations tandis que le Petit Vaultorte, situé près du pavillon de chasse des Ardoigne, était abandonné depuis les années 1960. Michel Piau décida de louer les bâtiments pour les transformer en poulailler.

Bientôt, l'installation d'un séchoir et d'un silo lui permit également de vendre son blé au meilleur prix, comme de spéculer sur son cours pour le revendre au meilleur moment — et si celui-ci demeurait trop bas, le grain servait à nourrir les poulets.

L'enfance de Pierre Piau, comme celle de son frère Yann, né deux ans après lui, fut marquée par les travaux de l'autoroute, qui passait tout près de Vaultorte.

L'autoroute avait induit, dans toutes les communes qu'elle traversait, d'importantes modifications cadastrales. Elle passait, à Argel, entre le bourg et la nationale. Les terres comprises entre les deux rubans d'asphalte, l'un rectiligne et l'autre légèrement courbe, se retrouvèrent enclavées. Le château d'Ardoigne perdit l'un de ses deux chemins d'accès, et ne pouvait plus être rejoint, en voiture, que par un chemin de terre qui s'embranchait perpendiculairement à la nationale. La ferme perdit également deux de ses trois chemins d'accès, mais un habile remembrement permit au père de Pierre et de Yann d'échanger sept hectares de prairies pentues, empierrées et chardonneuses contre autant d'hectares de terres cultivables.

L'autoroute avait en effet entraîné un grand mouvement de redistribution des terres — la plupart des agriculteurs préférant ces échanges aux indemnisations. Un comité avait été créé et, sous l'impulsion de la chambre d'agriculture, un remembrement avait été unanimement décidé.

Argel avait marqué jusque-là la séparation historique entre l'openfield de la Mayenne angevine et le bocage du Bas-Maine. Cet ancien parcellaire fut amendé et le bocage recula vers le nord. De nombreux pâturages, subitement élargis, furent transformés en champs cultivables. La plupart des haies furent détruites — les agriculteurs, soudain submergés de bois de chauffage, s'équipèrent presque tous de chaudières à bois.

La ferme familiale se retrouva ainsi au milieu d'une vaste étendue dégagée. L'amélioration de la production compensait largement les nuisances sonores de l'autoroute, tandis que l'accès principal au village avait été préservé — il fallait seulement passer sous le pont de l'autoroute. Celui-ci franchissait l'Ardoigne un peu plus loin. Le choix retenu fut celui d'un pont étroit, aux parois en béton verticales. Depuis l'autoroute, le franchissement de la rivière était insensible, mais le régime du cours d'eau s'en trouva modifié : ne pouvant plus s'étendre horizontalement, celui-ci présentait désormais un risque de crue, d'autant que l'éradication des haies accentuait le dévalement des eaux. Il fut donc décidé de doter le village, en amont de l'ouvrage d'art, de son premier équipement touristique : un petit plan d'eau, au niveau régulé par des vannes électriques. L'autoroute passait juste au-dessus. On installa, sur ses rives, une plage, une buvette, un terrain de pétanque et un embarcadère de pédalos.

Yann et Pierre se débattirent longtemps dans la cage à écureuil de son aire de jeu.

L'été, après la moisson, les deux frères aimaient aussi nager dans les remorques pleines de blé qui emportaient la récolte de la ferme au village, où le blé était livré aux établissements Piau — la société de leur grand-oncle. Les deux garçons le voyaient alors disparaître à travers la grille du déversoir. S'inquiétant soudain de ce que la moitié du blé semblait rester là, suspendu et pyramidal, en équilibre sur les barreaux plats de la grille, ils le repoussaient avec leurs mains, aussitôt le tracteur et sa benne repartis, dans les profondeurs de la fosse à blé.

Le blé ainsi recueilli était convoyé par une vis sans fin jusqu'au cœur de l'entrepôt, où il se déversait entre quatre silos grillagés d'une taille prodigieuse, dans une seconde fosse. Il était, de là, remonté jusqu'au sommet du bâtiment au moyen d'un élévateur à godets, et redistribué, par quatre nouvelles vis sans fin obliques, jusqu'à l'un des silos de stockage. On voyait, de loin, la proéminence en tôle rouillée qui recouvrait la partie haute de ce mécanisme, et qui rivalisait, de loin, avec le clocher du village.

Les deux frères fabriquaient ensuite, dans la cour de la ferme, des mécanismes concurrents. Yann, aux ordres de Pierre, devait préparer le terrain, confectionner du ciment avec de la boue et du sable, voler, dans la laiterie, les embouts qui servaient à la traite des vaches et qu'il devait transformer en joints flexibles. Pierre s'occupait exclusivement des plans et des expérimentations — il s'agissait là d'un système d'égout d'une extrême complexité, assurant la vidange d'un vieux bidet en faïence, ici d'un réseau de canaux et d'écluses permettant de déplacer des bouchons de liège. Actionnant des robinets et des vannes, Pierre mettait le système en route et regardait, sans se salir, le cheminement de l'eau qui passait de bassin en bassin dans des conduites forcées, pendant que Yann rechargeait le bidet en eau ou consolidait les parties les plus faibles du dispositif.

Un mince filet d'eau boueuse se répandait en delta dans la cour de la ferme.

Pierre inventa d'autres jeux. Yann dut ainsi collecter des douilles en cuivre abandonnées, vestiges d'anciennes parties de chasse. Pierre se chargeait ensuite de les classer par types et de rédiger le catalogue détaillé de sa collection. De nombreuses douilles étaient décorées d'un gland. Pierre élabora à leur sujet ses premières théories historiques, se demandant — le gland étant la nourriture privilégiée du mythique sanglier — comment ce vieux symbole gaulois s'était transmis à travers les âges pour arriver jusque-là. Il relia cette question à la présence mystérieuse, sur le clocher de l'église qu'on voyait au loin, d'une girouette en forme de coq, autre animal tutélaire de la Gaule primitive, étonnant symbole païen hissé sur le faîte d'un édifice religieux. Il se mit à rêver de l'ancienne France.

Sa passion naissante pour l'archéologie le conduisit aussi à recueillir les petits moulages de boue que les pneus des engins agricoles déposaient dans la cour de la ferme. Il les mettait à sécher en imaginant qu'il s'agissait des vestiges cunéiformes d'une écriture disparue.

Mais Pierre restait la plupart du temps enfermé dans sa chambre et lisait de plus en plus.

Il voyait de sa fenêtre les tourelles du château d'Ardoigne qui dépassaient des blés, et plus à droite le trianon d'un petit pavillon de chasse abandonné qui appartenait lui aussi au marquis, et que son père rêvait de transformer en poulailler à son tour. Pierre avait pris la défense du bâtiment, et prenait depuis plaisir à appeler son propriétaire — qu'il n'avait aperçu qu'une seule fois — *Monsieur le marquis*, ce qui horripilait son père. Le jeune homme détestait du reste l'élevage de poulets, suffocant et brutal.

Il annonça un jour à son père qu'il ne reprendrait pas l'exploitation familiale.

Il avait choisi d'étudier l'histoire par amour de la France, et la France était, à peu de choses près, entièrement incarnée dans la personne du marquis, dont il avait entrepris de reconstituer l'arbre généalogique. Les marquis d'Ardoigne existaient déjà au XIIIe siècle. L'un d'eux avait atteint Jérusalem.

Lors de son admission en seconde, Pierre s'était vu offrir un scooter pour se rendre au lycée. Il se l'était fait voler peu après, et avait attribué le forfait à l'un des habitants du quartier HLM de Saint-Nicolas, quartier dont la population était majoritairement issue de l'immigration. Pierre devint nationaliste. Son nouveau héros fut Roland, chevalier de Charlemagne, comte de la Marche de Bretagne et victime des Sarrasins.

Les parents Piau n'avaient pas fait baptiser leurs enfants ; l'aîné décida de réparer cela : se passionnant pour les vies de Saint-Louis et Clovis, il voulait continuer l'œuvre de reconquête du premier et s'y prépara en se soumettant, comme le second, au rituel de purification du baptême.

Cette action mise à part, Pierre évita tout engagement politique direct. Il comprit très vite, malgré la percée de Dreux, que les chances de victoire du Front national étaient faibles.

Ses réflexions, pendant son dernier été mayennais, le portèrent plus loin. Si prendre le pouvoir était une activité plaisante, gouverner l'était beaucoup moins. Quiconque possédait un peu de sens historique s'apercevait que l'exercice du pouvoir impliquait un immense gâchis de force, d'énergie et d'intelligence.

Pierre mettait là en scène son impuissance et sa mélancolie, devant le lent spectacle de la moissonneuse qui tournait au loin en faisant monter un nuage de poussière dans le soleil couchant. Il avait passé l'été entier à réfléchir à son avenir, dans la chambre d'enfant qu'il s'apprêtait à quitter pour rejoindre Rennes, où il s'était inscrit en Histoire.

À l'extrême fin du deuxième millénaire, il serait le premier aîné de la branche agricole de la famille Piau à quitter la paysannerie. La responsabilité avait quelque chose d'écrasant. Pierre accomplissait là un acte sans retour. Il fermait la porte à tout jamais — la vieille porte traditionaliste de l'Ouest.

Les tourelles du château, dissimulées depuis la montaison du printemps, apparurent bientôt en ombres chinoises. Ce lieu avait été un centre de pouvoir. Des hommes en étaient sortis un jour pour aller conquérir l'Orient. Ses lointains ancêtres leur avaient sans doute offert du pain et des prières. Et il avait suffi, pour que des scènes similaires se multiplient dans l'Europe entière, qu'une petite centaine d'agitateurs politiques appellent simultanément à libérer Jérusalem, et qu'un romancier mystérieux, nommé Turold, écrive *La Chanson de Roland* et invente la chevalerie moderne, vengeresse et chrétienne.

La moissonneuse fit demi-tour et repassa devant le château dont l'image se troubla comme un mirage. Pierre plissa les yeux et décida d'utiliser toutes les ressources de son esprit à modifier l'histoire. Rêvant de venger les débâcles d'Alger, de Suez et de Byzance, il décida de devenir l'éminence grise de la plus grande reconquête de l'histoire — une reconquête qui partirait d'une ferme isolée du Maine, le long de la frontière oubliée des Marches de Bretagne.

Timide et secret, Pierre ne noua à Rennes aucune relation d'ordre politique. Ses deux seuls amis, Mickaël et Goulven, ses voisins de couloir à la cité universitaire, fervents nationalistes bretons, lui fournirent une couverture parfaite : bien que leur discours panceltique le laissât insensible, Pierre apprit à l'imiter à la perfection pour mieux tromper le monde sur ses véritables intentions, qui visaient l'Orient plutôt que la mer, les hérétiques mahométans plutôt que les néopaïens inoffensifs de l'Ouest, la guerre totale plutôt que le bilinguisme — il y avait d'ailleurs à Rennes, et depuis longtemps, plus d'arabophones que de bretonnisants.

Pierre se découvrit bientôt victime lui-même d'une sorte de racisme, léger et inconscient, qui le conforta dans son rejet, plus construit et plus systématique, des populations d'origine maghrébine. Il faisait en effet l'objet d'un certain nombre de plaisanteries qui stigmatisaient son département natal, comparé à un *no man's land* désertique : on s'étonnait de l'existence d'une ville qui s'appelait Laval, on ironisait sur le peuple arriéré, ni breton ni normand, qui vivait reclus dans ces terroirs sauvages où le calvados coulait à flots et où l'on consultait plus volontiers les rebouteux que les médecins. L'identité bretonne était quelque chose de simple et d'évident, remarquaient Mickaël et Goulven, tandis qu'ils pressaient Pierre de leur fournir des éléments distinctifs de sa culture d'origine. Celui-ci devait rapidement constater qu'à l'exception d'un camembert appelé *Vieux Mayennais* — mais le camembert était une invention normande et non mayennaise — il était difficile d'exhiber une quelconque spécialité régionale.

Pierre évoqua un jour le château d'Ardoigne, dont les toits en pente recouverts d'ardoises avaient quelque chose de caractéristique, tout comme ses murs épais et légèrement penchés, faits de pierre grise, retenus par des croix de Saint-André rouillées. La chose, qui tenait du manoir autant que du château, semblait emprisonner une certaine expérience du monde, à la fois résignée et tragique, quelque chose de triste, d'un peu soumis peut-être, mais d'encore assez fier pour se dresser dans le ciel, comme un grand nuage de pluie argenté.

Mickaël avait une voiture et se proposa de faire découvrir à Pierre des sites plus spectaculaires. Ils visitèrent ainsi Châteaugiron, Vitré et Fougères, dont les châteaux semblaient sortir triomphants d'une guerre qui se serait achevée la veille, et qui les aurait laissés intacts, leurs créneaux et mâchicoulis aussi bien découpés que ceux d'une maquette, leurs ponts-levis fonctionnant toujours, leurs donjons résonnant encore des assauts infructueux des béliers et des trébuchets.

La forteresse de Fougères, qui commandait tous les accès à la ville et dont les douves capturaient les eaux d'une petite rivière, lui fit penser à la cristallisation d'une cellule d'espace — cristallisation qui datait d'avant les moyens de communication modernes, d'une époque où voir et être vu circonscrivait l'horizon des possibles, d'une époque où la journée de marche définissait l'échelle des distances terrestres, d'une époque où le maquis des fiefs, des seigneuries et des paroisses tenait lieu de cadastre. La France féodale, royaume guerrier, contigu et fractal, était partout retenue aux murs froissés des citadelles, aussi nombreuses que des motifs dans un kaléidoscope.

Sur un rayon de quelques kilomètres, on avait fait éclater la roche mère avec des coins en bois imbibés d'eau, puis on avait récupéré les pierres produites et on les avait ajustées ensemble contre le ciel avec du mortier ; on avait plié la roche aux caprices de la guerre, on avait ramassé l'espace pour lui donner une forme défensive.

On avait enfin délicatement fendu des ardoises pour déposer sur le sommet des tours des volumes aussi purs que des solides platoniciens, petits cônes de lumière noire venus fermer l'espace comme des boutons cousus dans le gris-bleu du ciel.

Pierre eut à Fougères l'impression de toucher

l'histoire de France du doigt, une histoire aussi aiguë que le fuseau de la Belle au bois dormant. Ensorcelé par sa propre vision, il voulut devenir le secrétaire du Temps, la Parque tricéphale, l'historiographe de la grande restauration des choses dans leur splendeur passée. Il rêvait de conquérir, à travers le passé, un empire intellectuel, et de devenir, comme il y avait eu des moines-soldats, un historien-chevalier.

Alors autour de lui les signes se multiplièrent. On trouvait à Fougères, par une étrange anomalie géographique, l'unique beffroi de tout le Grand Ouest. L'édifice, symbole bourgeois traditionnel censé représenter le triomphe des laïcs sur les clercs, portait sur l'une de ses cloches une dédicace insolite : il était appelé « Roland Chapelle », comme s'il était consacré au chevalier de la Marche.

Si une large entaille marquait, au milieu du cirque de Gavarnie, l'emplacement où Roland avait tenté de briser son épée avant de succomber à ses blessures, on ne connaissait pas le lieu de naissance exact du héros. Éginhard, son contemporain, lui attribuait, dans sa biographie de Charlemagne, la fonction de préfet de la Marche. On en savait à peine plus.

C'était assez pour que Pierre s'identifie à lui. La Marche était, comme son département natal, un espace intermédiaire et flou, comme ceux qu'on hachurait dans les deux sens sur les cartes anciennes.

Sur la route de Fougères à Laval, Pierre remarqua un panneau touristique qui indiquait la présence toute proche d'une curiosité géologique appelée *Le saut de Roland*. Il s'agissait d'un rocher d'où le chevalier avait jadis sauté pour rejoindre sa Dame, imprimant dans la roche l'empreinte de son cheval. Un petit panneau en bois expliquait que la Dame, devenue inconsolable après la mort du chevalier, avait été changée en source par un ange, ou enfermée dans une caverne par un démon — de l'eau suintait d'une pierre ronde qui bougeait légèrement quand on montait dessus, comme si la caverne et le monstre étaient encore en dessous d'elle.

Roland avait ainsi traversé autrefois les villages du *no man's land* historique de la Marche, et son image, piégée dans le ménisque d'eau de la pluvieuse frontière, en était restée à jamais captive — à moins que quelqu'un ne vienne l'en libérer, par un brusque mouvement susceptible de rompre le charme et d'en supprimer d'un coup la tension de surface.

Pierre, malgré la quasi-absence de sources, voulut se réserver Roland pour sa thèse et choisit de consacrer plutôt son mémoire de maîtrise à la croisade apocryphe du baron de Goué, ancêtre d'un roturier mayennais du XVIIe siècle dont les arbres généalogiques truqués et les chroniques historiques défaillantes allaient obscurcir à jamais l'historiographie des croisés du Grand Ouest.

Il s'essaya l'année suivante au genre réactionnaire de la biographie, et s'attacha au personnage de Jean Chouan, le faux saunier devenu héros de la Contre-Révolution, dont il avait pu consulter, aux archives de Laval, l'unique document autographe — un registre de baptême signé d'une croix.

Jean Chouan était avec Roland l'autre grand héros de la Marche. Il était né à Saint-Berthevin, à l'ouest de Laval. En prenant la Mayenne pour axe de symétrie, Argel se trouvait à peu près dans une position équivalente.

Pierre échoua bientôt, avec un systématisme qui le réjouit en confortant sa stratégie de vie, fondée sur l'abnégation, le ressentiment et la vengeance, au concours de conservateur du patrimoine et à ceux de l'enseignement. Il décida néanmoins d'aller vivre à Paris pour y rédiger sa thèse — les documents les plus intéressants sur Roland se trouvaient en effet aux Archives et à la Bibliothèque nationale. Plus confusément, Pierre savait qu'il devait, pour influer sur l'histoire de France, monter jusqu'à sa glorieuse capitale.

4

Si la Bretagne proclamait son indépendance, elle deviendrait aussitôt, grâce aux sous-marins lanceurs d'engins basés dans la rade de Brest, une puissance nucléaire.

C'était une phrase que Roland Peltier avait souvent entendue, jeune énarque, dans la bouche de son mentor Jacques Foccart.

Foccart était considéré comme l'homme le plus puissant et le plus secret de la Ve République. Conseiller spécial du général de Gaulle pour les affaires africaines, il avait tissé un vaste réseau d'influence et contrôlait, depuis Paris, un immense territoire dont il était le seul à maîtriser la géopolitique complexe.

Intimement lié à plusieurs services secrets, pratiquant, de l'espionnage à l'intimidation en passant par la corruption et le coup d'État, toutes les techniques occultes de l'action politique, Foccart mesurait toujours ses propos, quels que soient ses interlocuteurs, et s'en tenait généralement à une jovialité de façade. Si des mots plus précis lui échappaient, ceux-ci devaient invariablement être interprétés comme des ordres ou des recommandations de première importance.

C'est en tout cas ainsi que son secrétaire entendit la phrase de Foccart sur la Bretagne.

Connaissant l'absolue fidélité de celui-ci à l'égard de De Gaulle, le fait que Foccart semble se dissocier du président sur la question bretonne l'avait surpris.

La bienveillance du général envers la Bretagne, où il effectua de nombreux séjours, était connue. Il avait même un temps envisagé l'impossible : rendre à la région océane sa capitale ducale, depuis longtemps perdue. Peltier ne put s'empêcher de mettre en rapport l'avertissement de Foccart avec celui qu'un autre éminent personnage de l'État, Michel Debré, avait alors adressé au président : « Mon général, si vous refaites l'unité de la Bretagne, vous faites un crime. »

Un oncle de De Gaulle avait été l'un des initiateurs du renouveau celtique en France. Sans liens familiaux ni physiques avec la Bretagne — issu d'une vieille famille du Nord et condamné à vivre reclus à Paris en raison d'un grave handicap —, il s'initia aux langues celtiques et parlait couramment le breton. Auteur, en 1870, d'une pétition pour la défense des langues régionales, il fit paraître de nombreux articles d'érudition ainsi que des poèmes en langue vernaculaire.

Son neveu lui rendit hommage en lisant quelques-uns de ses vers au milieu d'un discours resté célèbre, prononcé à Lorient en février 1969.

L'interprétation de ce discours, l'un des derniers que prononça de Gaulle, est controversée. Exaltant la Bretagne, qui fut parmi les premières régions de France à lui apporter son soutien en 1940, de Gaulle insiste sur le caractère inaliénable des liens qui unissent cette «péninsule de notre hexagone» à la France : «L'Armorique fait, depuis toujours, partie intégrante du corps et de l'âme de la France.» La Bretagne, reconnaissait-il ensuite, avait malgré tout longtemps souffert de grandes difficultés économiques, causées par son caractère excentré. De Gaulle énumérait alors les programmes de rattrapage et de modernisation qu'il avait, avec son gouvernement, initiés avec succès : la Bretagne serait bientôt reliée à Paris par des autoroutes ; ses ports et son agriculture seraient bientôt les plus modernes du monde ; une industrie électronique importante — qui portait alors en germe l'invention, une dizaine d'années plus tard, du Minitel — avait été créée *ex nihilo*.

Mais le Général, après la longue litanie des succès de la planification économique et de l'aménagement raisonné du territoire, délaissait soudain cette rhétorique colbertiste et jacobine pour exalter un nouveau modèle de développement, décentralisé et fondé sur l'émergence des régions. Il annonça alors la tenue prochaine d'un référendum : «Comme l'ensemble de cette profonde réforme concerne l'organisation de nos pouvoirs publics dans maints domaines, y compris celui de la Constitution, nous devons soumettre le projet au peuple qui, par la voie du référendum, en décidera souverainement. Enfin, puisqu'il s'agit d'ouvrir la voie à une espérance nouvelle, nous le ferons au printemps.»

À peine deux mois plus tard, le «non» ayant triomphé, le général de Gaulle abandonnera le

pouvoir — les historiens considérant que le « oui »
l'aurait facilement emporté si le pays, deux ans
après Mai 68, n'avait pas trouvé là l'occasion idéale
de lui signifier sa lassitude et son inconstance.

Le développement économique de la Bretagne
demeure cependant l'un des grands succès du gaullisme.

Le 19 octobre 1962, le général de Gaulle était
venu inaugurer à Pleumeur-Bodou, entre Perros-
Guirec et Lannion, le *Radôme*, un bâtiment sphérique futuriste qui abritait la première antenne
satellite destinée aux télétransmissions intercontine-
nentales. On avait érigé pour l'occasion un menhir
devant l'étrange bâtisse, afin d'y apposer une
plaque immortalisant l'événement ; fière de ses
racines et tournée vers le futur, la Bretagne servit
ce jour-là de prototype à la France rêvée du gaullisme.

Si la région était encore, il y a peu, une terre
d'émigration, qui fournissait Paris en domestiques
— type immortalisé par Bécassine, un personnage
de bande dessinée controversé, maladroit et naïf
—, elle serait bientôt plus connue, à Paris, pour les
éclatantes victoires de ses capitaines d'industrie
que pour les ironiques exploits de sa ressortissante
malhabile.

Roland Peltier était né à Mayenne, la sous-
préfecture nord du département éponyme, dans
une famille d'imprimeurs. Pendant la guerre,
l'entreprise familiale s'était distinguée en imprimant une version locale de l'Affiche rouge, l'une
des plus célèbres icônes de la propagande nazie en

France. Son père avait parallèlement rejoint le réseau de résistance mis en place par Foccart dans le Nord-Mayenne et dans l'Orne. Sa mission consista surtout à imprimer des cartes d'état-major. Roland Peltier l'assistait alors, tout en entretenant, à sa manière, de bons rapports avec l'Occupant : invité plusieurs fois au restaurant par l'officier de propagande chargé de superviser les commandes spéciales, il se laissa prendre la main, puis embrasser par le jeune homme en uniforme.

Son homosexualité problématique et son sentiment de culpabilité le convainquirent de rester célibataire et de consacrer sa vie au service de l'État. Il intégra, après de rapides études de droit, l'une des premières promotions de l'ENA. À sa sortie, il rejoignit le Commissariat général au Plan où il rédigea de nombreux rapports sur les enjeux de l'aménagement du territoire.

Roland Peltier put ainsi donner à ses rêveries territoriales des contenus réels. Il avait lu très jeune le poème épique qui portait son nom et avait retenu l'expression, popularisée après guerre par la chanson de Trenet, de « doulce France ». La Gaule chevelue de César, défrichée au Moyen Âge, mais restée verte et mouillée, délicatement innervée de chemins et de villes, était le plus beau jardin du monde.

Se rendant à Paris, à Bordeaux ou à Lyon, le jeune fonctionnaire restait le plus souvent le front appuyé aux fenêtres des trains, contemplant pendant des heures les paysages harmonieux qui défilaient de façon ininterrompue, et laissant le verre glacé tempérer ses exaltations esthétiques, qui lui faisaient trembler le cœur.

Roland Peltier pouvait reproduire de mémoire des centaines de cartes, de la copie médiévale d'une carte romaine découverte à Worms en 1494, présentant à l'une de ses extrémités une France anamorphosée et presque méconnaissable, à la carte orthogonale des départements français soumise par Sieyès à la commission chargée de réformer la carte des provinces de France, en passant par la carte de Cassini, dont les vallées arrondies évoquaient les chemins creux de sa région natale.

Dès qu'il avait un peu de temps, Roland Peltier se récitait des listes géographiques complètes : celle des sous-préfectures, celle des affluents de la Loire, celle des places fortes de Vauban, et il s'endormait, presque tous les soirs, en jouant à superposer ces calques imaginaires. Il recomposait ainsi le mille-feuille territorial de la France, ou résolvait par petits morceaux le puzzle des 36 000 communes de France, qui s'ajustaient toutes à la perfection pour former cantons, départements et régions.

Passionné par son travail mais tout aussi conscient des limites de la technocratie, il estimait que moins de dix pour cent de ses idées seraient reprises par l'exécutif. Considérant que seul un pouvoir fort permettrait d'améliorer ce ratio, qui finissait par rendre les hauts fonctionnaires inexorablement amers, il rejoignit les forces gaullistes qui complotaient contre la IVe République. Recommandé par son père, il rencontra Foccart, qui le prit à son service comme secrétaire particulier. Il fut alors chargé de rédiger, à partir des notes que lui confiait celui-ci, la brochure officieuse du gaullisme colonial, la *Lettre de l'Union française*. Fonctionnaire stratège le jour et tacticien la nuit, il découvrit la politique en tant qu'activité secrète, et se tint toute sa vie éloigné du suffrage universel comme des nominations trop éclatantes, afin de préserver ses moyens d'influence, qu'il savait très grands à condition qu'ils restent invisibles. Il apprit à confondre, car elles profitaient toutes deux de l'ombre, sa carrière et son homosexualité, qu'il parvenait à garder doublement secrète, en ne la pratiquant qu'en Afrique pendant des missions confidentielles.

Quand Foccart eut enfin accédé au pouvoir, Peltier devint son directeur de cabinet. Il s'occupait très peu des questions africaines, qui restaient l'apanage de son chef. Il jouait en revanche le rôle d'un ordinateur qui délivrait à la demande toutes sortes de simulations territoriales.

Il résolvait ainsi diverses énigmes électorales, visant essentiellement à faire triompher des élus gaullistes dans des départements qui votaient habituellement à gauche. S'appuyant sur des résultats d'élections parfois vieux de plus d'un siècle, qui lui permettaient de dessiner la carte sensible d'un département divisé entre influences orléanistes, bonapartistes ou républicaines, cléricales ou socialistes, dreyfusardes ou anti, Peltier était capable de prédire au pourcent près le score du Parti communiste dans un canton stratégique, et d'indiquer quelle modification de la carte électorale permettrait de le neutraliser. De périlleux parachutages politiques durent leur réussite aux seuls calculs mentaux du jeune technocrate.

Peltier fut aussi sollicité quand il fallut faire de la dissuasion nucléaire un outil d'aménagement du territoire. Il s'agissait de reconvertir et de moderniser les anciens arsenaux de la guerre conventionnelle, en s'assurant que toutes les régions de France bénéficient des retombées de la bombe.

Foccart avait laissé son jeune protégé s'émanciper, contre la promesse qu'il continuerait, quel que soit le degré de secret auquel sa nouvelle affectation l'obligerait, à lui délivrer des informations détaillées sur ses missions. Peltier avait ainsi pris la tête d'une mission interministérielle qui devait décider où et comment seraient fabriqués les sous-marins lanceurs d'engins qui seraient amenés à remplacer, selon la nouvelle doctrine stratégique française, les silos de missiles enterrés. Les intérêts stratégiques et industriels devaient être examinés avec soin. Trois siècles plus tôt, quand Colbert avait entrepris de moderniser la marine de guerre française, il lui avait également fallu répartir l'effort économique, pour en faire un outil de développement du royaume. De Cherbourg à Toulon et Brest, Peltier héritait des sites qui avaient été choisis. Il décida, se plaçant volontairement dans l'ombre du grand homme d'État, de n'en négliger aucun. Les tubes lance-missiles seraient usinés à Angoulême, les réacteurs nucléaires seraient fondus à Indret près de Nantes, les sous-marins seraient fabriqués à Cherbourg et leur maintenance assurée à Toulon et à Brest. Désastreuse en termes de pure rationalité économique, cette prise en compte des territoires dans la constitution d'empires industriels deviendrait bientôt la norme ; la fabrication de l'avion Airbus ou de la fusée Ariane sur plusieurs dizaines de sites répartis dans tout l'espace européen serait, des années plus tard, l'un des plus grands triomphes de Peltier.

Il avait en cela suivi une nouvelle fois son maître Colbert, en se montrant comme lui capable de projeter ses visions stratégiques dans un futur éloigné : le grand commis de l'État avait ainsi ordonné qu'on plante, le long de tous les chemins du royaume, des arbres qui donneraient un jour à la marine le bois dont elle avait besoin — il fallait plus de 3 000 chênes centenaires pour construire un seul vaisseau de guerre.

Tous les députés voulaient, à défaut d'arsenaux, des centrales nucléaires ou des usines de retraitement dans leurs circonscriptions. Peltier fut chargé, au sein d'une nouvelle commission, d'étudier les meilleurs sites.

Ce fut lui qui, le premier, grâce à la fine connaissance de la géologie du pays qu'il avait acquise devant des cartes colorées, suggéra d'implanter un important centre nucléaire à la pointe du Cotentin, pour bénéficier de la solidité du socle rocheux de la péninsule, structure vestigiale de l'ère primaire. Ce fut lui également qui, à la recherche d'un site où l'on pourrait enfouir pour l'éternité les déchets radioactifs, se souvint des couches d'argile profondes et souterraines qui bordaient, à l'est, le Bassin parisien, à la limite de la Champagne et de la Lorraine.

Roland Peltier remodelait presque seul le paysage de la France.

Ses notes étaient lues directement par le Général ou par les ministres concernés. Il inventait des autoroutes, des liaisons ferroviaires, des projets d'aéroport ou de développement touristique de certaines portions de littoral.

Il imagina, comme un filet de villes destiné à retenir l'écrasant soleil de Paris, tout un réseau de villes nouvelles et de métropoles d'alternance qui recevraient, de l'État bienfaiteur et grand architecte, les moyens de leur autonomie ; lentement, elles déplieraient la France et feraient correspondre, à terme, la carte du pays avec son territoire.

Roland Peltier ratissait, comme un nouveau Le Nôtre opérant sur un pays entier, les allées de la France, distribuant dans l'espace la puissance publique et le feu industriel.

Il contribua enfin à créer une administration qui serait le conservatoire de son génie et de ses intuitions fondatrices. La Datar, Délégation interministérielle à l'aménagement du territoire et à l'attractivité régionale, vecteur d'une décentralisation rationnelle et de la conquête progressive d'un équilibre absolu, lui survivrait éternellement.

5

Les dames blanches constituent un élément important du folklore de l'Ouest. Leurs apparitions nocturnes, attestées par de nombreux témoignages, pouvaient ou bien annoncer des événements tragiques à venir, ou bien commémorer des drames passés.

L'arrivée de l'automobile renouvela cette figure familière. Les dames blanches étaient désormais des auto-stoppeuses que certains conducteurs laissaient monter la nuit dans leurs véhicules. Elles restaient alors silencieuses, avant de pousser un cri, à l'approche d'une courbe dangereuse. Le conducteur freinait puis tournait la tête vers sa passagère : elle avait disparu.

Le conducteur apprenait le lendemain qu'une jeune femme était morte ici même, quelques années plus tôt.

Isabelle d'Ardoigne connaissait parfaitement cette légende, qui terrorisait tous les enfants de l'Ouest. Mais celle-ci ne l'effrayait pas.

La dame blanche était en effet sa mère et le virage dangereux était à quelques mètres de sa chambre, au bout de l'allée du château, à l'endroit où le vieux chemin de terre rejoignait la nationale.

Les deux espaces adjacents avaient quelque chose d'irréductible. Le château et son parc, figés dans un flou latéral, semblaient devoir rester prisonniers du passé, condamnés à s'étirer comme les vaisseaux spatiaux des théories relativistes pris dans un puits gravitationnel sans fond et certains de ne jamais rejoindre leur point d'arrivée.

La nationale et le chemin de terre auraient ainsi dessiné une éternelle asymptote, s'excluant l'une l'autre, si un événement ne les avait pas forcés à entrer en collision.

Un garagiste de Laval, qui profitait de la longue ligne droite pour effectuer des réglages sur une Mercedes qu'on lui avait confiée, avait percuté la voiture de la marquise, qui venait de s'engager avec sa deux-chevaux sur la nationale.

L'enquête établit que la Mercedes roulait à plus de 210 km/h.

Isabelle avait tout juste 6 ans. Elle jouait à casser les cailloux de la cour avec un petit marteau, à la recherche de traces étoilées, quand elle entendit le choc.

Sa mère venait de se faire décapiter. Elle ne l'apprit que pendant l'enterrement, dans la petite chapelle du parc, quand, voulant l'embrasser une dernière fois, elle découvrit derrière sa nuque, en rajustant le châle qui encadrait son visage immobile, une plaque métallique plus froide que sa peau. Écartant lentement la soie, elle avait vu la plaie inguérissable, grossièrement recousue avec un fil de nylon qui passait en zigzag tout autour de son cou.

Le marquis avait voulu garder son épouse auprès de lui.

Il fallut faire venir un maçon pour restaurer la chapelle, qui n'avait plus servi depuis la mort de son père. Il s'était ainsi écoulé quelques jours pendant lesquels il avait veillé seul sa défunte épouse. Sa tête avait été reposée sur son cou délicat et le corps avait été embaumé, mais des pertes de formol se produisaient au niveau de la cicatrice.

Gênée par l'odeur incompréhensible de la mort, Isabelle avait passé ces journées dans le parc. Marchant jusqu'au bout de l'allée, elle avait minutieusement ramassé les morceaux de verre orange et transparent qui recouvraient encore le sol, sur le lieu de l'accident. Accroupie au bord de la nationale, elle entendait le souffle des camions qui dévalaient vers elle et se voyait mourir.

Elle déposa ces débris fragiles dans les tiroirs d'une boîte à bijoux que lui avait offerte sa mère, rêvant de reconstruire un jour, comme les débris des vases antiques qu'elle avait vus au musée archéologique de Jublains, un sarcophage de verre.

L'accident avait organisé, comme dans un roman de science-fiction, la censure provisoire du temps. Le père et sa fille vivaient désormais au passé, le front collé à la vitre froide de la mort. L'accident avait renversé sur eux un dôme de cristal.

Dans ce monde ralenti, la morte, toute proche, était presque plus vivante qu'eux et les emportait chaque jour un peu plus avec elle.

Ils étaient empoisonnés par l'air qu'elle avait respiré, par les vêtements qu'elle avait portés, par les objets — parfois aussi insignifiants que des poignées de porte en cuivre ou des robinets glacés — qu'elle avait touchés. Certains soirs, le marquis sentait même l'odeur de décomposition du cadavre adoré, et devait, pour se raisonner, se rendre jusqu'à la chapelle afin de vérifier que la porte du caveau n'avait pas bougé.

Quand le marquis repensa, bien plus tard, à cette période suspendue de leur vie, il la visualisait toujours sous la forme antique d'une cornue : il vivait avec sa fille dans la partie renflée, sans espoir de sortie, retenu par le bec pincé de l'accident, qui correspondait à l'endroit où la Mercedes avait arraché la tête de sa femme.

Il devait revenir au lieu exact de la collision, à son instant précis, à sa cause dernière, pour espérer revivre.

Il se procura toute la documentation technique qu'il put trouver sur la Mercedes 300 SL.

Inabordable, destinée surtout au marché américain, construite à quelques milliers d'exemplaires seulement : la probabilité qu'il en passe une sur la nationale était quasiment nulle.

Alors que la route tuait chaque année plus de 30.000 personnes, cette collision ne pouvait être ramenée à un accident ordinaire.

Il y avait eu ainsi, dix ans plus tôt, un signe avant-coureur de l'épouvantable tragédie.

Le couperet s'était déjà abattu. Un carnage inégalé s'était produit à moins de cent kilomètres de là, près du Mans, l'ancienne capitale du Maine.

Le 11 juin 1955, une Mercedes SL de course, techniquement apparentée à la Mercedes 300 SL de série, avait soudain quitté la route pendant les 24 Heures du Mans. La voiture s'était disloquée et son pilote, Pierre Levegh, avait été tué. Le moteur, lancé à 260 km/h, avait alors traversé nu les tribunes, décapitant plusieurs dizaines de personnes avant d'exploser. L'accident, qui demeure à ce jour la plus grande catastrophe de l'histoire du sport auto-mobile, fit 84 victimes. La presse parla d'un père qui avait gardé dans sa main pendant plusieurs heures la main de plus en plus froide de son enfant décapité, sans oser une seule fois tourner la tête vers lui.

La mort avait-elle oublié une victime pour reve-nir ainsi rôder près de son ancien chef-d'œuvre ? Le marquis tentait, fébrilement, de reconstituer le fil des événements, à la recherche d'un indice qu'il n'aurait pas vu. Il ne dormait plus et tenait à sa fille des propos à la limite de l'incohérence, évoquant le spectre de la Révolution française et le fantôme de ses ancêtres guillotinés. Il disait aussi que sa femme avait été assassinée, sans pour autant incri-miner le garagiste, mais en visant une fatalité plus complexe, en attribuant un sens métaphysique à l'événement fatal, en lui prêtant une cause supé-rieure et surnaturelle ; il recherchait un signe.

Le marquis s'approchait lentement, dans sa bibliothèque, des causes de l'accident. Il s'initiait en autodidacte aux subtilités des arts mécaniques, pensant à Louis XVI, longtemps moqué pour avoir démonté des horloges au lieu de réformer la France. Le marquis se disait au contraire, à mesure qu'il acquérait des connaissances sur les irrésistibles beautés des machines, que le roi avait tenu là entre ses mains la véritable révolution de son temps.

Il avait tout appris de l'engin létal à portes papillon qui lui avait enlevé sa femme. Il avait ramené sa vitesse à des mouvements de corps simples, à l'allure régulière de ses 6 cylindres en ligne, aux battements de ses 24 soupapes, aux mouvements d'aiguille de son système d'injection.

Ce système, il en eut alors la révélation soudaine, était l'unique responsable de la mort de sa femme — il s'agissait d'une innovation technique radicale dans le domaine de la motorisation.

Jusque-là, pour alimenter les chambres de combustion des moteurs à explosion, on utilisait un carburateur, au sein duquel s'opérait le mélange alchimique entre l'essence et l'air. C'était une technologie robuste, mais peu satisfaisante, qui ne permettait jamais d'atteindre le rapport idéal de 1 sur 14,7 — celui de la parfaite recombinaison chimique entre les chaînes carbonées de l'essence et les atomes d'oxygène atmosphérique. Les carburateurs restaient des objets artisanaux qui empruntaient leurs forces à trop de phénomènes physiques hétéroclites pour fonctionner correctement : la gravité naturelle, recueillie par un flotteur, réglait l'arrivée de l'essence, celle-ci était ensuite vaporisée en passant à travers le fin orifice d'un gicleur, puis on recourait à une autre propriété physique, connue sous le nom d'effet Venturi, pour aspirer l'air avec elle, en jouant sur les gradients de pression générés par la géométrie du carburateur. Un papillon mécanique permettait, enfin, de doser la quantité de mélange qu'on désirait introduire dans le cylindre : cela déterminait le régime du moteur, comme la vitesse du véhicule.

La Mercedes 300 SL rendait toute cette technologie obsolète.

L'essence y était directement injectée, à très haute pression, dans le haut du cylindre. Le dosage perdait son caractère alchimique et devenait enfin une science exacte. On pouvait ainsi obtenir des rendements inédits et une précision inégalée, en jouant seulement sur les mouvements de va-et-vient de la minuscule aiguille qui commandait l'ouverture de deux ouïes dans la partie terminale du dispositif d'injection.

Le marquis avait sa réponse. Il connaissait à présent la cause de la mort de sa femme, l'origine de la vitesse anormalement élevée de la Mercedes. Il n'avait même pas eu pour cela besoin d'interroger le garagiste, qui venait de sortir de l'hôpital — il aurait alors appris un détail qui lui resta longtemps caché : le nom du propriétaire de la Mercedes.

Le marquis en serait resté là, son désespoir apaisé par la découverte de la fine aiguille qui lui avait ravi sa femme, s'il n'avait découvert, en remettant en ordre le château familial, le mystérieux trésor que sa fille avait déposé, quelques semaines plus tôt, dans l'ancienne boîte à bijoux de sa femme.

Il y avait, triés par couleurs, plusieurs centaines d'éclats de verre, posés sur la soie violette qui tapissait les tiroirs du meuble miniature. Les débris transparents étaient les plus abondants — ils devaient correspondre au pare-brise de la deux-chevaux. Venaient ensuite des morceaux plus épais et de couleur jaune — les phares — et quelques fragments orange — les clignotants. Un dernier tiroir — celui où sa femme mettait jadis son collier de perles — accueillait, déformé mais intact, un unique objet, peut-être le dernier à l'avoir vue vivante — le miroir panoramique du rétroviseur.

Le marquis se souvint alors de l'émotion qu'il avait eue enfant en découvrant, dans la petite église d'Argel, derrière la vitre d'un reliquaire argenté, l'os jauni du doigt de saint Melaine. Il revit ses ancêtres partis pour la Terre sainte et revenus avec des morceaux de bois, des épines, des bouts de tissu, des dents et des fragments d'os. Le temps pouvait cristalliser, plutôt que dans le cœur trop liquide et trop bref des hommes, dans certains objets choisis.

Le petit coffre avait, pour sa fille, éternisé sa mère.

Le marquis voulut se procurer une relique authentique — un objet qui serait en mesure d'intercéder entre le monde des morts et celui des vivants, le seul objet qui pourrait venir casser l'extrémité de la cornue et briser l'horrible enchantement de la mort. Ce serait l'objet du destin, le souffle ravisseur d'un Saint-Esprit mécanique, le cadeau diabolique de Dieu à sa famille — l'aiguille qu'il venait d'identifier comme responsable de la disparition de sa femme.

La casse automobile était située au bord de la nationale, à la sortie de Laval. Le marquis parvint à s'y introduire un soir. La voiture de son épouse n'était plus reconnaissable qu'à sa couleur verte ; à ses côtés, la Mercedes semblait presque intacte.

Le marquis délaissa le cénotaphe brisé pour concentrer ses efforts sur la Mercedes. Il lui faudrait procéder méthodiquement et finir son œuvre avant le lever du jour. Il avait mémorisé le plan du moteur et emporté les différents outils dont il aurait besoin.

Il ouvrit d'abord le capot de la voiture avec un pied-de-biche et regarda son moteur métallique, aux pièces nombreuses, ajustées et resserrées autour des six chambres de combustion alignées. Il connut alors l'hésitation hâtive des pilleurs de tombeau devant des butins trop merveilleux pour être emportés en une seule fois.

Il déblaya le terrain, retirant les filtres à air et les conduits d'évacuation des gaz brûlés, atteignant bientôt une seconde couche formée de conduits plus fins, destinés à supporter le fluide combustible porté à très haute pression, juste avant son entrée dans les cylindres. Le marquis dut enlever des dizaines de pièces ; le jour se levait quand il parvint à dévisser l'un des injecteurs. Il le glissa dans sa poche et referma le capot du véhicule.

Il termina le travail dans la cuisine de son château, parvenant à extraire l'aiguille mortelle un peu avant midi.

Il consacra le reste de la journée à des travaux de joaillerie, fixant l'aiguille à un anneau et passant celui-ci, à la place d'une médaille de baptême mariale, sur une fine chaîne d'or qui avait appartenu à son épouse.

Il remit l'objet le soir même à sa fille, sans rien lui dire de la provenance du <u>mystérieux pendentif</u>.

6

Malgré sa prudence et son incontestable expertise, Roland Peltier finit par commettre une erreur ; en apparence insignifiante, elle allait lui faire perdre presque toute son influence — ni ses impeccables états de service ni son dévouement absolu à l'État ne purent alors le protéger.

L'ingénieur Jean Bertin avait développé une technologie ferroviaire révolutionnaire : son train, circulant sur un rail de béton en T posé sur un viaduc à quelques mètres du sol, se déplaçait sur coussin d'air et pouvait atteindre ainsi, en toute sécurité et pour un coût de construction raisonnable, des vitesses d'exploitation bien supérieures à celles qu'on pouvait obtenir sur les voies traditionnelles.

Roland Peltier vit dans ce système la solution idéale pour relier les villes nouvelles qu'il rêvait de construire autour de Paris. Il engagea l'État dans le financement d'un prototype opérationnel, comprenant un aérotrain fuselé et une voie suspendue de plusieurs kilomètres, partie d'Orléans vers le nord en direction de Paris.

Le groupe Taulpin avait été chargé de la réalisation du viaduc, ce type de structure en béton armé étant techniquement proche des barres d'habitat collectif qu'il construisait alors. Roland Peltier déjeuna avec André Taulpin.

Les deux hommes, originaires du même département, ne s'étaient étrangement rencontrés qu'une seule fois, au Gabon. Réunis près de l'équateur pour mettre fin à une situation qui engageait l'indépendance énergétique de la France, ils ne s'étaient parlé qu'à mots couverts, chacun ignorant ce que l'autre savait, et on avait surtout échangé des généralités, avant d'en venir au réel sujet de leur rencontre : Roland Peltier avait un service à demander à André Taulpin.

Le chef d'entreprise avait fait une impression plutôt défavorable au haut fonctionnaire. Dépendant presque exclusivement de la commande publique et entretenant d'excellentes relations avec Foccart, il avait laissé néanmoins entendre à son interlocuteur que l'État, qui avait certes été jusque-là un fidèle donneur d'ordre, devrait dans l'avenir se retirer du secteur industriel. Le bâtisseur voulait qu'on privatise autoroutes, aéroports et centrales nucléaires. Il prônait aussi l'ouverture du rail à la concurrence et l'inéluctable démantèlement de la SNCF.

Les deux hommes avaient échangé à ce sujet les arguments traditionnels sur la pertinence des monopoles nationaux dans une économie de marché.

Le marché, livré à lui-même, pouvait se montrer irrationnel, et la libre concurrence donner lieu à des situations absurdes. Le haut fonctionnaire avait cité l'exemple de l'une des toutes premières lignes ferroviaires de France, reliant Paris à Versailles, qui avait été construite, presque en même temps, en deux exemplaires, l'une passant par la rive droite de la Seine et l'autre par la rive gauche.

André Taulpin s'était révélé alors un fin connaisseur du dossier. Cette inutile redondance n'était pas due à l'impéritie du secteur privé, mais plutôt à la soudaine inquiétude de l'État, confronté aux premiers succès de l'industriel Pereire dans le secteur ferroviaire — celui-ci venait en effet d'inaugurer une ligne reliant Paris à Saint-Germain-en-Laye. Le gouvernement de Louis-Philippe avait décidé de reprendre la main et d'octroyer dorénavant la construction de lignes nouvelles par concession : ce serait à l'État de définir les besoins et de dessiner l'offre, les industriels ne prenant en charge, dans un second temps, que la construction des lignes et leur exploitation. Mesurant aussitôt le danger qu'il y avait, pour un État bourgeois, à se mêler d'aussi près à des questions économiques privées, le gouvernement avait alors décidé de manifester sa soudaine et libérale passion pour la concurrence, signe ostentatoire d'un libéralisme auquel il n'avait au fond jamais cru. Ce fut l'invention de l'*État arbitre*, absurde synthèse de centralisme, de dirigisme et de *laisser-faire*. L'État arbitra donc qu'il y aurait, pour l'intérêt de tous, deux lignes concurrentes qui relieraient Versailles.

« Et ne m'opposez pas les nécessités supérieures de je ne sais quel *aménagement du territoire*. Pourquoi supposer toujours que l'État serait plus rationnel que le marché ? Quelle étrange croyance ! L'État n'oublierait personne, serait un facteur d'égalité ? Mais c'est l'accès au marché et la nécessaire conquête de nouveaux débouchés commerciaux qui assurent l'accès de tous aux innombrables richesses du monde industriel. C'est ainsi que l'automobile est devenue grand public : non par la construction de routes, mais grâce à la guerre commerciale acharnée entre les fabricants. Parallèlement au triomphe palpitant de l'automobile, le rail a fait l'objet d'une sinistre glaciation. On lui a imposé une évolution inverse et contre nature : d'abord les équipements, ensuite la concurrence. Et on s'est tellement soucié de déployer des infrastructures rationnelles qu'on a précipité toutes les compagnies concessionnaires dans la faillite, ou dans une société nationale qui signifiait plus ou moins la même chose — la constitution du monopole national de la SNCF, en 1937, étant devenue l'unique horizon accessible des réseaux régionaux condamnés, condamnés en raison même des cahiers des charges qu'on leur avait imposés. L'évolution du réseau ressemble à cette expérience qui consiste à plonger un bâton dans une eau à température négative, mais qui n'a miraculeusement pas encore gelé : alors, comme une explosion froide, des cristaux de gel se forment, à partir du bâton, et vont dans toutes les directions — comme les trains des décennies héroïques qui partaient de Paris en craquant pour rejoindre les capitales provinciales. Puis on a eu l'idée, rationnelle, mécanique, absurde, d'étendre le phénomène aux préfectures, puis aux sous-préfectures. Nos rameaux de glace contaminent alors les départements. Ces lignes, décidées par un monstre froid, n'auront jamais été rentables. Croyez-vous que l'État se soit arrêté là ? Non, il a fallu encore, au tournant du XXe siècle, relier aux sous-préfectures désertes les chefs-lieux de canton désolés. C'était un triomphe, en termes d'aménagement du territoire, et c'était aussi, mais c'est presque un détail, la faillite assurée du système — le meilleur du monde, coïncidant hélas avec un pays aussi mort qu'un étang gelé. »

Heurté dans ses convictions profondes par cette longue tirade, vexé de s'être ainsi laissé piéger en évoquant un dossier qu'il maîtrisait moins que son contradicteur, Peltier avait mentionné, à tout hasard, la première catastrophe ferroviaire française, l'accident de Meudon, qui coûta entre autres la vie au navigateur Dumont d'Urville, revenu un an plus tôt d'une expédition en Antarctique. La sécurité des voyageurs, avait-il conclu, n'avait jamais été la préoccupation première des compagnies privées.

Taulpin lui avait répondu que le convoi ne roulait pas à plus de 40 kilomètres par heure et que la plupart des victimes étaient mortes brûlées vives, dans des wagons fermés à clé, comme le stipulait un règlement rédigé par l'administration des Travaux publics, alors dirigée par Jean-Baptiste Teste, le ministre qui avait aussi fait voter la très utile et très controversée *Loi sur l'expropriation pour cause d'utilité publique* — un texte dans son esprit détestable, mais dont la lettre était pour des hommes comme lui, les grands bâtisseurs, les héritiers des pharaons d'Égypte, une vraie bénédiction.

L'accident, survenu dans la tranchée de Bellevue juste après le passage du viaduc de Meudon — le premier ouvrage de ce type en France —, fut en tout cas vite oublié ; la voie fut réparée et même prolongée jusqu'à Chartres, puis jusqu'au Mans, Laval et Rennes, avant d'atteindre Brest en 1865. L'ère de la grande vitesse allait pouvoir commencer.

« Ici, avait alors fait remarquer Taulpin, assis tout près de l'équateur au dixième étage de l'hôtel Intercontinental, nous tournons à près de 1 600 kilomètres par heure — c'est 500 kilomètres par heure de plus qu'à Paris. »

Il avait défendu encore longuement sa vision libérale. L'État devait être une banque, rien de plus. Une banque, et à la limite une armée. Un jour, les autoroutes et les voies de chemins de fer qu'il aurait aidé à financer appartiendraient toutes à des groupes comme le sien.

Roland Peltier avait laissé André Taulpin lui dévoiler le fond de sa pensée. Le chef d'entreprise se disait *libertarien*. Le haut fonctionnaire n'avait jamais entendu ce terme, mais il en comprit aussitôt l'effroyable signification.

Alors qu'il connaissait bien les origines mayennaises du groupe Taulpin, il avait enfin été désagréablement surpris d'entendre l'industriel vanter le génie commercial, le goût d'entreprendre et la *farouche indépendance d'esprit* de ses compatriotes bretons.

Quelques mois après leur rencontre équatoriale, André Taulpin et Roland Peltier s'étaient donc revus à Paris. Le groupe Taulpin venait d'achever la construction des 20 premiers kilomètres de la ligne d'aérotrain Orléans-Paris. Un prototype effectuait déjà ses premiers essais. Le réseau serait bientôt étendu à toute la France.

Roland Peltier se sentait cette fois-ci en position de force. Le groupe Taulpin, réduit à son rôle de sous-traitant de la puissance étatique, exécuterait bientôt les plans du haut fonctionnaire. Ce serait le triomphe de l'économie dirigée. Les arguments abstraits et délirants entendus à Libreville seraient, comme le tablier long de plusieurs milliers de kilomètres du viaduc que Taulpin recevrait bientôt l'ordre de construire, solidement retenus au sol par des piliers en béton précontraint.

Il soumit des dizaines de plans à l'entrepreneur de travaux publics : contournement de Paris, accès à l'Atlantique, percée rhodanienne, traversée des Alpes, passage sous la Manche. Il y avait un potentiel de plus de 3 000 kilomètres de voies — le chantier du siècle.

Quelques jours plus tard, Peltier fournit également à l'hebdomadaire *Paris Match* des planches futuristes représentant *Paris dans 20 ans*. L'aérotrain du futur y figurait en bonne place, rayonnant depuis la capitale et survolant un paysage idyllique de villes nouvelles. *Paris Match* battit, en ce mois de juin 1967, des records de ventes. La France était prête. Roland Peltier triomphait.

Il ne vit pas venir sa soudaine disgrâce.

L'aérotrain était propulsé par une turbine thermique qui lui permettait de flotter au-dessus de son rail en béton, puis d'atteindre sa vitesse d'exploitation commerciale, autour de 300 km/h.

Le choix d'une énergie fossile se heurtait directement aux intérêts d'EDF, l'opérateur électrique national, alors en plein essor grâce à un ambitieux programme de construction de centrales nucléaires. La SNCF était son premier client, celui qui lui permettrait de décharger, sur des milliers de kilomètres de caténaires, ses gigawatts excédentaires. L'énergéticien voulait bien d'un train à grande vitesse, à condition qu'il soit électrique.

L'intense activité de lobbying déployée alors échappa largement à Roland Peltier, qui fut, du jour au lendemain, écarté de Paris.

Le rôle actif qu'avait joué André Taulpin dans cette campagne éclair ne lui fut révélé que beaucoup plus tard.

Quelques mois auparavant, celui-ci avait entamé des négociations pour racheter l'un de ses concurrents. La société Soubugey, spécialisée dans les travaux de voirie, avait pour client principal le plus gros propriétaire terrien de France, la SNCF — plus de 100 000 hectares, dix fois la taille de Paris, qui constituaient son terrain de jeux et son apanage presque exclusif, la SNCF sous-traitant au groupe une partie toujours plus importante de l'entretien de ses voies.

Pour conclure l'opération, qui ne pourrait se faire sans l'aval de la SNCF, comme pour garantir l'équilibre financier de son futur empire, André Taulpin comprit très vite qu'il lui faudrait renoncer à investir dans l'aérotrain — le rail traditionnel avait ses fanatiques et il n'était plus question de leur déplaire.

Il avait d'abord fallu négocier avec Foccart, l'homme sans qui rien ne pouvait être entrepris, l'homme à l'origine de la carrière du principal promoteur de l'aérotrain. Sans être directement trésorier du mouvement gaulliste, le conseiller du président se souciait toujours d'en rééquilibrer les comptes après que certaines de ses opérations occultes les avaient mis en péril. André Taulpin avait ainsi obtenu le renvoi du fanatique Roland

Peltier, et le prototype de l'aérotrain finit par disparaître dans un incendie criminel.

Les voies rigides en béton devaient céder devant la souplesse des voies en ballast.

Mais il demeurait encore possible de remporter le contrat ferroviaire du siècle : le train à grande vitesse aurait simplement des roues et des moteurs électriques plutôt qu'une turbine alimentant des coussins d'air, et il roulerait sur des voies en apparence traditionnelles, mais qui seraient en réalité profilées comme des ailes d'avion. Le groupe Taulpin-Rail fabriquerait les longues ailes immobiles de la grande vitesse, les impeccables couloirs destinés à être empruntés à 300 km/h par le futur train à grande vitesse : le TGV.

Nommé préfet de Loire-Atlantique, Roland Peltier commença par affronter les étudiants en colère du printemps 1968. Puis il y eut la démission et la mort du général de Gaulle, la relative éviction de Foccart, qui le privait définitivement de ses aventures africaines, l'eau stagnante de l'Erdre, en face de la préfecture, les paysages un peu tristes de la Loire-Inférieure, les villages vers lesquels son chauffeur le conduisait à travers le brouillard quand un car d'enfants percutait la pile d'un pont et les villes portuaires où l'attendaient les familles des dockers soudain démembrés par l'explosion d'un silo et redevenus poussière.

Il y eut aussi en 1972 le spectaculaire incendie de la cathédrale, puis quelques mois plus tard une étrange cérémonie mortuaire autour de l'une des piles du pont de Saint-Nazaire, dans le béton de laquelle un ouvrier s'était noyé, et qu'on avait dû laisser là comme un fossile humain lentement desséché par la chaux et seulement signalé par une plaque de marbre.

Roland Peltier accepta stoïquement ses nouvelles missions et tenta de demeurer, au niveau régional, le grand aménageur qu'il avait été.

Il initia ainsi le projet de périphérique de Nantes, défendant un ouvrage volontairement disproportionné, plus long que celui de Paris, afin de ne pas entraver le développement futur de l'ancienne capitale de la Bretagne. Roland Peltier, comme un Charles Quint en exil, rêvait d'en faire la clé de voûte d'un arc atlantique qui relierait bientôt les Flandres à l'Espagne.

Un fait divers conduisit le préfet à s'intéresser également au transport aérien. Le double bang d'un avion supersonique qui passait au-dessus du centre-ville avait provoqué une onde de choc, brisant plusieurs vitrines et entraînant l'effondrement d'un mur de la gare — accident qui fit une victime. Le nouveau préfet, qui avait reporté sur l'avion Concorde une partie de l'enthousiasme qu'il avait jadis nourri pour l'aérotrain, comprit que l'aéroport actuel, situé trop près du centre-ville, ne pourrait jamais accueillir l'avion supersonique. Il étudia dès lors des sites alternatifs et s'arrêta bientôt sur celui de Notre-Dame-des-Landes, à une vingtaine de kilomètres au nord de Nantes.

L'équilibre budgétaire des communautés locales étant fragilisé par les achats de terre préalables à la construction du périphérique, le préfet ne put préempter les terres agricoles qu'il convoitait et dut se contenter d'y faire interdire toute construction nouvelle.

Mais l'échec commercial du Concorde vint invalider ces efforts. Il ne resta bientôt plus, de cet ambitieux projet d'aéroport supersonique et décentralisé, que deux petits traits rouges parallèles sur la carte du département accrochée derrière le bureau du préfet mélancolique.

L'arrivée au pouvoir de la gauche et la politique de décentralisation menée par le ministre Defferre permirent à Roland Peltier d'obtenir une ultime promotion : il devint le premier préfet de la région Pays de la Loire. Être nommé dans sa région d'origine était considéré comme une sorte d'honneur.

Roland Peltier s'attacha dès lors à sa dernière mission : contrebalancer l'influence, qu'il jugeait écrasante, de la Bretagne. Il s'était soigneusement opposé, en tant que préfet de Loire-Atlantique, à tous ceux qui voulaient la réintégration de Nantes à sa province d'origine, les considérant au mieux comme des réactionnaires, au pire comme de dangereux indépendantistes. Il avait ainsi réagi avec une extrême sévérité quand un groupuscule avait barré le nom français de Nantes, sur les panneaux qui marquaient l'entrée dans la ville, pour le remplacer par son nom breton de *Naoned*. L'unité nationale était directement mise en cause.

Le préfet de région eut aussi à résister aux intrusions des écologistes bretons dans l'un des grands projets de son mandat. Enivrés par leurs attentats contre la centrale nucléaire de Brennilis, dans les années 1970, triomphants depuis que le président Mitterrand leur avait offert une spectaculaire victoire en annulant le projet de la centrale de Plogoff, ils franchirent la frontière naturelle de la Loire et vinrent manifester contre la construction d'une centrale au Carnet, sur la rive sud du fleuve, entre Nantes et Pornic.

Les travaux venaient de commencer. Le site avait été défriché et recouvert d'une immense dalle de béton. Le préfet s'y baladait souvent le dimanche. Les brumes de la Loire venaient se perdre sur cette immensité vide. Il rêvait alors, comme on fantasme de la structure abstraite d'un roman, de cuves pressurisées en acier blindé, de tuyaux bleus et rouges, de turbines et de transformateurs. L'uranium 235, voltigeant dans les airs, projetait tout autour de lui des neutrons rapides entre les barres de contrôle en argent. L'eau du fleuve enserrait l'ensemble avec délicatesse.

La mobilisation écologique menaçait pourtant ce projet, en le rendant chaque jour politiquement plus sensible.

On refusait de voir que, sans la centrale, Nantes était en danger de mort.

Il était cependant du devoir du préfet d'anticiper le pire et d'imaginer des solutions alternatives, si jamais le projet devait être ajourné — ou même annulé. Roland Peltier convainquit donc EDF de mettre, en attendant des jours meilleurs, sa capitale sous perfusion, en assurant son raccordement, par une ligne à haute tension nouvelle, à la péninsule du Cotentin, dont le rapport au nucléaire était beaucoup plus sain que celui de la Bretagne.

Les doctrines des géographes sont diverses, mais toutes convergent sur deux points : le territoire français est trop centré sur Paris — le point zéro des routes de France se situe ainsi sur le parvis de

Notre-Dame ; des voies de communication traversantes doivent être développées pour contrebalancer l'influence de ces grandes radiales.

Roland Peltier avait toujours œuvré en ce sens. Bien avant de faire franchir la Loire à l'autoroute des Estuaires grâce au périphérique nantais, il avait conçu l'ensemble du dispositif, qui devait culminer près du Havre, au-dessus de l'estuaire de la Seine, par le plus long pont à hauban du monde — un pont dont les pylônes seraient si élevés et si éloignés qu'ils ne seraient pas parallèles, puisqu'ils devraient s'écarter à leur sommet de quelques centimètres pour venir se rejoindre au centre de la Terre, où ils dessineraient un angle d'un centième de degré.

Le préfet exilé ne fut pourtant pas invité à l'inauguration du chef-d'œuvre du génie civil français, construit par le groupe Taulpin.

Les autoroutes transversales Lyon – Clermont-Ferrand – Bordeaux et Bordeaux – Toulouse – Montpellier virent également leurs premiers tronçons être inaugurés sans lui.

Roland Peltier était désormais exclu du jeu de stratégie le plus complet du monde — l'aménagement rationnel du territoire d'un pays.

Il décida pourtant de relancer une nouvelle partie, assuré cette fois, grâce aux dimensions régionales du projet, de pouvoir la jouer jusqu'au bout.

Il s'agissait de construire une sorte de réplique intérieure à l'autoroute des Estuaires, une nouvelle autoroute transversale qui viendrait désenclaver les Marches de Bretagne et les lointains contours du Bassin parisien.

Des villes endormies pourraient alors être réveillées, comme Alençon, l'historique capitale de la dentelle, déjà en exil au temps où Balzac s'amusa cruellement à y réunir son étouffant cabinet des antiques, exil renforcé encore quand l'ancienne ville étape sur la route de Bretagne vit la nationale Paris-Brest corriger sa trajectoire en l'abandonnant au profit du Mans. Mais la préfecture de l'Orne, excentrée dans son propre département, pouvait être reliée plus efficacement à Rouen, la capitale de la Normandie, comme au Mans, son bassin d'attraction naturel ; Le Mans lui-même, ville trop tributaire du grand axe Est-Ouest, pourrait ensuite être raccordé à Tours, la ville de Balzac — Roland Peltier, haut fonctionnaire déchu, refusait de finir comme le chevalier de Valois, l'anachronique aristocrate d'Alençon.

Il fallut négocier. L'autoroute à 2 × 2 voies devrait se contenter de deux viaducs étroits pour franchir, entre Rouen et Alençon, les vallées de la Risle et du Bec, et serait alors forcée de redevenir, le temps de la traversée, une nationale ordinaire limitée à 90 km/h. Il y aurait peu d'aires de repos, et jamais deux en vis-à-vis, mais une seule, qu'on devrait rejoindre depuis le côté opposé par un pont disgracieux.

Peu avant Tours, le projet rencontra par ailleurs une opposition très forte des riverains, qui craignaient que l'autoroute ne passe entre le château de Langeais et la Loire, dénaturant ainsi l'une des plus fières forteresses du val de Loire, célèbre pour avoir accueilli les noces du roi de France Charles VIII avec Anne de Bretagne, après l'annulation du mariage de celle-ci avec Maximilien de Habsbourg, le futur père de Charles Quint.

Roland Peltier avait étudié, pendant qu'il était préfet de Loire-Atlantique, l'historiographie indépendantiste : ce mariage était considéré comme l'événement le plus funeste de l'histoire de la Bretagne. Il vit donc, derrière la résistance moyenâgeuse des habitants de Langeais à son projet d'autoroute, la main d'indépendantistes bretons désireux de conserver intact le mausolée de la Bretagne libre.

Roland Peltier choisit de ne pas rouvrir l'une des plaies mal refermées de l'histoire de France — certains juristes soutenaient ainsi que la Révolution française, en abolissant de façon unilatérale un traité synallagmatique conclu en 1532 entre les deux puissances, avait rétabli la Bretagne dans ses droits antérieurs. Il jugea plus habile de faire rectifier la trajectoire de l'autoroute pour qu'elle rejoigne Tours par le nord, plutôt que par la rive de la Loire.

Les travaux de l'A28 purent reprendre.

Mais il fallut soudain les arrêter, à quelques kilomètres du Mans, pour une raison inimaginable : on avait découvert un coléoptère rare et protégé, le pique-prune, qui justifiait la suspension immédiate du chantier.

Fragmentation des écosystèmes, protection des espèces menacées, éco-responsabilité : Roland Peltier s'effondra à la lecture du jugement du tribunal administratif.

Au terme de deux semaines passées en soins intensifs, son cardiologue lui conseilla fortement de faire valoir ses droits à la retraite.

Fixant pendant des heures le plafond blanc de l'hôpital comme une carte vierge de la France, une France dénuée d'infrastructures, de villes et de chemins, une France ramenée au temps où des chasseurs-cueilleurs nomades la parcouraient en vain, Roland Peltier vit l'image de sa mort et celle de la disparition des hommes.

Il ne comprit que trop tard d'où était venu le coup fatal : il n'avait pas choisi le groupe Taulpin pour conduire les travaux.

Il emménagea dès lors, pour y mener la vie reculée et paisible d'un pêcheur à la ligne, dans un moulin abandonné de son département de naissance.

Le mécanisme avait depuis longtemps disparu, laissant un intérieur assez vaste que le préfet fit aménager. Seule demeurait à l'extérieur une roue à aubes qui tournait lentement, entraînée par l'Ardoigne.

L'hiver, il apercevait le château d'André Taulpin à travers les arbres.

7

Partout, Isabelle avait vu des familles détruites par des accidents de la route. C'était une fatalité universelle ; un enfant était mort sous ses yeux dans la Cordillère des Andes.

Un soir d'été, le bruit régulier et lointain de l'autoroute — ce n'était pas le bruit des moteurs, mais celui de la substance molle des pneus qui s'écrasait sur les grains de matière de la route, comme la mer sur le sable — s'était soudain interrompu, après un bref craquement. Le marquis et sa fille, qui buvaient un tilleul sur la terrasse du château, étaient alors montés jusque dans les combles de la tour la plus haute, d'où on pouvait apercevoir, l'hiver, un fragment de route. Ils ne virent qu'une lueur rougeâtre à travers les feuilles clignotantes des peupliers, lueur bientôt remplacée par la lumière intermittente des gyrophares bleutés. Isabelle et son père allèrent prier, cette nuit-là, dans la chapelle du parc. L'accident, ils l'apprirent le lendemain, avait fait plusieurs morts. On évoquait un possible suicide. Une voiture s'était encastrée dans un camion par l'arrière, son conducteur se tuant sur le coup. Le camion avait ensuite dévié de sa trajectoire, franchi le rail de sécurité et percuté, de face, une moto, avant de prendre feu. Les trois corps étaient, paraît-il, méconnaissables. Seul le chauffeur du camion, momifié par les flammes, avait gardé sa forme humaine.

Isabelle avait d'abord voulu entreprendre des études de médecine pour guérir les polytraumatisés de la route — elle se voyait, dans l'ambulance rectangulaire du SAMU, remplir sa mission sacrée avec un visage grave —, avant de donner à son ambition plus de recul et d'ampleur : Isabelle préférait intervenir en amont, sur les routes et sur les comportements de leurs usagers, plutôt que sur les corps effrayants des blessés.

Elle étudia le droit à Nantes et à Paris. Devenue avocate, elle se spécialisa dans la défense des victimes de la route. Les statistiques étaient effarantes : 10 000 personnes mouraient sur les routes chaque année, 50 000 étaient blessées. La France s'apprêtait à rendre la ceinture de sécurité obligatoire pour tous les passagers, à l'arrière comme à l'avant, mesure susceptible de sauver 1 000 vies par an. Mais le front était beaucoup plus vaste. Isabelle consulta toutes les ressources statistiques, toutes les études épidémiologiques, luttant avec les administrations opaques des ministères, attaquant parfois des assureurs pour se faire communiquer des chiffres détaillés.

Ce fut contre le constructeur de motocycles Peugeot qu'elle remporta sa première victoire significative.

Un adolescent qui remontait à mobylette la grand-rue d'Argel avait heurté le trottoir et perdu l'équilibre. Dans sa chute, la poignée de frein, effilée et pointue, lui avait perforé la rate. Il était mort presque sur le coup. Argel perdait alors presque un adolescent par an dans des accidents de deux-roues. Mais celui-ci, plus que les autres, n'aurait jamais dû mourir. Il faisait jour, il était sobre et il roulait à moins de 50 km/h. Isabelle obtint en appel la condamnation du constructeur, qui déboucha sur l'interdiction de ce type de poignées de frein — elles avaient tué, estimait Isabelle, plus de trente adolescents sur les dix dernières années.

La vitesse en avait tué vingt fois plus. Limitées à des cylindrées de 50 cm^3, les mobylettes, à leur sortie d'usine, atteignaient au mieux 60 km/h. Des sociétés commercialisaient cependant des kits qui permettaient d'atteindre 100 km/h en s'affranchissant des limitations techniques inhérentes aux moteurs deux-temps — dépourvus de soupapes, ces moteurs voyaient en effet leur piston découvrir successivement, pendant sa descente, le jour réservé à l'échappement et celui qui servait à l'admission, laissant durant un instant une partie du mélange explosif s'échapper avec les gaz brûlés. Ces gaz d'échappement, astucieusement compressés dans une chambre secrète située sous le moteur en amont du pot d'échappement, pouvaient cependant revenir exercer une pression qui retenait, au moment crucial, le mélange frais dans le cylindre, augmentant ainsi les performances du moteur. Le kit, comprenant une chambre et un silencieux, se vendait quelques centaines de francs et était particulièrement facile à installer.

Isabelle tenta de les faire interdire à plusieurs reprises. Elle y échoua systématiquement. Aucun homme politique ne voulait prendre le risque de passer pour l'ennemi de la jeunesse. Isabelle rencontra plusieurs députés qui avaient eux-mêmes pratiqué ce genre de modifications jadis et qui l'accusaient de vouloir castrer les adolescents du pays. Isabelle répliquait en vain que ces mobylettes trafiquées, dont les cadres devaient être renforcés par des barres en acier pour supporter les vibrations induites par leur vitesse excessive, avaient déjà émasculé 56 garçons.

Elle comprit qu'elle ne gagnerait son combat qu'au terme d'une longue bataille. Elle aurait à affronter le tout-puissant lobby de la route. Il faudrait pour cela faire évoluer les mentalités, remodeler l'opinion publique, imposer de nouveaux paradigmes à la civilisation de la vitesse.

La mort cruelle d'Ayrton Senna vint alors briser le consensus suicidaire, parfaitement symbolisé par la Formule 1, existant entre les sociétés industrialisées et la vitesse : ce fut le premier pilote de Formule 1 dont la mort apparut scandaleuse. Isabelle comprit que la société française était prête à entendre un discours plus offensif.

Dès lors, Isabelle ne parla plus jamais d'accidents, mais de violences routières, et n'évoqua plus jamais ceux qui conduisaient ivres ou trop vite autrement que comme des criminels en liberté ; elle fit des chauffards des délinquants, des responsables d'accidents des tueurs, des récidivistes des tueurs avec préméditation. En élargissant le concept de victime aux blessés et aux familles touchées par un deuil, elle arriva facilement au chiffre de 500 000 victimes de la route par an.

Elle fonda une association qui regroupait des victimes handicapées, des mères en deuil, des orphelins comme elle. À chaque 24 Heures moto, elle déployait sur le pont de l'autoroute qui menait au Mans une banderole enjoignant aux motards qui se rendaient sur les lieux de leur grand culte annuel de respecter les limitations de vitesse et l'interdiction de l'alcool. La banderole faisait aussi le décompte macabre des morts de l'année en cours pour le seul département de la Mayenne — le chiffre changeait presque tous les jours. L'Automobile Club de l'Ouest, qui organisait la manifestation, parvint à la faire condamner plusieurs fois grâce à la plainte du groupe Taulpin, qui exploitait l'autoroute.

Isabelle était à présent une adversaire identifiée. Son cabinet parisien traitait plusieurs centaines de dossiers par an. Elle ne plaidait plus que pour les cas les plus emblématiques, comme les récidives et les délits de fuite, ou ceux qui mettaient en cause la responsabilité des constructeurs.

Ceux-ci vendaient des voitures qui roulaient beaucoup trop vite. La loi interdisait pourtant de dépasser les 130. Leurs publicités, mettant en scène des pilotes de Formule 1 et insistant sur les plaisirs virils de la conduite, étaient pour Isabelle des outils de propagande meurtriers.

La presse spécialisée, qui entretenait d'excellents rapports avec les constructeurs, allumait des contrefeux, incriminant sans cesse les infrastructures routières, responsables selon elle de la presque totalité des accidents de la route. Elle déplaçait aussi le combat d'Isabelle sur le terrain politique piégé des libertés individuelles : la voiture gênait, car elle était un symbole de liberté.

L'un des plus beaux succès d'Isabelle fut transformé en débâcle technocratique par les lobbyistes de la vitesse. Elle avait en effet obtenu que la France, comme les autres pays européens, tienne compte, dans sa manière de calculer le nombre de tués sur les routes, des blessés graves qui succombaient à leurs blessures après 30 jours, et non plus seulement 6. Le ministère, plutôt que de modifier en profondeur son outil statistique, préféra pondérer le nombre de tués par un coefficient de 1,069 %, qui représentait le nombre moyen des décès tardifs. Dès lors, il devenait possible de contester les chiffres d'Isabelle, en rappelant qu'il s'agissait d'une approximation, et non d'une photographie exacte du nombre de tués sur les routes.

Plus grave, Isabelle d'Ardoigne recevait de nombreuses menaces de mort et se savait régulièrement suivie.

Le célèbre Prince noir, qui avait accompli, en 1989, un tour complet du périphérique parisien en 11 minutes, lui lança un défi mortel sur le forum télématique des Motards en Colère : aurait-elle le courage d'être sa passagère pour sa nouvelle tentative de record ? Il s'agirait, cette fois, de parcourir un tour entier à contresens en moins de 10 minutes.

Isabelle était devenue, en quelques années, la femme à abattre.

On la soupçonnait de vouloir faire interdire la Formule 1, d'obliger les constructeurs à monter en série des limitateurs de vitesse liberticides ; on évoquait un plan secret qui visait à doter tous les villages de France de ralentisseurs susceptibles de briser les essieux des voitures et d'envoyer les motards innocents au ciel.

Dans les lettres d'information des fédérations d'automobilistes, Isabelle devint le symbole de la répression aveugle qu'on menait contre eux au nom de la sécurité routière. Elle était derrière le permis à points, interprété comme le recul le plus manifeste des libertés individuelles en France depuis la guerre, derrière la multiplication des radars, rapportés aux prophéties de Bernanos sur la soumission prochaine de la France aux robots, derrière les lois sur l'alcool au volant qui mettaient en péril les équilibres subtils de la civilisation française — les déjeuners d'affaires étaient désormais condamnés, les restaurants devraient fermer par centaines, les vignes même seraient prochainement menacées. La France serait bientôt défigurée : des associations regroupant des parents de victimes avaient obtenu qu'on supprime peu à peu les arbres qui bordaient les routes de France. Chaque année, le Tour de France permettait de constater les sacrifices paysagers qu'on avait imposés au pays au nom de la sécurité routière : les champs étaient crevés, partout, d'immenses ronds-points destinés, contre la pédagogie rigoureuse et inégalitaire de la priorité à droite, à réguler la circulation avec l'indifférence et l'équanimité des vidanges d'évier.

Isabelle fit aussi l'objet, peu après les grandes grèves de 1995, d'une enquête minutieuse du magazine d'extrême droite *Minute*. Une photo, sur la double page qui ouvrait l'article, opposait deux images : on y voyait les quais déserts de la Gare du Nord à gauche, et, à droite, les 14 voies congestionnées de la fusion entre A1 et A3, un peu au sud de

Roissy. La légende opposait la France des cheminots à la France de la liberté, et évoquait « le triomphe d'Isabelle d'Ardoigne, la dame blanche des routes de France ».

L'enquête qui suivait prenait pour point de départ une photographie d'Isabelle. Le journaliste prétendait avoir remonté la piste de son histoire familiale à partir d'un simple agrandissement de celle-ci. L'objet qu'elle portait autour du cou était l'aiguille d'un injecteur. Le journaliste en concluait qu'Isabelle entretenait de bien étranges rapports avec le monde automobile.

La pièce provenait, d'après les garagistes qu'il avait consultés, d'une voiture spécifique, la plus rapide de son temps, une Mercedes 300 SL, surnommée jadis *Widow Maker*, faiseuse de veuves — il s'agissait, en l'occurrence, plutôt d'une *faiseuse de veuf*. Le journaliste dissertait également sur le nom du constructeur allemand, symbole d'amour paternel — c'était le nom de la fille de l'un de ses fondateurs. Amour paternel désormais bien perverti, puisque retrouvé affreusement caricaturé au cou d'une orpheline, dans un fétiche œdipien que le journaliste s'amusait à nommer improprement « gicleur ». S'improvisant psychanalyste, le journaliste, bien renseigné, notait soudain qu'il n'y avait rien d'étonnant à ce que la brillante traumatisée de la route n'ait pas trouvé à se marier : elle préférait les *Mercedes* aux hommes.

L'auteur révélait enfin une information clé, livrant au passage le nom de son effrayant commanditaire, et transformant l'ensemble de l'article en lettre de menaces : on apprenait — le fait était rapporté comme une coïncidence amusante —

que la Mercedes avait appartenu à un important industriel, devenu depuis le roi de l'autoroute.

André Taulpin avait surtout été jusqu'ici, pour Isabelle, le nom d'un voisin indélicat, souvent moqué par son père pour son manque de goût et son arrivisme social. À moins d'élargir le concept de mise en danger de la vie d'autrui à des causes contre lesquelles elle-même n'aurait jamais plaidé — mise à la disposition d'un tiers d'une arme par destination, négligence dans le dessin de la nationale, antécédents d'excès de vitesse —, André Taulpin ne pouvait en aucun cas, juridiquement du moins, être tenu pour responsable de la mort de sa mère. Étrangement, il avait choisi — Isabelle découvrit qu'il était secrètement l'un des actionnaires du magazine — d'endosser publiquement cette responsabilité, et en des termes qui ne laissaient aucun doute sur ses intentions : il ne s'agissait pas d'une lettre d'excuses, mais d'un article ignoble, rempli d'insinuations scandaleuses et de menaces à peine voilées.

André Taulpin, clairement, lui déclarait la guerre.

Isabelle savait que la cause qu'elle défendait heurtait les intérêts du groupe Taulpin. Mais elle ne comprenait pas l'intérêt de passer d'un conflit souterrain à un conflit ouvert.

Elle avait lu l'article avec écœurement, pensant surtout à son père, qui le lirait avec rage — la reprise de l'anecdote du pendentif était comme une profanation de l'histoire familiale, presque aussi terrible que si l'on avait exhumé sa mère. Cependant, le vieux marquis réagit plutôt calmement et parut même soulagé de voir Taulpin avouer enfin son crime.

Isabelle choisit alors de politiser son combat pour lui donner plus de force. Elle travailla de concert avec les ministres des Transports, rédigeant à leur demande plusieurs rapports.

Désireuse de ne pas s'aliéner les associations de motards, elle défendit dès son premier rapport la pose d'un deuxième rail de sécurité dans la plupart des courbes, seul moyen d'éviter aux motards partis en dérapage de se faire décapiter par les poteaux sustenteurs du dispositif conçu à l'origine pour les seuls automobilistes.

Ces rapports, sur la prévention de la conduite sous l'emprise du cannabis chez les jeunes et sur les délinquants routiers récidivistes, furent très largement suivis d'effets.

Isabelle exerçait à présent son influence bénéfique au cœur de l'appareil d'État.

Elle connut son plus éclatant triomphe en 2002, quand le président Chirac, à peine réélu, fit de la sécurité routière une grande cause nationale. L'emblématique avocate fut reçue à l'Élysée et fit le tour des plateaux de télévision. Elle manqua cependant, de peu, un poste de secrétaire d'État ou de déléguée interministérielle.

Déçue, elle s'engagea dans le camp opposé et fut bientôt élue, grâce à sa renommée et son sérieux reconnu, maire d'Argel — elle s'était installée dans une grande maison moderne à l'entrée du bourg. Son élection, qui mit fin à trois quarts de siècle de domination de la famille Taulpin-Piau, fut perçue par le marquis comme le rétablissement inespéré des Ardoigne dans leurs droits ancestraux.

Quelque temps après, Isabelle fut élue sénatrice socialiste de la Mayenne, héritant ainsi d'un poste qu'avait occupé vingt ans plus tôt son invisible ennemi, André Taulpin.

Dès lors, elle fit tout ce qui était en son pouvoir pour obtenir le prolongement de la ligne à grande vitesse Paris – Le Mans jusqu'à Laval et Rennes.

Le train était le moyen de transport le plus sûr.

La Mayenne est l'un des départements les plus réguliers de France : c'est un rectangle transformé, par l'énorme masse de la Bretagne, en un parallélogramme presque parfait. Les diagonales d'un parallélogramme définissent, à leur point d'intersection, le centre de gravité de la figure. À cet égard, Argel, situé en ce point précis, à quelques kilomètres à l'est de Laval, le centre économique et politique du département, occupait une position privilégiée.

Si l'on suit la typologie qu'André Siegfried proposa en 1913 dans son *Tableau politique de la France de l'Ouest sous la troisième République*, identifiant le vote conservateur aux sols granitiques et le vote progressiste aux sols calcaires — champs resserrés, habitat dispersé en hameaux, chemins souvent inondés, influence quasi exclusive du prêtre ou du grand propriétaire foncier, généralement noble, d'une part, contre champs ouverts, habitat concentré, circulation plus facile, influence plus marquée de l'instituteur, du colporteur et des corps intermédiaires, d'autre part —, Argel devait occuper une position politiquement indécise.

Situé entre les premiers contreforts du Massif armoricain et le Bassin parisien tout proche, Argel possède un sous-sol complexe. On avait trouvé, sur le territoire de la commune, plusieurs vestiges, dont certains très récents, d'anciennes carrières. Et si la mine d'or dont l'existence avait été plusieurs fois rapportée n'avait jamais été découverte, le sous-sol de la commune demeurait particulièrement varié.

Trop à l'est, Argel n'était pas taillé directement dans le socle d'une ancienne montagne, mais posé sur les écailles redressées de ses premiers contreforts — à l'exception de quelques veines de quartz, roche souvent associée au granite, la roche magmatique typique du Massif armoricain, on était plutôt dans le domaine des roches métamorphiques. Des carrières d'ardoise, roche particulièrement prisée dans l'Ouest pour la couverture des toits, étaient attestées par plusieurs historiens, et encore présentes jusque dans l'étymologie des lieux : des hameaux ou des fermes nommés Ardoisé, Ardouassé ou le Petit-Ardigné, et évidemment la rivière elle-même, l'Ardoigne, qui coulait pourtant, du moins sur son parcours argeléen, entre deux falaises d'un schiste très friable, nommé localement *arjalètre*. C'était aussi une roche métamorphique, issue de couches argileuses compressées par le Massif armoricain, au temps où il s'élevait à plusieurs milliers de mètres.

Le reste du sous-sol du village était cependant essentiellement calcaire.

Les grands fours à chaux en ruine, surtout situés au sud du village, furent ainsi adossés aux collines qu'ils avaient vocation à détruire, collines faites d'une roche calcaire typique des bassins sédimentaires, et ici soulevées par le massif voisin.

Un gisement de marbre noir, veiné de blanc, presque épuisé, avait été longtemps exploité à l'est du village. Le marbre est une roche métamorphique — un calcaire aux propriétés modifiées par les forces de compression gigantesques qui se sont exercées sur lui. Il pourrait s'agir des ultimes traces d'un océan disparu, dont les sédiments auraient, longtemps après que celui-ci fut devenu une mer intérieure puis un lac de sel, cristallisé et cuit. Le resserrement des plaques à l'origine du Massif armoricain aurait alors plissé l'ancien fond océanique avant de le faire éclater en de multiples fragments qui se seraient retrouvés, courtes veines noires et blanches interrompues et cassantes, à différents étages des montagnes naissantes. Ce marbre, de qualité moyenne, se retrouve largement dans les tombes de la région et a servi de support à quelques horloges fabriquées au XIXe siècle par un horloger de Laval, dont les productions apologétiques, qui représentaient surtout des prêtres en prière, ornent encore aujourd'hui de nombreux presbytères de l'Ouest.

La Mayenne était un département qu'on traversait sans s'y arrêter. Cela durait à peine une demi-heure, grâce à une autoroute qui s'appelait déjà *l'Armoricaine*. Les attraits touristiques se résumaient là à quelques grands panneaux marron sur lesquels figuraient des vues simplifiées de quelques lieux notables — dont aucun, si l'on suivait l'ancienne typologie des Guides Verts, n'aurait probablement atteint les trois étoiles signifiant *Vaut le voyage*. Seul le village fortifié de Sainte-Suzanne, qu'on voyait au loin, avait obtenu deux étoiles, *Mérite un détour*, mais l'absence de sortie d'autoroute correspondant au panneau ne permettait pas aux automobilistes de suivre cette recommandation. C'était, le reste du temps, un paysage de campagne, ininterrompue, avec quelques exemplaires emblématiques de l'architecture rurale de l'Ouest, qui parvenaient parfois à séduire de rares automobilistes amateurs de pittoresque, le temps qu'ils réalisent que la proximité de l'autoroute devait rendre ces maisons inhabitables.

La Mayenne comptait à peine trois cent mille habitants : c'était le soixante-quatorzième département de France. Sa surface représentait un peu moins du centième de celle de la France — 1/100 000e de celle du monde.

Enclavée entre Le Mans et Rennes, deux villes qui faisaient respectivement le triple et le quadruple de sa taille, Laval, sa préfecture, voyait toutes ses possibilités de développement irrémédiablement bloquées et resterait pour l'éternité une ville moyenne. La cent vingtième ville de France n'intégrerait jamais le top 100.

Ainsi, la Mayenne, département frontalier et interface occidentale du royaume de France jusqu'au rattachement de la Bretagne, s'était peu à peu, et à mesure que cette dernière, finistère régional d'un finistère continental, devenait un centre, transformée en périphérie.

Roland Peltier connaissait trop les subtilités et les dynamismes secrets de la carte de France pour déplorer cette évolution logique. Le département était comme une case restée enfoncée sur un échiquier truqué ; on avait déjà fait jouer son mécanisme et ouvert le passage secret vers l'Ouest dont il commandait l'ouverture.

La Mayenne vivait désormais retirée loin de l'histoire et de la géographie ; c'était, pour Roland Peltier, vieux préfet évincé, une terre d'exil idéale.

Le département recouvrait à peu près la moitié occidentale de l'ancienne province du Maine, appelée le Bas-Maine, par opposition au Haut-Maine, plus riche, de la région du Mans, la capitale de la province.

Deux étymologies se disputaient le nom du département. Pour l'une, qui s'appuyait sur un texte contesté de Lucain — dont des passages de *La Pharsale* avaient également permis d'établir les racines troyennes des Gaulois et des Francs —, la rivière s'était d'abord appelée Meduana, on l'on reconnaissait le mot *mediam*, désignant le centre ou le milieu ; c'était une thèse qui faisait de la rivière une nervure historique, une frontière naturelle : le dernier grand affluent de la Loire en rive droite, le premier obstacle opposé aux velléités conquérantes des Bretons. L'autre thèse, qui voyait dans le mot *Mayenne* une résurgence du terme *madere*, humide, mouillé, insistait au contraire sur les caractéristiques les moins nobles du département frontalier, à la terre souvent collante et aux champs parfois inondés.

La Mayenne avait de fait, entre octobre et mars, quelque chose de boueux et de lourd. C'était pour le préfet une période interminable, qui coïncidait avec la fermeture de la pêche et l'ouverture de la chasse. Les feuilles mortes se prenaient dans les pales de son moulin. Tout semblait ralentir et se caler sur le rythme lent des coups de fusil dans les lointains humides.

Le département aurait alors pu disparaître en entier, sans que personne ne s'en aperçoive.

Le haut fonctionnaire retraité se plut pourtant dans son département de naissance.

Il passait l'hiver et l'automne à lire, essentiellement des biographies historiques ou les Mémoires de personnages qu'il avait croisés — cadres d'Uriage passés de la Révolution nationale à la IVe République, réformateurs géniaux et oubliés, gaullistes de gauche et communistes de droite, prêtres ratés devenus ingénieurs d'État, héros de la Résistance devenus des capitaines d'industrie visionnaires. Roland Peltier classait aussi ses archives, s'apprêtant à son tour à rédiger ses Mémoires. Il repensait souvent à Foccart, à Taulpin et à sa carrière avortée. Il éprouvait peu de regret. Il n'avait ni rêvé d'une immense fortune ni voulu devenir une figure de la vie politique. Ses ambitions personnelles n'avaient pas été déçues — il n'en avait jamais eu. L'histoire, se disait-il, lui rendrait justice. Il aurait changé, en secret, le visage de la France.

Au printemps et à l'été, le préfet passait des journées entières à pêcher. Il disparaissait alors dans sa vallée invisible, au-dessous des champs et des villages, le long d'un talweg seulement signalé de loin par les feuilles tremblantes des peupliers qui en bordaient le cours.

Il s'installait sur un trépied au bord de l'eau, sur la rive extérieure d'un méandre de l'Ardoigne. La petite falaise de terre meuble qui le supportait, érodée par l'énergie cinétique de l'eau, lentement sapée par les terriers des rongeurs aquatiques, s'effondrerait dans deux ou trois saisons.

Il restait là pendant des heures juste au-dessous du monde des hommes, relégué loin de ses anciens rêves, laissant l'eau accomplir à sa place son travail d'aménagement du territoire.

Les années passèrent. Le préfet recula de quelques mètres, les travaux de l'autoroute Alençon – Le Mans – Tours furent relancés. André Taulpin était encore en vie de l'autre côté du rideau d'arbres, Foccart avait fini par mourir.

Quelques mois plus tard, le vieux préfet reçut une lettre posthume de son ancien mentor.

Mon cher Roland,

Il existe une société secrète ancienne, plus ancienne encore que la franc-maçonnerie. Elle aurait été fondée, un peu comme la Résistance, à la suite d'une catastrophe militaire et se serait promis de tout faire pour que cela ne se reproduise pas. Par miracle, elle se serait perpétuée jusqu'à moi.

Quelles sont les preuves que je pourrais produire pour vous convaincre du sérieux, du vague sérieux, de l'amusant sérieux de tout cela ? À peu près aucune. Notre société, si elle existe — hypothèse que vous aurez à envisager sérieusement, comme je l'ai fait moi-même avant d'y souscrire pleinement, aidé en cela, il est vrai, par la stature toute particulière de notre grand maître d'alors —, ne laisse aucune archive. Elle fonctionne un peu comme le téléphone arabe. Ce qui est fort ironique si l'on considère les origines de tout cela.

C'est une structure dissipative, aux statuts originaux. Elle comptait au début une soixantaine de membres. À chaque génération, chaque membre choisit un héritier, à l'exception de l'un d'eux, qui reste sans descendance. Celui-ci sera le commandant suprême de sa génération.

Vous allez rire, son titre exact est «préfet», préfet de la Marche, praefectus marchis, ce que quelques-uns, confondant le substantif avec son génitif, préfèrent traduire par marquis. Ce préfet, quoi qu'il en soit, est élu par ses pairs. Et c'est ici que la chose prend toute sa saveur.

Car notre société, ainsi conçue, décline immanquablement à travers les siècles. Elle est plus ou moins programmée pour s'éteindre en l'an 2000. Ma génération aura compté trois membres.

Vous voyez, n'est-ce pas, la subtilité de la chose ; la génération suivante sera non seulement l'avant-dernière, et devra décider quel héritier, véritablement messianique, désigner pour conclure tout cela, mais elle souffrira aussi d'un problème d'autorité : comment élire un préfet, quand les votants ne sont plus que deux ? L'un va-t-il voter contre lui-même ? Ce serait un peu dommage. Il serait préférable que nos deux derniers frères se détestent — solution merveilleuse, n'est-ce pas, qui devrait rendre les derniers jours de notre société déclinante terriblement romanesques. Je dois reconnaître que cette solution, qui m'enchante, n'est pas de mon fait. Elle est née dans le captivant cerveau de notre défunt préfet, et a commencé à être déployée il y a près d'un demi-siècle par mon regretté alter ego, un aristocrate charmant et assez fairplay pour se désigner, après des siècles et des siècles de transmission dynastique classique, un successeur roturier, mais ardent. Un successeur, avouons-le, si bien trouvé que j'ai longtemps été affreusement jaloux qu'il ne soit pas le mien. Mais notre marquis, étant plus âgé que moi, disposait du privilège de l'âge. Alors j'ai attendu, et cela pendant plusieurs décennies, aidant même, par charité ou goût de la difficulté, votre futur rival à devenir ce qu'il est devenu.

Je ne vous mentirai pas en vous faisant croire que j'ai d'emblée pensé à vous. Vous étiez, cependant, dès le début, une hypothèse intéressante. Il y en eut d'autres, et certains devinrent même plus puissants que vous ne le fûtes jamais. Alors pourquoi vous ?

Votre prénom, bien sûr, vous prédisposait — autant que vos compétences — à devenir mon disciple.

Mais le cahier des charges dont j'avais hérité stipulait qu'il faudrait que, sans faute, mon successeur soit l'ennemi de celui du vieux marquis.

Cela m'a demandé beaucoup de travail.

Permettez-moi, à cet égard, de vous éclairer sur un point : votre disgrâce est l'un de mes plus beaux triomphes.

J'ai fait de vous, en vous faisant nommer préfet de Loire-Atlantique, puis de la région Pays de la Loire — le nom moderne de notre vieille Marche —, le plus parfait des disciples : à ma connaissance l'unique membre de notre confrérie dont la vie est devenue, à ce point, une imitation de celle de notre glorieux ancêtre.

Vous devinez, n'est-ce pas, les origines glorieuses et mythiques de notre confrérie ?

Elle aurait pour fondateur le célèbre Roland, le préfet de la Marche, celui de la Chanson, *celui de l'Arioste. Ou plutôt, puisque Roland fut lâchement assassiné, elle aurait été fondée par ses lieutenants — l'un de ceux que le texte désigne du nom de « fleurs de la France » : Geoffroy d'Anjou, Olivier le Preux, Gerier, Othon, Annseïs le Vieux, Astor, Gautier de l'Hum, Samson, etc., j'en oublie certainement, ils étaient une soixantaine. Je dois descendre, en ligne directe, de l'un d'eux. Mon prédécesseur, un homme d'Église, m'a laissé entendre, dans l'unique lettre qu'il m'a transmise, qu'il pourrait s'agir d'un ecclésiastique plutôt que d'un soldat. Cela me conviendrait parfaitement. Une éminence grise, un homme de l'ombre. Le seul ecclésiastique de la* Chanson *est l'archevêque Turpin. Vous devinez ce que cela a d'amusant. Hélas, il est dit qu'il serait mort en même temps que notre héros, et enveloppé avec lui dans un même linceul en peau de cerf.*

À la mort du valeureux neveu de Charlemagne, ses compagnons auraient en tout cas décidé de célébrer sa mémoire et de perpétuer son héritage. Le cor de chasse de la légende, qui retentit à Roncevaux, est à n'en pas douter une allégorie de notre sympathique compagnie. Durandal, son épée brisée, je vous en laisse l'exégèse.

Alors, devez-vous vous demander, à quelle mission êtes-vous dorénavant prédestiné ? Vous devez protéger l'empire de Charles le Grand, et plus spécifiquement sa marche occidentale, contre d'obscurs dangers. Les Celtes, les Sarrasins, les Saxons, les Slaves ? À vous de décider. Vous connaissez, j'imagine, l'adversaire que je me suis choisi. Je me suis plutôt bien démené, n'est-ce pas, cher ami ?

Mais plus encore, votre mission sera d'achever dignement l'histoire de notre société. Il viendra un jour où vous devrez faire un choix. Je vous laisse entièrement libre de décider lequel. Sachez seulement qu'il aura des implications absolument cruciales sur l'histoire de l'humanité.

Comment puis-je affirmer cela, sans vous donner plus d'informations ?

Disons que tout est préparé de longue date. J'ai beaucoup collaboré avec l'unique autre membre de votre génération, et je me suis assuré de la radicalité excessive de ses positions. Vous l'avez souvent croisé. On peut même affirmer que vous êtes devenus de solides ennemis. Vous voyez, évidemment, quel est cet homme.

Vous êtes son Roland, il sera votre Ganelon…

Vous serez bientôt confronté à un choix. Allez-vous le laisser vous trahir encore, allez-vous vous opposer à lui ?

Cela ne me regarde plus, mais sachez que l'Histoire, elle, vous regardera, et qu'il n'est pas un membre de notre confrérie millénaire qui n'ait travaillé pour qu'advienne ce moment d'absolue, de dangereuse, de cruciale vérité.

Il existe (je ne devrais rien vous dire, et ne vous dirai presque rien. Je ne sais presque rien moi-même) tout près de l'endroit où le hasard, ou la haine, ou encore ma secrète influence, a voulu que vous vous établissiez un lieu important, un lieu dont notre société a la garde. S'agit-il du tombeau de Roland ? Le corps de Roland allait être rapatrié quand a eu lieu la bataille décisive. L'empereur l'aura-t-il laissé là ? L'aura-t-il ramené jusqu'à Aix ? L'aura-t-il rendu à ses terres ? La légende, à ce stade, devient assez confuse. De nombreuses églises présentent des plaques ambiguës. Les Pyrénées entières revendiquent son tombeau. On raconte, ici ou là, avoir vu passer un corps à travers les bois. On tient tel ou tel dolmen pour une pierre tombale. Tout cela est très confus. J'ai, croyez-moi, lancé des investigations très sérieuses. Mais j'ai fini par comprendre qu'il n'était pas encore temps d'intervenir.

J'étais né une génération trop tôt. Il ne m'appartenait pas de dévoiler les derniers mystères de notre confrérie ni de mettre fin à son histoire.

J'ai fini, pourtant, par identifier l'emplacement véritable de ce tombeau, et cela, par le plus grand des hasards, en lisant un livre sur les mégalithes. Évidemment, il est près de vous.

Que contient-il, en plus, ou à défaut, du corps rouillé de notre chevalier ? Il doit s'agir d'une sorte d'arme absolue — une arme tout intellectuelle, rassurez-vous.

Essayez d'imaginer, pour vous en faire une idée, l'équivalent, pour des hommes primitifs, de la bombe atomique.

Il viendra un jour où vous devrez choisir d'en dévoiler l'existence — et ce sera une révolution unique dans l'histoire humaine — ou bien de la supprimer, et de débarrasser l'histoire humaine de la désagréable hypothèque que cette chose représente.

Vous pensez sans doute, parvenu à ce stade de ma lettre, que je me joue de vous. C'est certain. Dites-vous bien que je me joue de vous depuis le début, et que le jeu est quasiment déjà joué.

Votre dévoué maître,
Jacques Foccart

9

Pierre Piau avait eu une divine surprise en revoyant son frère à la gare de Laval. Yann l'attendait devant sa voiture, une BMW noire, les jambes un peu écartées et les mains dans les poches d'une veste en cuir noir. Il mâchait un chewing-gum et portait une casquette noire sur laquelle était écrit en caractères jaunes le nom de sa société de surveillance : Piau-Sécurité. Il avait un peu grossi. Il faisait autant peur qu'il inspirait confiance.

Il s'excusa de ne pas avoir pu se garer plus près, à cause des travaux : on construisait, devant la gare, le premier parking souterrain du département.

Les places de parking avaient toujours manqué. C'était une bonne chose. Et la sécurité des véhicules serait garantie par un système de vidéosurveillance.

Contrairement à son frère, Yann Piau n'avait pas quitté sa région natale. Plusieurs facteurs l'avaient cependant dissuadé de reprendre la ferme familiale.

Les conditions économiques s'étaient peu à peu durcies. L'achat, au milieu des années 1980, d'une moissonneuse-batteuse avait durablement déséquilibré les comptes de l'exploitation, alors que la volatilité du cours du lait, malgré un contrat d'exclusivité aux termes très favorables avec le groupe Beriens, rendait toute projection dans le futur délicate. La géographie même des lieux — la ferme était encadrée au nord par l'autoroute, à l'ouest par l'Ardoigne et au sud par la nationale — rendait par ailleurs improbable, après les fructueux échanges de parcelles du remembrement, une nouvelle revalorisation des terres de Vaultorte — des rumeurs annonçaient même que la future ligne à grande vitesse Paris-Rennes passerait par ici.

Yann s'était donc inscrit en BTS de logistique. Pendant deux ans, il avait appris à optimiser les trajectoires des transpalettes dans des entrepôts imaginaires et à minimiser les pertes de charges fatales à la rentabilité du transport des matières pondéreuses.

Il avait sympathisé avec un garçon de sa classe dont le père possédait l'une des plus importantes plates-formes logistiques de Laval. Ludovic Auvé était très sûr de lui, roulait en moto et préparait son brevet de pilote. Il vivait, comparativement à Yann, dans un monde extrêmement luxueux. Ses parents possédaient une piscine — ce qui était alors rarissime dans les départements situés au nord de la Loire. Pratiquant le karting depuis l'enfance, il voulait devenir pilote de Formule 1. Une fois ses études terminées, Yann avait été embauché, comme commercial, dans la société Auvé-Transport, et s'était bientôt marié avec Stéphanie Marchand, la sœur de l'un de ses collègues. Ils se firent construire, dans un lotissement d'Argel, une maison fonctionnelle d'allure éminemment rustique. Elle dominait un ruisseau qui se jetait dans l'Ardoigne ; son jardin descendait à pic, puis se redressait juste avant d'atteindre l'eau. Le couple avait deux enfants, un garçon et une fille.

Initié par Ludovic, qui avait abandonné sa carrière de pilote pour seconder son père, Yann s'était mis à la chasse. C'était l'activité idéale pour rencontrer des entrepreneurs locaux, susceptibles de signer des contrats de transport. Yann s'était pris au jeu et était devenu un excellent chasseur. Il avait même été plusieurs fois convié aux prestigieuses chasses de son grand-oncle par alliance, André Taulpin, qui avait manifesté ainsi une certaine ouverture, sans conséquence, envers la famille Piau. Yann avait tué là son premier sanglier, événement qu'il avait fêté le soir même en invitant ses parents au Bistrot de Paris, le meilleur restaurant de Laval. Il avait commandé une bouteille de clos-vougeot à plus de 1 000 francs.

Il avait récupéré sa part du sanglier le lendemain, parfaitement rangée dans une dizaine de sacs de congélation qui tenaient dans deux cageots en plastique bleu. On avait beaucoup plaisanté sur une éventuelle naturalisation de la bête. Un mois après sa prise, Yann s'était vu remettre, de la part de son grand-oncle, la tête naturalisée du sanglier, la bouche entrouverte, les crocs saillants et la langue vernie.

Pierre salua la bête, qui décorait l'entrée, et félicita son frère.

Yann était rapidement devenu un chasseur passionné. Il avait acheté un épagneul, affectueux et joueur, et lui avait construit un chenil en contrebas de son jardin.

114

L'année d'après, il avait fait l'acquisition d'une femelle et s'était vite retrouvé avec une portée de six chiots, qu'il avait vendus à des compagnons de chasse.

Yann aimait les chiens et disposait d'assez de terrain pour se lancer dans l'élevage. Il apprit le dressage et construisit un deuxième enclos pour passer à une autre catégorie de chiens, très faciles à commercialiser : les bergers allemands.

Les entrepôts Auvé étaient fréquemment cambriolés. Yann eut un jour l'idée de monter une société de gardiennage. C'était un peu étrange, mais le père Auvé comprit le désir d'indépendance de son jeune commercial et accepta sa démission. Il devint son premier client.

Yann était désormais à la tête d'une PME florissante qui employait plus de vingt personnes, dont sa propre femme, à titre de comptable. Il sécurisait une quinzaine d'entrepôts et de magasins, répartis pour la plupart des deux côtés de la nationale, un peu avant Laval.

Yann comprenait mal ce que Pierre venait faire à Argel. Son frère avait prétexté un soudain besoin de nature et de vie simple, laissant entendre, sans trop insister de peur de se mettre à y croire, qu'il faisait une dépression, et restant dans le flou quant à la durée de son séjour. Il avait en réalité rendu les clés de son studio et déposé la totalité de ses biens — essentiellement des livres — dans un garde-meuble.

Pierre avait suivi de loin — il était très rarement revenu à Argel — l'aventure entrepreneuriale de son frère, qu'il avait toujours considérée comme l'excroissance un peu monstrueuse de sa passion pour les chiens. Il n'avait pas vu la métamorphose du jeune homme timide en notable, pas plus qu'il n'avait imaginé qu'il deviendrait un jour l'incarnation virile de l'homme enraciné, du héros volontaire et modeste de la France profonde, du *souchien* idéal. Tout était parfait jusque dans les moindres détails : sa cuisine était en chêne, sa femme était blanche, les questions de sécurité occupaient une place centrale dans son existence ; il travaillait dur mais vivait relégué dans une zone périurbaine ; il aurait dû, comme ses ancêtres, devenir agriculteur, mais, face aux dangers toujours renaissants qui menaçaient la civilisation européenne, il avait préféré, pour protéger sa communauté, devenir, tel un chef de clan, le responsable local d'une milice d'autodéfense.

Il avait pour cela dû faire remonter le chien au stade du loup.

Pierre regardait son frère avec admiration. Il y avait là, dans chacun de ses gestes, dans sa tenue presque militaire, dans les ailes légèrement couperosées de son nez d'amateur de vin, un leader politique en puissance.

Parti plus de quinze ans auparavant d'Argel pour écrire à Paris une thèse sur Jean Chouan qu'il n'avait jamais sérieusement commencée, Pierre Piau avait fini par se souvenir de son héros de jeunesse, et était revenu dans son village de naissance avec des idées insurrectionnelles.

Il avait beaucoup lu et beaucoup échangé, dans le silence paradoxal des forums. Il s'était formé des opinions dangereuses, un idéal ambigu, entre le destin tragique d'un contre-révolutionnaire assassiné et celui, plus douteux, d'un fondateur d'empire

— il avait lu *Mein Kampf* avec intérêt, un fait retenant tout particulièrement son attention : « Une heureuse prédestination m'a fait naître à Braunau am Inn, bourgade située précisément à la frontière de ces deux États allemands dont la nouvelle fusion nous apparaît comme la tâche essentielle de notre vie, à poursuivre par tous les moyens. »

Pierre était, lui aussi, un enfant de la frontière, un enfant des Marches.

Il avait décidé d'abandonner Paris et de rejoindre Argel pour réactiver cet héritage. Les vieux plis inertes des confins orientaux du Massif armoricain pouvaient encore libérer l'énergie qu'ils avaient emmagasinée pendant des millénaires. Le glacis de la Marche tremblerait bientôt, entraînant, comme un casse-tête soudain privé de sa clé, la Bretagne avec lui, puis provoquant l'effondrement de la France républicaine.

Yann, après avoir fait visiter sa maison à son frère, le conduisit chez ses parents, où il avait prévu de s'installer quelque temps.

Depuis qu'ils avaient pris leur retraite, ceux-ci n'habitaient plus Vaultorte mais une maison dans un nouveau lotissement. Ce lotissement était l'un des grands succès de la nouvelle maire — Yann lui en avait déjà beaucoup parlé.

Il était construit, comme tous les autres — lotissement du Pré, du Plessis, de la Vallée —, sur d'anciennes parcelles agricoles, mais la maire avait voulu, cette fois, que ce paysage de bocage, qui était l'un des atouts touristiques du département, ne soit pas entièrement remodelé. Les anciennes haies avaient été préservées, les arbres centenaires n'avaient pas été abattus. Les maisons étaient bâties en retrait de la rue afin que le lotissement conserve un caractère champêtre. On était loin des lotissements primitifs, avec leurs maisons jumelées et leurs potagers monotones, entretenus par des agriculteurs retraités encore obsédés par le rendement de la terre et dénués de tout souci paysagiste — en quelques années, l'emprise des cultures augmentait, jusqu'à occuper la totalité de l'espace disponible, tandis que l'allée principale, qui distribuait les rangs de tomates, de haricots et de salade et qui menait aux fils parallèles de l'étendoir à linge, finissait toujours par être bétonnée pour des raisons de confort. La maire avait cette fois interdit par décret de mettre plus du quart des nouvelles parcelles en culture.

Les parents de Pierre et Yann avaient respecté la règle. Leur père avait néanmoins acquis un motoculteur disproportionné, mais il l'utilisait uniquement pour retourner ses plates-bandes et s'en interdisait l'usage le dimanche — c'était un lotissement très calme. Les voitures elles-mêmes ne faisaient presque aucun bruit, grâce à différents aménagements qui les empêchaient de dépasser 30 km/h. Les enfants pouvaient jouer dans la rue.

Pierre apprit que son frère faisait un peu de politique. Pas de la politique politicienne, avait-il aussitôt précisé, mais quelque chose d'utile. Il était, dans l'équipe municipale, l'adjoint chargé de la voirie, des déchets et de l'aménagement du territoire. Le fait que la maire soit socialiste ne semblait pas le déranger. C'était quelqu'un de compétent, une personnalité qui possédait des réseaux efficaces. Ils s'entendaient bien. Elle avait rendu la place de l'église piétonne et fait déplacer la mairie dans l'ancien presbytère, c'était dans l'ordre des choses. Sa politique, en matière de ralentisseurs, était peut-être excessive — Pierre en avait dénombré onze sur le kilomètre qui séparait la maison de son frère de celle de ses parents —, d'autant qu'il y avait aussi les nombreux panneaux qui invitaient les automobilistes à ralentir — ils avaient été dessinés par les enfants de l'école — et les radars automatiques qui informaient les automobilistes de leur vitesse instantanée.

Argel était une ville pilote. Yann avait des enfants et il considérait tout cela comme plutôt rassurant. Il reconnut cependant qu'il avait dû, parfois, un peu calmer les choses, sinon tout le budget destiné à la voirie y serait passé. Et il y avait aussi un autre problème : avant d'être *le village le plus lent de France*, selon l'expression de l'opposition municipale, Argel avait été, et était encore, un *village fleuri* — des panneaux l'indiquaient à l'entrée du bourg, juste avant la croix qui annonçait l'heure des messes — avec un comité local très actif qui s'était donné moins de trois ans pour obtenir la troisième cocarde ; ces aménagements disgracieux avaient aussi un coût esthétique et risquaient de ruiner ces efforts.

La maire avait pourtant des conceptions paysagères affirmées. Elle avait demandé au boulanger de l'église de bien vouloir faire abattre le palmier qui poussait dans son jardin : l'arbre, trop exotique et presque mort, défigurait la nouvelle place. Le boulanger n'avait bien sûr pas cédé. L'élue avait été plus heureuse avec les établissements Piau de leur oncle : la mairie avait proposé de céder à un prix intéressant une parcelle de terrain près de la

nationale, à côté de l'endroit où le négociant possédait déjà son silo géant, afin qu'il puisse y transférer
ses activités restées dans le centre du bourg — le
vieux hangar et le pont-bascule. François Piau avait
accepté cette proposition, qui l'arrangeait plutôt ;
la montée du centre-ville lui coûtait cher en
essence et les équipements du hangar étaient vétus-
tes : les moteurs entraînaient encore des poulies au
moyen de courroies en tissu, les silos grillagés
s'affaissaient, les fusibles en céramique du panneau
de commande se fendillaient dangereusement.

Le hangar rouillé fut abattu et on aménagea un
parking, qui offrait autant de places de stationne-
ment qu'il en avait été supprimé autour de l'église
— l'idée en revenait à Yann, qui avait dû longtemps lutter pour que cette proposition sensée soit
acceptée par le conseil municipal, la maire voulant
dans un premier temps transformer la zone en un
petit jardin consacré aux graminées sauvages.

Pierre nota ce désaccord, qu'il pourrait peut-être
exploiter plus tard. Le bon sens de son frère avait,
incontestablement, été heurté par cet avant-projet
écologique. Il pourrait lui proposer son aide, s'il
comptait monter une liste dissidente aux prochaines
municipales. La députation pourrait même constituer, à moyen terme, une ambition légitime. La
manipulation devrait être délicate et patiente, l'idée
devrait venir de lui — l'affaire du parking aurait été le
premier pas d'un processus de décision encore
inconscient. Il deviendrait ensuite conseiller régional, et siégerait à Nantes où il se laisserait facilement
approcher par les tenants de la réunification bretonne. Il s'appelait Yann. Il était breton. Sa naissance
à Laval ne représentait qu'un problème mineur.

Michel et Françoise Piau n'avaient jamais compris pourquoi leur fils était parti vivre à Paris, ni quelle activité exacte il y avait exercée. Ils comprirent encore moins son retour, après quinze ans de vie parisienne. Mais, craignant de le vexer, car ils se souvenaient d'un enfant fier et colérique, ils ne lui posaient jamais aucune question sur sa vie.

Ils savaient seulement qu'il avait occupé la fonction de gardien dans plusieurs musées ou institutions parisiennes, et qu'il travaillait, depuis quelques années, aux catacombes.

Ils ignoraient que leur fils avait choisi ce poste pour des raisons politiques ; observateur passionné de la vie politique française, ou plutôt des marges de celle-ci, il s'était ainsi placé sur une ligne de fracture qu'il avait patiemment identifiée : ici, les affrontements de Mai 68 avaient encore cours. Si la guerre entre étudiants d'extrême gauche et étudiants d'extrême droite appartenait à l'histoire, si on ne se battait plus avec des barres de fer dans le Quartier latin, une partie du champ de bataille s'était déplacée une vingtaine de mètres plus bas, dans la couche de roche calcaire qu'on avait, pendant des siècles, lentement évidée pour construire Paris. Le centre de cette ville en négatif, l'unique partie des catacombes qu'on pouvait officiellement visiter, avait accueilli les ossements des vieux cimetières de la capitale. Le reste était la dernière zone de non-droit du pays. Malgré les efforts incessants de l'Inspection générale des carrières, la République n'était pas ici chez elle. Anarchistes et skinheads continuaient la lutte. L'abri Laval, du nom de l'ancien chef du gouvernement de Vichy, était alternativement vandalisé et restauré, recouvert du *A* majuscule et cerclé de rouge du mot *anarchie* ou redécoré avec de grandes et inquiétantes croix celtes.

Pierre avait choisi de travailler ici pour surveiller l'entrée de ce théâtre de guerre clandestin, et largement fantasmatique, où la France était encore en guerre civile.

Il avait de même, en arrivant à Paris, rejoint le monde obscur et politique de la cinéphilie, qui formait l'une des dernières sociétés, plus ou moins secrètes, qui rêvaient encore de révolution — marxiste, conservatrice ou nationale. Pierre avait fréquenté, un temps, les cinémas de la rive gauche : couloirs, images et sons, couloirs encore, sorties masquées. Mais il avait été rapidement déçu par la faible qualité des complots qui se tramaient dans l'inframonde. Les questions politiques étaient très vite ramenées à des choix esthétiques, les cinéphiles de gauche privilégiant l'aventure documentaire, ceux de droite défendant plutôt la cohérence réactionnaire du corpus hollywoodien classique.

Pierre avait retenu peu de chose de sa première année à Paris.

Il devait pourtant se souvenir longtemps d'une phrase citée dans *La Chinoise* : « Une minorité à la ligne révolutionnaire correcte n'est plus une minorité », phrase qui synthétisait l'essence magique du progressisme, théorie politique pour laquelle le bien, le juste ou le vrai, une fois découverts, devenaient indestructibles et agrégeaient autour d'eux leur propre société idéale, ordonnant aux éléments du monde d'accomplir la révolution nécessaire à leur apothéose. Mais on pouvait faire aussi une lecture différente de cette phrase et l'interpréter comme l'expression la plus pure du darwinisme social, affirmant que, de tous les groupuscules connus, un seul serait sélectionné par l'histoire et acquerrait la masse critique pour infléchir son cours.

Les deux interprétations demeuraient valides.

Bientôt contraint de gagner sa vie, Pierre était donc finalement devenu gardien des catacombes.

Son unique promotion avait été d'obtenir sa mutation à un endroit plus tranquille encore que le guichet d'entrée : il vérifiait, au terme du parcours souterrain qui emmenait les visiteurs jusqu'à une rue voisine, qu'ils n'emportaient pas des ossements — la technique la plus éprouvée consistait, pour les jeunes filles, à cacher un crâne sous un grand pull pour simuler une grossesse. Pierre, qui avait l'interdiction formelle de fouiller les visiteurs, connut là ses plus profonds émois érotiques, quand il dut demander à de jeunes suspectes d'ôter une couche de vêtements.

Vierge, il tenait à sa position d'observateur neutre du champ sexuel, qu'il pouvait juger en toute équanimité de façon presque sacerdotale. Son visage disgracieux l'avait plutôt aidé à se préserver de la tentation, mais il s'était aussi interdit de se masturber. Il demeurait un être pur, un soldat fanatique et irréprochable, une sorte de chevalier.

Ses parents ne lui connaissaient, logiquement, aucune aventure.

Ils l'installèrent dans la chambre d'amis. Ce fut la première fois que Pierre dormit dans un lit double.

Chaque année, en août, le petit village de Villiers-Charlemagne, au sud d'Argel, accueillait le plus grand méchoui en plein air de France. Monté à l'origine par d'anciens appelés d'Algérie, l'événement était rapidement devenu un symbole d'antiracisme et de fraternité, qui attirait plusieurs milliers de personnes. On pouvait sentir l'odeur exotique du mouton grillé à des kilomètres.

Yann, qui s'y rendait chaque année, proposa à Pierre de l'y accompagner.

Pierre découvrit là à quel point les opinions politiques de son frère étaient moins radicales qu'il ne l'avait espéré. Il lui lança plusieurs provocations sans parvenir à repérer l'endroit où ses conceptions sociales-démocrates se fissuraient.

Yann ne voyait pas le problème. Il refusait d'envisager la chose comme une tentative d'acculturation. Il trouvait la viande excellente et se réjouissait de la partager avec des personnes de sa connaissance.

L'intellectuel parisien, l'idéologue, s'avérait être mille fois moins progressiste que le chef d'entreprise de l'Ouest, qui ne se jugeait ni étranglé par les taxes ni étouffé par la bureaucratie d'État. Il travaillait dans la sécurité mais trouvait le pays plutôt calme. Il avait passé des nuits entières avec son chien près des piles de palettes jaunes sous des lampes à sodium, à contempler son ombre massive et à attendre l'arrivée des gitans ferrailleurs, des immigrés vandales, des terroristes arabes. Il avait attendu, dans le froid, pendant des nuits entières et il n'était même pas devenu raciste.

Pierre déplorait le caractère politiquement amorphe des Mayennais — on était loin de Gilles de Montmorency-Laval, le compagnon de Jeanne d'Arc, comme de Jean Chouan, face à une population soumise. Comme tout le peuple de France, petit-bourgeois et mesquin, le peuple de Mayenne ne rêvait que de faire sauter ses PV et d'échapper au fisc. Avec un peu de pédagogie, il pourrait apprendre à détester l'État. On pouvait peut-être aussi compter sur les fragilités géographiques du département — il devait exister, confusément enfoui dans l'imaginaire de ce peuple placide, un souvenir brûlant de la frontière, une vieille peur du voisin breton, peur chauvine, peur jalouse mêlée d'admiration pour ce peuple presque insulaire qui avait su s'opposer à la puissance centralisatrice de Paris et au jacobinisme de guerre de la République.

Pierre s'approchait de tous les brasiers avec son assiette en plastique, demandant aux bénévoles qui tournaient les manivelles ou qui aspergeaient les moutons de sauce s'ils n'auraient pas plutôt du porc.

Yann ne saisissait même pas la provocation. Il venait de retrouver, complètement par hasard, trois de ses employés. Ils tenaient à la main des gobelets de vin rouge. Malgré cela, on distinguait parfaitement qu'ils étaient arabes — à l'exception, peut-être, de l'un d'eux, qui portait un tee-shirt *Ferrari* et dont le teint foncé était plutôt dû aux ombres que faisaient sur sa peau les cicatrices d'anciens boutons d'acné.

Pierre choisit de s'entretenir exclusivement avec lui, petit Blanc idéal, maître-chien sans histoire et amateur de tuning.

Il s'appelait Aymeric.

10

La bourgeoisie française, rêvant d'eaux turquoise et d'ailleurs exotiques, découvrant, grâce au Club Med, aux vols charters et aux comités d'entreprise, des destinations lointaines qui venaient s'imprimer, à travers les ruineuses optiques de ses appareils photo japonais, sur des films Fuji aussi sensibles qu'elle, s'était éprise, à la fin du XXᵉ siècle, du magazine *Géo*, un mensuel de photoreportage qui sublimait les beautés du monde sur papier glacé — atolls du Pacifique, cultures en terrasses, ponts dorés des capitales européennes — et qu'elle laissait longtemps sur ses tables de salon en verre, avant de le déposer, comme un livre précieux, dans ses bibliothèques.

Le deux centième numéro du magazine parut en octobre 1995 : pirogues à balancier, fonds transparents, coraux et poissons-papillons, le numéro mettait en avant les eaux chaudes de l'océan Indien. Un second titre annonçait cependant un reportage dans une région moins clémente, mais tout aussi exotique : «Enquête chez les derniers châtelains de la Mayenne».

On apprenait que le département était celui qui

comptait le plus grand nombre de châteaux encore habités. Quelques-uns l'étaient, de plus, par des aristocrates directement issus des familles qui les avaient bâtis.

Mais les revenus de l'ancienne noblesse, liés à la propriété foncière, avaient beaucoup décru en deux siècles. Peu de familles avaient pu conserver leurs châteaux et celles qui y étaient parvenues vivaient souvent dans une pauvreté paradoxale. Des associations d'entraide nobiliaires pensionnaient les derniers descendants d'une illustre famille, vivant reclus dans la seule pièce de leur château qu'ils parvenaient encore à chauffer, luttant contre la dégradation inexorable des chefs-d'œuvre du patrimoine dont ils avaient hérité et rêvant de refaire leur toiture — la perte d'une seule ardoise suffisait à condamner un édifice, le vent déposant des graines qui devenaient des arbres, arbres qui finissaient par faire éclater de l'intérieur murs, planchers et charpentes. Le journaliste de *Géo* avait été ainsi reçu par un comte qui vivait du minimum vieillesse dans un salon transformé en forêt.

Il précisait cependant que cette situation extrême était rarissime : les revenus des châtelains de la Mayenne, département à l'agriculture dynamique, avaient été relativement protégés, grâce à la modernisation continue des techniques de production qui leur avait permis de pratiquer un réajustement continu des prix de leurs fermages.

Il leur avait pourtant fallu trouver des sources de revenu complémentaires. L'armée, la banque et la haute fonction publique leur permirent de conserver une part de leur train de vie. Mais l'entretien, particulièrement ruineux, de leurs propriétés familiales les maintenait dans une gêne continuelle.

Les mieux lotis pouvaient organiser des visites guidées de leurs châteaux.

Le reportage mettait aussi en avant la solution audacieuse qu'avait trouvée le comte de Lassay pour continuer à habiter dans son spectaculaire château fort : il avait monté, avec le soutien du département, un spectacle son et lumière qui retraçait la vie de Jean Chouan — le magazine présentait, sur une double page, un aperçu du spectacle.

Les subventions publiques demeurant liées au caractère globalement républicain du spectacle, le comte proposa de découper le son et lumière en deux parties équitables.

La partie 1789-1792 était magnifiée.

Le château, avec ses remparts crénelés, figurait une excellente Bastille, rapidement envahie par une foule transparente. La Déclaration des droits de l'homme était projetée tandis que ses articles les plus célèbres étaient repris par un chœur de voix exaltées.

Venaient ensuite, annoncées par la mystérieuse prophétie de Nostradamus sur la fuite à Varennes,

De nuict viendra par la forest de Reines
Deux pars vaultorte Herne la pierre blanche
Le moyne noir en gris dedans Varennes,
Esleu cap cause tempeste, feu sang tranche,

l'arrestation et la mort du roi : un comédien en chemise s'allongeait sur une guillotine, les lumières étaient subitement éteintes, on entendait le sifflement d'une lame. La tête bleue de Robespierre apparaissait alors, immense, glacée, tandis que des figurants enragés commençaient à fondre sur la scène. Des chouans, venus de l'autre côté et armés de simples fourches, parvenaient à les repousser.

La mort héroïque de Jean Chouan, fuyant les troupes républicaines mais revenant se faire tuer pour sauver une jeune paysanne, suscitait enfin un enthousiasme général.

Le livret du spectacle avait été écrit par le beau-frère du comte de Lassay, le marquis d'Ardoigne. Celui-ci figurait également dans l'article de *Géo*, posant devant son château et accompagné de la légende suivante : « Ultime descendant mâle de la famille d'Ardoigne, érudit local et occultiste notoire, le marquis est peut-être le dernier historien de sa caste. »

Le château d'Ardoigne, construit dans la vallée de la rivière du même nom, était beaucoup moins spectaculaire que celui de Lassay. Une aile Renaissance, aux décorations murales en tuffeau presque entièrement érodées, dominait la rivière. Une tour médiévale, en petites pierres de schiste gris-bleu, la reliait à une aile plus moderne, construite vers 1820. L'ensemble était peu harmonieux et présentait d'inquiétants signes de délabrement. Soumise à des pressions trop fortes, la charpente s'affaissait, donnant l'impression que le château n'était pas tout à fait solide. Plusieurs fenêtres, à la suite de ces mouvements internes, ne s'ouvraient plus. Les portes devaient être rabotées tous les ans pour continuer à battre, et des croix de Saint-André retenaient murs, cheminées et pignons. Les ardoises du toit bougeaient comme les écailles d'un poisson de rivière. Il pleuvait, les soirs d'orage, dans le vieux vestibule.

Du domaine de ses ancêtres, il ne restait au marquis qu'une unique ferme, dont les champs commençaient juste au-dessus de la falaise qui encadrait son château et qu'il louait, depuis toujours, à la famille Piau. Un pavillon de chasse en ruine, construit par son arrière-grand-père, marquait un peu plus loin la fin de son modeste apanage.

Depuis la mort accidentelle de son épouse et le départ de sa fille Isabelle, le marquis d'Ardoigne vivait seul avec les fantômes incomplets de l'histoire familiale.

Sa femme de ménage ne venait plus et il devait tailler lui-même les ifs de son petit parc. Après chaque orage, il devait aussi remonter, avec une pelle et une brouette, les cailloux blancs et ronds qui recouvraient la cour de son château et qu'il fallait rattraper avant qu'ils n'atteignent la rivière. On utilisait pour les routes des pierres aux profils plus saillants, beaucoup plus stables — le ballast, utilisé depuis le début du XIXᵉ siècle pour les voies de chemin de fer, supportait ainsi des forces de cisaillement très élevées. Mais le marquis d'Ardoigne tenait à ses cailloux de rivière et c'est en cela, presque exclusivement, qu'il demeurait un aristocrate et non un simple châtelain, comme son voisin André Taulpin, qui vivait dans un château impeccablement restauré un kilomètre en aval, de l'autre côté de la nationale.

Les deux hommes ne se fréquentaient pas. Leurs pères avaient été en conflit. Il n'y avait pas seulement eu la guerre et les projets maritaux ; quand la nationale avait été goudronnée, sa trajectoire avait été rectifiée et elle était venue trancher la belle allée de peupliers qui longeait l'Ardoigne jusqu'au double escalier du château. La vieille grille, baroque et hérissée, avait été démontée. L'accès au château avait alors acquis un caractère abrupt : il fallait soudain abandonner la lente allée de terre, comme si l'on sautait d'un siècle à un autre, pour rejoindre la voie rapide.

Le marquis tenait à cet égard la famille Taulpin pour responsable de la mort de sa femme.

Le marquis ne s'était pas remarié. Il serait le dernier possesseur de son titre, le dernier occupant mâle du château familial, la dernière branche d'un arbre généalogique qui remontait à Charlemagne. Le marquisat était précisément un titre d'origine carolingienne, qui désignait un type de commandement militaire spécifique, à pouvoir élargi, propre aux marches de l'empire — *marquis* venait du mot germanique *marka*, qui désignait la frontière, racine qu'on retrouvait, à l'autre extrémité de l'empire, dans le titre de *margrave*, étymologiquement *comte* (*Graf*) de la *Marche* (*Mark*).

La famille d'Ardoigne était donc l'une des plus anciennes de France. Elle avait fidèlement rempli sa mission militaire en verrouillant la portion de la frontière ouest de l'empire dont elle avait la garde.

C'était ce que lui avait expliqué son père, pendant la guerre, un jour qu'il l'avait accompagné à cheval — une étrange tournée de reconnaissance militaire dans un pays défait. Il leur avait fallu éviter plusieurs patrouilles allemandes pour ne pas se faire réquisitionner leurs chevaux.

« Des hommes de notre rang ne peuvent pas aller autrement qu'à cheval. C'est, mon fils, l'argument principal du poème de Chrétien de Troyes sur Lancelot, chevalier déchu d'être monté sur une charrette. Moi vivant, notre maison n'aura jamais d'automobile. »

Le fils ne put s'empêcher de se dire que son père n'en aurait de toute façon pas eu les moyens. La maison d'Ardoigne était à peu près ruinée. Commencé avec la Révolution française, qui avait vu l'arrière-grand-père de l'actuel marquis se battre à la tête d'une armée de chouans et perdre l'essentiel de sa fortune avant d'être guillotiné, le déclin des Ardoigne ne s'était plus interrompu. Légitimiste, antidreyfusard et ultramontain, le vieux marquis possédait des opinions plus conformes à celles de son clan qu'à celles de son époque.

Il révéla pourtant à son fils, dès qu'ils se furent un peu éloignés du château, qu'il avait rejoint la Résistance dès juin 1940.

Le vieux marquis était un homme froid et sévère ; son fils n'avait pas eu plus de trois ou quatre conversations un peu longues avec lui. Il n'oublia jamais l'énigmatique leçon d'histoire qu'il reçut ce jour-là.

Ils avaient descendu l'Ardoigne jusqu'à l'endroit où elle se jetait dans la Mayenne, près du monastère d'Entrammes.

Le marquis avait alors expliqué à son fils la géopolitique des lieux.

Entrammes avait toujours été un lieu historique. C'était ici que La Rochejaquelein, épaulé par Jean Chouan et par François-Louis d'Ardoigne, avait défait, le 26 octobre 1793, les troupes républicaines de Kléber et Léchelle — l'insurrection avait été provisoirement sauvée, mais leur ancêtre avait été capturé, et il serait guillotiné le surlendemain.

Mille ans plus tôt, alors que la rivière Mayenne servait de frontière occidentale à l'empire, le marquisat d'Ardoigne avait été érigé, peut-être par Charlemagne lui-même, avec pour mission d'en surveiller la rive gauche.

C'était également ici, dans le vieux monastère stratégique d'Entrammes, que Salomon, le roi de Bretagne, avait signé un traité de paix avec le roi de France Charles le Chauve, le petit-fils de Charlemagne : en échange de la souveraineté symbolique sur le *Pays-entre-deux-eaux* — un triangle de terres comprises entre Mayenne et Sarthe —, le roi de Bretagne avait accepté de devenir le vassal du roi de France.

Territoire sacrifié aux intérêts de deux puissances rivales, la Marche avait désormais accompli sa principale mission historique.

Le mécanisme, qui avait fonctionné à merveille, avait presque disparu. Il n'en subsistait que des fragments de souvenirs, incarnés dans la mémoire des ultimes dynasties marchistes comme dans quelques noms de lieu : un village dont le nom évoquait une porte, L'Huisserie, situé de l'autre côté de la rivière, une ville, Laval, au nom réversible fait pour coulisser autour de son fleuve comme la barre d'un verrou, un village, un peu plus au sud, appelé Villiers-Charlemagne, unique village de France à honorer dans son nom l'empereur — c'était un ancien poste frontière construit aux confins de l'empire.

Le grand-père de l'empereur, Charles Martel, était sans doute parti de cet avant-poste pour descendre jusqu'à Poitiers, où il avait défait les troupes d'Abderrahmane en 732. Les Sarrasins s'étaient vengés un demi-siècle plus tard sur la personne de

Roland, le neveu de l'empereur, assassiné à Roncevaux.

Le vieux marquis révéla alors à son fils que Roland avait été le premier des préfets de la Marche, le saint ancêtre de tous les marquis de l'empire. On ignorait, lui dit son père, son lieu de naissance exact.

« Nous traversons des temps troublés », expliqua le marquis, pendant que les deux chevaux remontaient au pas le chemin qui longeait l'Ardoigne.

« Notre famille et quelques autres marquisats de l'Ouest, fédérés autour du fantôme de Roland, ont juré de défendre les marches occidentales de la France. Mais la menace actuelle semble plutôt, depuis le pacte germano-soviétique, venir des marches orientales de notre ancien royaume.

« Pendant plus d'un millénaire, notre famille a donné son sang pour protéger le royaume de France. Les choses étaient simples. Nous combattions pour l'empereur, puis pour le roi, afin de contenir les intrusions venues de l'Ouest.

« Le rattachement de la Bretagne à la France aurait dû logiquement signer le démantèlement de notre marquisat, mais il était devenu — je ne peux, mon fils, vous en dire plus — un ordre indépendant presque aussi puissant que l'avait été celui des templiers.

« Aurait-il fallu qu'un autre Philippe le Bel le dissolve ? Peut-être. Celui-ci s'en est prémuni par avance en faisant le choix de la clandestinité.

« Défenseur d'une monarchie décapitée et d'un territoire prétendant depuis peu se gouverner sans Église, notre compagnie flotte depuis un siècle au-dessus d'une histoire qu'elle ne maîtrise plus. J'ai hérité du marquisat par mon père. D'autres en ont hérité par une voie différente.

« Vous seriez surpris, si je pouvais vous dire le nom de notre préfet actuel. C'est un homme célèbre, célèbre depuis peu.

« Notre combat ressuscite dans celui de la Résistance. »

Leurs chevaux étaient arrivés dans un terrain sablonneux. Le jeune homme vit distinctement le cheval de son père changer d'allure et passer à l'amble ; l'aristocrate, plutôt que d'osciller ainsi de droite à gauche, choisit de se mettre au galop. Son fils le suivit et ils parcourent plusieurs kilomètres ainsi. Alors, sur son cheval en sueur, le marquis annonça à son fils la décision qu'il avait prise, décision que ce dernier devait passer le reste de son existence à tenter de comprendre :

« J'ai décidé, mon fils, de ne pas faire de vous mon héritier. Vous serez le prochain marquis d'Ardoigne, mais vous n'entrerez pas dans notre ordre. Je le pressens, la fin des temps est proche. Elle coïncidera avec la fin de celui-ci. L'héritier que je choisirai, pour la première fois — ne m'en demandez pas l'explication, j'ai eu, à ce sujet, une sorte de vision, corroborée par un ordre direct —, sera plus proche du traître Ganelon que de l'héroïque Roland.

« Notre dernier Roland sera lui désigné un peu plus tard.

« Il y aura un combat à mort entre ces deux champions. Je veux, mon fils, que vous en soyez l'arbitre impartial. »

Héritier problématique d'un titre auquel l'histoire avait retiré tout sens et dont l'exercice des seules fonctions symboliques lui avait même été retiré, le futur marquis d'Ardoigne grandit avec un sentiment confus d'inutilité et d'incompréhension

Il avait eu 16 ans à la Libération, 20 ans au mariage de sa sœur avec le comte de Lassay, 22 ans quand son père était mort, lui laissant son titre nu, quelques terres et aucune autre explication sur son mystérieux rôle d'arbitre.

À défaut de comprendre comment jouer ce rôle, il voulut d'abord devenir chef d'orchestre, ou compositeur. Il se maria avec une jeune aristocrate mélomane de la région, rencontrée à un concert privé de musique de chambre.

Ils eurent une fille, Isabelle. Le marquis jouait chaque soir, au piano, ses compositions à sa femme, en se souciant peu de les voir toucher un plus large public.

La disparition soudaine de sa seule auditrice fut fatale à la vocation du marquis.

Il s'était cependant découvert, durant cette période trouble de sa vie, une vocation d'archéologue, et il avait passé ses mois de deuil à lire jusqu'à l'épuisement les livres d'histoire de la bibliothèque familiale. Hanté par ce que lui avait dit son père, le marquis trouva là l'occasion de compléter le peu d'informations que celui-ci lui avait délivrées sur le chemin d'Entrammes.

Pendant les années qui suivirent, le marquis fit des découvertes importantes. Il avait le sentiment de descendre de plus en plus profondément au cœur d'un complot historique de vaste ampleur que son père lui-même n'aurait pas connu en totalité.

Il touchait presque du doigt une découverte immense, dangereuse. Cependant, il prétendait exercer son art en dilettante, protégeant ses avancées derrière un habile vernis ésotérique, ou endossant le costume convenu et modeste de l'érudit local.

Il publia d'abord, à compte d'auteur, une biographie romancée de Jean Chouan, dont il devait plus tard réutiliser certains passages pour écrire le livret du son et lumière de Lassay-les-Châteaux.

Son *Panorama du mégalithisme en terre de Mayenne* retint l'attention de Jean Peltier, un éditeur local, qui en vendit quelques centaines.

Le marquis publia ensuite, toujours aux éditions Peltier, un guide érudit du Grand Ouest, à travers deux objets rarement étudiés, mais qui caractérisaient bien sa grandiose vétusté : vétusté géologique des pierres branlantes, que l'érosion avait laissées en équilibre sur des pivots rocheux et qui pouvaient atteindre, comme dans la forêt de Huelgoat, plus de cent tonnes, et vétusté architecturale des clochers tordus, dont les charpentes, sous l'action conjuguée du vent et de la pluie, s'étaient lentement torsadées. Le marquis exposait une analogie éclairante entre ces déformations et la théorie du biologiste anglais D'Arcy Thompson sur la structure enspiralée de la corne du narval, cristal asymétrique reflétant les irrégularités des mouvements natatoires du mammifère marin. En cela, on pouvait établir un parallèle entre ces symboles chrétiens et les mégalithes, dont plusieurs auteurs avaient dévoilé la nature vibratoire. Contre les théories qui faisaient de Carnac un observatoire astronomique, certains spécialistes, cartes géologiques à l'appui, considéraient le site comme un observatoire du sous-sol — sa sensibilité était telle que les pas des visiteurs suffisaient parfois à déchausser les pierres. En exhibant directement deux types plus évidents de sismographes naturels, le livre du marquis d'Ardoigne, *Pierres branlantes et clochers tordus de l'Ouest*, retint l'intérêt des spécialistes.

Le marquis signa bientôt un contrat avec l'éditeur parisien J'ai Lu, qui venait de lancer la collection de poche L'aventure secrète, vouée à l'étude des théories scientifiques les moins orthodoxes et des systèmes spirituels les plus originaux.

Le marquis devint l'un des auteurs les plus prolifiques de la collection. Son premier ouvrage était consacré à la civilisation engloutie d'Is, et mélangeait, assez habilement, légendes arthuriennes, mythe de l'Atlantide et théories minoritaires sur les mégalithes. Ce fut un succès, qui se vendit à plusieurs milliers d'exemplaires. On était loin des chiffres du *Testament olmèque* ou du *Livre des morts tibétain*, mais cela permit à Ardoigne — il signait ses livres de son seul patronyme — de s'imposer comme l'un des grands noms de l'ésotérisme scientifique français.

Il écrivit, pendant les dix ans qui suivirent, une dizaine de livres sur des sujets plus ou moins connexes, passant avec aisance des Celtes aux templiers, des templiers aux chevaliers de la Table ronde, de Karnak à Carnac, des tumulus aux pyramides, de Cléopâtre à Jules César, de Jules César à Vercingétorix, de Salomon le sage à Salomon de Bretagne, reliant les empires, interchangeant les hommes, antidatant les techniques et refondant les chronologies, tout en rayonnant, sans l'affronter directement, autour du secret dont son père l'avait déshérité — ou dont il lui avait, implicitement, demandé de devenir l'historien impartial : l'histoire secrète de la Marche de Bretagne.

Avec ses droits d'auteur, le marquis put offrir à sa fille des voyages spectaculaires sur les traces des civilisations disparues, en Asie, en Amérique du Sud et au Moyen-Orient.

Il en profita pour collecter des informations pour un livre plus universel, une sorte d'encyclopédie, qui sortit hors collection sous la forme d'un ouvrage illustré.

Les OOPArt (*out-of-place artifact*) étaient, pour les archéologues, des objets inexplicables, en l'état actuel de leurs connaissances. Leur présence, au fond d'un chantier archéologique, constituait une grave anomalie historique. Peu de ces artefacts résistaient cependant à un examen scientifique minutieux. C'était soit des faux, comme le suaire de Turin ou les crânes de cristal aztèques, soit des quiproquos, comme les fibules aztèques en forme d'avion.

Pourtant, certains artefacts résistaient à toutes les contre-attaques sceptiques. Ils obligeaient alors les archéologues et les historiens à un passionnant travail de réécriture de leurs connaissances.

Le marquis manifestait là un intérêt ambigu pour la technique, intérêt contemporain de sa passion pour l'occultisme, née du désir fou de revoir son épouse ou de communiquer avec elle, tentation à laquelle il avait toujours refusé de céder et qui avait dès le début pris la forme d'une curiosité insatiable pour les seuls objets de l'univers envers lesquels le fétichisme, qui prêtait une âme, une histoire et des finalités aux choses inanimées, était envisageable : les objets techniques.

Le marquis avait ainsi beaucoup étudié le pilier de Delhi, un long cylindre de fer monobloc, unique témoin, daté du Ve siècle, d'un passé industriel inconnu. La pile de Bagdad était encore plus troublante, car elle laissait entendre que les premiers Arabes auraient pu exploiter, bien avant la seconde révolution industrielle, ses propriétés électriques incontestables.

Il fallait aussi noter la présence, sur un hiéroglyphe égyptien, du dessin détaillé d'une ampoule à filament.

Les silex taillés étaient à l'inverse, et ce jusqu'au XVIIIe siècle, appelés des *pierres de foudre* : on croyait qu'ils étaient des produits naturels nés de l'action symétrique de la foudre sur le sable du sol.

L'un des plus célèbres OOPArt était la machine d'Anticythère, un calculateur astral mécanique retrouvé sous la mer au large du Péloponnèse, qui s'était avéré, une fois son fonctionnement compris, beaucoup trop sophistiqué pour les connaissances mécaniques prêtées jusque-là aux Grecs de la période hellénique.

Le marquis s'attardait ensuite longtemps sur une machine chinoise contemporaine du mécanisme d'Anticythère. Il s'agissait du mythique Chariot pointant le sud, un véhicule dont le fonctionnement, tel qu'il était décrit dans les anciens manuscrits, devait reposer sur un dispositif mécanique particulièrement compliqué et subtil, qui permettait à ses roues de tourner à différentes vitesses sans cesser d'être solidaires — on nommera deux millénaires plus tard, quand cette combinaison d'engrenages planétaires et de leurs satellites se généralisera, ce type de dispositif un *différentiel*.

Il permettra l'essor de l'automobile, en autorisant ses roues à tourner à différentes vitesses dans les courbes, sans renoncer à leur motricité — les trains garderont, eux, des essieux solidaires, handicap racheté par la géométrie conique des bandes de roulement de leurs roues, qui les induira à adapter naturellement leurs vitesses relatives aux courbes rencontrées par la seule action de la force centrifuge, le diamètre de la roue extérieure augmentant à mesure que celui de la roue intérieure diminuera.

Le Chariot pointant le sud n'était cependant pas une invention destinée à révolutionner la vitesse. C'était un outil de géomètre, contemporain des premières boussoles magnétiques. Il était pourtant beaucoup plus proche, dans son principe, des systèmes de positionnement global par satellites, comparant, pour mesurer des distances, de longues séries de chiffres générés en même temps, au sol et dans l'espace, par des calculateurs simultanés — les écarts entre les deux séries indiquant le temps parcouru par le signal et permettant d'inférer une distance. Cet écart numérique était implémenté directement dans les roues du chariot chinois qui, dès que celui-ci s'écartait de sa trajectoire rectiligne, se mettaient à tourner à des vitesses différentes, la comparaison entre les deux composantes du signal étant ici opérée par le différentiel qui les reliait. Toute modification de la vitesse de l'une par rapport à celle de l'autre générait une rotation de la statuette transportée par le char, invariablement destinée à désigner le sud. Maintenir la statuette parallèle à l'axe des roues revenait, bien avant que ne soient définis ceux de Paris et de Greenwich, à dessiner un méridien.

Le succès de son encyclopédie, que le marquis tenait pour son chef-d'œuvre, lui permit de financer des réparations urgentes dans son château.

Les maçons commencèrent par restaurer la chapelle du parc, où reposaient ses parents et ses grands-parents, ainsi que sa femme.

Le marquis travaillait au livret du son et lumière de Lassay quand les maçons vinrent lui annoncer une étrange découverte. L'un des tombeaux les plus anciens, celui de François-Louis d'Ardoigne, son ancêtre assassiné par les troupes révolutionnaires, était vide. La chose n'aurait pas en soi été anormale, le corps du vieux lieutenant de La Rochejaquelein n'ayant jamais été rendu par ses bourreaux républicains. Ce qui était étrange était plutôt que la pierre tombale dissimulât un escalier. Les maçons, superstitieux, ne s'y étaient pas engagés.

Le marquis feignit l'indifférence et s'empressa de congédier les deux hommes, après avoir pris soin de minimiser leur découverte — il connaissait depuis toujours l'existence de ce souterrain, qui ne menait à rien, sinon à la réserve d'eau d'un ancien puits.

Il avait en réalité accueilli la nouvelle avec un curieux mélange de joie et d'inquiétude, comme si on lui avait annoncé qu'on avait entendu sa femme respirer dans son tombeau.

Il allait peut-être enfin découvrir les secrets du marquisat d'Ardoigne.

Il venait justement — et cette coïncidence le troublait encore plus — de faire une découverte tout aussi imprévue.

À la recherche du célèbre quatrain de Nostradamus sur Varennes, le marquis en avait accidentellement découvert la clé. Celle-ci n'était pas historique, mais géographique, et elle était fournie, d'une façon tellement explicite que personne ne l'avait relevée, dans le quatrain qui le précédait immédiatement :

> *Dans le milieu de la forest Mayenne,*
> *Sol au Lyon la foudre tombera,*
> *Le grand bastard yssu du grand du Maine*
> *Ce iour Fougères pointe en sang entrera.*

Le marquis vérifia parmi les innombrables sources possibles des prophéties. Il s'aperçut alors que les lieux indiqués dans le quatrain étaient tous situés en Mayenne, et avaient été fournis à l'astrologue par un livre publié en 1522, *Le Guide des chemins de France* — il s'agissait de l'un des plus anciens guides touristiques et routiers connus ; on y trouvait notamment des suggestions d'itinéraires. L'un d'eux expliquait comment se rendre de la Bretagne en Anjou, en traversant le Maine. Parmi les nombreux noms cités, certains avaient dû exciter l'imagination de l'astrologue, qui les avait repris tels quels. La *forest de Reines* (Rennes) menait bien à *Herne* (Ernée), *via* un lieudit appelé *Varennes*, situé juste après le croisement de la *pierre blanche*. Quant à Vaultorte, c'était une simple ferme, ferme qui non seulement existait toujours, mais surtout, la coïncidence était terrifiante, lui appartenait, et avait été, avec le château d'Ardoigne, son unique héritage. Elle était située là, juste derrière, à quelques mètres de la chapelle.

Qui était alors le moine noir, s'il ne s'agissait plus du roi en fuite et déguisé ? Quel était son ordre mystérieux ? Quel était ce *grand bastard yssu du grand du Maine* ? Et surtout, quelle était la catastrophe prédite dans le dernier vers ?

Persuadé que l'un des grands mystères de l'histoire de France sommeillait ici, le marquis tint dorénavant pour certain qu'Argel dissimulait un secret très ancien.

Si l'on suivait Michelet, le mot « argel » aurait d'ailleurs désigné, pour les anciens Celtes, un souterrain.

Le marquis s'engagea bientôt dans l'escalier à pic de la vieille chapelle.

II

LGV

11

Adolescente surdouée et anorexique, Dominique Taulpin flattait, par sa maigreur excessive, les canons esthétiques de sa mère. Son père, rarement présent, moquait plutôt ses jambes trop fines, aux genoux protubérants, moqueries reprises par ses frères.

On finit pourtant par convenir de l'urgence d'un suivi thérapeutique.

La jeune fille impressionna beaucoup son psychiatre. Si l'anorexie était un trouble lié à l'obsession du contrôle, il était exceptionnel qu'une patiente, si jeune, raconte sa maladie de façon si détaillée et si romanesque.

Dominique avait vomi pour la première fois en 1969, devant les images du premier vol habité à destination de la Lune — précisément au moment où la fusée Saturn avait disparu de l'écran du téléviseur familial. Elle avait associé d'abord le phénomène au mal de cœur que lui infligeaient, à chaque voyage, les suspensions hydrauliques de la DS de sa mère — un médecin avait évoqué à ce sujet une mauvaise coordination entre ses yeux et son oreille interne, et lui conseilla simplement de fixer un point éloigné sur la route. Mais ce jour de juillet 1969, elle fixait précisément un point éloigné quand la nausée était revenue.

La jeune Dominique Taulpin, plutôt confiante, par atavisme familial, envers les réalisations du génie humain, ne pouvait pas relier cet écœurement soudain à un sentiment de peur pour les cosmonautes.

Elle avait pourtant senti, dès l'instant du décollage, ses cheveux se dresser sur sa tête. Le frisson s'était ensuite communiqué au reste de son corps. Dominique, déjà très fine, compara sa délicatesse à celle d'un instrument scientifique. On avait d'ailleurs utilisé, révéla-t-elle au psychiatre, des cheveux humains comme supports élastiques pour montrer comment une sphère métallique massive pouvait en attirer une plus petite. Les hygromètres utilisaient eux aussi des cheveux blonds de femme comme capteurs d'humidité.

Dominique livra donc une explication cosmologique de sa nausée naissante : en s'éloignant de la Terre, la fusée en avait modifié le centre de gravité. Le système gravitationnel complexe Terre-Lune avait imperceptiblement bougé. Dominique était certaine d'avoir ressenti ce mouvement de marée — un mouvement presque aussi fort que celui qui surprendrait trois ans plus tard toute sa famille quand, au dernier jour de leurs vacances sur l'île de Ré, la terre avait brusquement tremblé. Tous s'étaient empressés de comparer leurs expériences : la secousse — 5,7 enregistré à Oléron près de son épicentre — avait duré une éternité, le sol était devenu mou, il était presque impossible de se tenir debout, comme sur le pont d'un bateau pris dans la tempête. Seule Dominique était restée silencieuse, jalouse d'un savoir qui remontait au jour où la conquête spatiale avait déréglé son corps.

Dominique avait intégré à son métabolisme la nature fragile de sa planète de naissance — une boule de lave légère et incontrôlable.

Elle avait toujours considéré le personnage de Superman enfant, l'innocent Kal-El né dans un volcan au cratère bientôt plus grand que Krypton, comme un alter ego — Dominique était fascinée par la facilité avec laquelle des catastrophes cosmologiques inouïes pouvaient se produire dans le monde des *comics*, jusqu'à la plus grande de toutes, qu'elle avait suivie en direct pendant le semestre d'étude qu'elle avait passé à l'université de Californie, celle de l'effondrement du Multivers dans les derniers numéros de *Crisis on Infinite Earths*.

Enfant terrorisée par des cauchemars de fin du monde, Dominique devait compter sur un père moins protecteur que Jor-El — mais aussi moins paranoïaque. Il s'intéressait peu aux profondeurs de la Terre, ses affaires reposant sur l'exploitation systématique des propriétés gravitationnelles de surface, au moyen d'outils grossiers — le fil à plomb et le niveau à bulle.

Dominique se sentait aussi privilégiée et incomprise que le jeune Kal-El avant qu'il ne devienne Superman. Il lui fallait découvrir seule, sans l'aide patiente des Kent, l'étendue de son pouvoir et affiner sa remarquable sensibilité — cela au détriment de sa sécurité. Elle consulta les pages de l'encyclopédie *Tout l'Univers* qui avaient trait aux structures géologiques de sa planète d'adoption. La Terre, épluchée comme un fruit mûr, présentait une pulpe rougeoyante qui blanchissait à mesure qu'on s'approchait du noyau — un océan de fer compact plus lourd qu'une planète et qui, si la Terre s'arrêtait soudain de tourner autour du Soleil, viendrait se fracasser sur la croûte terrestre, comme un météore inversé, avant d'en être expulsé comme un ptérodactyle détruisant son œuf pour son premier envol — Dominique aimait s'endormir devant ce genre de visions qui ressemblaient au film qu'aurait généré son encyclopédie si on en avait fait tourner rapidement les pages.

Le monde de Dominique était inhabitable; il n'était qu'enfouissement, liquéfaction et fracture. Elle passa ainsi de l'enfance à l'adolescence en retenant son souffle et contrôlant sa densité, de peur de briser la faible tension homéostatique qui la maintenait, comme une puce d'eau, à la surface des choses.

Elle savait pourtant qu'elle finirait par disparaître, à moins de découvrir une équation miracle qui assurerait son salut. Elle continuait, pour cela, à lire des encyclopédies.

Elle s'intéressa alors, interloquée par un dessin qui représentait la Terre retenue dans une sorte de cornet comme une glace fondante, au problème géométrique de la projection. Ce problème avait entraîné l'apparition, à partir de la Renaissance, d'un contrat nouveau entre l'homme et les abîmes de la géologie : la vie des hommes, au moment même où l'on validait l'hypothèse de la rotondité de la Terre et celle, concomitante, du feu intérieur, avait été transférée vers un monde de papier paradoxalement plus solide que le monde véritable. Les cartographes avaient réussi à épingler à leur table, comme la peau retournée du cadavre d'une religion morte, les espaces vides du ciel et les laves infernales des profondeurs de la Terre pour leur donner une forme plane.

Au temps des premiers voyages intercontinentaux, à l'époque, de Christophe Colomb et de Magellan, c'était en réalité la Terre elle-même qu'on avait fait voyager, sur des feuilles pliées en forme de cône ou de cylindre, de cœur ou de moule à gâteau plissé, sur des surfaces interrompues, fractales, triangulaires, irrationnelles parfois, des surfaces sur lesquelles elle venait imprimer, comme un délicat tampon, les coordonnées de ses capitales et le dessin fébrile de ses côtes. On dépliait ensuite ces feuilles pour vérifier la conformité des angles, l'égalité des aires et l'homéostasie des formes. Mais on découvrit bientôt qu'il n'existait aucune solution idéale et qu'il faudrait tolérer un Groenland plus gros que l'Australie, une Afrique trop courte, une Europe proportionnellement triomphante et une Amérique si éloignée de la Russie que le détroit de Béring semblait plus large que tous les océans du monde.

Dominique considéra dès lors toutes les cartes avec mépris, et jugea l'art de la cartographie superflu. Ce fut un moment d'extrême danger, qui requit son hospitalisation urgente.

Elle profita des trois semaines d'immobilité forcée pour élaborer une cosmologie critique, qui lui parut enfin satisfaisante.

Ses parents et ses frères habitaient, pour des raisons de confort et de sécurité, un espace plein, complet et sphérique. L'homme était un animal de surface. Ni l'exploration minière, ni l'essor du transport aérien, ni la conquête spatiale ou la construction de gratte-ciel ne parvenaient à projeter plus d'un faible pourcentage de la population humaine sur des orbites différentes de celle de son habitat primitif : une bande de quelques dizaines de mètres autour du niveau moyen des océans — bande que les hommes occupaient comme des solides impénétrables.

Anorexique, Dominique en était au second stade : son monde s'était brutalement ouvert et elle était essentiellement devenue un tube digestif, une machine à manger et à rejeter la terre — un tore étiré, un ver de terre évolué, rien de plus. Mais la maladie lui avait permis de sublimer cette fonction animale pour la transformer en expérience sensible. Son appareil digestif était devenu un sixième sens qui lui servait à contempler la structure mathématique des choses, leur géométrie profonde et leur topologie secrète. La géométrie euclidienne, à laquelle son œil était habitué, ne livrait en comparaison qu'un aperçu sommaire de la réalité.

La découverte d'un objet mathématique appelé la bouteille de Klein permit à Dominique de compléter sa typologie. La chose n'avait ni dedans ni dehors. Elle ne pouvait servir ni de récipient ni d'habitat. Elle tournait sur elle-même, en elle-même, tout en servant de révélateur au monde extérieur — on ne pouvait rien poser dessus, rien rentrer à l'intérieur, c'était une chose incroyablement vivante.

La géophysique avait démontré que la croûte terrestre était un objet de ce type. Les plaques tectoniques se rencontraient, faisant se superposer, se déformer, se métamorphoser leurs roches constitutives, puis ces plaques s'avalaient, se dévoraient mutuellement, les roches digérées redevenaient liquides, leurs éléments chimiques s'éparpillaient à nouveau dans le manteau, pris dans des fleuves immenses et tridimensionnels, avant de rejaillir sous forme de lave incandescente et fraîche — l'intérieur de la Terre devenait alors sa surface externe et recevait un court instant, au contact des étoiles, des propriétés nouvelles — le crépitement carboné de la vie.

Les terres arables, produites par la décomposition partielle des êtres vivants, traversaient alors, en accéléré, des phases de convulsion identiques.

Atteignant rarement plus d'un mètre d'épaisseur, étirée en filets d'un diamètre inférieur au millimètre dans l'intestin des vers, la terre légère du sol était faite de nœuds, d'interconnexions et de réécritures. Elle était aussi impalpable qu'une résille, aussi chaotique qu'une goutte d'encre lâchée dans l'eau. C'était un océan minéral, un ciel plus agité que l'atmosphère terrestre, un ciel traversé lui aussi par des météores — les pierres que ces mouvements de convection détachaient de la roche mère et remontaient lentement, pierres que l'homme réutilisait alors pour se construire des structures d'habitation solides. Mais la solidité n'était pas une propriété naturelle.

Cette révélation de l'instabilité du sol permit paradoxalement à Dominique de guérir : elle était aussi fragile que le sol et animée des mêmes mouvements internes. Mais elle était, à la différence de celui-ci, capable de les contrôler. Tant qu'elle demeurerait dans un certain état de concentration, elle saurait repousser l'appel de la Terre liquide et se maintenir, aussi fermée et solide que les autres hommes, à la surface des choses. Elle avait triomphé. Être pensant doué d'une incroyable faculté d'introspection, machine à synthétiser le sucre pour le transformer en idées, elle pouvait contrôler sa densité à loisir et atteindre le stade inassimilable d'un objet doté d'une légèreté infinie — légèreté cette fois entièrement mentale, plutôt que physique. Alors Dominique décida de se retourner contre son ancien cauchemar.

Elle intégra bientôt Polytechnique et rejoignit le groupe familial en tant qu'ingénieur — ses deux frères l'avaient intégré après des études de management. Son père lui attribua la direction technique de la carrière de Voutré, où personne n'avait jamais réussi à fabriquer un ballast convenable — les cailloux produits avaient tendance à perdre leur tranchant et à se comporter aussi mollement que des galets, au lieu de s'assembler pour former un quasi-cristal en pièces détachées.

Dominique fut initiée à l'art des explosifs, qui accomplissaient en quelques millisecondes le travail de centaines de mineurs et qui réduisaient plusieurs fois par jour, comme dans une vue en accéléré des processus d'érosion, les falaises de la carrière en poussière.

Le spectacle de cette entropie maîtrisée lui plut.

Dominique réorganisa bientôt le processus de production, recherchant la qualité, plutôt que la quantité, et s'attaquant pour cela exclusivement aux parois rocheuses où le réseau cristallin de la rhyolite était le plus dense.

La roche, en subissant les contraintes mécaniques des concasseurs, révélait ses structures cristallines grossières. Le hasard jouait un grand rôle dans le processus : on était loin de la taille sophistiquée des pierres précieuses. Le concasseur permettait tout juste de déterminer le calibre moyen des éclats de roche produits. Mais il fallait encore vérifier que ces briques primitives pouvaient générer collectivement les propriétés attendues. Le ballast devait se montrer, par-delà sa nature granulaire, aussi coalescent qu'un fluide, et ses formes irrégulières devaient former, statistiquement, des voûtes suffisamment régulières pour répartir équitablement les charges dynamiques qu'elles auraient à supporter. Il s'agissait de construire une structure solide en sable et de laisser le hasard résoudre les énigmes d'un puzzle dont les pièces n'étaient pas assez régulières pour s'assembler parfaitement entre elles, mais que chaque vibration rapprocherait les unes des autres jusqu'à ce qu'elles atteignent, au terme d'un temps infini, leur place définitive dans un ensemble complet, homogène et sans aucun vide : il s'agissait de laisser la roche détruite se reconstruire peu à peu sous les passages répétés des trains, mais sous une forme à la fois solide et liquide, souple et résistante.

Le nouveau ballast produit répondait au cahier des charges des lignes à grande vitesse qu'on commençait alors à construire.

Après plus de vingt ans de pertes, la carrière de Voutré allait devenir rentable. La filière rail du groupe Taulpin, en crise depuis longtemps, allait de son côté pouvoir bénéficier d'un soudain avantage sur ses concurrents.

Satisfait du travail accompli par sa fille — et désireux, aussi, de la neutraliser, alors que ses deux fils se battaient pour savoir qui hériterait d'un empire essentiellement déployé dans la construction et le génie routier —, le vieux Taulpin plaça sa fille à la tête de la filiale Taulpin-Rail.

L'industriel en était convaincu : avec l'arrivée des socialistes et de leurs alliés communistes au gouvernement, le train, solution de transport collectif déployée par une régie publique, allait provisoirement détrôner l'automobile, symbole de liberté, de libre concurrence et d'individualisme, pour venir représenter, à la place de ses autoroutes, le nouveau visage de la modernité. Cette défaite, au moins en termes de communication, prit le nom de TGV, ou train à grande vitesse. Pendant plus d'un quart de siècle, le rail allait incarner, en France, le progrès triomphant. La mise en scène serait parfaite : un design industriel irréprochable, des records, aucun accident, des destinations mythiques, comme les stations des Alpes ou la plage de La Baule. L'engouement pour le rail serait collectif et tournerait même à l'obsession pour les élus locaux.

Contrairement à d'autres solutions techniques envisagées, notamment avec un train, le Capitole, qui parcourait les 713 kilomètres séparant Paris de Toulouse à la vitesse record de 200 km/h, mais en restant sur des voies traditionnelles, le TGV allait entériner l'une des grandes options techniques de l'aérotrain, son malheureux prédécesseur : il circulerait sur des voies spécifiques — si l'on voulait du moins l'exploiter à pleine vitesse.

Apparus dans les usines et les mines, les chemins

de fer furent d'abord des machines à translation linéaire permettant de relier deux autres machines, ou une machine à sa source d'alimentation : intégrés à des dispositifs techniques complexes au titre d'éléments mécaniques de transmission, ils jouèrent originellement le même rôle que les bielles ou les engrenages. Avec l'augmentation des distances et l'invention du transport de personnes par voie ferroviaire — d'abord simple curiosité touristique sur des trains dévolus au transport de marchandise —, cette configuration première fut peu à peu oubliée ; alors que les chemins de fer étaient devenus des machines grandes comme des pays, les trains gagnèrent, symboliquement, leur indépendance et s'élancèrent à travers le monde comme s'ils avaient toujours été libres et impatients de découvrir de nouveaux paysages.

Mais les chemins de fer demeurent des tronçons d'usine et les trains qui les parcourent ne touchent jamais terre. Ils opèrent un mouvement de translation sur des rails continus qui lévitent sur des traverses, elles-mêmes posées sur un substrat artificiel : le ballast. Les trains, à la différence des avions, circulent dans un environnement strictement artefactuel. Ils volent sur des lits de cailloux et de sable dont toutes les propriétés auront été étudiées en laboratoire pour opposer un semblant de consistance aux presses mobiles qui viendront les écraser à heures régulières.

Les lignes à grande vitesse doivent présenter des profils réguliers et résister à des contraintes très fortes.

Il fallait pour cela inventer de nouvelles manières

de travailler la terre et comprendre comment stabiliser des sols qui, par nature, tendaient à modifier d'eux-mêmes leurs propriétés mécaniques.

Dominique Taulpin, très engagée dans la Recherche & Développement, lança d'innombrables études et expérimentations pour apprendre à ralentir les effets de la gravité, de l'usure, du ruissellement et de l'inévitable vieillissement des infrastructures.

En donnant au profil des voies la forme d'une pyramide tronquée, on pouvait retenir le sable qui voulait s'épandre. En posant des plaques de feutre sur le fond des voies, on pouvait empêcher la boue de remonter et d'agir ainsi négativement sur les propriétés mécaniques du ballast — il devait conserver ses angles saillants et sa rugosité, faute de quoi il perdrait l'essentiel de ses qualités mécaniques. En drainant les marnes glissantes, en aspirant l'air sous des films plastifiés, comme dans des sachets de café sous vide, on pouvait retenir pendant plusieurs dizaines d'années les plus mauvais terrains.

Dominique parcourut des centaines de mémoires sur l'écoulement des eaux, la granulométrie, la pédologie et la résistance des matériaux. Elle participa à des dizaines de chantiers de réforme des voies, au côté de la gigantesque machine qui creusait sous les rails pour en extraire le ballast usé, avant d'en réinjecter, mélangé à du ballast frais, la part encore utilisable, sélectionnée par une calibreuse embarquée. On introduisait alors à travers le nouveau granulat des ancres vibrant à la fréquence étudiée de 42 hertz afin d'éveiller les propriétés mécaniques du nouvel agrégat, en attendant l'action métamorphique des trains.

Dominique découvrit ainsi, dans les interstices de la machine, les effets de l'acidité des sols sur les traverses en bois. En Bretagne, celles-ci étaient presque chaque fois pourries et décomposées malgré tous les traitements chimiques qu'elles avaient pu subir, alors que les tourbières anaérobies de la Normandie ou du Centre les avaient parfaitement momifiées.

Bientôt, Dominique ne regarda plus la boue comme une substance sale, mais comme un ensemble de particules assez fines pour retenir, par capillarité, la quantité exacte d'eau qui leur permettait de modifier leurs propriétés physiques.

Encore fascinée par la fragilité du monde, Dominique continuait à s'intéresser aux phénomènes d'écoulement et de coagulation qui suffisaient à décrire la plupart des paysages connus. Elle acceptait que son activité professionnelle n'aboutisse qu'à des structures éphémères, à des levées de terre qui retomberaient toujours ; elle n'en éprouvait aucune peine ni aucune mélancolie. Dans le temps qui lui était contractuellement imparti, tout se déroulerait selon ses prévisions — le poids du train serait dissipé en trapèze sur la terre, les forces de cisaillement seraient absorbées par le ballast, l'eau s'infiltrerait au plus vite, sans rien emporter ni défaire, dans la structure pyramidale souterraine de la voie.

Après la ligne inaugurale Paris-Lyon, ouverte par le président Mitterrand en septembre 1981, la Ligne Nouvelle 2 devait permettre d'atteindre le littoral atlantique à la vitesse de 300 km/h.

Étroitement conseillée par son père, la jeune Dominique Taulpin remporta une partie de l'appel d'offres pour la construction de la première tranche, qui devait relier Paris au Mans.

Il avait été impossible de convaincre les pouvoirs publics de se montrer plus ambitieux — le prolongement de la ligne jusqu'à Rennes devrait attendre presque un quart de siècle.

Si la société Taulpin-Rail n'avait pas obtenu la concession du chantier pour la totalité de la ligne, la section qui lui échut comprenait, en direction de Tours, un embranchement particulièrement intéressant. Ce serait sur cette longue ligne droite que seraient réalisés les futurs records de vitesse.

Le record actuel, de 380 km/h, avait été atteint peu avant l'ouverture de la ligne Paris-Lyon — les records étaient le plus souvent établis sur des lignes neuves, avant que le sol ait commencé à bouger, avec des caténaires tendues au maximum.

En 1988, l'ICE allemand avait atteint 406 km/h. La SNCF accepta de relever le défi et s'organisa pour que son futur record soit particulièrement médiatisé. L'opération de communication fut très bien menée — on n'évoqua ni les 430 km/h atteints en 1974 par Jean Bertin, alors que la technologie de l'aérotrain était déjà virtuellement condamnée, ni les 517 km/h du train japonais à lévitation magnétique, si ce n'est pour dénoncer le caractère horriblement dispendieux de cette technologie de niche.

Enfin, le 18 mai 1990, le TGV Atlantique atteignit 515 km/h.

Sa vitesse d'exploitation resta cependant limitée à 300 km/h pour éviter l'usure excessive du matériel.

Le TGV était désormais un triomphe technique et commercial. Nantes, Rennes et Lyon étaient à deux heures de Paris. Les paysages défilaient dans le silence amplifié des doubles vitrages. Les voyages étaient des moments de repos inégalables.

Le TGV, contrairement à l'avion, s'obstinait de plus à demeurer une *technologie zéro-mort*.

Le 3 juillet 1998, le train à grande vitesse allemand ICE qui reliait Munich à Hambourg vit le bandage qui protégeait l'une de ses roues se briser en plusieurs morceaux. L'un d'eux vint heurter une commande d'aiguillage, faisant dérailler une voiture. Celle-ci s'encastra alors dans la pile d'un pont. Après que le reste du train se fut replié contre elle en zigzag, le pont s'effondra sur le convoi. Près de cent passagers perdirent la vie.

Le TGV, depuis son entrée en service à l'automne 1981, n'avait tué aucun de ses passagers. C'était le moyen de transport le plus sûr au monde. Sa structure particulière expliquait en grande partie ce remarquable résultat : le TGV, à la différence de l'ICE, ne se pliait pas, ses voitures étant posées à cheval sur des bogies rigides à quatre roues. Ces roues étaient par ailleurs monoblocs et théoriquement incassables.

Un mécanisme, connu sous le nom d'*interrupteur de l'homme-mort*, obligeait également le conducteur à tenir et à relâcher un volant à intervalle régulier, sous peine d'enclencher un freinage d'urgence, empêchant ainsi les TGV de se transformer en trains fous. Les passages à niveau, responsables encore de trop de collisions, étaient progressivement remplacés par des tunnels et par des ponts — à pleine vitesse, il fallait au TGV plus de trois kilomètres pour s'arrêter.

Le TGV dérailla trois fois, mais ses voitures restèrent parfaitement alignées et ne se couchèrent pas. Il n'y eut chaque fois que des blessés légers.

L'incident du 21 décembre 1993 avait été causé par l'effondrement d'une galerie souterraine qui datait de la Première Guerre mondiale.

L'archéologie préventive, qui était jusque-là apparue comme une contrainte économique insupportable, trouva soudain des arguments de sécurité très forts en sa faveur.

12

Clément faisait toujours le même cauchemar.

Il était dans un cirque, comme un martyr chrétien, pendant un tirage au sort, et on lui demandait d'accomplir une tâche impossible dont la non-réalisation le condamnerait à coup sûr. Cela avait toujours trait au dénombrement d'éléments infinis dans un temps limité.

Clément avait cru reconnaître son cauchemar dans le fonctionnement du jeu de l'oie : le mécanisme de la case du puits lui était insupportable. La seule issue, pour un joueur qui tombait sur elle, peu avant la libération de la fin, était d'attendre qu'un autre joueur vienne le libérer en y tombant à son tour. Il n'y avait pas d'autre façon de s'en sortir. Une fois un joueur condamné, la condamnation devenait universelle. La case ne pouvait plus jamais être désactivée. Le jeu devenait maudit et sans solution véritable.

La phobie qu'il éprouvait face aux mécanismes de ce type perdura : il ne se présenta jamais à un examen ou à un concours pour lequel le nombre de places était limité.

Clément savait aussi que son cauchemar pouvait réapparaître s'il entamait de mémoire un processus de dénombrement qui lui demandait une certaine concentration — empereurs romains, éléments chimiques ou degrés de liberté du corps humain se transformant alors en une masse informe, bruyante et dangereuse, qui l'attirait presque irrésistiblement. Plusieurs fois, Clément avait voulu s'approcher jusqu'au point de rupture pour comprendre la trame exacte de cette intrigue mathématique ; chaque fois il avait dû abandonner. C'était trop noir, trop invasif. La chose aveugle représentait un trop grand danger. Clément avait fini par renoncer, sans réaliser que cette impossibilité d'achever l'opération de dénombrement constituait la seule structure de son cauchemar.

Il fallut encore de longues années à Clément pour percer le secret de son cauchemar. Il avait entretemps, sans doute inconsciemment attiré par la problématique familière du dénombrement, entrepris des études de mathématiques.

Un épisode dépressif, survenu pendant qu'il préparait sa thèse de mathématiques, le convainquit d'aller consulter un psychanalyste.

Celui-ci, heureux de tester auprès d'un patient mathématicien les théories lacaniennes les plus piquantes, s'enthousiasma pour le cas de Clément. Le jeune homme lui parut incarner l'essence même, jusqu'à la caricature, de l'esprit scientifique, avec toutes ses passionnantes pathologies. Ainsi, Clément s'était plaint d'une forme d'autisme léger, ou de troubles synesthésiques, qui lui faisait confondre ses émotions et ses jugements logiques, et dont les conséquences opposées étaient la froideur excessive qu'il mettait dans ses rapports humains et l'émotion démesurée qu'il éprouvait pour les choses intellectuelles. Il ne pouvait pas lire un article de mathématique sans frissons, et n'éprouvait rien quand, au cinéma, il assistait à la représentation des drames humains les plus denses. Pire, il détournait les yeux.

Le praticien orthodoxe guida son patient vers l'endroit où il voulait progressivement le mener — une scène primitive, plus sombre que la grotte la plus sombre, mais à l'intérieur de laquelle tournait depuis l'origine une sorte de métier à tisser fantasmagorique. Son allure ou son fonctionnement comptaient peu, expliqua-t-il à Clément, seuls comptaient les fils ou le tissu qu'il produisait en continu — fils ou tissu qui, pouvait-il seulement révéler à son patient, n'étaient autre que sa *vie psychique*. Seul Lacan, avec un courage théorique unique dans l'histoire, était parvenu à remonter dans la grotte, grâce à des outils théoriques inédits, qu'il avait autant empruntés à Freud qu'à la théorie mathématique des nœuds.

Le psychanalyste conclut cette brève incursion épistémologique par une *scansion*, typique de la seconde manière du maître. Puisque l'inconscient était inconscient et qu'en tant que tel on n'agissait pas sur lui, on pouvait cependant l'empêcher quelques instants de se livrer à son activité favorite, l'empêcher de faire des nœuds, en le coupant brutalement — c'est-à-dire en fermant une porte sur lui, l'analyste suspendant la séance aussitôt qu'une phrase, agissant comme un mot de passe inversé, avait été prononcée par l'analysant. Clément venait d'évoquer pour la première fois la passion qu'il avait conçue, vers l'âge de 7 ans, pour l'art pariétal.

L'intéressant patient et son thérapeute se revirent dès le lendemain. La scansion avait parfaitement fonctionné. Clément commença par évoquer le champ des mathématiques vers lequel il comptait se spécialiser. Après avoir beaucoup étudié la théorie des nombres, il désirait à présent aborder la conjecture de Cantor, conjecture étrange connue sous le nom d'*hypothèse du continu*, et qu'on pouvait très grossièrement résumer en se représentant une droite plus grande que la somme de ses parties, ou une pyramide infinie plus grande que le volume cumulé des grains qui la composaient. Son hypothèse à peine formulée, Cantor l'avait vu rejeter par une partie importante de la communauté mathématique et était tombé dans une profonde dépression. Clément n'osait bien sûr pas se comparer au père de l'infini et des ensembles non dénombrables. Il alla même beaucoup plus loin en expliquant que les mathématiques l'ennuyaient et qu'il n'était pas assez bon pour en faire son métier. Il ajouta, incidemment, que ces histoires de suites lui étaient pénibles depuis toujours et, pour la première fois, évoqua le fait qu'il n'était pas vraiment le fils aîné de ses parents, sa mère ayant fait, avant d'être enceinte de lui, plusieurs fausses couches.

C'était là tout le mystère de ses origines. Clément, comme une faute logique, s'était tenu pour mort avant même d'exister. Son existence relevait bien d'une sorte de loterie.

Il paya, sortit et ne revint plus jamais.

Quelques mois plus tard, il avait abandonné les mathématiques pour se lancer dans l'archéologie.

Le laboratoire d'archéologie de son université, à Nantes, cherchait alors un mathématicien capable de classer numériquement des objets de tout ordre, afin de faire apparaître des apparentements cachés. L'étude de la répartition statistique des nombres premiers avait justement fait de Clément un expert du classement. Il postula, et fut embauché. La qualité de son travail impressionna très vite le directeur du laboratoire.

On avait jusque-là travaillé de façon beaucoup trop empirique, lui expliqua Clément. Il y avait par exemple, rien que pour les silex taillés rassemblés dans les collections de l'université, trois systèmes de classement concurrents — c'était trop, ou pas assez. Le premier système, le plus ancien, pragmatique, les rangeait par classes d'usage : ceux qui servaient à découper, ceux qui servaient à écraser, ceux qui servaient à frapper, etc. Le deuxième système de classement, que Clément nommait *système téléologique*, était sous-tendu par l'idée d'évolution technologique : il distribuait les pierres le long d'un axe chronologique, en exhibant leurs améliorations successives. On frôlait l'erreur de méthode : l'archéologie ne devait-elle pas utiliser le temps comme une hypothèse parmi d'autres, simple fonction permettant de relier ces objets disparates entre eux, plutôt que comme une hypothèse irréfutable, ou en tout cas importée dans son domaine depuis les champs extérieurs de la géologie ou de l'astrophysique ? Clément s'amusait à soulever une question du même type pour contester à son tour le troisième système de classement, celui-ci géographique, fondé sur l'analyse des propriétés spectrométriques des échantillons de pierre, qui permettait de remonter jusqu'à leur lieu d'extraction — une carte des carrières de l'ouest de la France existait déjà. Pourquoi, demandait Clément, ramener l'existence des pierres à ce substrat géologique ? Ne risquait-on pas d'occulter d'autres hypothèses : pluie de météores, arrivée d'un monolithe extraterrestre ou — c'était à cette troisième hypothèse que Clément voulait arriver — existence d'une économie lithique intensive, avec des échanges de pierres entre tribus à l'échelle du continent entier, et, pourquoi pas, des usines, des marchés, des Bourses et des fonds spéculatifs ?

Chacun des silex des collections de l'université encryptait plus d'hypothèses que la communauté archéologique mondiale n'était capable d'en former en mille ans d'intenses spéculations.

On ne pouvait plus longtemps refuser d'aborder ces collections sous l'angle révolutionnaire du *data mining*. C'était à elles de nous dire de quel monde elles venaient, et non aux archéologues de les redéposer, comme des saleurs de site involontaires, dans les couches les plus propices de leurs systèmes hypothético-déductifs.

Clément proposait d'en finir avec l'idée ancienne selon laquelle les données expérimentales devaient servir à valider ou invalider les hypothèses de laboratoire, pour la remplacer par l'idée selon laquelle c'était les faits, massifs, gigantesques, compressés, qui choisissaient désormais seuls les hypothèses qui leur convenaient le mieux — à l'aide de modestes algorithmes écrits par les chercheurs.

Clément repensait ainsi sa discipline avec enthousiasme, tout en passant presque cent heures par semaine dans son laboratoire pour assembler, avec des legos, des tapis roulants et des appareils photo, un système de scanner qui devait lui permettre de constituer l'état civil le plus neutre possible des collections lithiques de l'université.

Le fonds documentaire ainsi obtenu serait ensuite exploité par un logiciel de reconnaissance faciale, dont le grand mérite était de fonctionner tellement mal qu'il appariait tout et n'importe quoi — les pierres n'étant pas des visages, ses algorithmes tournaient à vide et remontaient des informations décoordonnées, comme si chaque pierre subissait soudain une étape de découpe supplémentaire entre les mains d'un singe dactylographe qui hésiterait entre le fonctionnalisme de l'usage et le souci brutal, presque plus instinctif, de la figuration humaine. Ainsi, et pour la première fois depuis des millénaires, des éclats voletaient à nouveau autour des pierres grises des collections de l'université. Les silex durs redevenaient des faisceaux mobiles de propriétés mal attachées entre elles, chacun redevenait le lieu sombre, entêtant, d'une énigme primitive, une porte du temps, un objet humain, incomplet et poreux, avide d'hypothèse, translucide et caverneux. Pas de visages à découvrir ici, mais les empreintes fossiles des calculs effectués à la main par des intelligences lointaines, pas de techniques connues, mais des ensembles de chiffres transparents, répétitifs et superposés, formant autour des pierres le moule cassé et invisible d'une civilisation perdue.

Clément constitua au fil des mois un immense répertoire de données, un répertoire si grand qu'aucun archéologue ne pouvait, en l'état, l'exploiter pour y trouver la confirmation ou l'invalidation de ses hypothèses — il y avait tout simplement trop d'indices.

Mais la nature numérique des informations extraites, retraitée par des algorithmes de classement, pouvait permettre de rassembler ces pierres en *clusters*.

Cette méthode permit ainsi d'extraire, de façon entièrement aléatoire, des informations sur les objets examinés sans jamais s'interroger sur leur pertinence. Des régularités invisibles apparaîtraient alors dans les suites de chiffres qui décomposaient les silex. Et l'on pourrait, ainsi, aller beaucoup plus loin dans leur analyse. On pourrait identifier, par exemple, leurs fabricants. Et même remonter les filières d'apprentissage pour déterminer comment les techniques de taille se transmettaient au Paléolithique.

Clément projetait d'aller encore plus loin et rêvait parfois d'une archéologie totale.

Tout outil avait nécessité l'usage d'un outil plus ancien pour le fabriquer. Clément était certain qu'un jour on saurait dessiner l'arbre généalogique complet des artefacts techniques ; un arbre dont les nœuds ne seraient pas des objets abstraits, mais des objets particuliers, qui dormaient sous la terre ou dans les collections répétitives des musées du monde. Il y aurait bien sûr des obstacles à surmonter. Le creuset des métallurgistes constituait un goulot d'étranglement qui détruisait toutes les traces d'usure. Mais ce bruit, liquide et incandescent, laissait encore passer un filet d'information : les différents amalgames utilisés restaient distinguables, l'or antique étant par exemple l'une des matières les moins pures qui soient, les pièces ayant presque toujours été fondues à partir de monnaies plus anciennes. En étudiant leur composition, on pouvait reconstituer *tout* le système monétaire occidental. Si l'on croisait ces résultats avec ceux de l'archéologie sous-marine, il devenait possible de suivre dans le détail les routes commerciales de l'Antiquité comme d'étudier sur plusieurs millénaires l'évolution des inégalités de richesses — et les pauvres, au même titre que les riches, pourraient désormais posséder un nom et un héritage spécifiques.

Longtemps science incomplète, simple mise en scène de l'absence de source et poussiéreux aveu d'impuissance, l'archéologie pouvait désormais apporter à l'histoire tout ce qui lui manquait et lui livrer, preuves matérielles à l'appui, les causes mécaniques dernières de ses grandes évolutions — sécheresse, effondrement du cours de l'or, empoisonnement général au plomb, constitution contre-productive d'un trust commercial.

L'histoire était devenue une branche un peu maniériste de l'archéologie — celle dont les seuls documents de travail étaient les archives écrites, au détriment de toutes les autres.

Au-delà de cette rivalité traditionnelle entre sciences dures et sciences humaines, ce qui se jouait était, pour Clément, beaucoup plus fondamental : il s'agissait d'abolir définitivement la frontière entre la préhistoire et l'histoire.

Clément voulait écrire le roman complet de l'histoire des hommes. Il rêvait d'individus ressuscités d'entre les morts, et connus jusque dans leurs structures mentales, dans leurs économies domestiques, dans leurs projets interrompus par la mort, connus jusque dans leurs maladies génétiques non déclarées et dans leurs rêves oubliés au réveil.

Bien avant la mise au point des premières solutions fiables de téléchargement de conscience, l'archéologie était la science du jugement dernier.

13

Le tracé des premières lignes de chemin de fer obéissait surtout à des contraintes physiques : la puissance des locomotives ne permettait pas de tracter des trains dans des pentes à la déclivité trop marquée.

Les pentes les plus douces d'un pays coïncidant généralement avec le lit de ses cours d'eau, les premiers trains circulèrent presque exclusivement dans les vallées fluviales. Dès que l'on s'éloignait de l'eau pour monter dans la plaine, les trains disparaissaient.

Quand la vallée était encaissée, le train longeait l'eau par une voie directement découpée dans la pente, et souvent contrainte, quand les risques d'éboulement étaient trop importants ou que la vallée devenait trop étroite, d'emprunter des tunnels. Quand la vallée était large, ces voies historiques étaient construites sur des remblais qui servaient de digues, en cas d'inondation.

Avec ses interminables méandres trop dispendieux à suivre, la vallée de la Seine servit très tôt de laboratoire à une nouvelle approche du dessin des voies, qui allait être, bien plus tard, celle de la grande vitesse. La ligne Paris – Saint-Germain-en-Laye, première ligne commerciale d'Île-de-France, privilégia dès 1837 un trajet direct. Mais la vallée de la Seine, en aval de Paris, est souvent profonde, avec des coteaux très marqués ; incapable d'aborder la montée du château, le train dut ainsi, pendant presque dix ans, s'arrêter au Pecq, juste après avoir franchi la Seine sur un pont de bois — confrontée aux mêmes difficultés géographiques, la ligne de Paris à Versailles par le sud, plus prudente, ferait le choix, grâce à un viaduc qui reliait les hauteurs de Clamart à celles de Meudon, d'un grand virage arrondi à la pente plus progressive et plus douce.

La solution technique finalement retenue pour hisser le train jusqu'au sommet du plateau parisien allait être, à Saint-Germain-en-Laye, moins satisfaisante : on avait choisi de placer les lourdes machines à vapeur à l'extérieur du train. Celles-ci, couplées à des pompes, faisaient le vide dans un long tuyau métallique situé entre les rails. Ce tuyau était fendu sur toute sa longueur, avec des lèvres de cuir graissé qui en garantissaient l'étanchéité : ainsi, le piston qu'il contenait pouvait se mouvoir tout en emportant avec lui le train auquel il était fixé.

Ce dispositif s'avéra trop fragile et trop compliqué à mettre en œuvre. On le retrouvera cependant, amélioré, sur les catapultes des porte-avions.

Les TGV, d'une certaine façon, exploitent un dispositif proche : leurs moteurs électriques nécessitent la présence, en divers points du territoire, de centrales nucléaires.

La logique de la vitesse n'était définitivement pas celle de l'écoulement des eaux. Les nouvelles locomotives permirent de vaincre presque toutes les pentes et de privilégier les trajectoires directes. L'invention du tunnelier et la construction de viaducs de très grande portée permirent au train d'écrire son histoire librement, loin des contraintes originelles de la géographie physique.

Triomphant et électrifié, le train généra sa propre carte de France. On tenta d'y superposer, pendant les Trente Glorieuses, celle des autoroutes — les deux moyens de transport auraient alors formé des corridors de vitesse et de bruit. Ainsi, à la sortie de Paris, le TGV Atlantique et l'autoroute de l'Ouest parvenaient, sur les hauteurs du plateau du Hurepoix, à s'aligner sur une quinzaine de kilomètres. C'était assez spectaculaire : vues du train, les voitures semblaient presque immobiles ; roulant à 130 km/h, elles voyaient le véhicule souverain les dépasser sans effort. Mais le TGV, une fois la barrière de péage de Saint-Arnoult passée, reprenait sa liberté : il lui fallait, à 300 km/h, suivre ses propres courbes, avec leurs rayons spécifiques de plusieurs kilomètres. Le TGV très vite devenait irrattrapable, n'obéissant plus qu'à sa seule logique, montant des côtes de plus de 4 % et les redescendant aussitôt, tous moteurs éteints et *roulant sur l'air* — expression ironique rappelant le vieux projet de l'aérotrain et sa promesse futuriste d'une technologie ayant dépassé le stade de la roue.

Le TGV était un jouet de technocrate indifférent à l'existence du territoire réel. La carte de la grande vitesse était une carte autonome.

On finit, pourtant, par y dessiner des contraintes inédites.

Le président Mitterrand ordonna ainsi, pour des raisons d'ordre autant écologique qu'amical, que le tracé de la ligne Lyon-Marseille soit rectifié sur plus de 20 kilomètres. La Drôme, dont le patrimoine viticole n'avait jamais été autant honoré, y gagna deux viaducs sur le Rhône.

À côté de cet exceptionnel fait du prince, les contraintes législatives, comme des attracteurs étranges appliqués à définir de l'extérieur la forme des lignes nouvelles, se multiplièrent. Diverses lois avaient été votées, qui obligeaient les grands projets d'aménagement à mieux prendre en compte la fragmentation des écosystèmes ou à respecter les monuments historiques.

Les lignes, jusque-là symbolisées par des lignes brisées reliant des villes entre elles, commencèrent à prendre l'aspect incertain des ondes sonores ou lumineuses — on ne parlait pas, au stade des études préliminaires, de lignes, mais de faisceaux de probabilités, et il fallait jouer, comme à la recherche d'une harmonie territoriale de dimension supérieure, avec les influences combinées des champs politique, géologique et écologique, comme avec les effets de résonance des territoires traversés. La définition d'un faisceau était de l'ordre de l'enchantement. Les forêts et les plus infimes habitants des prairies avaient des droits et des outils juridiques étaient à leur disposition.

Les consultations préliminaires duraient des années. Des carottes de terre remontaient comme par magie du sous-sol, des acousticiens parcouraient avec des appareils d'enregistrement les rues désertes des villages abandonnés, des biologistes plongeaient dans l'eau des mares à la recherche d'un batracien perdu ou d'une puce d'eau nouvelle, tandis que maires, chasseurs et riverains formaient des comités de médiation.

La coordination de l'ensemble de ces informations requérait beaucoup de patience.

Dominique Taulpin s'en acquitta avec légèreté.

Elle appréciait, plus généralement, le monde un peu compassé du rail.

Malgré la libéralisation du secteur, il était encore animé en France par un opérateur presque unique. La SNCF, née en 1938 de la nationalisation de la quasi-totalité des lignes de chemin de fer existantes, était souvent considérée comme un fossile vivant du Front populaire et comme l'héritier direct des idéaux de 1945.

C'était un univers très codifié, autant égalitaire — tout le monde serrait la main à tout le monde et le tutoiement était presque général — que vertical, avec un respect absolu de la hiérarchie et de l'ancienneté. C'était à la fois une forteresse ouvrière et un paradis pour les technocrates, c'était un monde où le P-DG lui-même se disait cheminot et où l'employé de base avait appris à ne pas se considérer comme moins essentiel à la bonne marche des choses que son lointain patron.

C'était, pour Dominique, presque aussi exotique de travailler pour la SNCF que d'être le prestataire exclusif d'un pays d'opérette ou d'une république imaginaire.

C'était surtout le type même de monde que son père avait en horreur, moins, peut-être, pour ses évidents défauts que pour ses improbables succès. La SNCF était une utopie dotée d'un chiffre d'affaires, un monstre étatique doté d'une stratégie valide, une superstructure affaissée et pléthorique, mais capable encore de faire se mouvoir simultanément plusieurs millions de tonnes de métal sans pannes et sans collisions.

Comme s'il était revenu à l'état de métal liquide, le matériel roulant s'étirait dans toutes les directions arachnéennes, se scindant et se recombinant comme du mercure, équilibrant et déséquilibrant la terre comme une marée artificielle — c'était, en beaucoup plus sophistiqué, un dispositif identique à celui qui équipait les grandes tours dans les zones sismiques : une masse métallique mouvante, posée dans les derniers étages comme une fondation mobile et aérienne, venait contrebalancer les oscillations du sol pour empêcher la tour d'entrer en résonance.

Au passage d'un train, les pierres du ballast passaient alors de l'état granulaire à l'état solide, le temps de répartir sur leurs arches éphémères les séismes volants de la vitesse.

Le monde ferroviaire était un modèle d'équilibre. On entendait souvent, à la SNCF, que la modernité d'un pays était directement corrélée à la modernité de ses infrastructures ferroviaires.

Dominique apprit à connaître le monde du rail. Elle avait été initiée à l'art ancestral des géomètres. Elle avait planté, dans l'herbe mouillée des champs, des prismes réflecteurs et elle avait appris à manipuler les théodolites qui permettaient de faire apparaître des triangles géométriques au-dessus de l'inconstance des choses.

Elle avait enfoncé, sous la supervision des géomètres experts, des bornes qui avaient valeur légale et qui pouvaient décider d'une irréversible expulsion.

Elle avait vu, en coupe, en perspective et en vue aérienne, des centaines de kilomètres de lignes sortir des traceurs numériques de ses bureaux d'étude.

Elle avait visité plusieurs technicentres où les TGV alignés subissaient des opérations de maintenance. Des techniciens inspectaient leurs roues afin d'évaluer leur degré d'usure — les trains faisaient chaque mois l'équivalent d'un tour du monde. L'absence de quai surélevait les trains qui apparaissaient beaucoup plus grands que dans les gares. Ils avaient gardé leurs phares allumés et semblaient prêts à s'élancer sur des voies neuves et fraîches.

Dominique suivit aussi le parcours des rails, des ateliers de fonderie à la pose, sur le parcours du TGV Est.

Dominique voyagea enfin plusieurs fois en cabine. Elle relia Paris à Marseille en 3 heures et 19 minutes, se rendit à Francfort en ICE, à Londres en Eurostar, à Madrid en AVE. Le paysage défilait toujours aussi calmement. L'Europe était vaincue.

Bientôt, la Bretagne serait à moins de 1 heure 30 de Paris. Le prolongement de la ligne à grande vitesse Paris – Le Mans avait été décidé. Il impliquait la construction de 180 kilomètres de voies nouvelles à travers trois départements, la Sarthe, la Mayenne et l'Ille-et-Vilaine.

Alors même que l'opérateur futur du chantier n'avait pas encore été désigné et qu'aucun tracé définitif n'avait été arrêté, Dominique, ne voulant rien laisser au hasard, avait participé à presque toutes les réunions publiques d'information autour du projet.

Elle connut bientôt personnellement tous les responsables d'association, tous les élus locaux, tous les propriétaires terriens concernés par l'un ou l'autre des faisceaux.

On la considéra rapidement comme un patron responsable, exemplaire et impliqué, plutôt que comme une héritière.

Les représentants politiques l'appréciaient, les habitants concernés par le futur projet reconnaissaient qu'elle était à l'écoute de leurs doléances, plus nombreuses encore que celles que leurs ancêtres avaient adressées deux siècles plus tôt aux états généraux du royaume.

C'est grâce à cette intense activité de lobbying qu'elle rencontra Isabelle d'Ardoigne.

Celle-ci venait de conclure, à Laval, une réunion publique où elle avait appelé les élus locaux de Mayenne à ne pas faire obstacle au train — quand bien même, on venait de l'apprendre, Laval ne serait pas desservi par la grande vitesse.

14

Taulpin-Rail remporta l'appel d'offres.

Les programmes de lignes à grande vitesse avaient tous pris du retard ; certains avaient même été abandonnés. Le TGV s'était mal exporté et ses coûts de fonctionnement restaient trop lourds. Plus encore, par rapport à des technologies de type train pendulaire, qui permettaient d'atteindre des vitesses d'exploitation presque équivalentes sur des lignes classiques, en jouant dans les courbes sur l'inclinaison du train plutôt que sur celle des rails, le coût du kilomètre de LGV restait prohibitif : autour de 20 millions d'euros par kilomètre, soit près de trois fois le prix d'une autoroute — sans parler des lignes aériennes, par nature gratuites.

Le TGV coûtait bien trop cher. Il avait, pourtant, acquis en trente ans une puissance symbolique inégalée : c'était la dernière incarnation du jacobinisme triomphant des Trente Glorieuses, le plus spectaculaire message d'amour de Paris à la province. Les villes voulaient leur TGV. Nancy avait voulu son TGV, comme sa rivale Metz, et les deux villes avaient accepté l'absurde jugement de Salomon de l'État, qui mit la gare au milieu de nulle part, à équidistance parfaite des deux concurrentes. Toulouse, la ville de l'Airbus, reliée à Paris par plus de 400 vols par semaine, voulait son TGV. Le Havre et Rouen voulaient aussi se sentir aimés de la capitale, comme Bordeaux et Nice.

Mais ni l'État ni ces collectivités territoriales avides de vitesse n'avaient plus les moyens de s'offrir les caprices rétro-futuristes de la grande vitesse. La crise de 2007 avait révélé le caractère insupportable de la dette publique — la France était progressivement devenue un placement à risque.

La solution envisagée alors pour satisfaire les intérêts divergents des défenseurs de la grande vitesse et des partisans de l'austérité consista à imaginer un type de partenariat public-privé qui permettait de projeter la dette dans un avenir lointain, et relativement opaque d'un point de vue comptable.

La chose avait été déjà largement pratiquée quand il s'était agi de doter la France d'un réseau autoroutier moderne : des sociétés, comme le groupe Taulpin, avaient pris la construction des autoroutes à leur charge, en échange d'une concession de quelques dizaines d'années durant lesquelles elles se remboursaient en en faisant payer l'usage aux automobilistes.

Le partenariat public-privé signé, il ne restait plus que quelques détails à régler, comme celui du raccordement, un peu après Argel, de la nouvelle LGV, qui contournerait Laval, avec la ligne traditionnelle, qui passait par la gare de la ville — Laval voulait détourner, à son profit, une partie du trafic et attraper quelques trains à grande vitesse en provenance de Paris, trains qui n'auraient qu'à parcourir, en roue libre, une longue courbe commencée à la sortie d'Argel pour venir déposer sans bruit quelques voyageurs sur les quais de la ville endormie. Le principe de cette desserte était acquis. Un train sur quatre ou cinq ferait ce crochet par Laval, mettant la ville à 1 heure 10 de Paris ; les autres fileraient à travers champs jusqu'à Rennes, qu'ils atteindraient, au départ de Montparnasse, en 1 heure 26 contre 2 heures 03 aujourd'hui.

Isabelle d'Ardoigne avait beaucoup milité pour ce projet de raccordement, sans lequel la LGV Ouest aurait représenté, pour son département, un sacrifice sans contrepartie.

L'emplacement exact de la dérivation, tributaire du faisceau retenu pour le passage d'Argel, restait cependant à définir.

Le faisceau nord avait la préférence d'Isabelle : il épargnait le château familial. Mais elle savait que la décision ultime, qui dépendait des choix de trajectoires des quatre ou cinq villages traversés en amont, n'appartenait pas à sa commune. Le TGV surviendrait brutalement dans le plan cadastral d'Argel et il faudrait alors prendre les meilleures décisions. Le tracé sud présentait des atouts non négligeables : il faisait passer le TGV entre l'autoroute et la nationale, dans un paysage somme toute déjà sacrifié. Il entrerait en outre sur le territoire de la commune en un point qu'Isabelle avait plusieurs fois promis de réaménager : l'intersection entre la route communale, qui menait d'Argel à Orligné, et la nationale — on déplorait plus de vingt morts, en un peu moins de cinquante ans, à cette intersection fatale. La LGV apportait une promesse de rond-point.

Isabelle et Dominique se rencontrèrent pour en discuter.

Les deux femmes ne se connaissaient pas directement, malgré un point commun évident : leurs deux pères vivaient à proximité immédiate du faisceau sud, chacun dans son château, de part et d'autre de la nationale.

Après plusieurs rendez-vous techniques, passés à s'observer mutuellement devant les plans détaillés de la future ligne, Isabelle et Dominique convinrent d'un rendez-vous plus informel dans un restaurant de Laval, au pied du gros donjon.

Elles se découvrirent vite une grande complicité dans la manière assez ironique dont elles abordaient la figure paternelle.

Le marquis d'Ardoigne était plutôt excentrique et vivait dans un temps lointain, indéfinissable, peut-être même alternatif. Il avait tout du savant fou. Isabelle avait vu défiler dans son enfance quantité de radiesthésistes et d'ufologues, ainsi que — elle jurait que c'était vrai — des druides et des sorciers. La tradition voulait que les sénateurs de la Mayenne soient ou bien des bourgeois radicaux, ou bien des aristocrates cléricaux ; elle était la première aristocrate d'obédience néopaïenne à exercer la fonction.

André Taulpin était un personnage beaucoup moins folklorique. Excessivement autoritaire, il régnait sur sa famille en despote assez peu éclairé — malgré une tentative, un peu ridicule, d'acculturer franc-maçonnerie et ressources humaines, avec la création d'une société secrète *corporate* et méritocratique, l'Ordre du Grand Architecte. André Taulpin était un rationaliste. Pas de mages ou d'enchanteurs dans l'hôtel particulier de son enfance, mais des visiteurs tout aussi mystérieux et habillés, parfois, plus bizarrement encore. Dominique était certaine d'avoir vu là Kadhafi, Mobutu et Le Pen.

Les deux femmes échangèrent aussi leurs informations sur le projet de mariage avorté qui avait failli, cinquante ans plus tôt, unir leurs deux familles, quand le père de Dominique avait voulu épouser la tante d'Isabelle. Celle-ci avait finalement épousé un châtelain local, et sa vie en avait été comme endormie, tandis que l'ambitieux industriel avait épousé, par dépit, le meilleur parti d'Argel. Dominique nota que sa mère, récemment décédée, n'avait jamais été heureuse. Fâchée avec ses frères pour une obscure histoire — Dominique avait d'ailleurs des cousins éloignés qui vivaient encore à Argel — puis projetée dans le rôle d'une grande bourgeoise, elle avait été dépressive et alcoolique toute sa vie.

Isabelle et Dominique en vinrent à évoquer leurs situations conjugales respectives : trop âgées désormais pour avoir des enfants, elles ne s'étaient toutes deux jamais mariées. Elles se regardèrent fixement, se demandant laquelle confesserait la première son homosexualité.

Ce fut Isabelle qui prit la main de Dominique, laquelle mit un instant avant de la lui abandonner.

Elles se virent dès lors régulièrement, à Paris et à Argel, en s'amusant beaucoup du caractère secret de leur relation, qu'elles comparaient à un délit d'initié. La coordination parfaite entre pouvoir politique et puissance industrielle symbolisée par leur couple permit en tout cas au projet de ne prendre aucun retard.

Elles pesèrent pendant des nuits entières les arguments en faveur des faisceaux nord et sud.

Le château d'Ardoigne, bien que non classé, serait quoi qu'il arrive épargné par le tracé sud — le train passerait cependant, sur un viaduc, à quelques dizaines de mètres des fenêtres du second étage, et quelles que soient les protections, le bruit serait presque insupportable. Isabelle avait tout envisagé : elle n'attachait pas à la demeure familiale un prix insensé ; son père était un peu sourd ; la probabilité qu'il meure avant la fin du chantier n'était pas négligeable ; la chapelle où était enterrée sa mère, située à quelques mètres de l'un des piliers du viaduc, mais de l'autre côté de la voie, serait en quelque sorte sanctuarisée — aucun projet de construction ne pourrait jamais plus exiger qu'on déplace le tombeau.

Les deux femmes évoquèrent aussi la responsabilité indirecte d'André Taulpin dans la mort de la mère d'Isabelle, ainsi que l'article de *Minute* et les menaces de mort.

Dominique s'excusa du mal que sa famille avait pu lui faire et proposa à Isabelle une vengeance possible.

Son père était certain que personne n'oserait jamais faire passer le train au pied de son château. Elles deux pouvaient pourtant y parvenir. Cela mettrait le vieil homme en rage.

Il prétendait que le profil du train ressemblait à celui de Mitterrand, qu'il avait toujours détesté : un front fuyant, une lèvre supérieure arrogante et courbe, une lèvre inférieure gourmée.

Dominique jubilait à cette idée. Son père l'avait toujours tenue pour quantité négligeable. La filière rail ayant toujours été, aux yeux d'André Taulpin, la structure vestigiale de la première révolution industrielle, un terminus sans vrais relais de croissance. Il voulait exclusivement que l'un de ses deux fils, ses frères, hérite de son empire, tandis qu'elle ne devait prendre que les actions et les droits de blocage que la loi lui octroierait. Elle ne dirigerait jamais le groupe.

Elles décidèrent de s'inviter mutuellement dans leurs châteaux familiaux afin d'annoncer à leurs pères respectifs la mauvaise nouvelle.

Le marquis se désola, à l'apéritif, du projet de viaduc qui passerait bientôt en face des fenêtres de son château — pauvre château, vieille ruine ramollie, patrimoine inclassable.

On mangea plutôt gaiement, dans la vieille salle à manger. Le marquis était ravi d'avoir sa fille à dîner — entre son appartement parisien, son affreuse maison du bourg, sa permanence lavalloise et sa mairie, il ne la voyait plus jamais. Il était également enchanté de découvrir celle à qui il allait bientôt devoir d'horribles insomnies.

«En réalité, je ne suis pas contre le progrès. J'ai des armes tellement efficaces, tellement insoupçonnées contre lui qu'il est pour moi comme un animal domestique. Laissez le train venir jusqu'à moi. Il m'obéira, le moment venu, et il me suffira de lui caresser le museau pour qu'il roule à mes pieds comme une bête soumise. J'ai beaucoup écrit, contrairement aux apparences, sur des sujets sérieux. La question du progrès technique m'a beaucoup préoccupé. J'ai écrit un livre qui fut un petit best-seller il y a une quinzaine d'années. Je partais de l'hypothèse assez fantastique qu'il y avait eu un contact entre le monde précolombien et une civilisation extraterrestre. L'hypothèse était courante et, à l'époque du moins, plutôt bien soutenue par l'archéologie — on avait découvert quantité de bas-reliefs représentant des princes aztèques casqués et des vaisseaux spatiaux. Mais j'ai développé à partir de là une hypothèse secondaire relativement hétérodoxe, qui prenait en tout cas le contre-pied de toutes les théories contemporaines. Quel est le grand mystère des civilisations précolombiennes ? Les pyramides ? Les sacrifices humains ? La ruine subite de plusieurs cités florissantes ? Tout cela s'analyse très bien — quoique la question du déclin des civilisations les plus sophistiquées demeure passionnante. Non, l'unique mystère impénétrable est le suivant : comment ces peuples, alors qu'ils connaissaient la technologie de la roue, pour l'avoir utilisée dans de multiples jouets, ne l'ont pas plus massivement adoptée. À cause du relief ? Mais ces bâtisseurs savaient construire des rampes aux déclivités variées. La leur avait-on interdite, pour les empêcher d'évoluer dans une certaine direction ? C'était mon hypothèse — subtilement habillée d'un *deus ex machina* extraterrestre.

« Votre train, jeune femme, votre train infernal ne m'impressionne pas. J'ai peut-être redécouvert l'un des secrets de l'histoire — non pas une technique nouvelle, mais une très ancienne machinerie qui me met, vis-à-vis de votre train, un peu dans la même situation de toute-puissance que mes extraterrestres l'étaient avec les Aztèques : vont-ils autoriser ou interdire l'usage de la roue ? J'ai des outils plus efficaces que toutes les expropriations du monde.

« Mais je vois à la tête que fait ma fille que je vous ennuie. Pardonnez-moi cette digression fantasque et quelque peu agressive — cela dit, reconnaissez que, ce soir, vous êtes l'agresseur. Mais pas d'inquiétude : je n'activerai pas ma diabolique machine. Vous pourrez construire votre train. Épargnez-moi seulement un mur antibruit en verre teinté : je veux voir la bête. »

Ce sujet délicat refermé, la suite du repas se déroula paisiblement. Le marquis prit des nouvelles du vieux Taulpin et fit monter les deux femmes jusqu'aux combles, d'où l'on pouvait apercevoir une partie de son château.

« Je l'espionne, voyez-vous. Rien de très intéressant. Il reçoit des visites. Votre prédécesseur, le vieux sénateur Marion, passe quelquefois. J'ignore de quoi ils parlent. Du triste état de la droite, sans doute. L'argent de votre père lui fut bien utile, naguère. On dit des choses intéressantes. Mais tout cela n'aura pas servi à grand-chose. »

Le marquis traça alors une ligne avec le doigt.

« 118 mètres de long, dites-vous. Ce sera donc un tout petit viaduc, pour une toute petite rivière. Pas de train la nuit, entre minuit et cinq heures, c'est juré ? Je dormirai donc tranquille. Et si les vibrations endommagent le château, je pourrai refaire les boiseries des fenêtres ainsi que la toiture. Car si je comprends bien, je vais toucher, pour mes terres de Vaultorte, une petite fortune. Triste fin pour un aristocrate. Triste château. Il aura trop manqué de beauté pour être classé. Les passagers du train auront d'ailleurs à peine le temps de l'apercevoir. Quelques imbéciles s'extasieront : "Oh, le joli château !" Pas assez beau, pas assez beau pour privilégier le tracé nord. »

Le marquis ne se plaignit pas plus longtemps. Il préféra profiter de ce qu'il tenait sa fille et l'influente fille Taulpin à sa disposition pour évoquer un projet cher à son beau-frère, le marquis de Lassay, ainsi qu'à une dizaine d'autres châtelains de la région — il était à vrai dire à l'initiative du projet, mais préférait avancer masqué. Il s'agissait d'obtenir l'inscription de la Marche de Bretagne au patrimoine mondial de l'humanité.

L'association avait constitué une liste comprenant une bonne centaine de châteaux forts, de manoirs et de villages fortifiés, qui dessinaient une ligne presque continue de la Manche à l'Atlantique. L'ensemble n'avait pas le caractère somptueux de la vallée de la Loire, mais pouvait se prévaloir d'un grand nombre de monuments classés et d'une importance historique attestée. Le tourisme, surtout dans la région des Pays de la Loire, trouverait là à se développer fortement, et les trois cents châteaux du département de la Mayenne gagneraient une visibilité inédite. Un comité d'architectes et d'historiens était en train de monter un dossier solide, qui mettait en scène les citadelles de la Marche comme s'il s'était agi d'une fortification unique destinée à contenir l'impétueux voisin celte. Un hélicoptère avait réalisé de très belles prises de vue aérienne de Sainte-Suzanne, Vitré et Châteaubriant.

Isabelle avait promis de faire du projet l'un de ses grands arguments de campagne pour les futures sénatoriales.

190

Le dossier avançait — il ne devait cependant pas avancer plus vite que celui du TGV, au risque de générer des interférences nuisibles.

Quelques jours plus tard, Isabelle et Dominique dînèrent de l'autre côté de la nationale.

André Taulpin les accueillit très froidement.

« Madame, dit-il à Isabelle, sachez que vous êtes la première socialiste à pénétrer ici. Mais le clivage gauche-droite s'efface devant les nécessités économiques. J'apprécie d'autant plus votre présence à ma table qu'une certaine presse a jadis propagé des informations bien excessives.

« Quant à nos petits différends autoroutiers, n'en parlons plus. L'autoroute de l'Ouest est l'une des plus sûres de France. À cet égard, nous avons œuvré de façon parfaitement complémentaire : vous vous occupiez de la prévention, et moi, de la sécurisation des équipements. Les bretelles d'accès de mes autoroutes ont été les premières à s'équiper d'un double rail de sécurité, à destination des motards.

« Quoi qu'il en soit, je me réjouis que ma fille, qui est avant tout, reconnaissons-le, une technicienne, fréquente enfin des hommes — en l'occurrence des femmes — politiques. Je n'aime pas beaucoup la politique, mais quand on fait mon métier, on doit surmonter sa réticence. J'aurais pu, bien sûr, si j'avais voulu, faire une belle carrière. J'ai occupé votre fauteuil au Sénat, mais je m'y sentais un peu serré. Vous devez y être plus à l'aise que moi. Enfin, tout cela aura bientôt disparu. »

Isabelle se demanda ce qui aurait bientôt disparu. On disait que le vieux Taulpin était une sorte d'anarchiste ou de libertarien, un chaînon manquant entre Bakounine et Buffett. Il était l'empereur incontesté du béton. Les écologistes le détestaient, la gauche voyait en lui l'incarnation du mal et même la droite le craignait. Il aurait détruit la terre entière si on l'avait laissé faire ; la quantité de béton qui avait été nécessaire à l'édification, par le groupe Taulpin, du barrage des Trois-Gorges, en Chine, aurait permis de construire tout autour de la Terre un mur continu de plus d'un mètre de haut. André Taulpin symbolisait le Nord, méprisant et destructeur. Il avait défiguré plusieurs capitales africaines, rasé des quartiers populaires en Amérique latine, déplacé à lui seul plus de terre que toutes les civilisations disparues. Les conséquences humaines et écologiques de ses activités étaient effrayantes. Des villes entières avaient été englouties, des espèces protégées anéanties, des milliers d'hectares de terres arables artificialisés à jamais. Il avait fait sauter des montagnes à la dynamite et recueilli leurs débris pour en faire des immeubles d'habitation indignes et des stades oppressants. Il était ami avec plusieurs dictateurs. De nombreux dirigeants africains se baignaient en ce moment même dans des piscines qu'il avait creusées pendant que les cadavres de leurs opposants finissaient de se dessécher dans les fondations de leurs palais. En France, des centaines d'ouvriers, à force de tenir à main nue les tiges vibrantes qui permettaient d'homogénéiser le béton frais dans les coffrages, déclaraient une maladie vasculaire orpheline qui finissait presque toujours par une amputation. On avait constaté, en Algérie, des taux de radioactivité particulièrement élevés dans des immeubles construits par une filiale de son groupe : les armatures du béton armé avaient été achetées à des ferrailleurs ukrainiens qui avaient recyclé illégalement le métal des engins de chantier utilisés à Tchernobyl.

C'était la légende noire. André Taulpin connaissait toutes ces caricatures et il était le premier à s'en amuser.

La décoration de son château était une forme de réponse. On était accueilli, dès l'entrée, par une douzaine d'animaux naturalisés, assemblés par paires et ordonnés par taille : il y avait d'abord un couple de renards, puis un chevreuil et sa chevrette, un sanglier et sa laie, un cerf, sa biche et leur faon, et enfin, le mâle dressé sur ses pattes arrière en position d'attaque et la femelle un peu en retrait, un couple d'ours bruns des Pyrénées, trophée légal, mais d'une rareté extrême. L'ensemble, se dit Isabelle, ressemblait un peu à la procession figée de la Grande Galerie de l'évolution du Muséum d'histoire naturelle, mais en plus biblique, et avec une évolution ici limitée à son biotope hercynien — celui des temps primitifs et des contes de fées.

On pénétrait ensuite dans la salle à manger. Toutes les boiseries anciennes avaient été préservées et des photos des principales réalisations du groupe Taulpin en décoraient les murs, mais l'ancien plancher avait fait place à un sol en béton noir poli. L'escalier et les salles de bains étaient faits de la même matière presque basaltique.

« Le roi du béton. Et ils le répètent comme si la chose avait quelque chose de honteux. Connaissez-vous des roches artificielles au toucher plus doux, aux nervures plus délicates ? Une fois que l'eau s'est retirée, que l'opération chimique a fini de dégager sa chaleur, il reste cette pierre, dure et illimitée, le miroir de la volonté des hommes.

« Tenez, voici le dessert — le domaine de l'architecture traditionnellement réservé aux femmes. L'œuf y joue le rôle — succulent, mais éphémère — du ciment. C'est de la chimie domestique. Cela m'a toujours un peu dérangé, d'ailleurs, que l'ingrédient central de notre cuisine soit celui-là. La chimie culinaire repose sur la progéniture avortée d'un oiseau incapable de voler. »

André Taulpin, Dominique ne put que le remarquer, méprisait sa fille.

Il la regarda fixement lui expliquer que les trains passeraient par le faisceau sud ; ce fut elle qui baissa les yeux la première.

L'avenir était pour lui aux convois routiers automatisés, des files de voitures ou de camions roulant presque pare-chocs contre pare-chocs et synchronisés par GPS. Ce serait la fin définitive des accidents de la route et l'alliance parfaite des libertés individuelles et du transport de masse. On pourrait à tout moment se décrocher du convoi pour en rejoindre un autre ou goûter aux plaisirs de la conduite en solitaire.

Les lignes rentables étaient presque toutes construites. L'État se désengageait d'ailleurs du TGV. L'autoroute redeviendrait l'axe central de tous les projets d'aménagement du territoire.

André Taulpin se leva et ouvrit la fenêtre qui donnait sur un balcon :

« Regardez le joli paysage, avant sa disparition programmée par mes propres pelleteuses. »

Il faisait encore jour mais le soleil était couché. Le ciel était violet. Les voitures qui passaient sur l'autoroute avaient déjà allumé leurs phares pour lutter contre l'inquiétante occlusion du ciel. Le village se découpait au loin en ombre chinoise. Les tourelles du château d'Ardoigne disparaissaient, elles, dans la nuit liquide.

Isabelle et Dominique se prirent furtivement la main. La terre des hommes leur déplaisait ce soir. Tout y était trop archaïque, froid et médiéval. Les flambeaux des voitures éclairaient faiblement l'autoroute mais il ne faisait pas assez nuit encore pour apercevoir la lueur rassurante de Laval.

15

Clément appartenait à une génération d'archéologues privilégiés qui avaient pu exercer leur métier sur des chantiers de fouilles plus grands et plus nombreux que ceux de l'Égypte et de la Mésopotamie réunies, chantiers qui présentaient en plus l'intérêt d'être ininterrompus sur des centaines de kilomètres — on possédait, à travers eux, les plus longs échantillons d'histoire qu'on ait jamais eus.

L'Inrap, l'Institut national de recherches archéologiques préventives, avait été créé en 2001. Soutenu par l'article L524-2 du code du patrimoine, qui instituait une redevance obligatoire sur tous les travaux susceptibles de présenter des risques de destruction irréversible, l'institut organisait l'urgence archéologique au niveau national.

Les Trente Glorieuses avaient été un massacre. La modernisation de la France à marche forcée avait tout ravagé. Sans même parler de la destruction des Halles ou des injections de béton dans les catacombes, la construction des grandes autoroutes radiales autour de Paris, le déploiement du RER et les premières lignes à grande vitesse avaient sans doute coûté plus cher à la France, en termes de patrimoine, que les bombardements de la Seconde Guerre mondiale. La bataille avait été longue. Il avait fallu faire de nombreuses concessions. La plus cruelle avait été d'accepter que les sites archéologiques, à peine découverts, soient détruits, en échange d'un peu de temps pour en dresser les relevés rapides et effectuer les fouilles les plus urgentes.

Ces chantiers archéologiques étaient immenses. Ils représentaient jusqu'à 1 % du coût d'une autoroute.

Les entreprises mandataires dépêchaient des pelleteuses en avant du chantier principal. Celles-ci, sous la supervision d'un archéologue, creusaient délicatement des tranchées parallèles espacées d'une dizaine de mètres. La grille ainsi obtenue permettait de déterminer la valeur du site — c'était comme regarder par les fenêtres subitement éclairées d'un immeuble. L'archéologue recherchait, à mesure que la terre était ouverte devant lui, des indices concordants d'occupation humaine : c'était au mieux des ossements ou des fragments de poterie, le plus souvent des variations de couleur ou de texture, qui signalaient l'existence d'un mur ou d'un sol artificialisé. Le processus de fouille pouvait alors s'enclencher.

Clément avait pris l'habitude de rejoindre chaque été l'un ou l'autre de ces chantiers itinérants, qui cherchaient toujours de la main-d'œuvre et qui proposaient aux jeunes archéologues une sorte de formation continue et généraliste, l'archéologie préventive étant par nature transdisciplinaire et ouverte à toutes les époques — le chantier avançait, et les archéologues de l'Inrap se voyaient assigner des champs de fouilles successifs : on était là face à une excellente procédure d'échantillonnage aléatoire, le type de mesure statistique qui fournissait la plus grande quantité d'information.

C'était à chaque fois, pour Clément, après des semaines de laboratoire ou des jours entiers passés à améliorer les codes de son logiciel de reconnaissance faciale, un moment de respiration et de vacance, avec beaucoup d'imprévus et des rencontres toujours possibles.

L'hébergement était souvent sommaire. Clément avait ainsi quelquefois dormi à la belle étoile. Il avait eu quelques aventures. Il était facile, la journée, de caresser une main en frôlant un débris. Les jeunes archéologues portaient des shorts kaki et restaient accroupies pendant des heures. Le soir, on dînait tous ensemble dans la tente réfectoire et l'on buvait un peu. Clément aimait ces moments d'incertitude prolongée et de tension érotique légère, surtout au début des chantiers, quand on ne se connaissait pas encore.

C'était avant tout beaucoup de dessins.

Clément avait dessiné des profils de fouille, des vues en coupe, des vues d'ensemble, des vues de détail, des vues stratigraphiques. Il avait représenté tous types d'objets : des mâchoires, des bifaces, des divinités, des pièces de monnaie. Rien ne devait être négligé. Il y avait eu trop de gâchis. Tout pouvait servir d'indice. La dispersion des éclats d'os pouvait évoquer un homicide et les homicides expliquer la disparition d'une ethnie ou son départ précipité vers l'ouest. Certaines poteries avaient été cassées volontairement, dans le cadre d'un culte. D'autres, d'aspect grossier, n'accusaient pas un degré de civilisation faible, mais au contraire très évolué : c'était les rebuts d'un atelier de production. Il existait de faux indices et des évidences mensongères. Un homme mûr enterré avec un cheval n'était pas forcément un chef de tribu ; le cheval avait pu être enterré plus tard par des équarrisseurs, et alors le problème se retournait : avait-on jeté la bête sur le cadavre avec une volonté de sacrilège ?

Souvent, les outils de datation modernes étaient inopérants. Il fallait alors recourir aux vieilles lois stratigraphiques, comme le principe de superposition, qui stipulait que les couches les plus profondes étaient aussi les plus anciennes, ou le principe d'horizontalité, qui expliquait que des éléments contemporains se déposaient toujours sur la même couche, en vertu de la gravité. Si ces deux principes étaient, d'une manière ou d'une autre, enfreints, on pouvait en conclure que le site avait subi des remaniements. Ces remaniements compliquaient la tâche de l'archéologue. Il existait malgré tout d'autres manières de rétablir la chronologie perdue des couches stratigraphiques, notamment en appliquant les matrices mises au point par l'archéologue Edward Harris quand il avait été confronté à un site de fouilles — un cimetière utilisé pendant plusieurs siècles — particulièrement confus. C'était une partie de l'archéologie qui amusait beaucoup Clément.

Ses dessins étaient toujours soignés. La terre était vivante, lui avait expliqué le vieil archéologue qui l'avait formé sur son premier chantier, et celui qui la dessinait, même schématiquement, devait avoir la vivacité de trait du caricaturiste et la précision maniaque du *storyboarder* — beaucoup d'erreurs d'appréciation auraient pu être évitées si l'on avait su mieux l'observer dans sa dimension temporelle. La géologie, disait Novalis, est l'autobiographie de la Terre. Cette approche romantique n'était pas contradictoire avec l'approche plus strictement physique que privilégiait Clément.

La Terre était humaine au moins depuis la fin de l'ère glaciaire et la réouverture de la Manche, ou plus près de nous depuis le reflux de la grande forêt hercynienne et la mise en culture des sols. On commençait à parler d'une couche géologique nouvelle appelée *anthropocène*.

Le travail de Clément consistait à en exhumer les couches les plus profondes, entre la roche mère stérile et le voile d'oubli asphalté qui venait enterrer définitivement toute trace d'un passé fragmentaire. L'histoire était une couche assez mince que les machines soulevaient facilement.

Mais c'était au pinceau que Clément avait choisi de déblayer plusieurs tonnes de terre, comme s'il avait nettoyé un objet de grande valeur, unique et mystérieux, fragile comme un avion — un avion englouti, digéré par la terre : l'Histoire.

L'Histoire était un agglomérat complexe de silex, de charbons, de céramiques cassées et de pollens à l'intérieur desquels s'agitaient encore de fines particules aux mouvements chaotiques.

Lentement, Clément atteignait enfin l'horizon anthropique, la zone floue du commencement des temps où se perdaient les premières empreintes de feu et les rares éclats des premières machines, découpées à main nue dans des cristaux de pierre.

Un été, Clément était tombé amoureux d'une jeune archéologue. Elle lui était d'abord apparue dans l'allée du minibus qui les conduisait de la gare au chantier. Il y avait un orage gigantesque. Le paysage défilait derrière elle et la foudre frappait tout autour tandis qu'elle restituait l'ambiance électrique du chantier. Une Vénus callipyge venait d'être découverte. C'était une pièce très rare, avec les hanches striées.

Clément était tombé amoureux presque aussitôt. Cela aurait été son plus bel été, s'il n'avait pas compris, le soir même, qu'elle couchait avec le chef de chantier. Ils avaient dû rester de simples camarades, mais il était parvenu à la voir deux fois nue, une fois dans les douches et l'autre dans la rivière. Elle s'était arrangée le reste du temps pour qu'il n'y ait aucune ambiguïté entre eux.

La nuit, Clément sortait la tête de sa tente pour écouter de la musique en regardant le ciel. Les étoiles étaient proches et il pouvait raccourcir ses conduits auditifs en gardant enfoncés ses écouteurs, augmentant aussi l'incidence des basses que son Walkman déchiffrait sur la bande magnétique. Le ciel, d'un dessin de plus en plus net, descendait jusqu'à lui.

Tout à gauche de son champ de vision, comme un bol renversé, la tente que partageaient la jeune archéologue et le chef de chantier restait allumée très tard, et fermait l'accès aux objets géants des douze constellations. On distinguait parfois leurs ombres animées.

C'était un spectacle insupportable.

Ce fut, pour Clément, son dernier chantier de jeunesse.

Il tenta, dès l'été suivant, de retrouver les enchantements pastoraux des chantiers de plein air en s'inscrivant à un stage d'escalade dans les Pyrénées. Ce fut une révélation pour le jeune homme maigre et maladroit. Dès son retour à Nantes, il se mit à pratiquer intensivement l'escalade sur paroi et sur bloc, qui devint en quelques mois une passion aussi exclusive que l'archéologie.

Les années qui suivirent allaient être très riches sur le plan professionnel. Après avoir soutenu sa thèse d'archéologie, qui proposait une nouvelle méthode de classement du matériel lithique, Clément avait rejoint l'Inrap, qui recrutait des archéologues pour fouiller le chantier du TGV Est.

Il donna pleinement satisfaction à l'institut public, qui lui confia bientôt la direction de l'une des équipes qui allaient opérer sur le chantier de la LGV Ouest.

Clément avait d'abord survolé, pour prendre possession du site, les 183 kilomètres de la future ligne : le monomoteur avait décollé du Mans puis avait rejoint Rennes en un peu moins d'une heure, après avoir contourné Laval par le nord. Ils avaient survolé 22 communes et croisé plusieurs fois la nationale et l'autoroute.

Un opérateur avait pris des photos préparatoires, mais le printemps commençait à peine. Il convenait, pour augmenter la résolution des images, d'attendre que le blé ait suffisamment levé ou que les prairies soient entrées dans leur cycle de floraison. Les murs et fondations apparaissaient alors en négatif, grâce au léger retard pris par les végétaux qui poussaient au-dessus d'eux, retard essentiellement dû aux modifications locales des conditions hydrologiques, les pierres enfouies ayant tendance à empêcher l'eau de remonter jusqu'à la surface du sol. Inversement, les fossés, les puits et les déblais de toutes sortes, qui s'étaient progressivement remplis, par gravitation, de matière granulaire, formaient des réserves d'eau facilement exploitables par les racines des plantes, qui fonçaient alors plus vite que leurs voisines. Ces différentes nuances de vert, rehaussées par des techniques de traitement numérique, livraient des informations précieuses sur les vestiges enfouis du sous-sol. Le blé en herbe était presque aussi sensible que les cristaux d'argent des anciennes plaques photographiques.

Clément poussa aussi, à travers des kilomètres de champs mouillés, des radars de sol assez similaires à des tondeuses à gazon, mais il passa l'essentiel de son temps à compulser des cartes et des bases de données archéologiques et historiques, à la recherche d'anciens champs de bataille, de chantiers de fouilles plus anciens ou, plus largement, d'anomalies cadastrales diverses, qui pouvaient indiquer la présence d'une ancienne villa ou d'une abbaye oubliée.

Après examen des données recueillies, on décida d'ouvrir une dizaine de chantiers de fouilles. Le plus intéressant serait probablement celui de La Milesse, dans la Sarthe, où l'on avait découvert les traces d'une ancienne mine de fer qui avaient affolé les magnétomètres. Les trous circulaires des anciens puits étaient parfaitement visibles sur les photographies aériennes prises après un premier décapage du site. Le foyer de ce qui avait dû être un four en terre cuite servant à réduire le minerai avait rapidement été mis au jour par les pelleteuses.

On touchait là au point de jonction entre histoire et préhistoire, à la petite enfance de notre monde industriel. Des armes et des outils efficaces avaient été fabriqués ici, puis revendus, ou échangés, à travers toute la Gaule — les échantillons de minerai examinés au spectromètre permettaient bientôt de retracer ces routes commerciales.

Clément s'apprêtait maintenant à ouvrir un nouveau front, plus à l'ouest, sur le territoire de la commune d'Argel, où l'on avait identifié la présence d'une villa gallo-romaine.

16

André Taulpin détestait les trains.

Les irrégularités du sol comme le lent démarrage — après les inventions isolées de Héron d'Alexandrie — de la science de la motorisation pénalisèrent longtemps l'usage de la roue : on dut recourir, pendant des siècles, à une solution mixte, qui privait la roue de sa puissance motrice pour transférer celle-ci, en amont, à un dispositif quadrupède assurant la traction de l'ensemble — longtemps le transport fut ainsi pris dans un cercle vicieux, la locomotion animale exerçant sur les chemins des contraintes telles que l'usage de la roue y était continuellement empêché.

Il fallut, pour désembourber la roue, réaménager de longues bandes de terre : les défricher, les renforcer, les lisser et les entretenir. Les voies romaines, comme une goutte d'encre lâchée dans l'eau se transforme d'abord en un filet fragile avant de se dissoudre entièrement, formèrent un instant une structure stable, malgré l'érosion et les courants souterrains qui les entraînaient à dessiner la carte des fleuves plutôt que celle du commerce.

Les roues cerclées de fer des chariots rapides

gravaient, sur les meilleures d'entre elles, des rails parallèles à travers leurs pavés.

Il ne restait plus qu'à recueillir, dans ces rigoles accidentelles, l'acier fondu qui coulait des hauts-fourneaux pour que soit inventé le chemin de fer : une route lisse, sans frottements et ininterrompue.

Les 100 kilomètres-heure furent facilement atteints dans ces conditions de laboratoire.

Le chemin de fer eut alors presque un siècle pour s'imposer.

Il faudra l'invention du pneumatique et du moteur à explosion, beaucoup plus léger que le moteur à vapeur des locomotives, pour que ces performances exceptionnelles soient finalement égalées sur des sols moins théoriques.

Le XXe siècle sera dès lors celui du triomphe de l'automobile : un système de locomotion grand public et individualisé tolérant les irrégularités raisonnables du sol. Les automobiles sauront ainsi évoluer sur le goudron des grands axes comme dans les rues pavées des centres-villes et sur la plupart des chemins de terre, leurs pneumatiques se comportant comme des routes repliées, meubles et rotatives qu'elles pouvaient emporter partout en dessous d'elles.

Les automobiles furent dès le commencement libres et autonomes comme des satellites en orbite basse capables de rectifier à tous moments leurs trajectoires. Elles glissaient sur les frontières extérieures du monde, tout en restant reliées aux profondeurs explosives de son sous-sol par les capillaires fins que l'industrie pétrolière avait su disposer autour d'elles, sans entraver en rien leur indépendance.

Mais le rail survécut, comme un organisme fossile.

Il sectionnait toutes les routes où des passages à niveau automatisés lui assuraient encore l'anachronique prééminence.

Ainsi la France, comme tous les pays industrialisés, s'était retrouvée avec deux systèmes concurrents, aux fonctions identiques mais aux idéologies opposées : les transports collectifs et la voiture individuelle se partageaient le même marché.

On pouvait noter une situation d'une absurdité similaire avec l'eau : alors qu'elle était disponible, depuis plus d'un siècle au robinet, presque gratuite et de bonne qualité, les Français s'étaient mis soudain, en reproduisant les pénibles gestes de leurs ancêtres, à s'approvisionner en eau potable dans les supermarchés, où ils achetaient des packs de six bouteilles lourds, encombrants et onéreux.

André Taulpin voyait là un signe irréfutable de régression, l'amorce d'un retour à la barbarie.

Comme la plupart des capitaines d'industrie, André Taulpin n'aimait pas la concurrence. S'il défendait le libéralisme, il voulait, au fond, le monopole. La concurrence n'était pas pour lui un facteur mécanique de progrès.

Elle pouvait même conduire à privilégier la mauvaise solution technique, si celle-ci parvenait à truquer sa véritable nature. L'exemple préféré de Taulpin était celui du vélo. Du point de vue technologique, ce dernier ne présentait aucune innovation majeure et aurait pu être inventé dès la Renaissance — il figurait d'ailleurs dans l'un des carnets de Léonard de Vinci. Il était pourtant apparu en même temps que l'automobile, moyen de transport éminemment plus complexe. Cette contemporanéité fallacieuse l'avait doté d'une regrettable fraîcheur, qui faisait qu'un siècle après son apparition il était considéré par les écologistes comme une alternative crédible à la voiture, alors qu'il n'était rien de plus qu'un cheval amélioré.

Le TGV était pour Taulpin une arnaque de ce type — un train à vapeur habilement déguisé. C'était le cheval de Troie de la dévolution technique.

Sa technologie, incontestablement ancienne, faisait pourtant l'objet d'un étrange consensus, d'un consentement aveugle et généralisé, presque deux siècles après son apparition. On trouvait même la SNCF, unanimement moquée en cas de retard et haïe en cas de grève, parmi les entreprises préférées des Français — si on pouvait appeler entreprise un quasi-monopole d'État.

André Taulpin avait suivi le dossier de la LGV et il avait été déçu, comme il s'y attendait, par l'inertie des terres traversées — inertie qui, alliée à la malveillance de sa fille, avait abouti à la provocation inouïe que celle-ci était venue lui annoncer avec sa détestable maîtresse.

La Mayenne s'était laissé faire. Le train était la dernière image de Dieu que le vieux département clérical semblait encore tolérer. Les seules batailles que la LGV connut avaient été juridiques, et s'étaient réglées sans heurt par la réévaluation des indemnisations, le recalcul de la distribution des terres, la concession, *in extremis*, d'un pont routier sur une route communale désertée.

L'État maîtrisait son sujet dès qu'il s'agissait d'exproprier ses citoyens. Les concertations, le débat démocratique, l'écoute des arguments de tous et l'appel aux responsabilités de chacun avaient déblayé le terrain mieux qu'une armée de bulldozers.

André Taulpin se souvenait avec nostalgie des travaux de l'autoroute. Il avait fallu combattre, comme au temps des guerres chouannes, pour chaque parcelle de terre, il avait fallu aller négocier, pendant des heures, avec des vieux garçons irascibles qui défendaient leurs exploitations minuscules, retranchés dans la pièce unique des fermes où ils étaient nés, comme leur père et leur grand-père avant eux. André Taulpin leur avait souvent rendu visite avec des enveloppes d'argent liquide, pour les indemniser de la perte d'un poulailler, d'une dépendance en ruine ou d'une prairie caillouteuse.

Ils parlaient un mélange de français et de patois difficilement compréhensible. Un chien enchaîné gardait généralement la ferme, défrichant depuis des années le même cercle de terre. Ils l'appelaient « Monsieur le sénateur » et le recevaient avec certains égards. Il y avait une gazinière et un frigo, mais ni le téléphone ni la télévision. Le sol était en terre battue. On lui offrait un verre de gnôle ou de cidre, puis la conversation commençait, difficile et tortueuse, mais au final assez plaisante. Cela lui avait rappelé son enfance : la manière dont on attribuait aux hommes le titre de « gars » — « le gars Bertrand », « le gars Jean » — et aux femmes le titre de « mère », la façon de ponctuer toutes les phrases par des « heula » longs et idiosyncrasiques, le respect instinctif pour les autorités politiques lointaines, doublé de méfiance et de crainte – dialectique assez semblable à celle qu'on retrouvait chez les animaux d'élevage – la certitude au fond qu'à Paris tout le monde se trompait, mais que ceux qui exerçaient le pouvoir méritaient leur place — on était encore dans une société d'ordre, plutôt que dans une société de classes.

Il avait fallu tout négocier, mètre après mètre, animal après animal, dans les endroits les plus reculés du monde — les fermes, qui se partageaient souvent une voie d'accès unique, étaient représentées, sur les panneaux blancs qui signalaient leur présence aux intersections, par des graphes simplifiés qui se terminaient en cul-de-sac. La route, dont la partie centrale se recouvrait progressivement d'herbe, finissait soudain dans une cour de ferme. On entrait alors dans le domaine dangereux de la propriété privée.

Les armes de chasse étaient nombreuses, chargées et accessibles.

La gendarmerie elle-même abordait certaines affaires de mort accidentelle avec une grande prudence.

Mais, en trente ans, Argel avait perdu les neuf dixièmes de ses agriculteurs. Ceux qui restaient ne défendaient plus leur terre, mais les revenus de celle-ci. Les terrains les plus proches du bourg d'Argel, morcelés, viabilisés et bâtis, ne suscitaient plus que des passions pavillonnaires tandis que les plus jolies fermes avaient été vendues, sans leur terre, à des néoruraux qui en avaient élargi les fenêtres, dégarni les poutres et mis en valeur les pierres grises avec des enduits jaunes qui les faisaient saillir. Leurs cours étaient devenues des jardins et n'avaient plus vu couler le sang des cochons ou des poules depuis des décennies. Il existait même des gîtes consacrés au tourisme vert.

Le rayon de courbure des lignes à grande vitesse, remarqua André Taulpin, dépassait un peu la portée moyenne des fusils de chasse. Les trains étaient désormais hors d'atteinte.

La France aimait son TGV et réservait à la route les ultimes soubresauts de son caractère frondeur. Dès qu'un camion tuait plus de quatre personnes, on évoquait le ferroutage.

Les écologistes eux-mêmes, à l'exception de leur frange la plus extrémiste, représentée par des décroissants rigoristes défendant le troc, les bougies artisanales, la lenteur et le *manger local*, avaient adopté le train, solution raisonnée, collectiviste et faiblement émettrice de carbone — il suffisait pour s'assurer de leur soutien d'enterrer régulièrement des tubes sous le ballast pour assurer le passage sécurisé des rongeurs et des batraciens.

La nouvelle gare TGV de Besançon était une caricature de l'envahissant et inhumain pouvoir des environnementalistes. Il n'était plus permis de construire des monuments en France. Ils étaient des insultes au paysage. Le dernier monument construit en France, il devait le reconnaître, l'avait été à l'instigation du président Mitterrand : c'était la pyramide du Louvre. Il n'y avait plus rien eu depuis. Tout était désormais ramassé, consensuel et honteux. La gare de Besançon Franche-Comté TGV, située dans une zone forestière, était à demi enterrée et recouverte d'un substrat végétal. C'était un projet à Haute Qualité Environnementale. Les escaliers eux-mêmes, dont la nature brutale était depuis longtemps dénoncée par les associations de handicapés, avaient été remplacés par des rampes d'accès inclinées dont les pentes trop douces formaient d'interminables zigzags ; l'ensemble donnait l'impression qu'on avait, après l'avoir déjà chassée du centre-ville et obligée à se conformer à des normes humiliantes, voulu écraser la gare pour la faire disparaître. Elle n'avait bien sûr pas été inaugurée par le président de la République, mais par son ministre de l'Écologie. André Taulpin avait refusé de faire le déplacement ; sa fille en était revenue enchantée.

Son fils aîné se battait, dans le même temps, pour sauver un projet de tour de 400 mètres à la Défense, que des riverains avaient réussi à bloquer en justice. 400 mètres, c'était devenu presque impossible en France, alors que son groupe construisait en Asie des tours déjà deux fois plus hautes.

André Taulpin avait fait distribuer, pour les vœux annuels de son entreprise, une vue aérienne du grandiose projet d'aménagement de Paris qu'avait imaginé Le Corbusier. La chose avait été très modérément appréciée par les fanatiques du patrimoine, qui lui reprochaient autant d'avoir détruit les répétitifs et mornes pavillons Baltard des Halles que d'avoir recouvert la France de pavillons Taulpin.

André Taulpin n'aimait pas ce que la France était devenue : un paradis réglementaire, une dictature égalitaire, le dernier pays communiste d'Europe. Et la SNCF symbolisait tout ce qu'il détestait en France : les grèves, la fonction publique, le dirigisme économique. Le TGV serait l'ultime et fallacieux symbole de puissance d'un vieux pays défait.

André Taulpin savait pourtant que les technologies ferroviaires reviendraient un jour. Il n'était pas entièrement insensible à certaines innovations techniques.

Il avait ainsi, au milieu des années 2000, racheté à un fonds d'investissement texan la société Aerocom, leader mondial des technologies de transport automatisé par tubes pneumatiques. Cette opération de diversification avait un peu surpris les analystes, jusqu'à ce qu'ils réalisent que Taulpin-Autoroute était l'un des plus gros clients européens d'Aerocom, qui lui fournissait les systèmes lui permettant de vider, à intervalles réguliers, le contenu des caisses de ses cabines de péage. Les tubes de plexiglas transparents d'Aerocom équipaient aussi les grandes surfaces, et de plus en plus, à l'heure de la disparition de l'argent liquide, les gros ateliers de production : ils permettaient d'acheminer rapidement les pièces sur les chaînes de montage.

On se demanda un temps si Taulpin ne voulait pas ressusciter le système de courrier par pneumatique qui avait équipé Paris jusqu'aux années 1970. À l'heure du commerce dématérialisé, la chose avait-elle un sens ? Cela dépendait à la fois de la taille des tuyaux et du format des objets commandés.

André Taulpin développa singulièrement le budget R & D de l'entreprise, qui fut essentiellement alloué à un nouveau projet, le projet Wegener.

C'était un projet ambitieux : passer, dans les cinq ans au plus tard, au stade expérimental. Équiper, d'ici à dix ans, les premières villes — probablement en Asie. Puis Wegener prendrait, hélas après sa mort, sa dimension mondiale.

Il s'agissait d'un système de trains ultrarapides aspirés par le vide.

Pour les petits équipements urbains, de type métro, les technologies de l'air étaient largement suffisantes.

Le recours aux champs d'induction serait ensuite nécessaire, pour déployer le système à l'échelle continentale. Des canons magnétiques commençaient, dans les armées modernes, à prendre le relais des technologies à poudre : le projectile était accéléré par une succession de champs magnétiques parfaitement synchronisés — le domaine, comme tous ceux qui bénéficiaient des crédits de l'armée, connaissait une évolution technique exponentielle.

Quant à la partie génie civil du système, les techniques existaient déjà : les voies, plus faciles à installer et plus légères que les voies traditionnelles sur ballast, ressembleraient à des pipelines.

Des capsules d'à peine plus d'un mètre de diamètre seraient injectées dans ces tubes. On y voyagerait assis dans des sièges surbaissés à vitesse hypersonique, et l'on atteindrait en quelques minutes 7 000 km/h — la distance Paris – New York. Aucun point de la Terre ne serait à plus de trois heures d'un autre.

André Taulpin vit défiler, dans son château d'Argel, des centaines de solutions techniques. Certaines concernaient la propulsion, d'autres la nature des tubes — acier, carbone, matière plastique —, d'autres encore les différents dispositifs de pose : tubes flottants, tubes sous-marins, tubes en suspension ou posés directement sur le sol. On lui soumit, pour la traversée du Sahara, une technique révolutionnaire : une imprimante 3D solaire et autonome pouvait transformer le sable en un long tube de verre, sans aucune intervention humaine. Il se montra plutôt circonspect, mais alloua néanmoins une ligne de crédit. Il fit de même quand on lui soumit l'idée, encore plus révolutionnaire, d'un système qui exploiterait l'énergie des vagues pour alimenter des usines flottantes, lesquelles produiraient, en continu, comme les machines à glace de l'industrie agro-alimentaire, un long glaçon flottant et tubulaire qui supporterait le passage des capsules hypersoniques.

Le groupe pétrolier Total venait d'assembler le plus gros supercalculateur privé jamais construit. Il devait permettre de prédire l'emplacement des réserves de pétrole et de gaz qui subsistaient encore dans la croûte terrestre, après plus d'un siècle d'exploitation intensive. Il s'agissait, au fond, de faire de la rétroingénierie terrestre : inverser les mouvements de la tectonique des plaques, renverser le cycle de l'eau, réparer les montagnes et rouvrir les mers. La machine devait délivrer, à terme, une carte du monde tel qu'il était au Crétacé, une carte assez précise pour indiquer les lieux où les matières organiques en décomposition s'étaient accumulées : delta des fleuves, lagunes et marécages. Les données géologiques devaient alors être croisées avec des données climatiques : il s'agissait non seulement de remettre en mouvement toutes les roches de la Terre, mais aussi de retrouver les lieux où les roches avaient été polluées avec le plus d'énergie par des micro-organismes avides de lumière, de chaleur et de gaz. Les cycles du carbone devaient être recomposés avec soin : il livrait des informations cruciales sur la biomasse terrestre. La machine, en cela un peu diabolique, entrecroisait les données issues des multiples carottages géologiques effectués par le groupe tout autour du globe avec les données climatologiques patiemment accumulées par les scientifiques qui s'alarmaient, depuis déjà plusieurs décennies, du réchauffement climatique généré par le recours massif de l'humanité aux énergies fossiles.

Ce détail avait beaucoup plu à André Taulpin.

Le supercalculateur de Total s'appelait Pangea : c'était le nom du dernier supercontinent terrestre. Son existence avait été pour la première fois postulée, en 1915, par Alfred Wegener.

André Taulpin avait eu l'idée d'inverser le fonctionnement de Pangea : il ne voulait pas retrouver de continent primitif, mais accélérer la décomposition du monde — abolir définitivement la géographie. Il jugeait sévèrement les États-nations. L'avenir appartenait pour lui aux entités régionales indépendantes — indépendantes et interconnectées.

Il voulait faire un exemple avec la Bretagne : s'il parvenait à la détacher de Paris, alors tout serait possible en termes de géopolitique.

Le monde dont il rêvait ressemblait à une collection presque illimitée de micro-États et de paradis fiscaux. Il n'y aurait plus que des îles, farouchement indépendantes, mais trop occupées à commercer pour entrer en guerre et pour se fédérer en empires. Il y aurait des monarchies, des républiques, des anarchies, des narco-États, des États communistes, des États libéraux. Il y aurait tout, disponible, partout, et l'homme serait libre de choisir sa vie politique idéale.

Ce serait un nouveau miracle grec.

Le projet Wegener assurerait à ces communautés humaines une connectivité maximale.

André Taulpin voulait mettre Brest à une heure de New York et faire du Finistère une sorte de Silicon Valley pluvieuse et traditionaliste.

Cette accélération du temps de transport agirait comme une fosse de subduction instantanée qui refermerait l'Atlantique, transformé en trottoir roulant. Les marches confuses et morcelées du Maine, soudain libérées de la pression du Massif armoricain, deviendraient alors une dorsale océanique, privant progressivement Paris de son contrôle sur l'ouest de la France.

André Taulpin ne verrait pas cela. Même accéléré, le temps géologique allait plus lentement que le temps biologique.

La visite de sa fille et de la maîtresse de celle-ci, aussi insupportables dans leurs rôles costumés d'ingénieur ferroviaire et d'homme politique que fières de lui annoncer que le train détesté passerait, un peu avant sa mort, juste sous ses fenêtres, avait alors convaincu le vieil homme de s'offrir un avant-goût de son projet posthume.

Il allait, avec des charges explosives puissantes, desserrer les écailles d'ardoise et de granite du Maine, les obliger à reprendre leur place naturelle, leur position horizontale. Cela suffirait, dans un premier temps, à garder la Bretagne à plus de deux heures de Paris.

André Taulpin avait été plusieurs fois tenté par l'activisme politique. Sa dernière expérience dans le domaine, dix ans plus tôt, n'avait pas abouti, mais l'avait beaucoup amusé.

Le projet avait été grandiose. Il s'agissait, tout en affaiblissant durablement le transport ferré, de consolider la filière rail du groupe Taulpin. Le coup avait été sublime; Taulpin avait décidé de frapper le système là où il était le plus faible : autrement dit, partout. Il fallait montrer que le train était une technologie intrinsèquement faillible qui ne répondait pas aux exigences sécuritaires d'un État moderne — exigences particulièrement bien éprouvées par le ridicule ennemi que les nations vieillissantes s'étaient inventé pour se survivre à elles-mêmes : le terrorisme.

André Taulpin avait pris des contacts, *via* son service d'ordre clandestin, avec d'anciens agents secrets mis précipitamment à la retraite pour leurs sympathies trop marquées avec des mouvements d'extrême droite (André Taulpin regretta plus tard, après l'affaire de Tarnac, de ne pas avoir plutôt mandaté des militants d'extrême gauche).

Ils montèrent pour lui une fabuleuse machination, parvenant à faire croire qu'ils avaient dissimulé près d'une trentaine de mines explosives sous les rails du réseau ferré national. Elles étaient conçues pour exploser, pendant des intervalles de temps choisis à l'avance, au passage d'un train grâce à un dispositif robuste et rudimentaire impliquant des billes d'acier et des disques perforés.

Le jeu de piste promettait d'être spectaculaire.

Lorsque la SNCF reçut la première lettre du groupuscule, baptisé AZF pour faire croire en passant que l'accident de l'usine chimique éponyme de Toulouse pouvait leur être attribué — c'était Taulpin qui avait eu l'idée de cette coquetterie —, plus de 10 000 cheminots durent être dépêchés pour inspecter les 32 000 kilomètres de voies ferrées du réseau national. Le trafic fut un temps paralysé et, comme prévu, une bombe fut découverte et désamorcée.

Les apprentis terroristes de Taulpin, trop heureux de retrouver du travail, probablement aussi un peu cupides, ou bien trop zélés, firent hélas tout échouer. Ils se répandirent, dans le courrier des lecteurs de *Libération* et du *Figaro*, en invectives contre leur ancienne corporation, peu subtilement désignée du nom poétique de Déesse Thée, et contre leur ancien employeur, le ministre de l'Intérieur Sarkozy, qui devenait Suzy dans la rubrique «Transports amoureux» du quotidien de gauche. Ils publièrent aussi des manifestes grandiloquents qui faisaient état d'un sens tactique hypertrophié, de telle sorte que leur appartenance aux Services ne fit plus aucun doute aux yeux des enquêteurs. S'apercevant de leur erreur, ils tentèrent en vain de réorienter ceux-ci vers la piste de terroristes d'extrême gauche, antisystème et pro-nature : «Notre véritable objectif est de porter un coup décisif à l'esprit dévoyé qui préside aujourd'hui à la plupart des actions humaines. Nous pensons que le moyen qui nous a été offert le permet et nous irons jusqu'au bout, sinon la Terre s'en chargera elle-même beaucoup plus brutalement. »

Ce n'était pas sérieux.

Ils s'étaient probablement beaucoup amusés mais ils avaient échoué à paralyser le réseau pendant plus de quelques heures.

L'idée de départ était pourtant de transformer cette paralysie en atout commercial pour Taulpin-

Rail, dont les équipes et les appareils de maintenance auraient été loués à la SNCF pour inspecter, à la recherche des mines dormantes, mètre par mètre et nuit après nuit jusqu'à la fin des temps, les milliers de kilomètres du réseau.

Taulpin-Rail se serait alors, lentement mais résolument, transformé en société de sécurité privée — sa directrice se serait évidemment opposée à ce dévoiement de l'appareil industriel du groupe, bêtise qui aurait pu être réjouissante si AZF avait été, un minimum, performant.

Mais la Déesse Thée elle-même cessa de prendre son interlocuteur au sérieux et Taulpin n'eut d'autre solution que de supprimer définitivement le groupuscule fantasque, dont les membres se suicidèrent les uns après les autres sous les rames TGV du réseau qu'ils n'avaient pas réussi à détruire.

Il oublia très vite cette aventure.

Dominique avait toujours géré Taulpin-Rail comme un laboratoire du CNRS, seulement préoccupée par les fouilles, les carottages et les théories abstraites. Son unique intrusion connue dans le champ politique était même un complet contresens : elle avait pris les réunions de concertation publique comme un élément clé du processus démocratique, sans comprendre que la nature dernière du projet démocratique était précisément de permettre à quelques-uns, qui s'étaient volontairement retirés du champ politique, de contrôler tous les autres, avec autant de délicatesse ou de machiavélisme qu'ils le désiraient.

Elle était, il le redoutait, sociale-démocrate. Et de la pire espèce : elle avait trouvé l'amour dans ses réunions stupides, comme n'importe quel militant de base. Un amour, qui plus est, scandaleux, immoral et stérile.

Le vieux Taulpin aurait été désespéré s'il avait encore nourri le moindre espoir à son sujet.

Il préférait raisonner sur les objets plus dociles de la géographie. En s'en prenant au TGV Ouest, André Taulpin allait enclencher un processus irréversible dont la cible dernière serait la géographie de la France — le mythe presque absolu d'un État-nation ayant atteint ses frontières naturelles.

Le projet, tel qu'il l'avait conçu, avait quelque chose de rafraîchissant — se lancer dans l'activisme à son âge était en soi excitant.

Dernier héros du Maine avant sa reconfiguration guerrière, premier héros de la Bretagne libre, André Taulpin aurait une fin de vie exaltante. Il se réjouissait par avance d'avoir à décliner, *pour raisons de santé*, l'invitation à bord du TGV qui inaugurerait, avec tout ce que la Ve République comptait d'officiels, la nouvelle ligne Paris-Rennes.

Personne ne dépasserait Argel.

Il hésitait encore sur le sort qu'il réservait à sa fille.

Au pire, si sa compassion l'emportait, il aurait encore le plaisir de tuer la maîtresse de celle-ci.

17

Le déclin des petites exploitations agricoles comme la concurrence des grandes coopératives et le développement d'un secteur agroalimentaire intégré avaient empêché les établissements Piau de prospérer au-delà de leur bassin naturel, qui se confondait plus ou moins avec le canton d'Argel.

L'entreprise s'était certes agrandie plusieurs fois, mais essentiellement pour adopter ses capacités de stockage à l'amélioration des rendements agricoles.

Les Piau, père et fils, avaient ainsi manifesté une vision plutôt conservatrice de leur commerce. Ils pensaient en géomètres, plutôt qu'en capitalistes : s'ils savaient transformer une surface en volume et calculer année après année, à partir du nombre d'hectares cultivés et de leur rendement moyen, quel volume de stockage ils auraient à fournir, ils négligeaient le temps, la quatrième dimension de leurs silos cylindriques, dimension que leurs choix stratégiques, à travers le recours limité aux emprunts et le refus d'ouvrir leur capital à des investisseurs extérieurs, ne leur avait pas permis d'explorer sérieusement.

Dans un rayon de dix kilomètres autour d'Argel, la culture du blé occupait environ 20 % des sols.

Ces milliards de grains, retenus ensemble dans les épis et suspendus à un peu moins d'un mètre par les tubes creux des tiges, ondulaient au soleil jusqu'au milieu de l'été, avant d'être soudain rendus à leur nature granulaire par les moissonneuses-batteuses. Le calcul était simple. La récolte, avec quelques écarts dus aux variations de l'hydrométrie de la graine, produisait 10 000 tonnes de blé. Les établissements Piau avaient vocation à en récolter un tiers. Cela représentait environ 12 000 mètres cubes, soit une douzaine de silos de taille moyenne — un diamètre de 10 mètres sur une hauteur de 12 — alignés sur deux rangs dans le hangar attenant à la grande maison familiale.

Mais les rendements allaient bientôt être multipliés par quatre, en l'espace d'une génération, pour atteindre jusqu'à 120 quintaux par hectare, grâce à la généralisation des hybrides et au recours massif aux engrais — les établissements Piau avaient ouvert, au fond de la cour, un espace de vente à moitié couvert où les agriculteurs pouvaient venir se procurer ces produits terminaux des industries biotechnologiques et chimiques.

Patrick Piau succéda à son père Jean-Claude en 1980. Sa première décision importante fut d'investir dans un silo géant, d'une capacité de 20 000 mètres cubes, qu'il fit construire sur un terrain situé au bord de la nationale, à l'entrée d'Argel.

Le pic de production fut atteint au début des années 1980. On choisit bientôt de redescendre à un niveau plus raisonnable, situé un peu en dessous de 100 quintaux par hectare — les 20 quintaux excédentaires de l'âge d'or, exigeant des engrais et des pesticides en quantité importante, ainsi que du pétrole pour en assurer l'épandage, s'étaient avérés, après le choc pétrolier de 1973, trop chers à produire.

Ce fut un soulagement pour Patrick Piau, qui craignait qu'une production exponentielle l'oblige à des investissements trop lourds — son père lui avait raconté l'histoire du vizir qui avait demandé à être payé en grains de blé sur un échiquier : d'abord un grain à la première case, puis deux à la deuxième, et bientôt plus de grains que la Terre n'en avait jamais produit. Le jeune chef d'entreprise avait heureusement lu que la population humaine se stabiliserait autour de 10 milliards. Après une patiente projection, effectuée sur la calculatrice à ruban de l'entreprise, il tint désormais pour certain que la case 56 ne serait jamais dépassée.

On avait atteint, avec le silo géant de la nationale — 30 mètres de diamètre sur 30 mètres de hauteur —, les limites de l'architecture en tôle. L'étape suivante aurait consisté à faire construire, comme dans la Beauce, des cathédrales de béton hautes de plus de 50 mètres.

L'économie ainsi réalisée permit à Patrick Piau de diversifier l'affaire familiale, qui proposa bientôt, dans un hangar fermé, du petit matériel agricole comme des produits de plus grande consommation à destination de ceux qui désiraient désherber, jardiner, bricoler ou peindre. Le bâtiment, posé sur une dalle en béton et soutenu par des piliers en acier, était, des murs au plafond, entièrement fait de tôle, avec pour seule source lumineuse des hublots de toit en plastique semi-transparent. Entouré d'un parking, visible depuis la nationale, le magasin ressemblait à tous ceux qui délimitaient désormais les contours lointains des villes.

Héritier putatif des établissements Piau, Sébastien Piau, né en 1975, préférait la musique au blé, le cannabis aux études, la gauche à la droite, la vie aventureuse aux lois du commerce.

Issu d'une courte dynastie de notables — après la mort du vieux Taulpin, son grand-père et son père s'étaient succédé à la mairie d'Argel —, Sébastien avait eu une enfance relativement privilégiée.

Il recevait, à chaque Noël, beaucoup plus de cadeaux que ses cousins de Vaultorte. Il était allé au parc Astérix, au Futuroscope et en Espagne, et prenait depuis l'âge de 6 ans des cours de guitare à Laval. À 16 ans, il avait même gagné une relative indépendance en s'installant dans un petit appartement situé au-dessus des bureaux de l'entreprise, juste en face de la maison familiale — on venait de lui offrir une guitare électrique et il avait besoin d'un lieu isolé pour répéter.

Il avait eu, aussi, un ordinateur Amstrad dès 1987, puis une NES et une Super Nintendo — il était de loin le mieux équipé des enfants d'Argel. Ses résultats scolaires moyens n'inquiétaient pas ses parents ; Sébastien était un garçon attachant, charmeur et *bien dans sa peau*. Il était aussi un très bon organisateur : ses cousins, pourtant bien plus âgés que lui, le laissaient toujours, quand ils passaient des après-midi ensemble, déterminer la nature de leurs jeux. Cela agaçait beaucoup Pierre, qui avait sept ans de plus que lui, mais qui était trop timide pour ne pas se soumettre.

Ils pénétraient parfois dans le hangar interdit

adossé à la maison, jouant à cache-cache entre les silos poussiéreux, ou à Indiana Jones, en empruntant les passerelles à claire-voie qui passaient dans les hauteurs du bâtiment, pour atteindre, loin de la fosse obscure qu'ils surplombaient en tremblant, les endroits les plus inaccessibles, grimpant sur des plates-formes recouvertes d'une couche de poussière épaisse de plusieurs centimètres, exhumant des moteurs électriques ou des tableaux de contrôle qui ressemblaient à des sculptures précolombiennes et qui paraissaient attendre, depuis plusieurs siècles, qu'on ouvre enfin la trappe métallique qui commandait l'accès au soleil. Les trois cousins, Pierre, Yann et Sébastien, soudain subjugués par la lumière, alors qu'il avait jusque-là fait aussi sombre que dans un souterrain, étaient restés longtemps au sommet de la pyramide aztèque dont ils avaient percé les mystères, contemplant le paysage, aussi vert et profond qu'une jungle, qui s'étendait tout autour d'eux.

Dès qu'il le put, Sébastien obtint son brevet d'animateur et passa dès lors toutes ses vacances comme moniteur dans des colonies de vacances. Il eut, relativement tôt par rapport aux garçons de sa génération, sa première relation sexuelle dans un camping de Quiberon.

Il rapporta, comme une anecdote de vacances anodine, une aventure gênante qui lui était arrivée, impliquant du sable et un préservatif.

Pierre écouta l'histoire en rougissant, avant de juger le sujet trop scabreux pour être abordé en public. Il était encore vierge et ne pardonnait pas à son cousin d'avoir fait l'amour avant lui. Pendant des années il se masturba pourtant en visualisant l'intérieur d'une tente, qu'il associait à la couleur violacée de son sexe en érection. Du sable l'incommodait, mais une fille inconnue, qui ressemblait à l'une ou l'autre des sœurs de Sébastien, lui proposait généreusement de le nettoyer avec sa bouche. Toute idée de sable et de griffure possible disparaissait alors dans une immense vague de plaisir.

Sébastien avait aussi profité de ces vacances pour fumer ses premiers joints.

Le cannabis n'avait jamais été si facile à trouver et si abondant qu'à partir du milieu des années 1990, quand la filière marocaine s'épanouit commercialement en France sous diverses appellations exotiques qui relevaient d'un sens certain du marketing : on pouvait acheter pour 100 francs 3 grammes de cannabis afghan, népalais, jamaïquain ou thaïlandais. Les imprécisions quant à la composition chimique des produits consommés comme la grande variété des effets psychiques attendus firent apparaître une génération de spécialistes, obsédés par l'évaluation des substances qu'ils fumaient et soucieux de se les procurer au meilleur prix. L'usage peu répandu de balances capables de peser en grammes, la nature essentiellement opaque d'un commerce resté au stade de l'économie souterraine, qui rendait l'information entre vendeurs et acheteurs très asymétrique, la faible diffusion d'Internet, qui obligeait les acheteurs à se documenter oralement ou à acheter les quelques livres plus ou moins clandestins qui évoquaient le sujet, tout cela transforma le narcotique, devenu un objet de haute culture et un sujet de conversation idéal, en puissant outil de distinction sociale.

Essentiellement consommé par la jeunesse, le

cannabis devint un rite de passage à peu près incontournable qui consistait, autant qu'à le fumer, à connaître sa mythologie complexe.

Considéré comme une drogue douce, le cannabis avait vu sa composition chimique évoluer quand de nouveaux hybrides étaient apparus. Il était alors devenu plus puissant, son taux de THC, la molécule responsable de ses effets sur le cerveau, ayant été multiplié par trois ou quatre. Le cannabis provoquait désormais une forte sensation de *montée*, typique des drogues dures. Celle-ci ne durait cependant que quelques secondes, alors que les effets traditionnels — focalisation du flux cérébral sur des détails avec l'impression paradoxale qu'ils donnaient accès, grâce à l'amélioration conjointe des facultés d'association, à une compréhension renouvelée du monde — duraient presque une heure, avant une longue descente, dont les effets de somnolence représentaient pour certains le principal attrait de la substance, qui agissait alors comme un antidépresseur léger. La montée devait en revanche devenir, pour les sujets amateurs de sensations fortes, le moment crucial, initiatique de l'expérience cannabique — si la génération précédente avait surtout utilisé le cannabis pour simuler, en les atténuant fortement, les effets du LSD, la nouvelle génération de fumeurs l'utilisa pour émuler, à moindre coût et pour une dangerosité moindre, les effets de l'héroïne. On modifia dès lors les habitudes de consommation pour rendre cette montée plus spectaculaire : l'usage du *bang*, qui permettait d'absorber, brûlé dans la tête découpée d'un marqueur en métal puis adouci par son passage dans l'eau, le contenu d'un joint entier en une seule aspiration, se généralisa.

Le cannabis, ainsi accéléré, pouvait alors provoquer, chez certains sujets, des états semi-comateux. Sans commune mesure avec les overdoses des drogues dures, ceux-ci rendaient brièvement l'existence détestable et la mort obsédante — mort de toute chose, théâtralisation forcée des rapports humains, vision mécaniste intégrale du monde.

Ce fut ainsi que se conclut l'unique expérience de Pierre avec la substance noire que lui avait fait découvrir son cousin — lequel maîtrisait mieux que lui les aspects récréatifs de la chose. Ils écoutaient Bob Marley. Sébastien se leva pour danser tandis que Pierre, blême et glacé, pensait ne plus pouvoir jamais se relever de son fauteuil ni reparler un jour.

Le reggae s'accordait étrangement aussi bien à l'une qu'à l'autre de ces réactions opposées ; de premier abord amusante et joyeuse, tropicale et festive, la musique reggae possédait aussi une composante plus sombre.

Son apparition sur la scène européenne, à la fin des années 1970, était contemporaine de celle du punk. Ses airs entraînants, obtenus par une combinaison basse-batterie typique de la musique des Caraïbes, étaient suffisamment lents pour que le silence qui les environnait soit perceptible. Ces vides se combinaient alors à la voix du chanteur, toujours mélancolique — la façon dont Bob Marley psalmodiait le mot *Zimbabwe* avait quelque chose de presque pascalien —, et à des nappes de clavier synthétique jouées en mode mineur.

Le reggae redevint, au milieu des années 1990, une musique populaire. Lié historiquement à la consommation de ganja, il était idéalement symbolisé par un prophète inspiré et photogénique qui s'était laissé photographier à d'innombrables reprises en train de fumer de l'herbe, avant de mourir à 36 ans d'un cancer généralisé qui allait laisser une famille disparate de plus de dix enfants gérer son héritage et ses droits à l'image, sans parvenir jamais à arrêter l'incroyable déferlement de produits dérivés — tee-shirts, posters, casquettes, serviettes de plage et tapis de souris — qui le représentaient hilare derrière un nuage de fumée consolateur et autogénéré.

L'Afrique perdue des descendants d'esclaves jamaïquains devint ainsi le paradis d'emprunt de toute une génération de jeune Français drogués et idéalistes. Les dreadlocks firent leur apparition dans les populations blanches. Des pendentifs en forme de continent africain furent fabriqués par millions. Les djembés devinrent des produits de grande consommation et de puissants marqueurs identitaires, les plus de 30 ans s'obstinant à les appeler improprement *tamtam*. Enfin, après les années de découverte et de tâtonnements arythmiques sur les peaux d'agneau tendues de leurs nouveaux fétiches, les jeunes Français osèrent monter leurs propres groupes de reggae pour donner de leur monde, ralenti, nostalgique et paranoïaque, une transcription musicale.

Devenue, quelques années seulement après les banlieues des grandes villes, un important foyer de consommation, la Mayenne compta bientôt, relativement à sa population, un nombre record de groupes de reggae. De culture plutôt anarchiste et anticléricale, la jeune génération répugnait un peu à invoquer Jah ou Haïlé Sélassié dans ses chansons ; le reggae *roots*, courant jamaïquain considéré comme particulièrement authentique, était respecté et écouté, mais il demeura le genre le moins pratiqué : il définissait une sorte d'idéal spirituel collectif dont les jeunes Français se sentaient privés. Le reggae possédait heureusement une autre composante, engagée et contestataire, plus facilement compatible avec leur esprit voltairien.

Le reggae mayennais se voulait une musique politique : ironique vis-à-vis des autorités établies, en guerre ouverte contre les préjugés, antiraciste, anticapitaliste, hédoniste et libertaire. L'exégèse cannabique demeurait cependant son socle idéologique principal.

Sébastien avait décidé de monter son propre groupe.

Entouré de fumeurs introspectifs et musicalement peu formés, concentré sur les mouvements de sa main sur le manche de sa guitare, capable de reproduire presque en simultané toutes les notes de la musique qu'ils écoutaient tout en exprimant, par des paroles improvisées, leur sens caché, il s'imposa comme le leader naturel de son groupe, qui avait dérivé son nom de la molécule sacrée des fumeurs. Tétrahydre commençait à atteindre, dans le canton d'Argel, une notoriété certaine. Un producteur de Craon les avait même auditionnés. Mais la scène lavalloise était encore trop émergente pour atteindre la masse critique de celle de Kingston.

Le département manquait surtout de festivals.

Le fait était d'autant plus frappant qu'une autre tentative d'acculturation musicale était parvenue, au même moment, à se doter de ces puissants outils de promotion : animée par une génération plus âgée, une scène *country*, qui puisait sa légitimité dans deux phénomènes locaux incontestables, le développement des clubs de motards et le caractère rural affirmé du département, avait réussi à émerger.

Déçu par les performances musicales et scéniques de son groupe, Sébastien créa bientôt une association dont l'objectif était de promouvoir la musique reggae dans tout le département. Il participa au lancement de plusieurs festivals. Son charisme et son sens de l'organisation en firent bientôt un acteur incontournable du maillage associatif mayennais.

Le développement des viandes labélisées, l'essor des petits producteurs bio, la bulle immobilière qui chassait partout la classe moyenne des centres-villes, l'arrivée, dans les dernières régions reculées de France, d'un Internet à haut débit, tous ces facteurs avaient fini par rendre les départements ruraux attractifs. Après plus de deux siècles d'exode rural, la Mayenne retrouva un solde migratoire positif. Le département représentait une forme de modernité alternative particulièrement bien adaptée aux nouvelles exigences sociales, écologiques et citoyennes des populations urbaines épuisées.

Sébastien comprit que l'offre des festivals ne pouvait plus se cantonner au domaine musical. Il fallait les transformer en lieux d'échange et de proposition. Il créa dans cette perspective le festival *Changé le monde*, qui se tenait chaque été dans la petite commune de Changé, située sur la rive droite de la Mayenne au nord de Laval.

Des stands bordaient l'allée qui menait à la scène principale. Tenus par des petits producteurs qui vendaient ainsi directement au consommateur leur production de cidre, de rillettes ou de confiture de pommes acide et noire — le pommé, une spécialité locale —, ils jouaient un rôle autant didactique que commercial. Les associations écologistes étaient aussi représentées, tout comme quelques industriels spécialisés dans les énergies vertes. On pouvait tout apprendre sur les panneaux solaires de toit, les éoliennes, la géothermie ou les toilettes sèches — qui utilisaient de la sciure à la place de l'eau. Des éditeurs locaux vendaient des livres alternatifs.

Le succès fut tel que Sébastien put se verser un salaire dès la deuxième année. Négligeant peu à peu la musique et s'intéressant de plus en plus à la politique, il envisageait de rejoindre Europe-Écologie-Les Verts. Activiste, il fut de tous leurs combats et passa même six mois dans une yourte associative avec les insurgés de Notre-Dame-des-Landes. Il y apprit, dans le froid, la boue et les lacrymogènes, les techniques de la guérilla anticapitaliste.

Sébastien était arrivé là en croyant bien connaître le milieu alter : des musiciens un peu ratés comme lui, des professeurs en quête d'idéal et de nouvelles idées de recyclage, des bibliothécaires consommant du sel de l'Himalaya et se méfiant fondamentalement des grillades, mais acceptant, si le besoin s'en faisait sentir, de tenir le stand barbecue le temps d'un festival, des comédiens romantiques et aigres aimant chanter Brassens, des écologistes alcooliques se croyant protégés du cancer par leur consommation systématique de vins sans sulfites et de bières bio artisanales, des retraités bricoleurs qui mêlaient, en installant des panneaux chauffants sur leurs toits, leur avarice à la générosité du soleil.

Il y avait bien sûr un peu de tout cela à Notre-Dame-des-Landes, et aussi des jongleurs, des punks à chiens, des poètes qui avaient autoédité leur œuvre sur des galets peints, et même deux jeunes fugueuses venues du Puy-de-Dôme.

Mais des activistes radicaux d'Europe du Nord avaient aussi fait le voyage, et ils avaient impressionné Sébastien par le sérieux de leurs arguments.

Sébastien n'avait lu ni Kaczynski, ni Illitch, ni Grosz ou Hakim Bey, mais seulement Hessel, Hulot, Bové, Mamère.

Un Suédois nommé Martin avait heureusement fait son apprentissage, avant de le convertir à ses vues radicales.

La fête énergétique était finie ; le XXIe siècle verrait le retour des famines en Occident. Le cycle du carbone prendrait fin en 2024. L'âge d'or industriel se terminerait dans le sang. Le Moyen-Orient d'aujourd'hui n'était que la préfiguration modeste des guerres qui attendaient les hommes sur une Terre dévastée par l'épuisement des énergies fossiles.

Mais Martin était prêt.

Il vivait clandestinement en France depuis qu'il avait refusé de faire vacciner ses deux enfants — il parlait de la vaccination comme d'un baptême industriel et des antibiotiques comme d'une communion.

Il avait démonté, en quelques minutes, les arguments des pro-nucléaire, qui trouvaient, parfois, un regrettable écho chez certains écologistes refusant la belle, la noble et la dangereuse idée de décroissance — véritable clé d'un progressisme durable fondé sur un partage équitable des richesses du soleil. L'argument principal de ces nouveaux nucléaristes consistait à faire du nucléaire l'opérateur provisoire de la transition énergétique entre l'âge sombre du carbone, celui des énergies fossiles, et son âge d'or, lié à l'exploitation des propriétés électriques du graphène.

Cet argument dissimulait en réalité un lourd impensé industrialiste.

Ceux qui en faisaient usage réduisaient encore le progrès à sa manifestation la plus pauvre : le progrès technique. Fanatiques, ils rêvaient de géoingénierie climatique, ils pensaient combler par des calculs les gouffres de plus en plus profonds laissés par les écosystèmes détruits, ils fantasmaient un monde replié sur le silence des machines. Ils vouaient un culte irrationnel à la loi de Moore, sans comprendre qu'elle n'était qu'une conjecture, qu'elle n'indiquait en rien que le progrès technique serait illimité. Cette impression fausse était due, pour Martin, à la simplicité remarquable des défis techniques que l'humanité avait eu à relever depuis deux siècles. Mais rien ne permettait d'affirmer que les prochains défis seraient aussi simples que ceux de la balistique ou de la fission de l'atome, qu'elle avait résolus en quelques années à peine. Le plan de développement d'ITER, réacteur expérimental destiné à prouver la faisabilité industrielle de la fusion, s'échelonnait déjà sur une durée quatre fois supérieure à celle qu'il avait fallu pour transformer la pile de Fermi en réacteur nucléaire commercialement exploitable.

La conquête spatiale était arrêtée depuis quarante ans et, après presque autant d'années à lutter contre le sida, aucun équivalent de la pénicilline n'avait été découvert.

Martin se méfiait en réalité plus que tout des idées à la mode sur la sérendipité, dont la découverte de la pénicilline constituait justement l'exemple canonique : ce qui arrivait par hasard pouvait être aussi funeste que salvateur. Le progrès technique était absolument aveugle.

Il fit lire à Sébastien un article écrit par l'un de ses compatriotes, le philosophe et futurologue Nick Bostrom. Il en avait souligné le passage suivant : « Si vous revenez en arrière avec les armes nucléaires, vous vous apercevez que pour fabriquer une bombe atomique, il vous fallait des matières premières rares comme de l'uranium enrichi ou du plutonium, qui sont très difficiles à se procurer. Mais supposez qu'il y ait eu une technique vous permettant de faire une arme nucléaire en cuisant du sable dans un four à micro-ondes ou quelque chose dans ce genre. Si cela avait été le cas, où en serions-nous maintenant ? On peut présumer qu'une fois cette découverte faite, la civilisation aurait été condamnée. Chaque fois que nous faisons une de ces découvertes, nous mettons notre main dans une grande urne pleine de balles et nous en tirons une nouvelle balle : jusqu'ici, nous avons sorti des balles blanches et des grises, mais peut-être que la prochaine fois nous tirerons une balle noire, une découverte synonyme de désastre. Pour le moment, nous n'avons pas de bonne façon de remettre la balle dans l'urne si elle ne nous plaît pas. Une fois que la découverte a été publiée, il n'y a aucun moyen de la "dépublier". »

Martin vivait dans une yourte mais il était capable de construire des fortifications en boue, des barrages et même des maisons. Il refusait l'électricité mais savait assez d'électronique pour établir, avec du fil de cuivre et des canettes de bière recyclées, un réseau Wi-Fi performant. Il était végétarien mais il savait tirer à l'arc.

Il était même crudivoriste — son régime alimentaire était celui d'un homme du Paléolithique juste avant l'invention du feu — mais ses aptitudes, qu'il conservait précieusement et transmettait peu à peu à ses enfants, avaient plus à voir avec celles d'un pirate cyberpunk qu'avec celles d'un adorateur primitif de Gaïa.

Ainsi, Martin ne pouvait se contenter d'attendre que la civilisation industrielle s'effondre sous ses contradictions énergétiques. Il devait accélérer sa décomposition, et au besoin la provoquer. Car, le pire n'étant jamais certain, il existait un scénario optimiste — un seul — auquel, de plus en plus, se ralliaient ses ennemis, les industrialistes. Ce scénario constituait pour Martin l'hérésie ultime.

Il disait que la technoscience, avant de faire entrer l'humanité dans le désert, pouvait encore générer un dernier avatar, plus violent que la bombe H et le réchauffement climatique réunis. Ce monstre était, bizarrement, assimilé à un dieu par ses premiers adeptes, des technophiles hagards qui poussaient le culte industriel du progrès jusqu'à sa fin ultime. Ils parlaient de l'avènement prochain d'une singularité technologique, sorte d'intelligence artificielle toute-puissante offrant à ses adeptes la vie éternelle du téléchargement de conscience en échange de leur soumission totale à ses algorithmes prédictifs — c'était la mort absolue de la politique et la disparition programmée des hommes.

Martin craignait étrangement ce dieu qui n'existait pas encore et auquel il était peut-être le seul à croire — il y croyait en tout cas bien plus que tous ceux qui préparaient sa venue en consommant massivement de l'électronique et de l'information.

Martin était terrifié. Il préconisait le sabotage immédiat de tous les systèmes d'information et des réseaux de toute nature.

Le transport aérien représentait pour l'heure la menace la plus sérieuse. Le renchérissement irréversible du carburant obligeait, depuis quelques années, les compagnies aériennes à former des alliances pour optimiser leurs coûts de fonctionnement. Ces alliances, à leur tour, alimentaient un fonds commun dont l'objectif était d'intégrer tous les vols commerciaux à un ciel unique, représenté par un logiciel universel qui en permettrait l'optimisation globale — ce serait la fusion définitive du contrôle aérien, de l'antiterrorisme et de la logistique : un grand projet liberticide.

Ce serait le ciel transformé en enfer.

Les ressources allouées au développement de ce logiciel, qui serait le plus complexe jamais conçu, en feraient l'ennemi absolu de la race humaine : ce serait Skynet, l'esprit des machines et leur futur centre de commandement dans la guerre qu'elles lanceraient bientôt contre nous.

Ce serait l'étoile de la mort.

Martin cita Dostoïevski : « L'étoile Absinthe qui,

dans l'Apocalypse, tombe sur terre à la source des eaux préfigure le réseau des chemins de fer étendu aujourd'hui sur l'Europe. »

Le feu de camp était presque éteint quand Martin se tut enfin.

Sébastien avait entendu, autour du feu, beaucoup d'histoires quand il était moniteur de colonie de vacances. Jamais aucune — même celles qui impliquaient des dames blanches prises en stop et disparaissant soudain après avoir poussé un cri — ne lui avait fait autant d'effet. Il resta de longues minutes à trembler, dans un paysage dévasté de boue noire et de révolutionnaires mystiques.

La fin du monde avait commencé. Ils étaient les premiers réfugiés écologiques, partis en éclaireurs avec seulement une ou deux décennies d'avance. Un vent mauvais souffla à travers le campement. Les extrémités à demi carbonisées d'une palette se mirent à rougeoyer. L'ombre d'un chien passa derrière une bâche.

Il ne restait, autour du feu, qu'un petit groupe d'indépendantistes qui parlaient en breton. L'un d'eux se rapprocha de Sébastien. Ils partagèrent une bière et commencèrent à débattre de l'avenir de Nantes comme capitale de la nation bretonne et comme centre du monde — Sébastien apprit que si l'on regardait la Terre de façon à voir le plus possible de terres émergées, le centre de ce supercontinent, qui s'opposait à un hémisphère liquide correspondant au Pacifique, se trouvait à Nantes, à quelques mètres de la gare. C'était le poète au nom prédestiné André Breton qui avait fait cette découverte. Avec la montée des eaux, consécutive au changement climatique, la ville risquait de perdre cet emplacement magique — et même de disparaître, selon certaine projection, alors que sa région d'attache aurait gagné son indépendance aquatique. Déjà, certains préféraient placer le centre du monde sur l'île Dumet, au large de l'embouchure de la Loire. Et il avait dû se trouver, au temps des dernières glaciations, près de cent cinquante kilomètres plus au nord, vers le département de la Mayenne.

Un dernier coup de vent ranima brièvement les braises. Les indépendantistes allèrent se coucher et Sébastien resta seul.

Il avait pris, jusque-là, le combat écologique pour une sorte de fête ou de festival planétaire et pensait que la révolution verte serait une révolution douce, une lente réforme des comportements individuels initiée par l'exemplarité de ses promoteurs les plus volontaires. *Changé le monde* était resté un projet pédagogique.

Sébastien n'avait pas vu la violence insurrectionnelle et l'inéluctabilité de la guerre, ni son caractère magique.

Il fit, dans cette nuit froide, un choix existentiel glacial. Il décida de poursuivre la lutte jusqu'à ses dernières conséquences, dussent-elles être la guerre civile, le terrorisme, la clandestinité et la mort.

Il était doué pour organiser des événements. Il avait l'âme d'un leader charismatique — il le savait depuis qu'il avait fondé Tétrahydre.

Sébastien était resté encore quelques semaines à Notre-Dame-des-Landes — assez pour perfectionner, au contact de Martin et de sa compagne, Katarina, ses armes théoriques et pour apprendre, d'un groupuscule néerlandais, les bases de la guérilla anticapitaliste, ainsi que l'histoire récente du mouvement, des premiers succès de Seattle à la tragédie de Gênes.

Sébastien approcha aussi la délégation d'activistes piémontais qui luttaient contre la ligne à grande vitesse Lyon-Turin.

18

André Taulpin avait suivi avec intérêt la radicalisation de Sébastien Piau, son lointain neveu, et s'apprêtait à le contacter, quand il reçut les surprenantes
conclusions d'une autre enquête qu'il avait lancée.

Des radars automatiques avaient fait l'objet, sur
des autoroutes dont il avait la concession, d'importantes déprédations, au moyen d'un explosif artisa-
nal.

Le ministre de l'Intérieur avait déclaré qu'il ren-
forçait la surveillance du dispositif, et que les coupables seraient prochainement arrêtés. Il se refusait
cependant à parler de terrorisme.

Mais une lettre anonyme était bientôt parvenue
au ministère des Transports. Le MARA, mouvement anti-radar automatique, promettait pour bientôt l'apocalypse et la gratuité des routes, le retour de
la nitroglycérine comme carburant légal et l'adoption du système allemand : pas de limitations de
vitesse sur les autoroutes. La police dressa le profil
psychologique de l'auteur de la lettre : il s'agissait,
au vu du désordre de sa pensée, d'un loup solitaire
plutôt que du porte-parole d'un mouvement organisé.

Il s'améliorait cependant. Son mélange explosif, mieux dosé, parvenait maintenant à transpercer l'acier des radars pris pour cibles. Il arrivait toujours par l'arrière des machines, pour ne pas être photographié, et rejoignait ses cibles à pied, après avoir franchi les grillages de sécurité qui protégeaient les autoroutes. Son véhicule, au mieux, ne pourrait être identifié que sur le réseau secondaire, qui était presque entièrement dépourvu de caméras de surveillance.

Plusieurs semaines passèrent sans que l'enquête avance. Trois nouveaux radars furent détruits.

L'incurie du terroriste suppléa enfin à l'incompétence des forces de police.

Une explosion était survenue dans un appartement HLM de Laval. Les pompiers découvrirent d'abord une femme âgée légèrement intoxiquée par la fumée, puis, dans une chambre dévastée par l'effet de souffle, un jeune homme assis à un bureau. Ses yeux étaient grands ouverts et il souriait doucement. Il n'avait en réalité plus de paupières ni de lèvres. Sa peau se décollait sur ses joues. Son nez avait disparu et l'on voyait l'intérieur obscur de sa cavité nasale. Ses mains avaient aussi mystérieusement disparu.

Mais il était vivant. Le premier réflexe du pompier qui l'avait découvert aurait peut-être été de l'achever si son collègue n'était pas entré dans la pièce.

Il fallut l'allonger sur une civière, le transfuser, stopper l'hémorragie des bras — plus faible qu'attendu, car l'explosion avait cautérisé ses plaies.

On héliporta ensuite le blessé jusqu'à Rennes où son agonie dura une semaine.

Il s'appelait Aymeric Chauvier.

André Taulpin s'était senti personnellement visé par cette vague d'attentats. Le rapport qu'il lut le confirma dans sa crainte : Aymeric Chauvier n'avait évidemment pas agi seul. C'était pourtant les conclusions de l'enquête de police — il avait manqué un élément aux enquêteurs, un élément que lui seul connaissait. Aymeric Chauvier travaillait dans la société de surveillance d'un de ses petits-neveux, Yann Piau, et celui-ci avait un frère qui était revenu vivre à Argel peu de temps avant le premier attentat.

Il avait été facile de suivre cette piste, que la police avait négligée. Pierre Piau s'était rendu, en quelques mois, des dizaines de fois au Mans et à Rennes. Le détective, un transfuge de la DST, avait retrouvé sa trace dans plusieurs cybercafés.

Il avait facilement pu le pister sur des forums d'automobilistes en colère. Il avait correspondu, sous le pseudonyme de Bernanos, avec Aymeric Chauvier. Si la plupart de leurs échanges étaient perdus, la manipulation ne laissait aucun doute. Le MARA était une émanation de Pierre Piau, et Aymeric Chauvier avait été téléguidé, sans même que les deux hommes aient eu à se rencontrer. La manipulation avait été parfaite. L'exécutant, grand amateur de tuning et victime récurrente des radars automatiques de sa région, avait dû être facile à convaincre. Sa mort semblait en revanche accidentelle. Une maladresse de débutant.

Les motivations de Pierre Piau restaient cependant obscures. Le détective était seulement parvenu à extraire de l'ordinateur de ce dernier un document qui devait sans doute, dans une forme particulièrement encryptée, voire poétique, annoncer la seconde phase de son plan. La chose s'appelait *Le Grand Fleuve européen*.

Le détective en remit une copie à André Taulpin.

C'est l'eau qui donne à la vieille Europe ses charmes tortueux, charmes que le Nouveau Monde n'égalera jamais. Ses bassins versants se sont lentement épanouis, en amont des grands fleuves, comme on se perd enfant dans des forêts trop grandes.

Ce système aquatique, apparu plus tardivement en Amérique du Nord, n'a pas eu le temps de déplier ses espaces ramifiés et subtils ; le Grand Nord canadien, ainsi, est peuplé de lac séparés et hagards. L'eau n'a pas eu le temps de se creuser des fleuves. Les lignes de partage des eaux sont ici encore à l'état sauvage, comme de la limaille de fer avant l'application d'un champ magnétique. Le temps ne s'est pas encore déployé sur ce bouclier adolescent, n'a pas encore civilisé ces terres. En comparaison, la France, pays de vallées douces et de fleuves sinueux, est un pays entièrement écrit, chroniqué par ses eaux.

Mais la chronique est incomplète. Ou plutôt il existe aussi une chronique secrète, réservée seulement à quelques initiés. La carte des eaux de surface se double d'une carte souterraine, projection inversée de la première à travers les objectifs tremblants des sources. Les deux cartes communiquent ainsi entre elles comme une image et son négatif. La grande majorité de ces photographies sont floues, perdues dans les sables mouillés des nappes phréatiques. Certaines sont d'une netteté de cristal. Le paysage terrestre se retrouve alors, réduit et inversé, dans les chambres noires des grottes au plafond recouvert de longues stalactites.

Cette carte des eaux dissimule en réalité un secret encore plus occulté. La pièce maîtresse du système fluvial de l'Europe est manquante. Il y a une tache aveugle dans la carte de l'Europe. Un bassin versant immense et invisible qui relie entre eux ceux de l'Allemagne, de l'Angleterre et de la France, un bassin versant immense et invisible qui est celui d'un fleuve qui compte parmi ses affluents l'Elbe, le Rhin, la Tamise et la Seine et qui se jette dans l'Atlantique entre l'île d'Ouessant et l'archipel des Scilly.

Il s'agit du fleuve Manche.

* * *

L'histoire récente de l'Europe profite, depuis dix mille ans, d'un climat exceptionnel : à l'échelle du million d'années, la chronologie des différentes glaciations montre en effet que les âges glaciaires durent plus longtemps que les épisodes interglaciaires — et le déséquilibre s'aggrave à mesure que l'on s'approche du présent, avec des périodes interglaciaires de plus en plus courtes.

L'Histoire tient ainsi tout entière sur la tête d'une épingle chauffée à blanc par un Soleil exceptionnellement clément.

La terre, facile à cultiver, pourrait brutalement geler et devenir aussi dure que la pierre — et les agriculteurs intérimaires de redevenir chasseurs-cueilleurs ou Vikings — tandis que la Manche, presque refermée, se laisserait traverser aussi facilement que la Seine à Paris ou que la Loire à Nantes — ce fut l'une des grandes intuitions tactiques de César.

La Bretagne, géologiquement plus proche de la Cornouaille que du Bassin parisien, n'est qu'une conces-

sion celte accordée, pour un temps limité, au royaume de France — c'est le rocher de Gibraltar démesurément agrandi.

Mal rattachée à Paris, il faut l'imaginer comme un continent à la dérive pouvant à tout moment glisser vers l'Angleterre sur des rails invisibles.

Région naturelle incontestable, prestigieux finistère de l'Eurasie, évident triangle isocèle retenant entre ses deux grands côtés une péninsule en forme de croix, certains éléments donnent à penser que la Bretagne posséderait une géologie factice, et peut-être truquée.

* * *

On trouve très peu de fossiles en Bretagne, l'acidité de la terre ayant dissous les vertèbres des dinosaures qui s'étaient désaltérés jadis dans l'eau de ses grands fleuves, les petites maisons blanches qui parsèment les rives de ses abers témoignant seules de leur présence passée. De même, peu d'arbres anciens, aux cernes lumineux, ont traversé le temps. Les tentatives de datation par le décompte circulaire des années s'effondrent dans le bruit blanc des ronces et des bruyères aux âges indiscernables ; seules dix générations de chênes nous relient pourtant aux lichens de la dernière ère glaciaire.

Ainsi la forêt pétrifiée de Carnac et les troncs fossilisés qui parsèment ses landes sont-ils parfois apparus comme des concrétions géologiques véritables et comme les seules photographies valides du monde ancien. Certaines collines ont aussi révélé leur nature d'artefact longtemps après avoir été mises en culture, au hasard des remontées de pierres provoquées par les labours. Les affleurements du centre de la Bretagne ont à l'inverse pu être pris pour les sommets d'édifices considérables, les chaos rocheux pour des cités mégalithiques en ruine.

Ces secrets empierrés veillent sous les pas des hommes, comme des pierres branlantes prêtes à s'enclencher sous les pas avisés de ceux qui connaissent leur fonctionnement délicat.

Il suffirait de même, pour déverrouiller la Bretagne, de connaître l'emplacement du dispositif central qui contrôle les mouvements de ces artifices.

★ ★ ★

L'histoire mythique de la région est pleine de légendes qui racontent cela. Le diable seul, ou ses armées de démons, aurait manipulé ces pierres. La Bretagne chrétienne aurait subi les tirs croisés du diable et des archanges, les multiples îles qui parsèment sa côte n'étant que des erreurs de visée. Des gouffres profonds, traces d'anciens cratères d'impact, subsistent encore près des côtes — le diable aurait pris la fuite par celui d'entre eux qui communique le plus bruyamment avec la mer.

Le Mont-Saint-Michel demeure le plus spectaculaire témoin de ces bombardements mythiques.

Il est aussi le témoin de l'intéressante plasticité de la géologie de la région.

Le splendide caillou aura en effet plusieurs fois basculé entre les deux duchés rivaux de Normandie et de Bretagne, leur frontière commune suivant le tracé d'un petit fleuve dont l'embouchure passera plusieurs fois à droite et à gauche de l'aiguille du Mont, fleuve capricieux dont un dicton résume l'importance géopolitique : «Le Couesnon en sa folie a mis le Mont en Normandie.»

Borne frontière de la Bretagne, le Couesnon prend sa source à Saint-Pierre-des-Landes, aujourd'hui situé dans le département de la Mayenne. Seulement cinq kilomètres plus au sud mais de l'autre côté de la ligne de partage des eaux, la plus importante des rivières bretonnes, la Vilaine, qui baigne Rennes, la capitale, prend sa source à Juvigné.

Le canal qui permettrait de fusionner ces deux ruisseaux transformerait instantanément la Bretagne en île. La Vilaine sert d'ailleurs aujourd'hui, dans sa portion aval, de frontière entre le Morbihan et la Loire-Atlantique.

* * *

Finistère triangulaire, la Bretagne possède deux façades maritimes nettes, mais le dessin de son troisième côté reste flou.

Trop faiblement déterminée par l'invisible décrue des sous-sols granitiques et leur remplacement progressif par un sol calcaire, la frontière orientale de la Bretagne a été logiquement très disputée. Les résurgences nord et sud du Massif armoricain, à la pointe du Cotentin comme dans la région nantaise avec le sillon de Bretagne, peuvent se laisser interpréter comme des avant-postes granitiques susceptibles de prendre la Normandie et le Maine à revers.

Organisation politique et militaire destinée à neutraliser cette hypothèque géologique, la Marche de Bretagne s'est constituée à peu près en même temps que le royaume de France.

Elle a résisté pendant près de mille ans, jusqu'à la signature, en 1532, d'un édit d'union perpétuelle entre le duché de Bretagne et le royaume de France.

Véritable miroir de la Bretagne, son dispositif défensif présente une symétrie marquée avec le réseau de forteresses qui contrôlent, du nord au sud, les accès à la Bretagne. On trouve des châteaux forts presque identiques répartis des deux côtés de cette ligne invisible : le château de Mayenne s'oppose à celui de Fougères, la forteresse de Vitré fait écho à celle de Laval, Châteaubriant projette, dix kilomètres à l'est de sa citadelle impeccable, l'hologramme ruiné du château de Pouancé ; les capitales provinciales se surveillent de loin : les grosses tours du château d'Angers répondent à celles de Nantes ; la porte Beucheresse, à Laval, regarde vers Rennes dans la direction de la porte Mordelaise.

Ces verrous défensifs ont presque toujours été fermés. La Marche de Bretagne était une machinerie complexe. Il est presque possible d'imaginer un réseau de cordes et de poulies souterraines qui auraient synchronisé l'ouverture et la fermeture des ponts-levis et des herses de ces citadelles concurrentes. L'intrication défensive des châteaux de la Marche de Bretagne était totale. Sous leur contrôle, les frontières orientales de la Bretagne se sont très peu modifiées. La puissante radioactivité de la péninsule, diffractée par ces milliers de meurtrières, a été contenue.

Le paysage dédoublé de la Marche avait parfaitement rempli sa mission, guidant la France et la Bretagne à travers leur histoire commune, comme la pierre de soleil aux propriétés biréfringentes avait permis aux anciens Vikings de parcourir, à la même époque, les mers brumeuses du Nord sans jamais perdre l'emplacement du Soleil.

★   ★   ★

La Marche a bénéficié aussi du soutien stratégique de deux provinces puissantes, la Normandie et l'Anjou, articulées autour du comté moins puissant, mais tactiquement central, du Maine. Le redécoupage des provinces, à la Révolution française, donna à celui-ci la forme d'un parallélogramme aminci sur ses deux grands côtés : le dessin de la Mayenne reprenait celui d'une queue-d'aronde, pièce de menuiserie presque indéfaisable permettant d'assembler deux pièces de bois entre elles.

Empiétant largement sur l'Anjou historique au sud et rattaché, au nord, à l'aire géographique du bocage normand, le nouveau département parachève la structure défensive des Marches de Bretagne.

Ce verrou présente cependant des faiblesses structurelles qui fragilisent sa fonction. Le parallélogramme s'affaisse légèrement, comme s'il pliait sous la nature trop liquide de son sol, autour de deux axes de symétrie bien marqués : la Mayenne, qui traverse successivement ses trois plus grandes villes, Mayenne, Laval et Château-Gontier, le découpe, du nord au sud, en deux parts presque égales, tandis qu'un axe est-ouest, établi sur l'antique frontière entre le Nord et le Sud et souligné par le tracé de l'autoroute Paris-Rennes, vient rappeler la nature composite du département.

Le département de la Mayenne possède ainsi une double nature. La clé défensive de l'ouest pourrait être son plus grand point faible, et sa forme interprétée, plutôt que comme une queue-d'aronde, comme un coin mouillé capable de séparer la Bretagne rocheuse du continent sédimentaire.

* * *

La cassure s'est historiquement déjà produite.

Malgré un réseau complexe d'allégeances avec les Bretons, l'empire de Charlemagne s'était arrêté aux portes de la péninsule. Un bref royaume breton avait même été proclamé, après la victoire d'Erispoë, fils de Nominoë, sur le roi Charles le Chauve, petit-fils de Charlemagne, à Jengland, près de Redon, en 851. Les deux belligérants signèrent alors le traité d'Angers, qui accordait au roi breton la souveraineté sur les pays de Rennes, Nantes et Retz, pays qui devaient être rétrocédés plus tard à la couronne de France, quand la fille du Breton aurait épousé l'héritier mâle de Charles le Chauve. N'acceptant pas ces conditions, Salomon de Bretagne fit assassiner le roi, son cousin, en 857, et devint roi de Bretagne à son tour. Se sentant menacé par les continuelles intrusions de son nouveau et tumultueux voisin, Charles le Chauve marcha vers lui. Salomon vint à sa rencontre et l'attendit au monastère d'Entrammes, là où l'Ardoigne se jette dans la Mayenne. Les deux hommes signèrent un traité de paix en 863, qui concédait à Salomon la souveraineté sur la Marche de Bretagne, « Pays entre deux eaux » situé entre la Mayenne et la Sarthe. Quatre ans plus tard, le traité de Compiègne permit à Salomon d'étendre sa souveraineté jusqu'au Cotentin, en incluant le très disputé Mont-Saint-Michel. Jamais le royaume de Bretagne ne retrouvera de telles dimensions. Gurvan, le gendre d'Erispoë, fera en effet assassiner Salomon, livrant la Bretagne à une longue guerre de succession, puis aux invasions normandes.

* * *

Tout le Moyen Âge européen se résume à l'histoire de la réunification manquée des deux rives de la Manche, de la conquête, en 1066, du trône d'Angleterre par le duc de Normandie Guillaume le Conquérant à la guerre de Cent Ans, sa lointaine conséquence. Celle-ci n'était en réalité qu'une guerre civile opposant trois grands duchés, la Normandie de Guillaume le Conquérant, l'Anjou des Plantagenêts et la Bretagne rêvant d'indépendance, à la couronne de France. Or ces quatre belligérants véritables entouraient, sur ses quatre points *cardinaux, la province du Maine, qui était leur théâtre d'opérations secret.*

Le texte s'arrêtait ainsi.

Taulpin prit la dernière feuille et s'amusa à modéliser les forces en présence. Il déchira le papier pour donner à la Mayenne la forme d'un carré. Des contraintes latérales s'y exerçaient. Celles-ci faisaient apparaître deux diagonales qui donnaient au département plat un relief léger, en définissant des triangles sur ses quatre côtés. Taulpin en était d'abord resté là, abandonnant la feuille sur son bureau. Mais il la reprit, à l'envers, quelques jours plus tard. Il plia la feuille une nouvelle fois, pour y marquer les deux axes de symétrie orthogonaux, la Mayenne et l'autoroute, qui divisaient le département en quatre carrés plus petits.

Alors les forces secrètes évoquées dans le texte apparurent. La feuille se resserra d'abord comme une queue-d'aronde. Puis la feuille entière parut quitter le plan pour devenir un pur volume, une pyramide reposant sur ses arêtes fines et n'occupant plus aucun espace au sol, mais demeurant là stable, impérissable et souveraine.

Le vieillard contempla un temps la structure géométrique posée sur son bureau et se décida soudain à convoquer, à la place du prometteur Sébastien Piau, son mystérieux cousin.

19

Pierre Piau fut reçu dans la bibliothèque du château de son grand-oncle. Les livres qui en recouvraient les murs, reliés en cuir et dorés sur tranche, semblaient étrangement neufs. André Taulpin entra d'ailleurs dans la pièce par une porte dérobée qui révéla la nature factice de la bibliothèque.

« Jeune homme, connaissez-vous les aventures de Picsou ? Vous êtes mon petit-neveu par alliance, et je suis votre vieil oncle milliardaire. C'est amusant, n'est-ce pas ? Cela dit, l'histoire de notre famille a fait que nous n'avons jamais été présentés. À vrai dire, j'ignorais même votre existence, ou je l'avais oubliée. Une existence particulièrement obscure, il est vrai. »

Pierre se prit à rêver, soudain, d'un possible héritage. André Taulpin le fit asseoir.

« Je passe pour un homme de droite. C'est certainement vrai, mais sachez que je n'aime pas la police. J'ai toujours privilégié, quand je l'ai pu, les sociétés privées, plus efficaces et plus discrètes. J'ai un empire à protéger et j'ai peu de temps à perdre avec les variations locales des régimes juridiques. J'ai donc l'habitude de prendre à ma charge quantité d'enquêtes sur les inévitables dysfonctionnements de mes chantiers et concessions.

« Je sais que vous êtes derrière cette triste affaire de terrorisme autoroutier. N'essayez même pas de nier, j'ai un dossier complet qui vous accuse. Pas d'inquiétude, cependant : c'était du bel ouvrage. Beaucoup plus fin et plus efficace que d'aller plastiquer le Trésor public ou que de prendre en otage le chantier d'un futur aéroport.

« Après tout, je suis moi-même la victime de ce racket d'État, que je dois faciliter sans en être pour autant indemnisé, et, à part quelques mètres de grillage à refaire, vos dégradations ont très peu impacté mes activités.

« Vous auriez cependant pu me rendre un plus grand service en visant le symbole même de notre jolie capitale départementale — le vieux château. Savez-vous que le toit conique de son donjon n'est pas fixé à la tour, mais qu'il repose sur des madriers en porte à faux qui tiennent par le seul poids de la charpente ? Faites sauter le toit, et les madriers, comme des béliers gigantesques, s'abattront sur les petites maisons en contrebas. J'aurais tellement apprécié que l'un d'entre eux détruise le Bistrot de Paris, où se trament des choses que je réprouve absolument...

« J'ai lu votre biographie. C'est assez minable, mais aviez-vous le choix ? Votre refus du jeu démocratique vous honore, votre absence de sens des affaires vous accable, et entre les deux systèmes d'influence vous ne parvenez même pas, au terme d'un parcours universitaire plutôt honorable, à la position enviée d'intellectuel. Vous vivotez. Vous complotez. Vous échouez. Vous débattez des heures durant avec des activistes encore plus isolés que vous ne l'êtes. Théoricien infatigable, vous mourrez dans l'obscurité profonde où vous avez toujours vécu.

« Mais j'ai une proposition à vous faire que vous ne saurez refuser, à moins de préférer l'obscurité plus romantique d'une prison — notez que celles que j'ai construites sont plutôt confortables, aérées et lumineuses.

« Laissez-moi d'abord vous raconter une chose amusante, la raison même de la sympathie que j'éprouve pour vous : je me suis trompé à votre égard. J'ai cru, aussi étrange que cela puisse paraître, que vous étiez le providentiel adversaire que le destin m'avait réservé pour mes vieux jours, j'ai cru — c'était avant que mes services vous identifient, bien sûr —, j'ai cru que vous étiez un génie du mal. J'ai été très vite détrompé, mais il en est resté, autour de vous, comme une aura, et, comment dire, j'ai presque envie de vous aider à devenir ce personnage que j'ai cru, un instant, que vous pouviez être. Tout cela est un peu faustien, n'est-ce pas ? Venez, allons manger quelque chose, ne restons pas dans cette bibliothèque — ne croyez pas que les livres soient faux, ce sont les plans, que j'ai fait soigneusement relier, de tous les ouvrages d'art que j'ai construits : l'encyclopédie Taulpin du béton. »

Pierre suivit le vieil homme sans oser dire un mot. Il était terrifié à l'idée qu'il sache pour Aymeric.

Ils arrivèrent dans une salle à manger très sombre — seules des tranches de rosbif saignant, violemment éclairées sur la grande table basaltique, apportaient de la couleur à la pièce. Pierre remarqua, en s'approchant, qu'une rigole faisait le tour de la table.

« Oui, je l'utilise parfois pour découper du gros gibier. Cela impressionne toujours mes interlocuteurs quand nous devons discuter — pas vous, bien sûr, qui avez su vous montrer d'une cruauté inégalable.

« Asseyez-vous, je vais vous raconter l'origine du quiproquo qui m'a rendu votre personne si sympathique. Je m'apprête, rien de moins, à vous révéler un secret stratégique !

« J'ai deux fils et une fille. J'ai placé celle-ci sur une voie de garage, à la tête de la filiale rail de mon groupe. Quant à mes fils, je les ai mis en concurrence, au niveau mondial, pour voir ce qu'ils valent : chacun gère une aire géographique, et celui qui obtiendra les meilleurs résultats héritera de l'empire — à moins que je change d'avis. Comme Taulpin est un groupe mondial, j'ai joué au pape Alexandre VI et j'ai établi un nouveau traité de Tordesillas, le traité qui partageait le monde en deux de part et d'autre d'un méridien qui traversait l'Atlantique, partage qui attribuait les Indes orientales au Portugal et les Indes occidentales à l'Espagne, partage parfaitement équitable, du moins jusqu'à ce qu'on découvre que l'Amérique du Sud dépassait un peu, au niveau du Brésil…

« Qu'allais-je faire ? M'appuyer sur le méridien de Paris ? Cela aurait créé d'insolubles conflits de souveraineté en région parisienne, où mon groupe génère une part importante de son chiffre d'affaires. Mais, par une heureuse coïncidence, il se trouve que le méridien de Greenwich coupe à peu près la France à l'endroit où commence la première autoroute que j'ai construite, et que j'exploite encore. J'avais ma ligne de partage. Christian à l'ouest et Bernard à l'est du Mans. L'Amérique pour l'un et l'Asie pour l'autre, avec au milieu l'Afrique comme terrain d'entente idéal.

« Et voilà que quelques années après avoir décidé ce partage, j'apprends qu'un radar automatique a été pris pour cible au kilomètre 11 de l'A81, à quelques mètres du méridien de Greenwich. Je n'ai évidemment pas cru à une coïncidence. Et pourtant, après une courte enquête dont nous sommes en train de vivre le dernier acte — l'interrogatoire —, il paraîtrait bien que mon Tordesillas familial n'aurait été contesté que de façon accidentelle, à travers les actes insensés d'un loup solitaire. Est-ce exact, jeune homme ? Et faites attention à ce que vous allez dire : vous risquez de briser le cœur d'un père en achevant de lui révéler la faiblesse de caractère de sa fille.

— Je n'ai jamais contrôlé Aymeric Chauvier que de loin, sans lui donner d'ordre particulier. J'ai multiplié autour de lui les interrupteurs. Je suis même surpris que vous m'ayez identifié. J'étais le seul stratège de toute l'opération.

— Sachez qu'il n'existe pas de stratégies qui échouent. Il existe des stratégies qui fonctionnent, les autres ne méritent pas ce nom. Vous vous êtes laissé prendre et vous êtes maintenant en mon pouvoir. Vous découvrirez bientôt que je suis beaucoup plus puissant que la police. Je n'ai pas ses limitations. J'ai de plus la chance d'être assez âgé pour ne plus rien avoir à craindre de l'institution judiciaire — il y a, dans le processus de vieillissement, passé l'inévitable décrépitude physique, une ivresse toute particulière : on ne craint plus rien, l'approche de la mort est même enivrante. On veut tout obtenir, tout accomplir avant la fin. Je ne me souviens pas d'avoir jamais mené autant de projets qu'aujourd'hui, ni d'avoir été si heureux que maintenant.

« Vous êtes l'un de ces projets. N'oubliez pas, surtout, que nous sommes dans le même camp, et que vous êtes mon neveu. L'interrogatoire est d'ailleurs terminé. Nous commençons l'entretien de recrutement.

« J'ai lu — les délices de la surveillance électronique — votre essai sur le grand fleuve européen. Il y a là des choses intéressantes, mais vous me semblez un peu perdu, comme un romancier parvenu à la moitié de son livre. Je vais vous aider à rassembler vos pensées : je suis un capitaine d'industrie, mener des choses à leur terme, c'est un domaine dans lequel j'ai toujours excellé.

« Convenons donc, ce sera notre point de départ, que le cadre de l'État-nation est périmé, et qu'il l'est même pour un nationaliste comme vous. L'avenir est aux régionalismes. La France, comme fiction, a assez vécu, et s'est embaumée seule dans un progressisme dévitalisé et une fiscalité mortuaire. Exhumons ensemble, si vous le voulez bien, les armes enfouies des anciennes provinces, déployons leurs capacités de nuisance.

« J'aimerais laisser à la Bretagne un héritage qui me survivra pendant plusieurs siècles. Je connais des grands patrons bretons qui financent des clubs de foot ou des chaînes de télévision régionales bilingues, d'autres qui sponsorisent le Festival interceltique de Lorient ou qui investissent dans des ateliers artisanaux de fabrication de galettes au beurre. Soit. J'ai moi-même eu des participations, je le confesse, dans une société d'édition bretonne — vous voyez certainement laquelle. Mais j'ai peu de goût pour le *softpower*.

« Vous connaissez le mausolée de l'empereur Qin ? Sa gigantesque armée posthume de soldats en terre cuite ? Cela dut exiger plus d'heures de travail que les pyramides d'Égypte. Cela, je l'ai déjà fait, avec le barrage des Trois-Gorges — savez-vous d'ailleurs que le béton coulé au cœur du barrage ne sera pas sec avant plusieurs centaines d'années ? Mais il y a une ivresse plus grande à occulter le symbole de son immense puissance. L'armée endormie, enterrée sous des terrains à l'accès interdit, puis simplement oubliée, aura attendu plus de deux mille ans qu'on vienne la réveiller. Et puis à la mort de Mao, miracle, on l'exhume. Cela prendra des décennies pour en mesurer l'absurde, la spectaculaire, la terrifiante immensité. Ce seront précisément les décennies qui verront la Chine s'éveiller au monde et devenir la puissance que l'on sait. En déblayant la terre de ces soldats, la Chine a ouvert les yeux sur sa grandeur retrouvée. À chaque soldat son usine, sa ville nouvelle, son avion de chasse. Je leur ai vendu du sable, de l'eau et de la chaux, ils en ont fait de l'électricité, des immeubles et même, aussi bizarre que cela paraisse, un porte-avions en béton posé en pleine campagne, sans doute pour apprendre à leurs pilotes à se poser sur des pistes ultra-courtes.

« Je veux moi aussi laisser un héritage spectaculaire, aussi spectaculaire que celui de l'empereur Qin : l'indépendance, pleine, entière et irréversible, de la Bretagne. Je veux détruire l'ancien royaume de France. Je dois pour cela laisser un mausolée exemplaire. J'ai beaucoup réfléchi à la question. Les constructeurs d'autoroutes, peut-être à l'exception d'Hitler, sont toujours oubliés. C'est l'État qui rayonne à travers eux de toute la puissance de ses infrastructures. Je veux laisser derrière moi quelque chose de plus grand. Un acte irréversible. J'ai pensé à tout, à des tours de cent étages comme à des villes nouvelles.

« Mais ce sera une ruine. »

Pierre écoutait André Taulpin. Il se sentait étrangement vaincu tout en entrevoyant, grâce à la magnanimité du vieux patron, une sortie honorable, et peut-être grandiose. Il vit en Taulpin, brièvement, une sorte d'empereur de la Marche, de conquérant de la Bretagne, l'incarnation tardive de l'esprit de l'Histoire.

L'omniprésence, dans les mouvements nationalistes et fascistes qui l'avaient tant fasciné à Paris, de la croix nimbée, vieux symbole celte aussi connu sous le nom de croix celtique, avait jadis beaucoup frappé Pierre.

Il avait pressenti quelque chose sans jamais parvenir à tout à fait démêler les liens qui unissaient la Bretagne à la cause nationaliste. La région, qui avait tardivement intégré le royaume de France, qui votait plutôt à gauche et qui n'était pas une terre d'immigration ni d'insécurité — thèmes traditionnels de l'extrême droite —, semblait pourtant détenir une part déterminante de l'héritage réactionnaire.

Plusieurs fois confrontée à des cultures nouvelles, la Bretagne avait toujours manifesté un certain fanatisme dans leur adoption, en en exprimant la radicalité inattendue, le spectaculaire caché, la déraison ultime, et parvenant rapidement à transformer ces éléments nouveaux en symboles réactionnaires : cela avait été une première fois le cas au temps du mégalithisme, avec le sanctuaire nativement ruiné de Carnac, puis au temps des druides, acharnés à défendre leurs prérogatives sacrées contre les nouveaux dieux de Rome, et enfin avec le catholicisme, qui trouva là lui aussi, avec les calvaires, les processions et les pardons, l'un de ses modes d'expression les plus somptueux.

Il y avait eu aussi des faits de collaboration assez marqués entre l'occupant nazi, qui voyait dans l'Europe des peuples une sorte de second cercle, de glacis périphérique, autour d'un noyau central totalement aryanisé, et certains milieux indépendantistes, heureux de voir le jacobinisme parisien provisoirement suspendu, et plus heureux encore de voir leur frontière occidentale gracieusement fortifiée — il ne resterait, après la guerre, qu'à compléter le dernier côté du triangle.

L'Occupation permit aussi à des nazis particulièrement fanatiques de pratiquer, notamment à Carnac, des fouilles archéologiques qui visaient à exhumer les traces les plus occidentales de l'antique civilisation aryenne.

Enfin, l'homme qui avait incarné pendant un demi-siècle l'extrême droite française était d'origine bretonne. Jean-Marie Le Pen, fils d'un pêcheur et d'une couturière, était né à La Trinité-sur-Mer. Surnommé le «Menhir», le vieux chef breton était parvenu à fédérer toutes les composantes antagonistes de l'extrême droite française — il était à ce titre un joueur d'exception, le Vercingétorix des nationalistes.

Mais, à la différence d'Hitler ou de Lénine, il manquait incontestablement de réalisme. Pierre déplorait que son génie politique soit aussi superficiel. C'était un activiste intéressant, plutôt qu'un chef de guerre, une icône médiatique, plutôt qu'un homme de pouvoir. Son combat, comme celui du chef gaulois, resterait purement folklorique et ne conduirait pas à infléchir le cours de l'histoire.

«Je veux laisser derrière moi, reprit Taulpin, l'unique exemple d'un grand projet d'aménagement du territoire arrêté net. Un Concorde ferroviaire. Mettre le TGV au niveau de Columbia et Challenger, et ici même, dans ce désert rural. Entailler le corps de la France et voir, avant de mourir, la Bretagne se détacher d'elle. Je veux assister à un accident géologique, et peut-être anthropologique, aussi irréversible — quelle que puisse être ensuite sa lenteur — que le grand rift africain : je veux voir un pays, et peut-être un continent, mourir sous mes fenêtres.»

André Taulpin avait fermé les yeux et souriait légèrement. Ses mains tremblaient. Il ressemblait à un inoffensif vieillard.

«Je deviens sentimental en vieillissant. Maintenant laissez-moi. On va vous reconduire. Vous recevrez des instructions précises le moment venu ainsi qu'un peu d'argent pour couvrir vos frais.»

20

Pierre rentra chez lui avec des sentiments contradictoires : s'il s'était senti humilié par son grand-oncle, il avait aussi vu, pour la première fois, sa valeur reconnue.

Après la mort d'Aymeric, Yann, son employeur, avait été interrogé. Pierre avait refait sans fin le décompte des indices qu'il avait pu laisser. Les pistes étaient confuses, l'ADN inexistant. Lui et Aymeric se connaissaient cependant. Sa présence, oisive et inexplicable, pouvait sembler suspecte à un inspecteur méfiant. Que faisait-il depuis presque une année à Argel ? Pierre s'était demandé si la police se contenterait toujours de l'hypothèse du loup solitaire. André Taulpin venait de lui apporter une réponse négative.

Pierre aurait voulu repartir à Paris, mais cela lui était financièrement impossible. Il était tombé seul dans une sorte de piège. Une force invisible le retenait prisonnier de son département de naissance. Il avait enclenché le mécanisme de son destin. Le sol était liquide et froid sous ses pieds.

Il y avait eu un chien, autrefois, dans la ferme familiale. Yann aimait jouer avec lui et préférait au fond sa compagnie à celle de son frère. Un jour, Pierre avait imaginé un nouveau jeu. Il était possible, en empruntant une échelle et en ouvrant une trappe située à son sommet, d'accéder au silo et de s'y ébattre comme dans une piscine.

Les silos présentaient deux grands dangers. Mal ventilées, les poussières de blé qu'ils contenaient pouvaient exploser. Il y avait eu, dans plusieurs ports du monde, des catastrophes industrielles majeures. Le stockage vertical d'une substance granulaire, en reportant les masses sur les parois plutôt que le sol, pouvait aussi générer des voûtes et des cavités sous-jacentes. Il était alors très dangereux de marcher sur la surface en apparence plane du silo, qui pouvait s'effondrer à tout moment et devenir plus visqueuse que des sables mouvants.

Conscient du danger, Pierre avait proposé d'envoyer le chien en éclaireur. Yann avait pris l'animal dans ses bras et était monté à l'échelle métallique du silo. L'animal, réfugié dans le manteau du garçon, présentait des signes d'inquiétude et léchait frénétiquement son visage. Pierre, déjà installé au sommet, avait ouvert la trappe et s'était emparé du chien. Yann ne l'avait pas vu disparaître. Quand il s'était penché à travers l'ouverture, le chien avait déjà été entièrement englouti. Il avait voulu sauter à son tour dans le blé. Pierre l'en avait empêché.

La disparition du chien, phénomène courant à la campagne, n'avait pas été vécue comme un événement particulièrement dramatique. Seul Yann avait pleuré tous les soirs, en imaginant le lent supplice de l'animal. Plus pragmatique, Pierre s'était inquiété de sa décomposition, dont l'odeur risquait d'alerter son père. Il suggéra, une nuit, de mettre le feu à l'édifice, une vieille grange délabrée et entièrement remplie de paille, contre laquelle le silo était adossé. Il suffisait d'attendre le prochain orage, quiservirait de couverture idéale.

La fin du mois de septembre avait été atroce pour Yann, qui guettait chaque soir, dans le soleil couchant, l'arrivée néfaste d'un nuage plus menaçant que les autres.

Plus de deux semaines après la disparition du chien, il y avait enfin eu un orage nocturne. La cour de la ferme était déjà détrempée quand les deux garçons la traversèrent pour se rendre dans la grange. C'était le moment parfait. Les éclairs et le tonnerre étaient parfaitement synchronisés. Il fallait, pour plus de sûreté, que le feu parte du grenier. Pierre jugea plus prudent d'allumer lui-même le feu, mais il exigea que son frère tienne la boîte d'allumettes entre ses mains. Les résidus de vieille paille qui tapissaient le sol s'embrasèrent sans difficulté. Yann demanda pardon à son chien.

Les tubes de paille incandescents tournèrent longtemps autour de la maison. Pierre les vit pendant des mois chaque fois qu'il fermait les yeux.

Les pompiers mirent plusieurs heures à arrêter le feu. Au matin, on retrouva le cadavre du chien au milieu du silo éventré. On ne comprit jamais vraiment ce qu'il faisait ici, et on l'enterra sans cérémonie, avec son ventre anormalement gonflé qu'il avait fallu percer — l'odeur avait surpris tout le monde par son parfum sucré de cadavre en décomposition.

Depuis la mort d'Aymeric, dont la lente agonie, sans mains et sans visage, l'obsédait, Pierre repensait de plus en plus souvent à ce cadavre entraperçu jadis. Il en faisait même des cauchemars, qui conduisaient ses parents à l'interroger au réveil sur les étranges cris qu'il avait poussés dans la nuit. Il lui avait fallu partir au plus vite.

Il avait alors été accueilli chez son oncle, le père de Sébastien, qui avait mis à sa disposition le studio de son fils, parti passer l'hiver à Notre-Dame-des-Landes.

Les rues du centre étaient étroites et tristes : des maisons grises à toit d'ardoise longeaient la grand-rue qui traversait le village. L'église, reconstruite au XIXe siècle, dominait l'ensemble de ses trois nefs parallèles et de son haut clocher pointu à huit pans et à quatre horloges. L'abbé Angot, à la fin du XIXe siècle, comparait presque le village à une sorte de Mont-Saint-Michel prisonnier des terres : « Le bourg, posté à un étage intermédiaire, domine encore une belle vallée. Vu du penchant opposé, la rivière entre deux, avec ses toits qui se pressent et s'échelonnent autour de son église, il ne semble former qu'un seul édifice, dont le clocher, élancé et hardi, est le couronnement commun. »

De loin, de l'autoroute ou de la campagne avoisinante, il restait quelque chose de cette grandeur passée, d'autant que les lotissements, qui desserraient et blanchissaient les rues austères du centre-bourg, disparaissaient dans la vallée de l'Ardoigne, qui tournait, invisible, autour de la colline sur laquelle le village était construit. Mais de près, Argel ressemblait à tous les villages sans grâce de l'Ouest. La rue principale avait été élargie, les maisons près de l'église abattues et remplacées par un petit centre commercial — tabac-presse, pharmacie, PMU et coiffeur —

recouvert de crépi rose. Les plus anciennes maisons avaient été détruites ou recouvertes d'un enduit chaulé homogène qui effaçait leurs caractéristiques architecturales.

Les deux fenêtres de Pierre dominaient la vallée de l'Ardoigne sur un rayon de dix kilomètres. Le paysage était coupé en deux, horizontalement, par l'autoroute de l'Ouest ; on pouvait suivre, sur presque 180 degrés, la lente et silencieuse évolution des camions à travers champs. Plus loin encore, on distinguait, de gauche à droite, le vieux pavillon de chasse, les bâtiments de Vaultorte, les toits pointus du château d'Ardoigne, le gros clocher d'Orligné et, sur la colline qui faisait face à celle d'Argel, le château du Plessis où il avait été reçu par Taulpin. Un château d'eau arrivait enfin, du côté de Laval, dont la présence ne se manifestait qu'au crépuscule, par une lumière diffuse et rose qui remplaçait peu à peu le soleil couchant.

Pierre fixa un point mobile au-dessous de l'horizon et suivit son évolution sur l'immense arc de cercle de l'autoroute. Sa position aurait été excellente pour un tireur d'élite. Pierre pensa avec émotion au lieutenant-colonel Bastien-Thiry.

Seules les forces progressistes, par réflexe idéologique, et les conservateurs, par inquiétude électorale, redoutaient vraiment l'extrême droite en France. L'extrême droite se savait, elle, malchanceuse et défaite. Elle avait tout manqué. Le Général avait survécu à l'attentat du Petit-Clamart et la révolte des radars n'avait pas éclaté. Aymeric était devenu un martyr confidentiel, comme Bastien-Thiry avant lui, et comme ce militant du GUD, dont Pierre avait oublié le nom, qui était tombé d'un toit alors que la police le poursuivait — on commémorait chaque année sa mort accidentelle en regrettant un peu qu'on ne l'ait pas poussé. Brasillach était mort depuis plus d'un demi-siècle et l'on manquait cruellement de martyrs sérieux. Aymeric Chauvier, était-ce vraiment sérieux? Il venait de rejoindre la liste satirique annuelle des Darwin Awards, qui distinguaient «les personnes mortes à la suite d'un comportement particulièrement stupide et ainsi remerciées pour avoir contribué à l'amélioration globale du patrimoine génétique humain». On était loin du mythe aristocratique du surhomme.

Alors Pierre se prit en pitié. Il était à son tour maintenant piégé, son destin lié aux caprices du vieil homme. Il était certain qu'André Taulpin ne prendrait aucun risque : s'il refusait d'obéir à ses ordres mystérieux, il disparaîtrait dans les fondations d'un immeuble.

Victime volontaire d'un temps qu'il n'aimait pas, Pierre avait trouvé depuis longtemps refuge dans un profond ermitage qui l'avait retenu hors de la vie. Cette enclave perdue, dont l'acidité dissolvait toutes les valeurs du présent au profit des fantômes chevaleresques du passé, ce territoire romantique et malsain, marécageux et guerrier, héroïque et maudit le retenait prisonnier depuis toujours, autant par incapacité personnelle à mener une vie sociale que par le rejet que provoquaient, au sein de la tribu humaine, ses positions idéologiques défaites, malheureuses et tragiques — ses rêveries d'extrême droite.

Pierre avait ainsi survécu seul, sans le support rassurant d'un groupe ou d'une confrérie de pensée, à toutes les humiliations spirituelles qui avaient découlé de son engagement initial dans le mauvais camp — le camp des perdants, des maudits et des criminels.

Ils l'auraient lentement tué s'il n'avait pas lui-même tué pour se défendre. Un meurtre patiemment médité, exemplaire — et au fond accidentel : un complot raté, une erreur de dosage ou de manipulation.

Pierre avait su jusque-là échapper à la culpabilité en revendiquant pour lui seul la position de martyr. Sa vie avait été sacrificielle. Il avait souvent aimé cela. Il y avait eu, au milieu de l'enfer sociétal, une forme de vie préservée. Une vie ancienne dans un monde maléfique. Il avait refusé leur loi.

Leo Strauss comparait les œuvres classiques à des forts demeurés invaincus par l'avancée fulgurante des modernes. Le but de tout philosophe réactionnaire serait dès lors de s'en emparer, pour les réarmer. Défait, le catholicisme aura, longtemps après avoir abandonné ses rêves d'hégémonie politique, laissé sous sa juridiction des points moraux irrésolus. Ils demeuraient là, tapis dans l'ombre, prêts à s'enclencher à nouveau comme le parasite de Dieu sur l'histoire des hommes. Les conservateurs catholiques avaient ainsi concentré presque tous leurs efforts sur la défense de trois de ces points-clés, mais la société alentour était restée quasiment inerte. Ni le combat contre l'avortement, ni celui contre le mariage gay ou celui à venir contre l'euthanasie ne parviendraient plus à réveiller la créature défaite. L'homme était seul, la bête était morte.

Pierre avait vu mourir la religion de l'amour, vu le ventre des femmes rejeter la vie comme une maladie grave, vu Sodome se reformer autour d'une maladie mortelle, vu l'assassinat des malades s'imposer comme un choix thérapeutique évident et celui des coupables être considéré comme une barbarie, vu les animaux passer du rang de bête à celui de sujet de la loi et les hommes préférer à la transcendance des lois le vertige plat des réglementations. Il avait vu les parents d'un enfant né difforme demander qu'on annule sa naissance, et le droit de ne pas naître lui avait été reconnu. Il avait vu les mots de «père» et de «mère», jugés discriminatoires, être remplacés par ceux, plus neutres, de «parents». Il avait vu les hommes prendre possession de l'histoire et la détruire systématiquement, agacés de ne rien y comprendre, en l'espace d'une génération.

Un nouveau droit venait justement d'être concédé à l'humanité vieillissante : le mariage entre individus du même sexe. Il s'agissait, pour Pierre, de détruire, ou du moins d'occulter au maximum, la nature biologique de la reproduction humaine, en recourant pour les couples de femmes à des inséminateurs, et à des incubateurs pour les couples d'hommes. La notion de parenté, jusque-là verticale, allait bientôt s'étendre à l'horizontale. L'idéal du couple cellulaire, du couple fermé, de la famille même était à terme condamné. On pouvait critiquer cela de multiples manières — dénoncer le remplacement du droit naturel par l'amour, s'inquiéter de la disparition de la binarité sexuelle des parents, s'interroger sur l'exploitation commerciale des ventres et sur la transformation du sperme en matière première rare et convoitée —, mais Pierre ramenait cela à une seule question : l'homme aurait bientôt la possibilité de s'affranchir des contraintes anthropologiques et religieuses traditionnelles pour devenir l'unique législateur de son avenir.

Les vieilles structures, calculées au plus juste en fonction des ressources limitées disponibles aux premiers jours des civilisations humaines, avaient résisté pendant des millénaires, s'adaptant lentement aux conditions de la survie, se laissant porter au gré des progrès technologiques successifs et des améliorations induites de l'économie de la subsistance : les greniers en terre cuite avaient permis l'abandon du cannibalisme, la domestication des bovidés, en réduisant le recours aux nourrices, avait resserré les familles, la modernisation de la guerre, en contribuant à régler la dispendieuse question des cadets, avait rendu les liens fraternels plus purs qu'au temps d'Abel et Caïn.

Or, pour la première fois, l'humanité choisissait de réformer ses structures démographiques profondes sans aucune nécessité et sans avoir effectué aucun calcul préalable. Pierre élargissait cette notion de calcul aux effets concrets de certaines réformes sociétales, qui généraient parfois, en l'espace de seulement quelques générations, des famines endémiques ou des épidémies de maladies consanguines, réformes qu'il fallait alors abandonner d'urgence — réflexe conservateur que n'avait pas eu Néandertal.

L'homme, Pierre en était certain, ne pouvait présider seul aux destinées de son histoire. L'hypothèse du progressisme n'était acceptable qu'à condition d'imaginer aussitôt, comme dans les romans-feuilletons, une société secrète capable de garder, seule, dans l'apparent désordre des passions et des droits, le pouvoir d'influer sur le cours de l'histoire. C'était ainsi que les francs-maçons avaient pu, sans risque et pour leur seul bénéfice, défendre comme autant d'échafaudages provisoires autour d'une tour de Babel inexistante les idéaux démocratiques — idéaux démocratiques qui portent en eux la théorie du complot comme un puissant antidote.

La civilisation, hypothèse de travail tardive de quelques molécules lancées à travers l'espace sur l'écorce d'une planète tellurique, se fissurait peu à peu. Une espèce animale se jetait, à pleine vitesse et ivre de sa propre rationalité, dans un avenir qui ne pourrait demeurer longtemps aussi rationnel, aussi souple et aussi bienveillant qu'elle. Les hommes avaient oublié qu'ils ne faisaient que simuler la liberté du droit au milieu de l'effrayante liberté des atomes.

Pierre défendait, lui, des valeurs simples et universelles — des valeurs aussi pures que le code de l'ancienne chevalerie, valeurs qu'il opposait au paresseux déclin de l'Occident, péninsule relativiste, décadente et suicidaire, agglomérat de petits pays écrasés à la démographie exsangue, peaux mortes de l'Eurasie rêvant de former un organe viable mais pourrissant déjà, en léguant à l'humanité survivante un cancer dans sa phase terminale.

Quand il consultait des cartes du monde, Pierre était pourtant frappé par la forme intacte de son continent natal : sans être harmonieuse, l'Europe présentait un profil d'une noblesse rare. Péninsule largement échancrée, elle n'avait pas l'étroitesse un peu ridicule des finistères de l'Asie du Sud-Est, sans tomber dans la massive plénitude de l'Afrique ou de l'Amérique du Sud. Sa forme était étrange. Il était difficile de décrypter ce que la géologie avait voulu exprimer. Il se passait pourtant quelque chose d'une grande beauté formelle, comme dans un tableau abstrait aux aplats particulièrement équilibrés. En tant que pur dessin, cela aurait déjà été un chef-d'œuvre. C'était pourtant la chose la plus concrète du monde et il suffisait de prendre l'avion pour s'en rendre compte. Le dessin existait. L'Europe résistait, par ce seul spectacle, à sa dissolution.

Il y avait aussi la présence, en son cœur, d'un objet que Pierre vénérait par-dessus tout. Une énigme anthropomorphe, prise entre le carré hispanique et le triangle déchiqueté des îles Britanniques. Il y avait un visage. Il était impossible de ne pas nterpréter la France comme un profil humain — un profil ombrageux, avec l'estuaire de la Gironde comme bouche maussade et la Bretagne comme appendice nasal, aussi démesuré mais aussi noble que le nez des Bourbons ou que celui des Guermantes. Cet être adorable et terrible occupait le centre de l'Europe, et en constituait la pièce principale, l'unique apothéose — l'Espagne et l'Italie, avec leurs orientations contraires, ne servaient qu'à en assurer le suprême équilibre, comme ces fourchettes qu'on plante dans un bouchon de liège pour lui permettre de tenir en équilibre sur la pointe d'un couteau.

On disait qu'il existait, en France — c'était particulièrement visible quand on traversait le pays en TGV du nord au sud —, autant de paysages que dans un continent entier. On disait que la France était le plus beau pays du monde et le jardin de Dieu.

Pierre l'avait en tout cas toujours cru, et le constatait encore toutes les nuits, devant son vieil atlas.

Il était étrange que l'Histoire ait choisi de naître dans les marécages de l'Égypte et de la Mésopotamie, plutôt qu'ici, dans ce merveilleux assemblage de plaines, de coteaux, de montagnes et de plateaux.

Il était encore plus étrange que l'Europe soit devenue le continent de la fin de l'Histoire.

Au milieu du désastre, Pierre avait refusé de vivre ; il était resté pur. Il n'avait pas fondé de famille — ces termes mêmes étaient obsolètes.

Il était revenu dans le village de son enfance avec de grands projets. La terre sacrée de ses origines aurait dû lui communiquer son énergie, sa vérité et sa rage. Il aurait dû se sentir l'incarnation d'un rêve, le corps d'une révolte, l'équivalent contemporain de Jean Chouan.

Mais cela n'avait plus désormais aucun sens pour lui.

Cela n'avait pas pris. Le lieu était mort depuis trop longtemps. Tout était ici plus moderne et plus triste que dans ses souvenirs. La paysannerie était morte, le terroir avait disparu. Avec la réforme de la carte paroissiale dans les années 1990, qui avait vu la paroisse d'Argel fusionner avec celle d'Orligné, la mairie, jusque-là minuscule, avait pu prendre la place du presbytère, mettant ainsi fin à près d'un millénaire et demi de domination cléricale.

L'église accueillait moins de baptêmes que d'enterrements, et presque plus aucune communion solennelle.

Pierre était revenu dans le lieu du monde le plus

dénué de grâce. Un endroit honteux, sans signification et vide.

Les maisons grises et alignées de la grand-rue découpaient des encoches irrégulières bleues dans le ciel — un ciel immobile, trop dégagé pour la saison, trop intense pour le département, trop généreux pour le village.

Pierre chercha sur YouTube le chant des *Lansquenets*, un vieux chant militaire devenu l'hymne de plusieurs mouvements d'extrême droite.

Étudiant en histoire, Pierre avait manqué Assas, le GUD et les affrontements de rue contre les gauchistes — c'était pour un militant d'extrême droite aussi regrettable que d'avoir manqué Mai 68 pour un sympathisant de gauche. Il avait lu plusieurs fois *Les Rats maudits*, l'histoire officielle du mouvement, la bible du nationalisme étudiant, étrangement publiée par un éditeur breton, les Éditions des Monts d'Arrée.

Pierre s'était même rendu, après avoir découvert son existence sur un tract, à une manifestation interdite d'extrême droite. C'était là qu'il avait entendu ce chant pour la première fois. Il avait été fasciné par l'énergie guerrière qui s'était soudain manifestée : des jeunes hommes aux cheveux très courts avaient repris en chœur le vieux refrain qui évoquait, comme s'ils se fussent tenus sur une falaise au bord du monde, la tragédie imminente qui les précipiterait bientôt dans un gouffre sans fond d'où ils sortiraient effrayés, rajeunis et plus forts. On sentait que la politique n'était qu'un alibi pour se rassembler ainsi et entonner ces airs en pleine rue, que la politique leur servait à justifier cet enthousiasme presque religieux qui les saisissait et qui les conduisait au bord des larmes, plus vulnérables que s'ils avaient été nus. La violence de ces groupuscules, théorisée et mythifiée, apparaissait alors comme une sorte de pudeur — c'était un instinct pardonnable qui camouflait les raisons profondes de leur engagement politique : le besoin inavoué de protéger leurs grands corps blancs trop vite sortis de l'enfance, l'érotique camaraderie des voix entremêlées, l'amitié presque antique qui les unissait dans leur combat perdu contre le monde.

Pierre avait beaucoup réécouté ce chant, qu'il appréciait, pour sa mélancolie guerrière et son sentiment, triste et épais, de fin du monde et de désolation heureuse. La version qu'il sélectionna ce soir-là était à plusieurs voix. Se laisser entraîner par elle était déjà un pacte avec le mal. Le chant avait eu, dans sa jeunesse, un caractère initiatique. Il s'était d'abord senti coupable d'en ressentir trop intimement la beauté. La première fois qu'il en avait repris les paroles avait marqué son adhésion entière aux étranges forces du renouveau et du passé — le mot qui terminait les deux premiers vers était de l'ordre d'un enchantement, c'était quelque chose d'antérieur à toutes les tentatives d'arraisonnement spirituel du vieux peuple franc par le catholicisme romain :

Ce monde vétuste et sans joie, faïlala,
Croulera demain devant notre foi, faïlala,
Et nos marches guerrières
Feront frémir la terre
Au rythme des hauts tambours des lansquenets.

Pierre pensa à ses parents. Ils avaient cultivé la terre. La chose n'avait aucune noblesse, ou si elle en avait jamais eu, elle en était privée depuis long-temps. Ils produisaient du lait. Ils avaient été les salariés de base de l'industrie agroalimentaire. Des ouvriers laissés, par tradition, libres de leurs mouvements. Ils représentaient une forme de vie ancienne qu'ils tentaient, par inertie, presque par snobisme, de maintenir. Sa mère cuisinait. Elle savait préparer tous les types de viande et leur trouver les compléments végétaux qui leur convenaient le mieux. Son père avait été attaché à ses vaches — pas au point de leur donner des noms, mais assez pour veiller la nuit quand l'une était malade. Il maîtrisait les techniques de l'élevage et celles de la culture d'un petit nombre de graminées. Cela avait dû être prestigieux, au Néolithique.

Il y a encore un siècle, il aurait pu vanter la grandeur de son rapport à la terre, et l'opposer à la vie artificielle des gens de la ville. Il tenait, encore aujourd'hui, à ce qu'on achète exclusivement du beurre Président ou du camembert Vieux Mayennais, produits dont il avait longtemps fourni la matière première — le service de communication du groupe Beriens avait bien su s'y prendre.

Pierre n'était pas certain que ses parents aient jamais eu les compétences requises pour transformer leur lait en ces matières jaunes, fondantes et tristes.

L'ouest de la France, si l'on en retranchait la pointe, pittoresque, vivante et touristique, était la région la plus mélancolique du monde. Les gens avaient là le bonheur en horreur.

Cette haine expliquait sans doute la fortune de

son grand-oncle — une haine vengeresse. Il avait voulu repeindre la terre aux couleurs du ciel, et il y avait mis une énergie désespérée. Ses camions toupies transportaient tout autour du monde une couleur collante, liquide et lourde, qu'il fallait se dépêcher de transformer en pierre.

Pourquoi Argel? Pour se punir de quel crime, alors qu'il était encore innocent au moment de son arrivée?

Il repensait à l'incroyable joie qu'il avait ressentie en voyant le panneau blanc liséré de rouge qui annonçait l'entrée dans la commune. Il avait cru trouver là un destin et une consolation.

Il avait cru que l'Histoire pourrait se relever et qu'il serait son sauveur.

Il ne croyait pas en Dieu — ses parents, premiers barbares de leur race depuis plus d'un millénaire, n'avaient pas fait baptiser leur fils; il n'était pourtant même pas un païen.

Son sang était resté démocrate. C'était un faible. On avait assassiné son âme.

Il décida de se tuer aussitôt.

Il se releva brusquement et se cogna la tête contre le coin d'une étagère.

Il dut se rasseoir.

Il s'écoula un certain temps. Le sang ruisselait sur son visage. Des larmes roses tombaient sur son bureau. La plaie semblait profonde. Pierre jugea préférable de se rendre à la pharmacie pour acheter de l'alcool.

Il remonta la rue dans un état de grand vide. La porte vitrée automatique de la pharmacie s'ouvrit.

Une femme obèse expliquait au pharmacien ses problèmes de dos, très complexes. Seul son chat, en s'allongeant sur elle, parvenait à l'apaiser. Mais il se mettait parfois au mauvais endroit et la douleur s'aggravait sans qu'elle ose déloger l'animal. Le pharmacien lui recommanda une crème chauffante.

Pierre regardait ses énormes chevilles, que son pantalon moulant noir, trop court, laissait à découvert.

Il aurait fallu l'abattre, c'était insoutenable. Il le pensait sans haine, avec miséricorde. Il aurait d'ailleurs volontiers accepté qu'on l'abatte également.

Le pharmacien interrompit soudain ses explications sur l'usage de la crème chauffante quand il vit le visage ensanglanté de Pierre. La femme, choquée de cette interruption, se retourna vers lui.

Il s'évanouit en se demandant comment un visage pouvait supporter d'aussi grosses joues.

Pierre resta hospitalisé toute une nuit en observation. Ses constantes vitales étaient excellentes mais son cerveau était encore ralenti. Il songeait au Grand Fleuve européen mais n'en saisissait plus les enjeux géopolitiques. La mer s'était retirée depuis longtemps, laissant la place à une couche de craie éblouissante, quand il finit par s'endormir.

Il reçut à son réveil la visite de la femme obèse de la pharmacie. L'amie des chats révélait là un sens aigu de la compassion humaine. Elle était plus jeune que dans son souvenir, et son visage, malgré ses joues énormes sur lesquelles affleuraient des veines bleuâtres, avait quelque chose d'agréable. Ses yeux, la seule partie de son corps qui n'était pas grosse, étaient beaux.

Elle proposa de le raccompagner. Il accepta.

Elle rentrait difficilement dans sa Clio rose, pourtant spécialement aménagée : c'était une voiture pour handicapé, avec une boîte automatique et une pédale d'accélérateur manuelle située près du volant. Elle expliqua à son passager qu'elle souffrait de problèmes vasculaires qui rendaient ses jambes récalcitrantes.

Pierre trouva cela charmant. Dans une situation similaire, il aurait probablement arrêté de conduire.

Elle s'appelait Caroline et elle sentait, relativement à son état général plutôt catastrophique, extrêmement bon. Pierre se demanda ce qu'elle pouvait manger pour être aussi grosse. Il ne vit aucun emballage de bonbons ou de barres chocolatées dans la voiture.

Elle le déposa devant chez lui et reconnut la maison. Elle avait été à l'école avec son cousin et avec son frère, mais ne se souvenait pas de lui, qui devait être plusieurs classes au-dessus d'elle.

Pierre n'osa pas l'inviter mais, en l'embrassant pour lui dire au revoir, il sentit une légère érection et passa le reste de la journée à tenter de se souvenir de l'odeur de Caroline, un mélange d'abricot et d'amande, de shampoing et d'après-shampoing.

21

Clément avait hérité d'un chantier sans grands enjeux archéologiques : on avait retrouvé, sur le territoire de la commune d'Argel, les vestiges d'une villa gallo-romaine, vestiges ordinaires, et abondamment documentés, de l'une des structures de base de l'économie rurale de la première moitié du premier millénaire.

L'intérêt principal du chantier consistait à déterminer si, comme dans la théorie classique, le bocage succédait immédiatement à la forêt ou s'il était apparu, ce que de plus en plus de travaux semblaient montrer, à un stade plus tardif : le déclin des systèmes déjà centralisés et ouverts, de type latifundiaire ou monastique — responsables de l'essentiel du défrichement —, aurait donné naissance à cette agriculture morcelée, dont l'apparente vétusté productive dissimulait en réalité une extrême modernité sociale, le bocage marquant, comme les lotissements pavillonnaires de la fin du XXe siècle, l'accession presque universelle à la propriété privée.

Paradoxalement, le chantier exigeait la destruction préalable d'une ferme, située sur le tracé de la LGV.

Vaultorte était une exploitation moderne. La plupart des bâtiments étaient de simples hangars en tôle posés sur des dalles de béton. Une pince hydraulique les démantela facilement. Le silo se fendit, craqua et disparut en quelques secondes. Clément remarqua alors, sur le sol, les traces circulaires d'un ancien incendie.

La maison principale en brique fut, elle, détruite à la pelleteuse. Ses éléments épars furent ensuite rassemblés en un tas que Clément se plut à examiner minutieusement. Certaines briques arboraient encore, sur l'une de leurs faces, les fragments d'un papier floral. Les archéologues du futur auraient sans doute comparé les variétés représentées aux différents types de pollens trouvés dans les déjections animales fossiles du site. Le caractère non local des fleurs les aurait surpris — la présence d'edelweiss était particulièrement étonnante dans une région d'aussi basse altitude. Ils auraient alors établi des hypothèses, qu'ils auraient classées selon leur degré de probabilité : souvenir d'un voyage de noces dans les Alpes, nostalgie du monde sauvage dans une aire géographique où la domestication des graminées avait atteint un stade industriel, incantations médicinales.

Des carreaux de faïence bleu et blanc présentaient, un peu plus loin, des motifs liés à l'économie domestique et aux pratiques alimentaires : poules, casseroles, fourchettes, etc. Ces décalcomanies donnaient une indication fiable sur l'orientation des carreaux au moment de leur cuisson. La direction des oxydes magnétiques, qui s'étaient immobilisés au moment de la cuisson, pouvait alors désigner, si l'on parvenait à déterminer leur année de fabrication, l'emplacement exact du four utilisé — on disposait de cartes précises indiquant la déclinaison du pôle magnétique durant les trois derniers siècles.

On abattit enfin une loge de grandes dimensions et l'on rassembla, dans un tas séparé, les longues poutres en chêne de sa charpente, tordues par le temps. On aurait facilement pu les dater grâce aux techniques de la dendrochronologie — la chronologie du chêne dans l'ouest de la France était parfaitement établie.

Clément savait cependant qu'aucune méthode de datation n'était irréfutable. Il y avait, au mieux, un faisceau d'indices convergents.

Mais il suffisait, cette fois, de consulter le registre cadastral d'Argel.

Le site fut rapidement déblayé de ces décombres modernes. Le travail archéologique commença.

Clément avait tout le printemps pour fouiller la zone, à la tête d'une équipe d'une dizaine de personnes.

Il pressentait, étant donné l'excellente qualité de la terre de Vaultorte — il était à cet effet allé interroger ses anciens exploitants, les parents de Pierre et de Yann Piau —, que la villa révélerait bientôt des dimensions spectaculaires.

Taulpin-Rail laissa deux pelleteuses à la disposition des archéologues. Elles assurèrent la plus grande part des travaux de déblaiement — les espaces entre les vestiges bâtis, attestés sur les photographies aériennes et confirmés par les premières tranchées, devant *a priori* être vides. On tamisa néanmoins la terre à la recherche de fragments de poteries.

On fut beaucoup plus délicat avec les autres zones du chantier. L'équipe dévoila la chronologie du site, en déblayant les couches stratigraphiques dans l'ordre inverse de celui du temps et en effectuant des relevés précis des sols découverts.

Un spécialiste de micromorphologie passa une semaine sur le chantier : en déterminant le nombre de fragments microscopiques issus de la roche mère présents dans les couches arables fossiles — de la terre surchargée en azote et en carbone —, il pouvait, grâce à un modèle informatique, calculer à quelle profondeur et à quelle fréquence la terre avait été labourée. À Clément, ensuite, d'utiliser ces données pour déterminer quels outils avaient été utilisés, par quels types d'agriculteurs et pour quels types de culture. Il pourrait croiser ces résultats avec les données carpologiques collectées par l'un des membres de son équipe, qui recherchait dans les échantillons de terre qu'il examinait au microscope des traces d'écorces de graines.

Clément établit aussi la carte des unités stratigraphiques du site et partit à la recherche d'une solution élégante aux énigmes qu'elle lui posait — jeu logique dont la résolution permit à Clément de supporter les ennuyeuses premières semaines du chantier. Divers événements avaient en effet affecté ces unités stratigraphiques, rendant complexe l'établissement d'une chronologie rationnelle. Des puits avaient été creusés et remplis ultérieurement d'un matériel anachronique. Clément dut tenir compte de ces enclaves de futur emprisonnées au milieu du passé. Inversement, les structures bâties à partir de matériaux locaux devaient être interprétées comme des jets de passé dans la direction du futur.

Clément, à l'aide d'un logiciel spécialisé, accomplit, après plus de deux millénaires de labours successifs, un ultime labour suivi d'une dernière moisson informationnelle. Il ne lui fallut qu'un temps de calcul très court pour que la terre, nettoyée de ses lourdeurs collantes comme un programme qu'on débugge, redevienne transparente.

On exhuma enfin des murets en pierre et le sol en terre battue qu'ils enserraient deux mille ans plus tôt.

Tout fut mesuré et introduit dans une base de données qui compilait des données chiffrées sur les centaines de villas exhumées en France depuis un demi-siècle.

Le Vaultorte primitif était de taille moyenne. Il avait dû employer, au maximum, une trentaine d'ouvriers agricoles ou d'esclaves — cela restait à déterminer. On distinguait bien le dortoir et la remise. La maison du contremaître était entre les deux, celle du propriétaire se trouvait sous les fondations de la ferme détruite.

L'organisation sociale d'une exploitation agricole au temps de l'Antiquité tardive était soudain révélée. Clément chercha le cadre interprétatif le mieux adapté.

L'agriculture antique avait déjà servi de support à plusieurs théories.

Marx était parti des connaissances de son temps sur les exploitations latifundiaires romaines pour donner à sa théorie de lutte des classes toute son ampleur historique.

Frazer, fondateur de l'anthropologie religieuse, avait fait de la distinction entre *ager* et *silva*, espaces cultivés et espace sacré des forêts, telle qu'elle se manifestait dans le culte rendu à la déesse Diane, autour du lac de Nemi, près de Rome, l'un des éléments clés de ses analyses.

La Germanie, de Tacite, avec ses visions terrifiées de la forêt hercynienne, frontière que la civilisation ne pouvait franchir mais qui servait, en retour, de contre-modèle à l'Empire romain tout entier, était souvent considérée comme un des tout premiers textes d'anthropologie. Il en était de même du texte de César sur la Gaule chevelue. On y apprenait qu'il avait attaqué les Vénètes par la mer — ce qui tendait à montrer que les forêts orientales de la Bretagne étaient alors encore plus inhospitalières que ses côtes aux mouillages difficiles.

Vaultorte avait peut-être représenté l'une des bornes occidentales de la civilisation.

C'était une vision sans doute un peu excessive ; Clément abandonna assez vite cette hypothèse romantique.

Il n'y avait rien à Vaultorte, il ne s'y était jamais rien passé et il ne s'y passerait jamais rien.

La villa n'avait fourni aucune information nouvelle et serait à raison bientôt détruite pour laisser passer des trains au-dessus d'elle.

Aucune de ses structures rectangulaires ne présentait de singularité architecturale. On avait ici cultivé du blé jusqu'à ce que les frontières orientales de l'Empire romain s'effondrent. Les peuples de l'Est avaient alors causé d'irréversibles dommages à l'économie rurale de la région, avant que le système féodal ne rétablisse progressivement les rendements passés. Des serfs avaient travaillé pour le seigneur local, dont le château était encore situé en contrebas de la modeste falaise. Il y avait eu le temps long de leur émancipation progressive et le temps rapide de la Révolution française — un massacre de chouans ou de sympathisants réfractaires aux conscriptions de 1793 était attesté près d'ici. Il y avait eu enfin la machine à vapeur et le remembrement consécutif au percement de l'autoroute. Fait exceptionnel, le terrain que Clément avait fouillé était resté, jusqu'à son rachat récent par Réseau Ferré de France, propriété du marquis d'Ardoigne, qui vivait toujours dans le vieux château familial.

Clément avait contribué à trancher cette longue traîne de l'histoire féodale.

Il pensa à l'accélération de l'histoire — sensible depuis deux ou trois siècles mais ressentie universellement depuis que l'homme s'était épris de machines dont la durée de vie commerciale excédait rarement deux ans. Cette inflexion verticale du temps remontait en réalité au Néolithique, aux premières graminées qu'on avait entrepris de domestiquer, en même temps qu'on commençait à parquer les bêtes.

L'homme connut, avec le chien, sa première réussite dans le domaine de l'ingénierie du vivant. On entendait encore, quand le soir tombait, les descendants les plus récents de cette espèce hybride. Ils continuaient à servir, comme au début des temps, de sirènes d'alarme et de pièges tranchants. Le chien tournait autour de l'homme depuis des centaines de générations. Leur synchronisation, comme l'orbite enspiralée de la Lune autour de la Terre, était spectaculaire.

Les chiens avaient d'abord gardé les tribus primitives. Leurs pattes légères avaient marché sur les cendres encore chaudes des essarts. Ils avaient dormi contre le ventre des hommes quand les nuits étaient froides. Ils étaient partis en étoile autour des premiers campements pour chasser le gibier obscur. Ils avaient attaqué les loups, leurs frères devenus leurs ennemis, et rapporté leurs dépouilles en trophée aux pieds de leurs nouveaux maîtres.

Devenu enfin autonome au terme d'un long processus de civilisation, l'homme avait appris à se procurer seul sa nourriture. Son compagnon de chasse resta dès lors aux lisières des supermarchés, attaché à des crochets en métal près des portes automatiques. Son maître maîtrisait désormais seul les secrets de vie et de mort nécessaires à sa survie — des publicités en couleurs lui avaient délivré des informations fiables sur les plantes qu'il pouvait consommer, le gibier, inoffensif, gisait en morceaux dans des bacs. Des messages sanitaires répétés l'avertissaient des risques d'empoisonnement résiduels.

Mais dans les supermarchés, dans les rues des villes, partout, les hommes étaient plus solitaires encore que les anciens chasseurs.

Alors ils reprogrammèrent le chien pour lui apprendre la consolation et l'amour. Le chien, animal désormais entièrement domestique, ne remplit bientôt plus que des fonctions sentimentales.

Dressé, depuis un demi-siècle, à l'exercice mimétique des fonctions humaines de haut niveau, miniaturisé pour lui permettre d'atteindre, dans des sacs ou des manchons qui se portaient près du corps, un état de parfaite symbiose, mais gardant, dans ses mâchoires, les structures musculaires vestigiales qui lui avaient servi à arracher les artères carotides de ses proies, le chien manifesta alors des attitudes inédites ; il accéda bientôt à la jalousie et au ressentiment et commença à s'en prendre, de plus en plus fréquemment, à son principal rival sur le marché de l'attention et du soin. Une fillette d'Argel s'était ainsi fait arracher, au début du printemps, tout le bas du visage par le caniche de sa grand-mère. Elle avait survécu mais resterait probablement défigurée.

Le cas n'était pas isolé. On comptait plus d'accidents de ce type que d'accidents agricoles.

On assistait, sans doute, à la dernière phase de la domestication, sa phase décadente, comme, peut-être, aux premiers signes d'épuisement de la race humaine.

Cette intuition amena Clément, alors qu'il se baladait au crépuscule dans les ruines boueuses de son chantier, à un ensemble de réflexions mélancoliques sur l'histoire de la vie.

L'espèce humaine représentait l'une des lignes de fuite des premiers êtres vivants unicellulaires : quelque chose de ni tout à fait programmé ni identifiable à l'avance — mais incontestablement l'une des portes de sortie du vivant à travers le labyrinthe du temps. Clément avait été marqué par la réflexion d'un biologiste : l'évolution n'était pas un calcul, mais une course à l'aveugle à travers un champ de mines. Pourtant, l'intelligence humaine — le simple produit accidentel d'un parcours hasardeux — avait fini par émerger. Il y avait eu, à l'extrême fin des temps, quelque chose de raisonné, qu'on appelait l'histoire. L'homme avait fait des projections. Il avait eu une pensée stratégique. Il avait développé des techniques de plus en plus sophistiquées et prévu leurs trajectoires. Il était allé sur la Lune. Cela ne pouvait être absolument accidentel. Il y avait eu un programme. L'histoire, pour autant, n'était pas captive. Elle était aveugle et cruelle.

Il existait pourtant des blocs de calcul particulièrement homogènes qui semblaient délivrés du hasard. Il avait vu, dans son enfance, deux grands systèmes de régulation concurrents s'opposer, avec succès, dans l'espace intersidéral. Cela dépassait les compétences du hasard.

Clément avait aussi vu le mur de Berlin s'effondrer et la construction européenne devenir, pendant quelques années au moins, un idéal collectif partiellement réalisé. Il appartenait à la seconde génération d'hommes qui n'avaient jamais connu la guerre. Quelque chose s'était manifesté : une maîtrise particulière des événements, un cristal de rationalité presque sans aucun défaut. La chose était bien sûr fragile, et surtout peu aimée. C'était différent de ce qu'on avait connu jusque-là. C'était technocratique plutôt que passionnel — c'était la grande nouveauté en termes de philosophie de l'histoire, par rapport aux théories habituelles qui faisaient des passions les seuls moteurs du processus historique.

Clément avait entrevu, dès l'école primaire, le caractère quasi providentiel de la construction européenne, et il continuait à croire en cette théodicée. Il avait conscience d'être devenu minoritaire. La communauté des archéologues, plutôt d'extrême gauche, considérait Bruxelles comme une incarnation du mal.

Clément s'intéressait au fond assez peu à la politique.

Il préférait fermer les yeux et entrevoir des formes — il le faisait depuis l'enfance. Ces formes avaient été longtemps menaçantes. Il arrivait, maintenant, à maîtriser ces visions.

Il envisageait l'archéologie, avec ses gestes répétitifs et la concentration constante qu'ils exigeaient, comme un exercice spirituel. Cela le préparait, par la manipulation d'objets simples et concrets, à manipuler des objets abstraits et immensément lourds. L'histoire humaine était l'un d'eux, l'histoire de la vie sur terre en était un autre. Il y avait, au-delà, dotée d'une masse infinie, la structure même du temps.

Clément parvint ce soir-là beaucoup plus loin qu'il n'était jamais parvenu.

Un chien hurlait à intervalles réguliers et l'aidait à moduler ses pensées sur un rythme spécifique — à la fois sauvage et domestique.

Il vit d'abord la course autour du temps des molécules. Le temps était leur seule possibilité d'évolution. Ne pouvant interagir avec leur essence propre ni la manipuler, elles tournaient sur elles-mêmes dans toutes les directions possibles comme les molettes à combinaisons multiples des coffres-forts. Elles cherchaient le chemin étroit, le clic libérateur, la conjonction dernière. Elles se cassaient souvent et plus rarement s'ajustaient l'une à l'autre, restreignant ainsi leur capacité d'évolution, se gênant elles-mêmes et voyant diminuer leurs chances de trouver des issues exploitables dans un temps fini.

Le crible du temps les massacrait presque toutes, quand le Soleil ne les déchiquetait pas.

Elles grandissaient, pourtant, et s'essayaient à de nouvelles fonctions. Elles apprirent la symétrie, qui leur permit de multiplier leurs chances. Elles grossirent assez pour être entraînées, par-delà le champ de force constant et monotone du mouvement brownien primitif, par les mouvements de balancier plus doux de la gravité. Elles développèrent un sens tactile qui leur permit de découvrir l'existence conjointe de molécules voisines. Certaines manifestèrent une propension à rester groupées pour articuler ensemble des fonctions communes. Elles virent défiler les formes géométriques simples qui leur étaient accessibles. Certaines formèrent des ensembles presque fermés — fermés dans la mesure où les molécules entrantes devaient être sélectionnées par les molécules qui définissaient l'horizon jaloux de ces tout petits mondes.

Le désordre extérieur était provisoirement écarté.

Le hasard disposait désormais d'une fenêtre de tir plus longue pour établir ses plans paranoïaques.

Ce fut comme une prédestination pour certains agencements timides : ce qui avait été le plus fragile et le plus rare devint récurent et solide ; ce qui était complexe devint facile et ce qui était simple devint difficile.

Tout s'accéléra. La vie ressemblait à un état de grâce : les choses tenaient entre elles plus longtemps qu'elles n'auraient dû et s'entraidaient même à tenir plus longtemps encore.

Ces mondes surent bientôt générer des molécules qui devaient rester, pour toujours, leurs prisonnières et ne jamais rien connaître du monde extérieur.

L'une d'elles avait pour fonction de photographier le temps et d'en fixer les contours avec une netteté unique.

Les molécules tournaient autour d'elle ; elle était immobile au centre du mouvement des choses. Devenue le moteur d'un mécanisme immense, elle projetait dans l'espace et le temps des images articulées d'elle-même.

Si les lois sont exclusivement ce que font les choses et ce qu'il leur reste à faire dans un temps infini, cette molécule acide établit une percée. L'univers, filtré par ses deux bras en spirale, apprit des attitudes nouvelles — une précision inédite, des débattements nouveaux, des formes imprévues.

Le temps devint une fonction domestique de ce robot moléculaire.

Une molécule à triple spirale, le collagène, permit bientôt l'érection d'isolats complexes, mobiles et gravitaires. Il n'existait plus de force capable de résister, localement, à la vie. La vie était devenue une force physique.

S'exerçant sur la surface limitée d'une sphère, elle fut très vite rattrapée par ses propres interférences. Il y eut de nombreuses abrogations de son signal, mais quelques renforcements se produisirent.

L'histoire humaine, fonction dérivée des 86 degrés de liberté du corps humain, était l'un de ceux-ci.

La topologie du champ de mines dans lequel elle évoluait demeurait mal connue.

L'archéologie fournissait encore trop peu d'informations sur sa métrique.

La découverte d'une forte inflexion, correspondant à la révolution néolithique, avait moins d'un siècle. Clément notait cependant qu'aucune piste de réception n'avait encore été découverte de l'autre côté de ce tremplin.

L'histoire humaine adoptait un profil vertical, et progressait, à mains nues, sans filet ni protection d'aucune sorte — si l'on faisait le deuil de l'existence d'un Dieu capable de retenir ou de tirer à lui cet improbable filet de molécules.

22

Depuis l'autoroute, Argel apparaissait hors du temps.

Cette impression était surtout liée à la vitesse, qui empêchait de voir les signes qui attestaient de la modernité du village. Il existait des villages conservés ainsi, par une sorte de magie touristique. Mais Argel avait bien rejoint le temps. L'ancienne église avait été remplacée à la fin du XIXe siècle par une église plus grande et plus fonctionnelle.

Plus généralement, le machinisme industriel, contrairement à l'idée couramment admise, s'était toujours développé autant dans les campagnes que dans les villes. Les champs furent, à partir du XIXe siècle, transformés en usines à ciel ouvert, usines chimiques, dans un premier temps, avec l'épandage des engrais, puis usines mécaniques, où les machines présentaient la particularité de n'être pas fixées sur le sol, mais d'évoluer librement au cœur du processus productif.

La campagne n'avait peut-être jamais existé. Dès le XVIIIe siècle, les physiocrates l'avaient décrite comme une gigantesque usine à produire de la richesse. Les archéologues, en inventant le Néolithique, n'avaient fait que confirmer cette intuition. La vision romantique d'une campagne figée, pittoresque et traditionaliste était globalement infondée ; c'était l'invention de l'agriculture qui avait lancé le processus historique et accouché de l'idée de progrès.

On avait construit des lotissements tout autour d'Argel, apporté l'eau, l'électricité, le téléphone, Internet. Seul manquait le raccordement au réseau de gaz ; les habitants d'Argel devaient, pour cuire leurs aliments, acheter le butane sous une forme condensée et liquide, commercialisée dans des bonbonnes vertes ou bleues que les plus âgés étaient incapables de sortir seuls de leur voiture. Le micro-ondes, vendu avec des livres de recettes audacieuses et des accessoires qui permettaient d'y cuire des œufs sans les faire exploser, avait alors pu apparaître, au milieu des années 1980, comme une solution de remplacement viable ; conçu à l'origine pour fonctionner en symbiose avec les congélateurs remplis de plats préparés des citadins actifs, le micro-ondes atteignit des taux de pénétration record dans les villages de campagne isolés — Pierre se faisait ces réflexions alors qu'il achetait justement une bonbonne de gaz au Marché U d'Argel.

C'est là qu'il croisa Caroline, qu'il n'avait pas revue depuis qu'elle l'avait ramené de l'hôpital. Par curiosité, Pierre l'accompagna pendant qu'elle faisait ses courses — il se demandait quelle était la base de son régime alimentaire. Elle acheta d'abord de la litière et de la nourriture en boîte pour son chat, ainsi qu'un sapin odorant à la vanille pour sa voiture. Puis elle prit plusieurs assortiments de viennoiserie industrielle, une bonne dizaine de tablettes de chocolat de toutes sortes, des pizzas surgelées et des mélanges printaniers aux légumes. Rien de très équilibré, mais rien de catastrophique non plus. Elle délaissa le rayon des sodas comme celui des alcools, évita le saucisson comme les gâteaux apéritifs et acheta même des concombres, des tomates et plusieurs salades.

À la caisse, il ressentit une vive excitation sexuelle à l'idée qu'il pourrait probablement l'aider à ranger ses courses.

Caroline avait salué, dans les rayons, quasiment tous les clients et s'engageait à présent dans une conversation avec la caissière. Pierre réalisa alors qu'elle connaissait tout Argel.

Il l'aida à vider son coffre puis à remplir son congélateur. Il se blessa la main contre les parois gelées en tentant d'introduire une quatrième pizza. Elle prit sa main pour examiner sa plaie. Sa peau était fabuleusement chaude. Sa bouche devait l'être encore plus. Son vagin, d'une température inimaginable.

Ils s'embrassèrent sans même prendre le temps de fermer le congélateur.

Pierre fut agréablement surpris par la qualité de son épilation intime. Il introduisit d'abord son doigt ensanglanté en elle sans qu'elle manifeste la moindre gêne. Elle se contractait au contraire avec une énergie bienveillante.

Pierre pensa à des déesses préhistoriques en la pénétrant.

Il fut déçu de jouir à contretemps, en ressortant d'elle, mais revint vite s'enfoncer le plus profondément qu'il put. Il vit alors, avec un léger dégoût, les plis blancs qui marquaient son cou gras quand elle rejetait la tête en arrière. Il n'osa pas toucher ses seins de peur d'une déception nouvelle. Mais ses yeux, maintenant à demi fermés, gardaient une très belle forme, qui rappelait à Pierre les arcs de décharge aveugles noyés dans les vieux murs en pierre.

Deux mois plus tard, il emménageait chez elle.

Caroline connaissait tout Argel. On pouvait même lui attribuer, si le mot n'avait pas eu quelque chose d'aussi péjoratif, la fonction de commère. Elle rapportait à Pierre tous les événements du village.

Elle se renseignait essentiellement à la pharmacie, où elle se rendait quotidiennement. Personne ne pouvait tomber malade sans qu'elle en soit aussitôt informée.

Caroline surprenait chaque jour Pierre par sa gentillesse et ses attentions — gestes d'affection simple que sa masse rendait souvent héroïques.

Soucieux de sa santé, Pierre l'incita à faire un peu d'exercice.

Ils prirent donc l'habitude de se promener chaque soir à la tombée du jour. Leurs balades les menaient dans un premier temps jusqu'à l'église, dont ils faisaient le tour avant de s'asseoir dans le jardin de l'ancien presbytère. Ils attendaient là que Caroline reprenne son souffle, en regardant les camions de l'autoroute disparaître derrière les collines lointaines avant de reparaître de l'autre côté de l'horizon.

Le chantier du TGV était encore invisible, mais Pierre projetait d'acheter des jumelles pour en discerner la longue incision.

Pierre fixait aussi le château d'André Taulpin pendant de longues minutes : toujours aucun message, aucune instruction — le pacte qu'il avait dû signer avec le vieil homme ressemblait de plus en plus à un rêve.

L'endurance de Caroline s'améliorait à mesure que les jours rallongeaient. Dès le mois de juin, ils purent entreprendre des promenades plus longues, qui incluaient des dénivelés importants — Pierre l'aidait alors, dans des chemins creux où personne ne pouvait les voir, avec tendresse et patience. Il lui acheta même un petit trépied pliable de pêcheur, non sans inquiétude quant à sa solidité.

Il résista, malgré les proportions écrasantes de Caroline.

Plusieurs ruisseaux prenaient leur source autour de la colline d'Argel. Des chemins de terre permettaient d'en suivre le cours sur quelques centaines de mètres et de rejoindre l'Ardoigne. Pierre et Caroline, émerveillés par la nature, la transparence des feuilles et la simplicité de leur amour, découvrirent des moulins oubliés, des passages à gué, des granges en ruine et, au terme de l'une de leurs plus longues promenades, une station d'épuration automatisée cachée au fond d'un val.

Pierre et Caroline élargirent encore le cercle de leurs balades.

Argel était entouré de routes labyrinthiques, qui rejoignaient les cours des fermes les plus reculées, où elles venaient mourir dans la gueule rougeâtre des chiens.

Il existait cependant, pour le marcheur expérimenté, des chemins secrets qui permettaient de connecter l'une à l'autre deux voies sans issue, pour décrire autour d'Argel des boucles de quelques kilomètres ; Pierre et Caroline s'aventurèrent ainsi à travers les ronces et les orties des vieux chemins de ferme.

Pressés par un orage de juillet, ils durent traverser, un jour, la longue allée qui menait au château du Val. Il ressemblait à un monastère, avec ses rangées de fenêtres régulières et son toit d'ardoise pentu. On distinguait seulement une complication sur son côté droit, où deux tours se détachaient, vestiges probables d'un château fort progressivement absorbé et détruit. Le château évoquait un très ancien mécanisme que le temps aurait lentement actionné, recombinant ses formes pour suivre, de très loin et avec une certaine hauteur, les modes architecturales successives du royaume de France.

Il dégageait une impression de prestige triste. À l'exception des fenêtres, aux pourtours incrustés de pierres blanches, il était entièrement construit en pierres de schiste plates, retenues de glisser par la légère inclinaison des murs. Mais ces murailles sombres et lourdes étaient surmontées d'un toit presque triomphal, formant une double pente aiguë, comme un coin enfoncé dans le ciel et préparé à en recueillir les innombrables pluies. Couvert d'ardoises, il passait, en fonction des nuages, du noir mat à l'argenté le plus éclatant, quand une éclaircie le rendait plus brillant qu'un miroir — le soleil semblait alors siffler sur ce biseau de verre.

Pierre et Caroline n'osèrent pas s'avancer davantage, mais ils s'étaient désormais pris de passion pour les châteaux du voisinage.

Ils découvrirent bientôt, sans parvenir à l'approcher, le château de la Ronce, dont la forme, qui rappelait, avec ses tours d'angle à toit conique et ses mâchicoulis décoratifs, un château fort, enchanta Caroline — Pierre tenta en vain de dénoncer l'imposture architecturale d'un édifice âgé, au mieux, de 150 ans, qu'on avait fallacieusement piqué aux coins sanglants du ciel.

Caroline fut impossible à convaincre. La faiblesse de son sens historique frappa beaucoup Pierre. C'était en réalité une faiblesse générale : tout ce qui avait plus d'un siècle était assimilé par 80 % de la population au Moyen Âge. Les films et les séries américaines qui représentaient des vampires ou des sorcières se contentaient de répliques grossières construites vers 1920 pour servir de bibliothèques à des universités ou de manoirs gothiques à des stars du muet. D'ailleurs, tout le monde associait un peu bêtement les sorcières au Moyen Âge, alors qu'on n'en avait jamais autant brûlé qu'à la Renaissance.

En s'intéressant à l'extrême droite, pendant ses années parisiennes, Pierre avait découvert l'importance, presque fédératrice, qu'y occupaient les thèses négationnistes. Il y avait là une sorte de jeu qu'il avait mis longtemps à appréhender.

Il savait qu'aucun historien sérieux ne pouvait contester la véracité historique de l'extermination des juifs d'Europe — le chiffre de 6 millions de morts aurait même dû plutôt réjouir les antisémites, puisqu'il transformait la défaite de 1945 en demi-succès. À la rigueur, constatait Pierre, on pouvait même considérer l'enchaînement des événements comme une parfaite réussite, l'ennemi d'hier, fortement diminué, se voyant offrir *in extremis* un État, lequel allait servir de poste avancé dans la guerre que l'Europe devrait dorénavant livrer à l'Islam, son plus ancien et son plus récent ennemi. Il y eut en ce sens quelques mouvements plutôt judéophiles, surtout à partir des années 1970, quand l'extrême gauche rejoignit la cause palestinienne. Pierre resta lui-même étranger aux séductions de l'antisémitisme, devenu au fil du temps, plutôt qu'une position politique cohérente, un sous-genre du roman-feuilleton, offrant à ses amateurs un complot pluri-millénaire et l'une des plus complètes, des plus paresseuses et des plus divertissantes explications du monde.

Mais les théoriciens d'extrême droite demeuraient largement négationnistes, et se voyaient, en tant que tels, fréquemment condamnés par la justice et bannis de l'enseignement.

Il y avait là, sans doute, quelque chose de l'ordre de la religion. Il fallait accomplir, mentalement, une sorte de conversion intellectuelle — croire à l'indéfendable, renoncer à la raison comme à la reconnaissance sociale, accepter d'être maudit de tous excepté des siens — pour renaître à soi-même, converti à une cause supérieure. C'était le premier stade. Il permettait d'accéder à la doctrine secrète de l'extrême droite : l'usage polémique de l'histoire, sa transformation en arme de guerre. C'était le sens ultime des idéologies réactionnaires, qui considéraient le progrès comme nul et non avenu, et qui choisissaient de lui opposer le passé, un passé tordu, déformé, réinventé, mais un passé encore radioactif, un passé plus vivant que le seul présent, lui-même aboli par la masse imbécile et transparente du futur.

Le négationnisme, figure de style imposée de l'extrême droite et démarche en tout point contreintuitive, possédait ainsi un charme étrange, qui restait cependant encore fermé à Pierre. Il y avait là, peut-être, se disait-il parfois, un outil merveilleux pour prendre possession du temps et l'aménager à sa guise. Cela lui évoquait la conception inversée du temps des anciens Mésopotamiens, pour lesquels l'homme tournait le dos au futur et avançait vers le passé, conception étrange qu'on devait bizarrement à la première civilisation capable de fixer, avec l'écriture, l'ordonnancement des choses passées.

Pierre se souvint alors d'une théorie d'origine russe qui l'avait un temps intéressé, comme forme extrême du négationnisme. Esquissée par un révolutionnaire russe au début du XXe siècle et théorisée par le spécialiste de topologie Anatoli Fomenko à la fin du deuxième millénaire, la Nouvelle Chronologie, surpassant toutes les théories du complot qui l'avaient précédée, considérait le Moyen Âge comme une imposture. L'adoption, à la fin du XVIe siècle, du calendrier grégorien par les pays catholiques, pour des prétendues raisons de correction astronomique, dissimulait en fait une vaste supercherie chronologique, décidée par quelques jésuites influents. Prétendant rattraper un retard de huit jours, on opéra en réalité un bond spectaculaire de mille ans : on était en 582, on passa en 1582. Des historiens faussaires financés par la Compagnie s'attachèrent aussitôt à remplir l'intervalle.

Ils se contentèrent de dupliquer, assez grossièrement, l'histoire antique : la guerre de Troie servit de modèle à l'invention des Croisades, les guerres médiques à la guerre de Cent Ans, la prise de Jérusalem à la chute de Constantinople.

Cependant, d'autres historiens défendaient l'opinion inverse, et considéraient plutôt l'Antiquité comme le double fallacieux du Moyen Âge, supprimant d'un coup le millénaire centré autour de la personne de Jésus.

Mais les conclusions de ces deux écoles s'avéraient dans l'ensemble identiques : il y avait mille ans de trop dans l'histoire du monde.

La Nouvelle Chronologie était une arme de guerre idéologique très facile à programmer.

On pouvait l'utiliser pour détruire la chronologie officielle des juifs — c'était l'usage le plus répandu — comme pour diminuer fortement le rayonnement de Rome : on pouvait en effet sauver l'une des deux Rome, l'antique ou la chrétienne, mais pas les deux. Les pays de constitution tardive, comme la Russie ou, encore mieux, les États-Unis, étaient eux largement épargnés. L'Islam était presque entièrement détruit.

Il était néanmoins difficile de souscrire à ces théories, dont l'application stricte impliquait des remaniements historiques qui devenaient très vite exponentiels. Pierre s'y était essayé pendant un certain temps, mais il demeura réticent quand il lui fallut fondre en un seul personnage Saint Louis et Constantin, Jeanne d'Arc et sainte Geneviève, Christophe Colomb et saint Patrick.

L'un des plus beaux esprits de tous les temps, selon le critère objectif fourni par la maîtrise répétée d'une combinatoire complexe, était cependant parvenu, au terme d'un effort intellectuel qu'on imaginait prodigieux, à adopter cette réforme : le champion d'échecs Kasparov soutenait Fomenko.

Cela laissait Pierre songeur.

L'histoire était par nature une science révisionniste, une forme de propagande. Elle était une activité universitaire depuis moins de deux siècles. Auparavant, elle avait toujours servi, c'était connu, les intérêts des vainqueurs. Établir la chronologie des événements passés était, avec la promulgation d'un code de lois et la pratique du recensement, l'un des grands attributs traditionnels du pouvoir. La Bible était à peine plus qu'un arbre généalogique qui visait à établir les fondements historiques du royaume du Christ. Cela, Pierre le savait.

Mais on avait mis en place des procédures scientifiques fiables d'estimation des dates.

La Nouvelle Chronologie ne remettait pas en cause l'usage du carbone 14. Elle notait simplement que l'on avait calibré cette méthode de datation sur une chronologie déjà défaillante. L'argument avait une certaine portée.

Pierre décida, à titre d'expérimentation, de récrire son essai sur le grand fleuve européen en prenant pour hypothèse de départ l'idée que César et Guillaume le Conquérant ne faisaient qu'un. Cela générait quantité d'hypothèses secondaires, certaines farfelues, d'autres tout à fait passionnantes. Il passa environ un mois à envisager toutes les implications de son nouveau système historique, en testant ce qu'il avait de plus aventureux sur le cerveau de sa compagne. Elle se montra un excellent cobaye, très réceptif et même passionné.

Pierre, attendant toujours les instructions de son grand-oncle pour connaître le rôle qu'il aurait à jouer dans son futur complot géographique, put ainsi reprendre la main en appliquant, cette fois-ci à l'histoire, des méthodes tout aussi brutales.

Il manipulait désormais une substance historique extrêmement instable. Il était ainsi parvenu à prouver, en s'appuyant sur la relation d'un raz-de-marée qui aurait détaché, en 709, les îles Anglo-Normandes de la péninsule du Cotentin, que les deux Bretagne, l'insulaire et la continentale, s'étaient séparées beaucoup plus récemment qu'on ne le croyait.

Pierre alla encore plus loin — Caroline était très permissive. Bientôt, il démontra que la guerre de Cent Ans s'était intégralement déroulée dans l'actuelle France. La Mayenne et la Manche pouvaient être confondues — un rapide exercice étymologique l'en convainquit, tout comme les esquisses topographiques qu'il dessinait hâtivement. Londres et Nantes étaient les mêmes villes — chacune située au bord d'un estuaire, chacune capitale d'une terre appelée Bretagne. Le Mans et Rennes étaient Calais et Douvres. Laval était une barge de débarquement symétrique assurant le passage des deux côtés de la frontière liquide.

C'était parfaitement grotesque, mais c'était une œuvre de combat, qui obligerait le champ historique institutionnel à prendre position contre lui — il fallait, Pierre en était désormais certain, ne plus considérer l'extrême droite comme une machinerie destinée à conquérir le pouvoir, mais comme un lent poison qui servait à détruire la machination progressiste qui s'était emparée de l'Histoire.

Pierre rêvait de pouvoir ainsi mettre fin aux mouvements fous du présent, pris entre progressisme convulsif et planification de la mémoire — double mouvement de vitrification et d'électrification du temps parfaitement symbolisé par une loi mémorielle honnie de l'extrême droite, loi qui portait étrangement le nom de l'ancien ministre communiste des Transports Jean-Claude Gayssot, loi qui n'était que la prise d'otage du passé par le plus capricieux des présents, loi qui au prétexte de condamner les pires historiens fragilisait le travail des meilleurs et n'était au final, en plus d'être une machine à rançonner les intellectuels non conventionnels, qu'une arme de destruction massive dirigée contre l'Histoire. C'était le fruit amer du temps, la sécrétion mauvaise de l'alambic de la modernité, de ce temps sans dedans ni dehors, de ce temps tournant en rond dans le désert et aussi incapable de désaltérer les hommes qu'une bouteille fermée. Pierre rêvait d'en casser le col d'un geste simple pour rétablir le temps dans ses droits — temps plein et absolu de l'Histoire, temps monumental et cyclique des Anciens, temps débarrassé des oppositions fausses entre droite et gauche et lassé de sauter, depuis des millénaires, entre les pointillés du progrès et de la réaction.

23

Pierre trouvait, avec l'été, de plus en plus de charme à Caroline. Proportionnelle à la quantité de peau qui entourait ses masses graisseuses, sa sueur était plus abondante que celle de toutes les autres femmes, mais elle sentait toujours bon — c'était une odeur douce, entêtante, proche de celle, un peu fermentée mais rassurante, d'une botte de foin frais. Leurs promenades quotidiennes lui avaient fait beaucoup de bien. Elle put bientôt abandonner ses bas de contention et ses problèmes de dos s'atténuèrent. Elle portait, le plus souvent, une simple robe à fleurs qui lui collait à la peau. Cela excitait beaucoup Pierre.

Il aimait aussi son visage. L'obésité ne l'avait pas écrasé, mais redessiné avec grâce. Ses joues rondes étaient délicieuses à embrasser, la graisse accumulée sur ses pommettes et son menton rehaussait l'ensemble et en accentuait le caractère féminin. Elle était très belle, en réalité.

Elle était aussi d'une grande douceur. Pierre avait pris, progressivement, la place de son chat — saturé d'amour, l'animal avait laissé la transition se faire sans protester.

Pierre lui faisait quotidiennement part de l'avancée de ses théories historiques. Elle discernait mal les enjeux politiques de ces rêveries bizarres, mais elle l'écoutait avec attention. Il y avait des châteaux, des mariages et des chevaliers. Cela ressemblait souvent à des contes de fées. Cela n'avait pas lieu dans le temps véritable.

Pierre refusait toujours, quand venait l'heure de leur balade du soir, d'aller jusqu'au château d'Ardoigne, le seul qui manquait à leur collection de paysages.

Il avait découvert l'existence de l'histoire en observant le sommet de ses tours. Il craignait d'être légèrement déçu par leur taille. Depuis qu'il était revenu vivre à Argel, il n'était jamais non plus retourné à Vaultorte — l'endroit lui était odieux.

La ferme devait d'ailleurs être abattue bientôt.

Ses parents n'avaient pas manifesté de dépit particulier à cette idée. Ils étaient des retraités relativement heureux, qui brûlaient ce qui leur restait de vie spirituelle dans les grandes surfaces de Laval : deux Leclerc et un Carrefour, une jardinerie Baobab, un Bricomarché et un Leroy Merlin.

Caroline finit pourtant par convaincre Pierre d'entreprendre cette balade.

L'Ardoigne, après la station d'épuration et le pont de l'autoroute — qui les obligea à monter sur une passerelle métallique fixée à la paroi de béton de l'une de ses piles —, retrouvait un parcours champêtre. Elle décrivait un méandre vers le nord jusqu'au château, en amont duquel elle se laissait traverser à gué sur les vestiges d'un affleurement rocheux.

Caroline passa la première. En voyant ce bloc de chair évoluer sur le chemin de pierres douces, Pierre ressentit, pour la première fois, un sentiment passionnel. Le monde entier, jusqu'aux limites exactes de la coupole du ciel, était rempli de son amour ; son amour était aussi solidement vissé au monde que les peupliers immobiles plantés au bord de l'eau, aussi dur que les falaises, aussi chaud que le soleil, aussi infini que les reflets de l'eau. Pierre cligna des yeux et les feuilles argentées des arbres lui répondirent, comme des millions de petits obturateurs fixant le bleu du ciel.

La chose malade qu'il avait vue le premier jour, à la pharmacie, était soudain devenue le centre vivant du monde.

Les veines abîmées de ses jambes dessinaient sous sa peau la carte énigmatique d'un pays appartenant au monde flou des rêves et gardé inaccessible par une fine pellicule de peau. Caroline était pour lui un pays entier ; il rêvait d'une existence autarcique, d'un destin de parasite, d'aoûtat ou de tique aveugle.

Les épaules de Caroline, son ventre, ses fesses, la totalité de son corps était faite d'une matière translucide et frémissante.

Elle avait, ce soir-là, quelque chose de sacré. Sa graisse aurait représenté, pour n'importe quelle civilisation préindustrielle, un scandale inégalitaire, une aberration économique. Elle aurait été la reine d'une tribu de chasseurs et la proie convoitée des tribus cannibales ennemies. On l'aurait gardée, la peau toute blanche, à l'abri de la lumière du jour dans des grottes profondes. Elle aurait été nourrie avec abondance, sachant tout, décidant de tout mais ne bougeant jamais. On aurait enduit ses escarres de décoctions médicinales et l'on aurait recueilli ses menstrues pour dessiner au mur des troupeaux apeurés. Ses mains épaisses auraient été lavées avec un soin infini par tous les sangs de la nature, ceux des baies et des fruits, et des monstres et des chiens. Elle aurait goûté tous les nectars et bu toutes les rosées. Elle aurait régné sur les choses vivantes et les choses immobiles, sur le cycle des guerres et celui des saisons. Elle aurait commandé, aux solstices, à des sacrifices cruels, et attendu le reste du temps le jour sacré de sa mort avec une contention extrême.

Le gué débouchait sur un petit pré en friche abandonné aux orties et aux ronces.

Caroline s'y engagea sans aucune hésitation. Les épines marquaient ses jambes de petites épingles de géolocalisation qui désignaient des lieux précis, à travers les plaques rouges déposées par les toxines des orties. Des fourmis vinrent s'y désaltérer. De plus en plus nombreuses, elles couvrirent bientôt les jambes de Caroline, qui les chassa d'un geste souverain, qu'elle accompagna d'une courte incantation en patois.

Alors Pierre comprit.

Il comprit d'où Caroline tirait l'essentiel de ses revenus, il comprit d'où venaient les jambons, les saucissons, les pièces de gibier, les paniers garnis, les bouteilles d'alcool qu'elle avait plusieurs fois rapportés, qui suffisaient à expliquer le désordre de son régime alimentaire et qui avaient conduit Pierre à envisager l'hypothèse, un peu fantastique, qu'elle se prostituait — il n'avait cependant pas osé lui demander directement, mais il avait voulu connaître son ancien métier : elle avait fait des ménages ; c'était ainsi qu'elle avait connu intimement tout Argel.

C'était peut-être vrai. Mais elle avait un autre métier, qu'elle avait continué à exercer malgré ses problèmes de jambes. Un métier qui expliquait pourquoi elle se rendait si souvent à la pharmacie, alors qu'elle n'y achetait presque jamais rien. C'était elle qui devait vendre discrètement quelque chose aux clients de passage. Quelques paroles, un peu de sel.

Caroline était née avec le don de repousser le mauvais sort.

C'était quelque chose avec quoi Pierre était familier et qui remontait à son enfance. Ses parents n'avaient jamais évoqué cela directement, mais on savait que certaines choses se produisaient. Quand une vache était malade, ce n'était pas toujours le vétérinaire qu'on faisait venir en premier. Il y avait eu aussi ces fermiers voisins, inexplicablement frappés par le sort : ils avaient perdu une fille, qui s'était accidentellement transpercé le palais avec un crayon, avant de perdre quelques années plus tard leur fils, qui s'était tué à mobylette dans la grand-rue d'Argel. C'était trop, pour une seule famille. Mais si l'on ne parlait jamais des contre-sorts, les sorts étaient encore plus tabous. On savait qu'il existait des rebouteux mais les sorciers n'existaient même pas à l'état d'hypothèse — cela aurait été trop dangereux.

Pierre savait qu'il était vain d'interroger Caroline. Tout cela devait rester secret. Il se demanda seulement depuis quelle époque reculée le don se transmettait de mère en fille — et probablement pas comme quelque chose de magique, mais comme quelque chose de naturel, de beaucoup plus naturel que toutes les autres choses.

Levant enfin la tête, Pierre aperçut, sur le sommet de la falaise, les contours articulés de plusieurs pelleteuses.

Ils s'engagèrent dans le chemin qui montait à travers une brèche rocheuse.

Il ne restait rien de Vaultorte. Même les champs avaient disparu. On avait supprimé d'un seul coup un immense rectangle de terre — celui sur lequel Pierre avait grandi.

Il fut incapable de retrouver l'emplacement de la ferme. Seul le pavillon de chasse, situé un peu à l'écart, était encore là, ainsi que les deux bâtiments en ruine de la ferme abandonnée où son père avait jadis élevé des poulets.

Pierre ne put retenir ses larmes.

Caroline lui prit la main.

Il ne vit d'abord de son frère, venu à leur rencontre, qu'une ombre démesurée et tordue par la structure en gradins du chantier, qui formait comme une pyramide aztèque inversée. Terriblement gêné à l'idée que Yann voie ses larmes, il détourna la tête quand il le reconnut. Mais, il s'en fit l'observation un peu plus tard, il ne lâcha pas la main de Caroline.

«On ne reconnaît plus rien, c'est spectaculaire. Et encore, tu aurais dû venir voir les fouilles, avant qu'on commence à tout détruire. Il y avait même, à la verticale du gros chêne de l'étable, un puits de plusieurs mètres. Une racine plongeait jusqu'au fond. Mais tout a été pulvérisé. Il ne reste rien. Tout a été vidé. Vaultorte et la villa romaine sur laquelle la ferme était construite. Le train va passer ici dans une tranchée, juste avant de traverser l'Ardoigne. Ça fait un peu bizarre. Tiens, regarde. »

Yann ramassa un morceau d'empreinte qu'un engin de chantier avait laissé dans la terre.

« Tu te souviens ? On ramassait ces choses, dans la cour de la ferme, et on les faisait sécher sur une planche, je ne me rappelle plus pourquoi. À l'époque, c'était les pneus du tracteur qui les laissaient. Tu as vu la taille de celle-ci ? Tu as vu la taille des engins de chantier ? Un seul godet peut soulever en une fois plusieurs tonnes de terre. Et en deux fois, les camions-bennes géants sont remplis. Je vais devoir surveiller ce beau bétail. »

La période de fouille archéologique avait exigé une protection minimale. Il s'agissait seulement d'assurer une présence permanente pour dissuader d'éventuels fouilleurs clandestins. Il fallait aussi, implicitement, protéger le chantier d'une occupation éventuelle, toujours possible en cas de découverte sensible. Les fouilles archéologiques préventives, dans la mesure où le commanditaire était l'opérateur de travaux publics, exigeaient un certain niveau de confidentialité. Il était interdit aux archéologues de communiquer des données partielles : les enjeux économiques étaient tels qu'il leur était demandé, sauf exception, de publier les résultats définitifs de leur fouille une fois les sites irréversiblement détruits. Il ne fallait pas tenter le diable.

André Taulpin avait confié à la société Piau la surveillance des fouilles et la sécurisation future du chantier. Yann avait déjà fait installer un grillage tout autour de l'aire vide, près du silo de la nationale, qui accueillerait bientôt les baraques préfabriquées du village de chantier. Il avait aussi mis sous alarme le parking où les engins seraient stockés la nuit — même revendus en pièces détachées ou au prix du métal, ils valaient tous les trésors archéologiques du monde.

Il était de plus nécessaire, pour la sécurité des opérations, de rendre le chantier inaccessible. Il existait, outre le risque d'écrasement, des risques réels d'éboulement ou d'affaissement de terrain. Les lieux seraient interdits par divers panonceaux, mentionnant le caractère privé de la zone de chantier, signalée par une simple clôture. Mais ils seraient gardés jour et nuit.

Piau-Sécurité aurait bientôt sous sa surveillance une bande de terre large de 100 mètres et longue de 100 kilomètres.

La quasi-totalité des terres de Vaultorte était incluse dans ce domaine.

Pierre n'osa pas demander à son frère si le squelette de son chien avait été exhumé.

24

Roland Peltier n'était pas parvenu à prendre la lettre de Foccart entièrement au sérieux. L'idée d'une société secrète millénaire était trop absurde pour lui. Ses révélations concernant sa disgrâce avaient de plus quelque chose d'humiliant. Cela ressemblait à une plaisanterie de mauvais goût.

L'ancien préfet avait relu la lettre des dizaines de fois. Au début, l'impression désagréable qu'il avait eue à sa première lecture s'était amplifiée. On s'était moqué de lui. On l'avait manipulé. On l'avait privé de la plus belle moitié de sa carrière — il aurait pu, peut-être, devenir commissaire européen au Transport, à l'Agriculture ou à la Politique régionale.

Pourtant, à force de lire et de relire la lettre, il avait fini par percevoir, derrière sa désagréable ironie, quelque chose de respectueux et de presque sacré. Foccart avait sans doute voulu qu'il accomplisse ce chemin, pour renforcer l'importance de son message, pour qu'il soit lu, et appris, comme une profession de foi.

Foccart, un vieil aristocrate et l'ancien *préfet* de la société secrète — Peltier n'osait, sans rougir, prononcer le prestigieux nom de celui que la lettre désignait, à demi-mot, comme son possible prédé-cesseur — auraient donc créé de toutes pièces sa rivalité avec Taulpin : Peltier avait compris à la pre-mière lecture de la lettre que celui-ci était l'adver-saire qu'on lui avait désigné.

On aurait fait en sorte que celui-ci acquière un pouvoir disproportionné, tandis que lui restait dans l'ombre, simple candidat possible à la succession de Foccart. Quand les choses s'étaient-elles déci-dées ? Quand avait-il été acquis qu'il représentait un adversaire crédible ?

On l'avait volontairement distancé, et éclairé sur son rôle près de cinquante ans après son adversaire. On l'avait même délibérément trompé en le lais-sant recourir pendant trop longtemps, pour moder-niser la France, aux services de son ennemi le plus acharné. Grâce à lui Taulpin avait eu accès au financement des partis politiques, grâce à lui il avait construit des centrales nucléaires, grâce à lui il avait pu déployer sur la France entière sa souverai-neté autoroutière. Pour la première fois peut-être depuis l'ère féodale, depuis les ducs d'Anjou, de Normandie ou de Bretagne, l'État avait à composer avec un adversaire presque aussi puissant que lui.

Le plan était-il à ce point diabolique qu'il avait fallu que lui-même participât à la création de son adversaire ? Cela pouvait expliquer pourquoi il n'avait appris que si tardivement son rôle exact dans l'économie du complot — même s'il avait pu, dès leur première rencontre au Gabon, mesurer la dangerosité de son futur adversaire.

La guerre s'était donc déclenchée sans qu'il le sache et il en avait perdu les premières batailles — Peltier connaissait depuis longtemps le rôle que l'industriel avait joué dans sa disgrâce : il était derrière le naufrage de l'aérotrain, derrière la découverte du pique-prune sur le tracé de l'autoroute A28.

Le vieux préfet en avait fait, bien avant la lettre de Foccart, l'affaire de sa vie. Il était venu habiter ici, presque sous les fenêtres de son château, pour surveiller le grand féodal dont il doutait de plus en plus de la loyauté — en cela le plan avait été parfait.

Leur guerre n'avait jamais cessé.

Peltier soutenait le projet d'aéroport de Notre-Dame-des-Landes, tandis que Taulpin finançait, *via* sa filiale Taulpin-Rail, le projet de LGV Ouest. Les deux projets étaient d'une certaine manière concurrents ; Taulpin soutenait probablement les militants anti-aéroport.

Notre-Dame-des-Landes devait être le chef-d'œuvre, sans doute posthume, de sa carrière d'aménageur. Situé entre Nantes et Rennes, il atténuerait l'ancienne rivalité des deux capitales régionales, tout en assurant le développement économique de la région. Le projet avait cependant perdu de sa superbe : l'aéroport, construit dans un territoire rural plutôt enclavé, devait à l'origine accueillir une gare TGV, située sur une nouvelle ligne reliant Rennes à Nantes. La ligne actuelle, passant par Redon, mettait les deux villes, distantes de seulement 100 kilomètres, à un peu plus d'une heure l'une de l'autre : sensiblement le même temps qu'en voiture. Relier les villes rivales était, pour Peltier, un impératif stratégique. On pouvait construire, autour de l'aéroport, la grande conurbation de l'Ouest. On changerait ainsi d'échelle. Les débats oiseux sur la réunification de la Loire-Atlantique et de la Bretagne, qui ne servaient, au fond, plus que les intérêts des nationalistes, seraient ainsi désamorcés. Une région nouvelle verrait le jour, un Grand Ouest englobant une dizaine de départements et doté d'une masse critique suffisante pour contrebalancer celle de l'agglomération parisienne. À plus grande échelle, il s'agissait aussi de rééquilibrer le développement spectaculaire des péninsules orientales de l'Eurasie — le pont de Normandie, première brique de la mégapole de l'Ouest, avait perdu depuis longtemps sa place de plus long pont à hauban du monde, au profit d'un pont situé dans la lointaine baie de Vladivostok.

Ce vaste projet continental avait été sacrifié. L'État avait choisi, par pure inertie jacobine, de privilégier la liaison Rennes-Paris à la liaison entre les deux capitales régionales. Une fois de plus, les radiales avaient été préférées aux transversales. C'était un nouveau triomphe pour le désert français et la preuve réitérée qu'un bon outil pouvait, sans bonne politique, se montrer néfaste. Le TGV Atlantique, en mettant Le Mans à trois quarts d'heure de Paris, avait ainsi transformé la capitale du Maine en ville de banlieue. L'attractivité de la capitale était trop puissante pour les villes intermédiaires. Et l'on s'apprêtait à dépenser de nouveaux milliards pour rapprocher Rennes de la capitale. Personne, à part lui, ne comprenait qu'on risquait là de dévitaliser toute la Bretagne. Le premier effet attendu, et déjà redouté par les locaux, serait l'envolée des prix de l'immobilier, consécutive à la préemption par les

Franciliens des rares maisons blanches avec vue sur la mer disponibles.

Le centralisme demeurait la grande maladie des élites françaises.

Mais l'ennemi auquel Peltier faisait face était en réalité plus dangereux encore que le jacobinisme. Ce n'était pas un ennemi loyal, qui avait une vision métaphysique du monde différente de la sienne, tout en restant accessible à la négociation. Ce n'était pas la droite contre la gauche, ni un modèle de développement concurrent du sien. Il n'y avait pas de complot dans l'État ou de faction rivale à désarmer. Il y avait un complot contre l'État lui-même, et celui-ci avait été parfaitement monté grâce au recours à un partenariat public-privé : ces trois mots alignés représentaient pour Peltier la formule même de la dissolution de l'État derrière des intérêts particuliers, son inféodation paradoxale à l'un de ses vassaux, l'abandon de sa puissance, de sa capacité à financer l'avenir et à maîtriser le temps pour devenir, en son cœur régalien, là où les grands projets d'infrastructure avaient jadis projeté ses territoires dans la dimension souveraine du Plan, le débiteur d'un groupe toxique et déterritorialisé.

Peltier avait fini par découvrir que, malgré les nombreux contrats publics qui étaient échu à son groupe, Taulpin finançait depuis toujours des mouvements indépendantistes centrifuges, en Corse, en Bretagne et au Pays basque.

Il n'avait jamais été inquiété : financier occulte du RPR, bienfaiteur de nombreux maires de gauche, bras armé de la Françafrique et ambassadeur du génie civil français dans le monde, il était intouchable.

Dans sa lettre, Foccart lui demandait de choisir entre trois adversaires : les antiques Sarrasins, les Slaves, terme qui devait recouvrir les communistes, ennemis de prédilection de son ancien mentor, et les Celtes. Était-ce une manière de l'avertir des vues secrètes de Taulpin, gardien de la Marche passé à l'ennemi et complotant pour obtenir l'indépendance de la Bretagne ? Se rêvait-il en roi d'Armorique, en empereur du Grand Ouest ?

Chaque mètre carré qu'il recouvrait de béton, chaque hectare de terre que ses engins de chantier aplanissaient serait alors arraché au domaine régalien pour rejoindre cet empire. C'était pour l'heure un empire immatériel et financier, un empire imaginaire. Roland Peltier était peut-être le seul à le considérer comme réel — avec évidemment André Taulpin lui-même.

La lettre de Foccart remettait aussi en scène, de façon plutôt inattendue, l'ancienne Marche de Bretagne, l'un des lieux symboliques de la constitution d'un royaume de France plein, homogène et pacifié. L'ensemble géographique qu'elle recouvrait aujourd'hui, morcelé entre plusieurs départements et finalement sorti de l'histoire après la contre-révolution manquée des chouans et des Vendéens, était-il redevenu un enjeu géopolitique vital pour la République française ?

La lettre laissait peu d'indices à ce sujet, l'existence de Foccart un peu plus. Son grand œuvre, l'opération géopolitique qui lui avait été le plus reprochée, était la guerre du Biafra. Avant de déboucher sur une famine qui devait être le premier désastre humanitaire de la civilisation mondiale, et qui serait à l'origine de la création de l'ONG Médecins sans frontières, la guerre opposant la province séparatiste du Biafra à l'État nigérian avait été un audacieux coup d'échecs du secrétaire général de l'Élysée aux affaires africaines : il s'agissait d'affaiblir le Nigeria, puissance régionale anglophone anamorphosée par son pétrole et sa démographie, pour renforcer la Côte d'Ivoire, pays ami et francophone. Le Biafra était une simple case que les Services français s'étaient évertués à remplir avec le maximum de pions, pour rétablir *in fine* l'équilibre orthogonal de l'échiquier africain. La cause avait hélas échoué : malgré plusieurs millions de morts, le Nigeria était sorti territorialement intact du conflit et il était devenu le pays le plus peuplé d'Afrique, tandis que la Côte d'Ivoire était en crise. Mais la leçon de géopolitique pouvait encore servir. Si l'on parvenait à faire sortir de l'aire d'attraction de la Bretagne (le Nigeria) le seul petit département de la Mayenne (le Biafra), on accomplirait une œuvre qui bénéficierait à tout le territoire français (l'Afrique de l'Ouest) — le retrait de Nantes de la Bretagne n'avait pas eu d'autre but.

Foccart, dans la lettre, lui laissait aussi faire l'exégèse de Durandal, l'épée brisée de Roland. Peltier était tenté d'identifier l'arme à la ligne de chemin de fer à grande vitesse Paris-Rennes.

La fin de la lettre demeurait énigmatique. Il y était question de la possible présence du tombeau de Roland sur le territoire d'Argel — du tombeau comme symbole d'autre chose. Foccart allait même jusqu'à écrire que la chose représentait une menace pour l'histoire humaine, comme si celle-là était minée et que cette chose servait de détonateur.

Cela lui évoquait un accident nucléaire survenu sur la côte est des États-Unis pendant la guerre froide, quand un bombardier s'était écrasé avec ses deux bombes H. L'une des deux, dont le parachute s'était ouvert, avait manqué de peu d'exploser en plein vol. L'autre s'était simplement enfoncée dans la terre boueuse d'un champ. On avait estimé qu'il était préférable de la laisser là. Depuis, l'armée surveillait le champ.

Peltier avait lu toute la littérature historique disponible sur le département de la Mayenne, sans rien trouver de probant, à l'exception peut-être de quelques allusions dans les livres de son voisin, le marquis d'Ardoigne. C'était cependant des ouvrages assez peu crédibles, qui se prétendaient historiques, mais qui faisaient fréquemment intervenir des causalités extraterrestres. Le marquis, si l'on parvenait à lire entre les lignes, mettait cependant brillamment en scène la Marche de Bretagne, cet objet historique oublié, et il transparaissait ici ou là qu'il en connaissait plus que ce qu'il écrivait — il évoquait ainsi, à plusieurs reprises, l'existence d'une confrérie très ancienne, et même l'éventuelle naissance de Roland à Argel — hypothèse qu'il finissait par réfuter.

Il n'était pas absolument exclu de lire ces petits livres rouges en mettant la confrérie à la place des extraterrestres. Cela fonctionnait même d'une manière si troublante que Peltier en vint à se demander si son mystérieux adversaire n'était pas le marquis, plutôt que Taulpin. L'hypothèse ne tenait pas. Le marquis était cependant trop bien renseigné. Le plus probable était qu'il était le fils du prédécesseur de Taulpin, l'«aristocrate assez fair-play pour se désigner un successeur roturier»

324

de la lettre. Avait-il été moins fair-play que ne l'affirmait Foccart ?

Une dernière coïncidence étonnait aussi Peltier. Le premier éditeur du marquis n'était autre que son propre père. Les deux livres, consacrés aux églises et aux mégalithes de l'Ouest, appartenaient à la première veine du marquis : l'érudit n'avait pas encore laissé la place à l'occultiste.

Tout cela n'avait peut-être aucune signification, mais c'était quelque chose de très romanesque.

Peltier espionnait, à tout hasard, les activités du marquis, en venant pêcher jusque sous ses fenêtres. Il hésitait, depuis des années, à l'interroger directement à propos de la confrérie orlandiste. Ils se connaissaient un peu, mais Peltier ne voyait pas comment engager la conversation sur un sujet aussi exposé au ridicule. La lettre de Foccart avait représenté, dans sa calme retraite, un événement si fantastique qu'il hésitait encore entre deux attitudes : la prendre pour une sorte de canular, ou bien en faire une lecture littérale — lecture que sa haine de Taulpin encourageait aisément.

C'était au fond cela qui le conduisait à croire, le plus souvent, en sa bizarre élection ; que son unique mission consistât à détruire Taulpin lui convenait parfaitement.

Il allait pour cela retourner ses propres armes contre lui.

Peltier avait en effet gardé des contacts à la préfecture de Nantes. Il recevait tous les rapports de police sur l'occupation du futur chantier de Notre-Dame-des-Landes et sur ceux qui tentaient de faire passer un monument d'équilibre territorial pour le symbole abhorré de la technocratie aveugle.

Il avait ainsi découvert qu'un des activistes venait d'Argel. Il décida de le rencontrer.

Sébastien venait précisément de quitter le campement de Notre-Dame-des-Landes, peu avant son démantèlement, et était retourné vivre en face de chez ses parents. Il était en train de repenser en profondeur la programmation de son festival — la prochaine édition de *Changé le monde* serait politiquement très radicale — quand il reçut ce soutien inattendu : l'ancien préfet de la Loire-Atlantique lui laissait entendre, dans une lettre manuscrite, qu'il était à sa disposition pour l'aider.

Peltier le reçut dans son moulin, au bord de l'Ardoigne. Cela faisait presque quarante ans que le vieillard n'avait pas discuté, de façon un peu intime, avec quelqu'un d'aussi jeune — ses dernières expériences, dans le domaine, remontaient de plus à ses expériences africaines, ce qui les rendait difficilement transposables.

Un peu perdu, et même troublé — Sébastien Piau était très beau —, il commença par faire visiter à son invité les quelques vestiges visibles des installations mécaniques du moulin, en lui rappelant que la bâtisse avait été jadis la propriété de son arrière-grand-père.

Sébastien avait des souvenirs très incomplets du moulin. Il se souvenait tout juste d'une grande pièce poussiéreuse et d'une immense roue dentée. La restauration était spectaculaire. Deux grandes baies vitrées avaient été percées du côté de l'Ardoigne. On voyait la roue à aubes tourner lentement.

L'endroit était particulièrement chaleureux. Son hôte lui offrit le thé.

« Je ne sais plus qui a dit que le drame de la politique est que les conservateurs ne peuvent rien changer de ce qu'ils ont hérité des réformateurs, à moins de devenir à leur tour des réformateurs. C'est à peu près le sens de l'histoire. C'est un gag infernal. Comme aux échecs, au fond, tout dépend de celui qui commence. Sauf qu'évidemment, par principe, c'est toujours le réformateur qui commence. On se rend d'ailleurs bien compte que, dès qu'un débat de société surgit, c'est toujours la réponse réformatrice qui l'emporte. J'ai accepté cela. Je ne suis pas un homme de droite, ni un révolutionnaire, mais un républicain. Je crois plus au système représentatif et à l'équilibre des pouvoirs qu'à l'activisme aveugle. Vous n'imaginez pas à quel point les activistes comme vous sont manipulés par des forces qui négligent absolument leurs idéaux, par des forces qui visent, à travers eux, à fracturer le pacte républicain, à le transformer en un champ dont la polarisation générale pourrait être subtilement modifiée, à l'insu de ses acteurs, laissés artificiellement libres de contester tout ce qu'ils désirent. Les conséquences de vos choix rationnels ne vous appartiennent pas et ont été calculées par d'autres, qui maîtrisent mieux les méthodes de gouvernement que vous. Les adversaires du pétrole font le jeu des partisans de l'atome, les anti-aéroport travaillent pour la SNCF, les partisans de la grande vitesse peuvent faire prendre au pays qui ne sait pas la déployer correctement des décennies de retard, tandis que ses ennemis peuvent libérer des forces qui feront faire au pays un véritable bond en avant.

« Ne vous trompez pas de combat. »

Roland Peltier vit qu'il avait capté l'intérêt de Sébastien. Il continua :

« On a beaucoup trop donné à la Bretagne en termes d'équipements, et largement trop peu aux Pays de la Loire — qui ne sont pas qu'un assemblage absurde de départements périphériques tiraillés entre Île-de-France et Bretagne, mais qui dissimulent, en leur sein, l'une des plus vieilles régions de France, un domaine jadis presque sacré pour le roi et appelé la *Marche de Bretagne*. C'est là que l'empereur Charlemagne concentrait ses meilleures troupes.

« Cette région stratégique n'est hélas plus qu'une double banlieue qui subit l'influence conjuguée d'un trop grand centralisme et d'une force centrifuge trop puissante.

« La LGV ne doit pas se faire, pour les intérêts supérieurs de la France. Pas avant un nouvel axe ferroviaire nord-sud décentralisé.

« Vous entendez vous dresser contre le progrès technique.

« C'est une cause que je ne partage pas entièrement. Mais nos intérêts sont les mêmes.

« Notre département est l'un des plus humides de France. Il fut pendant longtemps un pays de landes et de marécages, avant de prendre cet aspect si plaisant, vallonné et paisible.

« C'est une photographie vivante de la France éternelle, un pays d'harmonie, avec ses clochers au loin, ses châteaux, ses petits bois et ses ruisseaux.

« Tout cela est hélas promis à une disparition rapide. Nous sommes sur une terre qu'on sacrifie à une modernité illusoire, et à une modernité par procuration — celle de la région voisine.

« Le département, qui se confond, par une belle prouesse de géographe, presque entièrement avec le bassin versant de sa rivière éponyme, compte plus de 6 000 kilomètres de cours d'eau. Il y a pourtant, depuis quelques années, plus de voies goudronnées que de chemins liquides.

« Si l'on ajoute l'expansion des bourgs au détriment des terres agricoles, phénomène particulièrement marqué à Argel, village martyr de l'artificialisation des sols, cela fait 500 hectares de terres arables et douces que nous perdons chaque année.

« La LGV vient quant à elle d'en supprimer presque 1 000.

« Cela n'est plus tolérable. Nous ne pouvons pas regarder la Transamazonienne détruire sous nos yeux notre habitat primitif, ce bocage où nos ancêtres vécurent simplement et qui est ce qu'il y a de plus doux à regarder sur cette Terre. »

Roland Peltier avait su produire à temps les arguments écologiques qu'il avait initialement préparés. Son discours accomplit le chemin escompté dans l'esprit du jeune militant, qui vint rendre de fréquentes visites au vieil homme, doué, dans un genre opposé à celui du fanatique Martin, d'un incontestable charisme.

Les deux hommes sympathisèrent.

Sébastien évoqua ses longs mois d'occupation pacifique, durcissant progressivement son discours à mesure que lui revenaient en mémoire des phrases que lui avait dites Martin — il lui arrivait alors de prononcer certains mots avec l'accent suédois, comme quand il évoqua l'étoile Absinthe de Dostoïevski.

Il osa même aborder, devant l'ancien représentant de l'État, ses amitiés indépendantistes. Jamais Peltier ne le contredit brutalement.

Pour mieux toucher l'imagination du jeune homme, celui-ci lisait, entre deux de leurs rendez-vous, la littérature contestataire la plus avant-gardiste du moment, publiée alors par les éditions de La Fabrique ou par celles de L'échappée.

Cela l'amusait énormément.

Il avait beaucoup écrit, pendant toute sa carrière : des notes, des rapports, des discours et même, sous pseudonyme, un pamphlet pour la réforme de l'État. Son style, plutôt sophistiqué, voire technocratique, n'était pas sans noblesse. Il avait aussi su garder, pour défendre l'État, la loi et le bien commun, une certaine arrogance de jeunesse. Ses rapports étaient émaillés de sentences définitives qui, mises bout à bout, auraient presque atteint le caractère fantastique de la plus haute littérature politique, présentant l'État comme un monstre aussi merveilleux que le *Léviathan* de Hobbes ou que le *Capital* de Marx.

Ce fut donc avec une certaine surprise qu'il retrouva ce ton dans les livres qu'il lisait, notamment dans le plus populaire d'entre eux, *L'Insurrection qui vient* — un ouvrage précisément écrit par des activistes qu'on accusait d'avoir saboté des lignes à grande vitesse. Le point de vue était bien sûr inversé : on n'avait pas affaire à des thuriféraires de l'État, mais à des autonomistes acharnés. Cependant, ils en fantasmaient, comme lui, la sublime grandeur et la noble omniscience. Ils donnaient à la police des pouvoirs incroyables, considéraient les caméras de surveillance comme les yeux d'une intelligence artificielle diabolique, voyaient des complots partout, prenaient les codes-barres pour des prisons et les téléphones portables pour des instruments de torture et de domination.

C'était plutôt réjouissant à lire, et finalement beaucoup plus proche de la littérature policière, voire fantastique, que tout ce qui s'écrivait dans ces deux domaines.

Le préfet se prit au jeu et commença même à écrire, pour mieux nourrir ses conversations avec Sébastien, un petit pastiche de cette littérature de combat, qu'il appela *L'Étoile Absinthe*.

25

L'Étoile Absinthe

> « Le troisième ange sonna de la
> trompette, et une grande étoile,
> ardente comme un flambeau, tomba
> du ciel sur la troisième partie des
> fleuves, et sur la source des eaux.
> Cette étoile s'appelait Absinthe ;
> et la troisième partie des eaux ayant
> été changée en absinthe, un grand
> nombre d'hommes moururent pour
> en avoir bu, parce qu'elles étaient
> devenues amères. »

Debout sur le quai d'une gare, vous attendez le
passage d'un train qui ne s'arrêtera pas. Ses deux
phares apparaissent au loin. Le train fait alors la taille
d'une maquette. Seul un agent de la SNCF manifeste, à ce stade, une certaine inquiétude. Il vérifie
que personne ne franchit la ligne jaune parallèle au
quai qui délimite une zone interdite. Vous pressen-
tez un danger. Vos yeux fixent des panneaux écrits
dans une langue impersonnelle : « Ne pas traverser
les voies », « Un train peut en cacher un autre »,

«Danger : haute tension». C'est le langage protoco-
laire des machines. Le sol commence à trembler. Le
train est devenu énorme. Vous entendez son souffle.
C'est le langage non traduit des machines. Plus personne ne s'entend sur le quai. Une mère serre la
main de son enfant. Vous haïssez la technique de
tout votre cœur. Le train passe à grande vitesse.

Mais déjà il a disparu et on annonce le vôtre. Des
messages promotionnels s'interposent entre cet
aperçu glacial et votre expérience imminente de
passager. Il faut que vous aimiez la vitesse et ses
bienfaits. Paris doit être à trois heures de Marseille,
c'est un impératif catégorique, une question de
standing national. Les records vous fascinent. Vous
avez joué, enfant, avec des trains électriques.

La vérité est tout autre. Vous l'avez entrevue. La
SNCF est la première machine de mort du pays.
Les trains sont des machines de mort plus fiables
que des guillotines.

On cite le cas miraculeux de deux femmes sau-
vées, la même semaine, par la main invisible de la
grande vitesse : debout au milieu de la voie, elles ont
été projetées sur le côté, juste avant l'instant fatal,
par l'effet de souffle du train. L'histoire est édifiante.
Mais elle oublie de dire ce que ces dames blanches
faisaient là : elles voulaient en finir, comme chaque
année des centaines d'autres êtres humains épuisés.

Que serait-il advenu si l'effet de souffle ne les
avait pas écartées, comme dans l'écrasante majorité
des cas ?

Elles seraient revenues hanter les couloirs métalliques de la modernité.

Confortablement assis dans le sens de la marche,
vous les auriez vues avancer lentement vers vous et,

peu à peu, vous auriez distingué des formes humaines dans la bouillie rougeâtre qui leur aurait tenu lieu de visage.

Les roues géantes des trains ne manifestent aucune pitié. Elles tranchent, écrasent, démembrent. Les crânes éclatent et les viscères se répandent. Qui nettoie les essieux recouverts de cervelle ? Qui ramasse les intestins dévidés sur toute la longueur d'une voie ?

Il y a quelques années, un ouvrier a été fauché en pleine voie. On a évacué ce qu'il restait du corps. Imaginez que cet homme avait une femme et des enfants qui se sont peut-être penchés sur son cercueil. C'était un massacre. Deux jours plus tard, on a retrouvé des bouts de chair à quelques centaines de mètres du lieu de l'accident. Le chef de chantier a exigé que l'employé à l'origine de la découverte procède à l'inhumation immédiate de ces restes oubliés. Celui-ci a fait, pendant des années, des cauchemars atroces avant de porter plainte pour préjudice moral.

La notion d'*accident voyageur* résume la politique glaciale de la SNCF.

Les retards incombent aux corps décapités qui jonchent ses voies.

Sur les quais, des corps déséquilibrés basculent à la chaîne.

Nous serions tous en droit de porter plainte pour préjudice moral.

Nous ne pouvons plus accepter que des pendules rampants nous détruisent avec cette rigoureuse régularité.

Nous sommes prisonniers d'un terrain vague prédéfini par la SNCF. Quelle que soit la direction dans laquelle nous avançons, nous nous heurterons à un grand mur mobile qui viendra nous déchiqueter sans perdre un atome de sa force.

Ce sont les accidents qui voyagent désormais en lieu et place des hommes.

Les moyens de transport modernes portent ainsi au revers de leurs exploits leur légende noire. Le diable veille sous les voies.

La catastrophe, quand elle implique les objets les plus achevés du monde industriel, a quelque chose d'un accomplissement. C'est toujours un événement esthétique ou une aventure intellectuelle, une œuvre d'art totale ou une expérience de pensée qui s'incarne.

C'est le dévoilement soudain des promesses cachées dans une technique nouvelle.

La catastrophe, stade suprême de la logistique, a quelque chose de désirable.

C'est autant une satisfaction qu'un drame.

Aucun naufrage de bateau surchargé de migrants en Méditerranée n'atteint ainsi, malgré un nombre de noyés très supérieur, au sublime simple de la catastrophe du *Costa Concordia*, paquebot échoué sur les hauts-fonds d'une île de Toscane, grand comme un gratte-ciel couché et visible de l'espace. C'est encore le *Titanic*, drame éternel de l'invincibilité réduite à néant par un agglomérat de molécules gelées qu'un souffle d'air chaud aurait suffi à défaire, ou l'*Estonia*, ferry finlandais aspirant soudain toute l'eau de la Baltique quand sa proue articulée s'est entrouverte à contretemps, sans autre raison apparente que d'éprouver, encore une fois, la perfection de son dispositif de chargement frontal. C'est la première pulsion de mort référencée d'une machine.

C'est aussi le sublime et inimaginable accident de Ténérife, impliquant au sol deux 747 remplis, et tuant, comme dans un cauchemar trop parfaitement scénarisé, la totalité de leurs occupants : les conditions étaient trop belles, tous les fauteuils étaient occupés, toutes les cases étaient cochées. Il ne pouvait y avoir de catastrophe aérienne plus complète. Le seul regret étant qu'elle se soit produite au sol.

La catastrophe, contemporaine de l'essor de la presse illustrée, est devenue la marchandise symbolique idéale que les transports servent à convoyer.

Les romans les plus minutieusement écrits et les plus passionnément lus sont désormais les rapports des bureaux d'enquête-accident. Jamais le faisceau de causes qui a conduit une inconnue à la mort n'a été mieux dévoilé que dans le rapport qui a suivi l'explosion de la navette Challenger. L'innocente institutrice désignée pour devenir la première citoyenne de l'espace et transformée en charbon est la dernière grande héroïne romanesque de notre temps.

On nous presse d'embarquer pour vivre le bon côté de l'expérience.

Embarquons.

La notion de confort, dans les rames TGV, se résout d'une manière simple : pesant 385 tonnes à vide, les rames atteignent 405 tonnes une fois leurs 377 voyageurs montés à bord. Les 385 tonnes de matériel roulant ont pour unique vocation de transporter 20 tonnes d'êtres humains le plus rapidement possible. Le ratio paraît très déséquilibré. Il est identique à celui existant entre la masse d'Ariane 5 et les satellites qu'elle emporte en orbite basse, à 300 kilomètres de la Terre. C'est la distance parcourue par un TGV en une heure.

Ce ratio très faible indique seulement que les voyageurs seront traités avec délicatesse et que de nombreux aménagements de confort limiteront la capacité d'emport du train. Le transport debout, sur de courtes distances, est cependant envisagé par des opérateurs low-cost. La SNCF, jusqu'à aujourd'hui, s'y oppose.

Elle ne s'y est pas toujours opposée.

L'expérience ferroviaire se résume assez simplement avec l'apparition, pendant la Seconde Guerre mondiale, des *convois de la mort*.

Voyez-vous une différence entre la viande embarquée et la viande découpée vive à l'extérieur ?

Votre sang et vos précieux organes sont ici des salissures, là des matériaux pondéreux qu'on entasse.

Le convoi doit dépasser les 300 km/h. C'est une question de grandeur nationale. C'est la zone de tous les fantasmes.

La pression sur le matériel roulant et sur les caténaires est alors maximale.

Des ondes de choc s'échappent du train transformé en bombe mobile.

On doit augmenter la tension du câble conducteur.

Des techniciens disposent des poids circulaires de l'autre côté des poulies, qui garantissent une tension constante.

Ils ressemblent aux chirurgiens que Rembrandt a représentés en pleine dissection. Mais le tendon qu'ils étirent va cette fois réveiller un monstre mille fois plus puissant que la créature de Frankenstein, monstre de puissance, de vitesse et d'indifférence, cadavre animé plus contagieux qu'un zombie et qui viendra, après Anna Karénine, Anne Frank, et des millions d'anonymes, nous transformer à notre tour en cadavres.

Les vivants s'en soucient peu, sauf en cas de retard. Ils sont pourtant en sursis.

Le meurtre a peut-être déjà eu lieu.

Le budget de la RATP est identique à celui de l'armée de l'air.

La première est plus létale que la seconde.

Les conducteurs de trains de banlieue sont les derniers bourreaux de la République. On les prépare à l'accomplissement de leur lugubre tâche : les statistiques disent qu'ils auront à tuer au moins un homme pendant leurs années de service.

Lassée d'assurer le suivi psychologique de ces conducteurs restés figés dans le dernier regard de leurs victimes, la RATP a voulu rendre le suicide illégal en installant des parois vitrées sur les quais du métro.

Mais les hommes fatigués, après s'être heurtés aux portes vitrées de la mort, font un dernier voyage jusqu'aux zones périurbaines où l'onde létale peut être encore interceptée.

Le système, au lieu d'empêcher le suicide, a validé son existence. Sa présence fantomatique est partout depuis qu'on l'a officiellement reconnu comme un problème logistique majeur.

Sécurisé, le métro a acquis un caractère anxiogène inédit.

Les portes automatiques font le même bruit que la mort.

Les hommes sont devenus des hologrammes prisonniers du mauvais côté des vitres coulissantes.

La mort est devenue un écran de vidéosurveillance.

Les hommes sont traqués dans leurs comportements intimes mais ne reçoivent plus aucune aide directe, si ce n'est dans la lointaine prescription d'une mort médicamenteuse qui n'occasionnera aucun dérèglement du système.

Des machines métalliques organisent le décompte des morceaux de viande qui descendent aux enfers. Les portillons du métro ne laissent passer qu'un seul homme à la fois. Plutôt que d'interdire la fraude, on l'empêche.

C'est une manière de tenir la morale pour une variable négligeable.

La loi n'est plus la loi quand elle est nécessaire et l'homme ainsi forcé n'est plus un homme libre.

Le métro est le lieu où convergent les forces qui détruisent la civilisation.

Dostoïevski parle dans *L'Idiot* du système ferroviaire européen comme de l'Apocalypse. Il désigne le cratère d'impact de ce corps étranger sous le nom d'étoile Absinthe. Celle-là même qui, dans l'Apocalypse de saint Jean, rendra les eaux amères à la fin des temps.

Les trains détruisent les montagnes et massacrent les rivières.

Les lignes souples et belles du partage des eaux sont redistribuées au hasard des remblais.

Les écosystèmes sont coupés en deux par des

lignes désertiques entretenues par de puissants herbicides.

De la poussière d'acier stérile se répand sur la terre comme une traînée de poudre.

Les lignes de train sont des lignes de mort. Elles sont utilisées comme digues le long des fleuves pour arrêter leurs eaux et bloquer le généreux partage des limons argentés. Établies partout pour des siècles, immobiles, artificiellement battues pour s'enfoncer comme des coins à travers le sol, elles prétendent, par-dessus les mouvements de la Terre, contre les lois de l'érosion et l'ordre immuable du temps, à une éternité isométrique. La Terre est leur captive. Rien ne devra plus jamais bouger sous les lignes de train. Le pays est fixé pour toujours aux traverses des voies.

Un pays où le train s'est déployé à grande échelle est un pays géologiquement mort.

La France est devenue un paysage lointain.

On a fait le vide autour des voies rapides. Balayés, le bocage, les sentiers, les petits bois perdus. Détruits, les derniers chemins où l'homme pouvait trouver la liberté, chemins qui ressemblaient à des arbres sur lesquels n'importe quel voyageur pouvait greffer une branche, légère comme ses pas. Ils ont été élagués pour qu'il n'en reste que le tronc. Le tronc et quelques branches artificiellement torturées en spirale pour servir de voies d'accélération.

L'arrière-pays meurt, lentement, après qu'on l'a délibérément privé de sève.

La vitesse fait peur et n'est jamais aimable.

La vitesse est une hérésie du temps.

L'hérésie a triomphé partout.

Vos mains sont toujours moites au décollage.

Après le train, au XIXᵉ siècle, le voyage en avion aura représenté, à partir de la seconde moitié du XXᵉ siècle, l'expérience religieuse dominante. L'étoile Absinthe bascule alors dans le ciel, comme si, après l'instant de la collision, les projections de matière avaient formé, au-dessus des océans et des continents, les géodésiques des lignes aériennes.

La damnation pouvait dès lors s'étendre à toute la Terre, et le filet amer contaminer les eaux restantes.

Les lignes aériennes exigent en réalité un équipement encore plus lourd que celui des lignes ferroviaires. Pour permettre à l'avion d'atteindre sa vitesse critique, les réacteurs doivent produire une poussée de plusieurs centaines de kilonewton, obtenue en brûlant plusieurs litres de kérosène par seconde.

En l'absence de système religieux universellement valide, les représentations du monde fournies par l'industrie pétrolière sont l'équivalent esthétique de la chrétienté, à son apothéose médiévale : de lointaines croisades ont libéré les réserves stratégiques de brut, des plates-formes hautes comme des cathédrales se dressent sur les mers, des itinéraires sécurisés ont été établis tout autour du globe et des raffineries géantes s'épanouissent à leur extrémité ; dans chaque village une station-service délivre la précieuse substance, que des moteurs transsubstantialisent enfin en énergie motrice.

À l'instant du décollage, les avions, reliés à cet écosystème pétrochimique, dénervent ainsi péniblement la Terre, pour procurer quelques secondes de grâce à leurs occupants : le monde industriel, front continu et en expansion constante de la modernité, machine à transformer la Terre en plaie ouverte et l'espace en thérapie problématique, machine à accélérer le temps et à modifier la vie, jusqu'à la rendre impossible, jusqu'à la réduire à un bien consommable et à une monnaie d'échange nécessaire à l'acquisition d'une espèce évoluée nouvelle, est une révélation religieuse presque complète.

Un monument de gloire, de terreur et d'espoir.

Les aéroports internationaux découpent, nuit et jour, dans le corps vivant de la marchandise humaine des organes individuels qui subissent, juste avant d'embarquer dans des cylindres d'aluminium pressurisés, un stress équivalant à celui qui rend, dans les abattoirs, la viande incomestible. Des mesures spéciales de confinement, de fouille et d'interrogatoire ont été généralisées et font l'objet, alors qu'elles seraient jugées humiliantes partout ailleurs, d'un large consensus.

Au nom de la sécurité aérienne, les voyageurs se déchaussent, comme à l'entrée d'un lieu de culte, avant de passer, comme au jugement dernier, à travers un scanner intégral.

Des chiens spécialement entraînés peuvent même interdire, en dernier recours, l'accès des voyageurs aux enfers aéronautiques. Quelques instants plus tard, rabaissés par des voyants lumineux au rang de simples sujets d'expérience, les humains ont pourtant droit à quelques secondes de grâce.

C'est une grâce foudroyante. Les réacteurs accélèrent l'avion jusqu'à rendre son décollage irréversible. Au moment où l'appareil bascule en arrière, les voyageurs rejoignent un bref paradis technique : comprenant soudain qu'ils lui ont sacrifié leurs vies, ils choisissent de s'en remettre entièrement au système qui les entoure. Leur confiance est généralement récompensée : faisant pivoter leur tête vers un minuscule hublot, ils voient se dessiner sur le sol les hiéroglyphes sublimes de leur environnement technique. Le monde ne leur appartient plus, mais il est d'une beauté stupéfiante.

Comme le sont les étoiles mortes.

26

Le site d'Argel avait délivré toutes les informations qu'un archéologue pouvait en extraire.

Après une dernière veillée festive, le chantier fut démantelé. Les boîtes qui contenaient les débris de poterie, les fragments métalliques rouillés trouvés sur le site furent fermées, les capsules remplies d'échantillons de terre, de débris végétaux et de charbon de bois furent scellées. Tout ce matériel archéologique un peu pauvre fut transporté par camion jusqu'à l'entrepôt nantais de la DRAC, la Direction régionale des affaires culturelles, où il rejoignit, avec les photographies, les dessins et les rapports scientifiques accumulés pendant la période de fouille, une armoire mobile dotée d'une manivelle qui permettait, en la faisant coulisser, de faire apparaître un étroit chemin vers ses collections archéologiques — en supprimant d'un coup l'accès à tous les autres chantiers de fouilles.

La chose représentait, pour Clément, l'un des aspects les plus troublants de son métier : il fallait toujours détruire les dépôts d'un siècle pour accéder à son prédécesseur. Il avait beaucoup aimé ce gag apocalyptique qu'il avait vu dans un film de science-fiction : la carte mémoire d'un ordinateur embarqué dans un vaisseau spatial prenait feu, et avec elle, tout le Moyen Âge disparaissait à jamais.

Clément devait justement, maintenant que son équipe était partie, superviser la liquidation du site.

Différentes techniques existaient.

Si le site était assez profond et assez stable, on pouvait le recouvrir de sable, et laisser ainsi aux générations futures le soin de mener des investigations complémentaires. On pouvait, autrement, noyer le fond de la fosse sous une chape de béton pour immobiliser définitivement les pierres appareillées des fondations antiques — on parlait alors de vitrification, terme séduisant qui laissait entendre que le site restait visible, en transparence, comme les villages immergés sous l'eau des lacs artificiels, mais qui cachait une réalité plus brutale : le ciment, beaucoup plus solide et intrusif que la nuée ardente qui avait recouvert Pompéi, serait impossible à défaire. Les sites ainsi traités n'étaient pourtant pas considérés comme détruits : ils réagissaient toujours aux ondes sismiques et radio qui permettraient, avec l'appareillage adéquat, de les fouiller encore. On pouvait aussi rêver d'un produit chimique miracle qui dissolve d'un coup le ciment pétrifié.

Certains sites, particulièrement exceptionnels, pouvaient aussi faire l'objet d'un traitement de prestige en donnant naissance, de façon posthume, à de nouveaux bâtiments. On venait ainsi de retrouver, à Rome, l'un des premiers exemples de ce type très spécifique de conservation : Auguste, après son accession au pouvoir, avait fait édifier quatre murs et un toit en ciment autour du lieu où César, son père adoptif, avait été poignardé. Le cénotaphe ainsi détaché du temps était resté vide pendant deux millénaires, comme un mini-trou noir en vol stationnaire doté du seul pouvoir d'abolir localement l'histoire.

Il devint, à partir de la seconde moitié du XXe siècle, relativement courant de procéder de la sorte et de faire intervenir des architectes après le départ des archéologues pour creuser, dans les parties les moins nobles du chantier, de nouvelles fondations, sur lesquelles un plancher de verre, des murs et un toit étaient ensuite posés — la nouvelle construction se retrouvant le plus souvent de guingois au-dessus de la première. Ses visiteurs, retenus par le verre au niveau stratigraphique du bas Moyen Âge, n'auraient alors plus qu'à se pencher pour contempler les vestiges antiques immobilisés au-dessous d'eux. Ce type de mise en valeur muséale du patrimoine archéologique n'était pas sans poser d'inquiétantes questions de conservation, mais il représentait, pour l'archéologue à l'origine de la découverte comme pour la région où elle avait été faite, une consécration.

Il était cependant à peu près exclu que le tracé d'une LGV soit un jour rectifié pour contourner un musée de ce genre. Le respect des sites présentait d'évidentes limites économiques. Les trésors du patrimoine ne pouvaient être entièrement décorrélés de la question, ambiguë et complexe, de leur valorisation. La chose était particulièrement frappante avec les mégalithes : simples bornes champêtres ou petits agglomérats de pierres perdus dans les forêts, ceux-ci étaient quasiment tous classés monuments historiques, sans presque jamais faire, faute d'un intérêt public suffisant, l'objet d'une protection attentive.

Les fondations de Vaultorte 1, la villa gallo-romaine, comme les débris de Vaultorte 2, la ferme récemment abattue, n'intéressaient évidemment personne, et Clément devait seulement rester quelques jours encore pour livrer son chantier au maître d'œuvre de la société Taulpin-Rail : il avait l'obligation légale de superviser la destruction définitive du site.

La LGV passerait en tranchée sur le territoire légèrement bombé de l'ancienne ferme — la partie la plus profonde correspondant aux zones fouillées — avant de rejoindre la falaise qui bordait la rive est de l'Ardoigne. Un petit viaduc assurerait alors le franchissement de la rivière.

Les engins de chantier commençaient à attaquer les fondations antiques. Ils allaient ensuite décaper une large bande de terrain sur toute la longueur du plateau, avant d'ouvrir la roche mère pour doter la LGV d'un profil rectiligne.

Connaissant le faible intérêt que présentait Vaultorte, Clément laissa les engins travailler pour entamer, à quelques centaines de mètres, l'exploration systématique de la falaise qui surplombait l'Ardoigne.

L'escalade, telle que Clément la pratiquait, requérait très peu de matériel. Ni corde ni harnais, un sac à magnésie autour de la taille pour y rafraîchir le bout de ses doigts et un matelas en mousse au pied de la paroi pour amortir ses chutes — précaution inutile quand la paroi, comme ici, s'élevait au-dessus d'une rivière. Clément tentait par ailleurs de se désaccoutumer de cette poudre qui laissait sur la roche des coulures peu appréciées. Il aimait faire corps avec le rocher, comme avec le paysage, et avait renoncé en ce sens aux équipements fluo. Torse nu, allongé contre le rocher, il faisait entièrement confiance à son pouce opposable et à ses sensations — la pratique régulière de l'escalade avait décuplé ses facultés et il était capable, quand il effectuait en porte à faux un balancé délicat, de ralentir le temps pour déplacer son centre de gravité le long de la courbe exacte qu'il avait prévisualisée.

Clément aimait beaucoup cette intelligence du corps qui requérait l'usage intensif de son sixième sens et de son septième sens, d'habitude trop discrets pour être mentalisés : d'une part la proprioception, qui l'informait en temps réel de l'état de tension de ses muscles et qui devenait là son seul sens vital, de l'autre le sens de l'équilibre, qui devait compenser les défaillances du premier quand Clément relâchait la pression de ses doigts pour voler jusqu'à une nouvelle prise.

Clément se voyait alors comme une sorte de pionnier, explorant, après la station debout et la marche verticale, d'autres modalités de déplacement, proches de celles qu'on retrouvait en apesanteur, mais qui portaient aussi les réminiscences d'un lointain passé arboricole.

Clément avait fait des recherches sur plusieurs sites spécialisés afin de vérifier si la falaise avait déjà été pratiquée : il n'y avait rien, les voies étaient vierges. La perspective de réaliser une première était enthousiasmante.

Après quelques jours de repérage qui l'avaient vu vaincre la falaise une bonne vingtaine de fois, Clément aborda la seule voie qui présentait une réelle difficulté, un dévers prononcé, situé aux deux tiers de la paroi, et qu'il estimait être de niveau 7a, voire 7b — la cotation française n'était pas une science exacte.

Clément fixa un instant l'eau froide de l'Ardoigne, une dizaine de mètres au-dessous de lui. Il crut apercevoir un pêcheur en tenue de camouflage. La perspective, un peu vague, de pouvoir fournir un éventuel témoin en cas de première décupla son énergie. Il décrocha son pied gauche, puis son pied droit, pour se donner un mouvement de balancier. Il put ainsi atteindre, avec sa main gauche, une prise éloignée, donnant à son autre main la possibilité de tâtonner, à l'aveugle, à la recherche d'une aspérité exploitable. Il y avait quelque chose. Comme une corniche. Clément parvint facilement à s'y hisser. Le dévers était vaincu. Clément se trouvait presque en haut de la petite falaise, à un endroit invisible depuis la rivière. Il aurait fallu monter en haut de l'un des arbres de la rive opposée pour l'apercevoir. Ou dans les combles du château, dont il distinguait un œil-de-bœuf. Clément se déplaça latéralement sur la corniche, à la recherche d'une voie facile vers le sommet tout proche. La falaise faisait alors un angle et il lui était impossible de voir où il allait. De l'autre côté, une partie de la paroi semblait manquer. Clément s'écarta légèrement pour regarder. Il vit l'entrée circulaire et obscure d'une grotte avant de tomber à la renverse.

Clément vit la grotte disparaître comme une tache dans son champ de vision.

L'Ardoigne l'engloutit complètement et sa nuque vint taper contre son lit rocheux.

Roland Peltier lâcha sa ligne pour venir au secours du jeune sportif. L'eau avait amorti sa chute, mais menaçait maintenant de le noyer. Le vieillard en cuissardes, s'aventura jusqu'au milieu de la rivière en évoluant sur de grandes pierres plates, et parvint à maintenir le visage de Clément hors de l'eau. Incapable de le porter, il l'aspergea plusieurs fois pour lui faire reprendre conscience.

Enfin, il ouvrit les yeux.

Il pouvait marcher et tenait un discours clair. Il souriait même en regardant la falaise qu'il avait vaincue.

Le vieux pêcheur lui proposa néanmoins de l'accompagner jusqu'au château, où ils trouveraient un téléphone.

Le marquis d'Ardoigne vit ainsi arriver un vieillard habillé en tenue de camouflage accompagné d'un jeune homme torse nu. Ils lui expliquèrent rapidement la situation. On jugea peu opportun d'appeler les pompiers, mais le marquis invita Clément à se reposer quelques minutes.

Ils s'assirent tous les trois autour d'une table de jardin blanche en métal ajouré, dans la cour éclatante du château.

Les vieillards s'étaient parlé, en tout, une petite dizaine de fois, comme deux voisins de campagne. La chute du jeune grimpeur avait, pour Roland Peltier, quelque chose de providentiel.

Le marquis s'enthousiasma, lui aussi, quand il apprit que son invité était archéologue. Il alla aussitôt chercher, dans sa bibliothèque, un échantillon représentatif de ses activités dans le domaine.

Clément reconnut quelques-uns des livres que le marquis lui rapporta. Les archéologues qu'il connaissait aimaient lire ce genre d'ouvrages pour en dénoncer la nullité intellectuelle — comme ils ne pouvaient, quand on les interrogeait sur leur métier, s'empêcher de préciser que *cela n'avait rien à voir avec Indiana Jones.* Clément s'amusait plutôt de ces réflexes corporatistes ; il raconterait sa rencontre à ses collègues, qui trouveraient la scène irrésistible. Mais cette attitude embarrassait au fond Clément, qui considérait qu'un champ scientifique n'avait pas à légiférer sur ses marges. Ce n'était pas le rôle des scientifiques de décréter où était la science ; leur rôle se limitait à la pratiquer. De même, les théoriciens évolutionnistes passaient à ses yeux beaucoup trop de temps à démonter des conspirations créationnistes.

Ce fut plutôt par une sorte de réflexe poppérien que Clément s'enquit des travaux actuels de son hôte. Celui-ci venait de commencer un nouveau livre qui révolutionnerait l'histoire des mégalithes comme celle de l'architecture médiévale. La plupart des maisons fortes des Marches de Bretagne avaient inclus, dans leurs fondations, des pierres levées préhistoriques — deux aristocraties se répondant ainsi, à des siècles de distance. Il cita, sans le nommer, le cas d'un château du département dont la cave était en réalité une allée couverte préhistorique. La majorité des mégalithes de la région était ainsi occultée.

On pouvait en conclure que les manoirs, tels qu'ils étaient apparus au Moyen Âge en France, poursuivaient, d'une certaine manière, les recherches telluriques des anciens Celtes. Les châteaux devaient rester des émanations de la terre et vibrer avec elle.

Clément ne parla pas, ce jour-là, de la grotte dont il avait aperçu l'entrée, mais il laissa le marquis lui raconter les nombreuses découvertes ou pseudo-découvertes qu'il avait faites dans sa longue carrière d'archéologue amateur. Il était allé dans les Andes et à Angkor.

Roland Peltier manifesta également un intérêt très vif pour l'archéologie. Il questionna le marquis sur les sites remarquables de la région.

Les réponses de celui-ci, au regard de son niveau de spécialité, furent étonnamment banales.

Il y avait un site rocheux très pittoresque quelques kilomètres en amont, avec un archange planté en haut d'un rocher. S'il s'intéressait à l'architecture, Argel comptait, outre le sien, au moins trois autres châteaux et plusieurs manoirs. Il y avait encore des fours à chaux, que des archéologues du futur prendraient peut-être pour des donjons en ruine. L'église était ordinaire. Enfin, Argel ne comptait ni mégalithes ni pierres branlantes, tremblantes ou pivotantes. Il conseilla en somme au préfet de visiter Jublains, Lassay, Sainte-Suzanne ou Saulges, les sites que recommandaient également tous les guides touristiques du département.

On se sépara enfin, mais Clément promit, plutôt fasciné par le personnage, de revenir bientôt.

Il n'avait plus rien à faire à Argel. Le site de Vaul-torte était liquidé. Il aurait apporté à l'archéologie statistique quelques données chiffrées supplémentaires qui allaient permettre de compléter les connaissances déjà rassemblées sur les systèmes agraires antiques. Au mieux, on saurait voir dans ces chiffres la cause lointaine de l'apparition du système féodal dont le marquis d'Ardoigne était l'un des tout derniers hommes à profiter encore.

Son château avait été pendant plusieurs centaines d'années un lieu de collecte du blé. Les rendements étaient faibles, les grains irréguliers. Ce mauvais roulement à billes n'était pas parvenu à projeter le château loin de son lieu de départ — il était trop lourd et le plan était trop faiblement incliné. Le temps, ici, s'était lentement figé.

Mais des roulements à billes plus efficaces avaient été conçus. On enverrait bientôt, plusieurs fois par heure, des objets de 400 tonnes à plus de 300 km/h par-dessus la dernière terre du marquisat d'Ardoigne.

Le vieil homme avait été indemnisé par la République pour la perte de valeur de son domaine.

Il serait probablement le dernier habitant de celui-ci. Après sa mort, les fenêtres et les portes seraient condamnées. Les vibrations du train désagrégeraient sa toiture en ardoise. Des graines commenceraient à germer à l'intérieur des pièces. Le bois des charpentes éclaterait, les parquets pourriraient, les murs, dévorés par les champignons et le salpêtre, s'effondreraient lentement. On finirait par abattre la ruine.

Clément vint plusieurs fois écouter le vieil homme, comme un anthropologue attaché aux derniers vestiges vivants d'une civilisation disparue.

Il s'agissait aussi de gagner sa confiance afin d'obtenir l'autorisation de se livrer à des fouilles dans la grotte qu'il avait découverte.

Cependant, Clément appréciait de plus en plus la conversation de l'érudit local.

Le vieillard mélangeait tout mais il avait tout lu, défendait des théories folles mais savait tout des théories sérieuses, du moins jusqu'aux années 1950 — il connaissait parfaitement les livres de Gordon Childe sur la révolution néolithique et ceux de l'abbé Breuil sur l'art pariétal. Il avait lu aussi les dizaines d'Histoire universelle en éditions reliées de sa bibliothèque, dont une histoire du royaume de France en trente et un volumes, qui datait du début du XVIIIe siècle.

Clément reçut très vite l'autorisation de fouiller dans cette collection d'ouvrages hétéroclites.

Il feuilleta longuement *L'Histoire véritable et définitive du Royaume de France*. Tout était probablement faux, mais étroitement écrit, condensé, maintenu ensemble avec l'illusion du vrai. L'auteur de la somme, un jésuite, avait probablement dû penser qu'il tenait là quelque chose de définitif, un morceau de temps à l'état pur, suffisamment réduit pour être manipulable par un seul homme. Toutes les historiographies tenaient un peu du complot. Le désordre était transformé en ordre, et cet ordre devenait un instrument de pouvoir.

La capture du temps était quelque chose d'impossible — sa substance était trop fragile, comme les ailes de papillon qui se brisent dès qu'on les touche. Le livre lui évoqua, avec ses lignes incroyablement serrées qui formaient des sillons dans le papier vieilli, les rugosités qui affectaient souvent la surface des œufs et qu'un aveugle aurait pu déchiffrer, comme un poème en braille, si elles avaient eu le moindre rapport de représentation avec le contenu de l'œuf lui-même. Seuls les archéologues avaient la permission, parfois, de creuser avec une épingle un trou à travers la coquille calcaire pour extraire de minuscules échantillons du cœur. Les historiens, à qui on demandait pourtant de prédire l'évolution générale du monstre en gestation derrière la coquille opaque des événements notés, n'avaient accès qu'au contour cristallisé du temps, qu'ils tentaient en vain de circonscrire — comme l'écorce terrestre essaie de recouvrir la lave instable et frémissante de son manteau d'un horizon lisible.

Le marquis possédait aussi une importante collection de livres sur l'histoire de la Bretagne, dont une édition originale de l'ouvrage de Lobineau, souvent considéré comme la première historiographie indépendantiste. Tous ces livres, lus et annotés, étaient reliés aux armes de la famille d'Ardoigne : *de gueule au léopard d'or soutenu de deux fleurs de lys du même, à la bordure cousue d'azur, au pal ondé d'hermine brochant sur le tout.*

«Le département, c'était l'un des innombrables griefs de mon père contre la République — mais je le soupçonne plutôt d'avoir tout fait pour que la République commette un si glorieux larcin —, a repris notre blason, pour sa symbolique évidente : sa bordure bleue et ses fleurs de lys évoquent le blason de l'Anjou, le léopard représente la Normandie, la rivière d'hermine qui coule en son milieu rappelle le duché de Bretagne, mais aussi l'Ardoigne qui coule au pied de notre château. Ma famille — bien plus puissante, à l'origine, que celle des Laval, et plus fidèle que celle des Plantagenêts — a su ménager ses intérêts, à la confluence de ces trois puissantes provinces, tout en servant habilement les intérêts du royaume. Le Maine, de par son existence même, contrariait les velléités dangereuses de ses trois voisins — pensez que la Normandie et l'Anjou donnèrent chacun des rois à l'Angleterre, et que la Bretagne, pourvoyeuse de reines, resta longtemps une alliée problématique plutôt qu'une province. La Marche de Bretagne elle-même fut jadis une poudrière plus explosive encore que celle des Balkans. »

Une estampe, sur un mur de la bibliothèque, montrait un état ancien du château d'Ardoigne. Il était représenté en vue cavalière, et possédait des tours depuis longtemps détruites ; des poissons nageaient dans l'Ardoigne, entre deux moulins ; les bosquets étaient figurés par des arbres finement peints, derrière lesquels on pouvait voir des loups — c'était une carte naïve, sans perspective, dont les divers espaces étaient parfaitement emboîtés, une carte d'un temps où l'Europe, ravagée par les lansquenets et les condottieres, ressemblait à un échiquier. Le temps n'existait pas vraiment. Les cycles des guerres se surajoutaient simplement aux cycles des saisons et les dynasties se suivaient comme on faisait tourner les cultures dans les champs. Aux jachères et aux guerres succédaient toujours des plantations nouvelles et des ères paisibles. Le seul danger connu était l'apocalypse.

Clément remarqua aussi une collection de pierres étranges, couleur rouille, alignées sur une étagère. Il en prit une, de la grosseur d'une noix. Elle était beaucoup plus lourde que ce à quoi il s'était attendu.

« Ces pierres, lui expliqua le marquis d'Ardoigne, ont longtemps été prises pour des artefacts, et leur nature est restée longtemps inexpliquée. Les Anglo-Saxons parlent joliment de OOPArt, *out-of-place artifact*. Or ces pierres sont absolument naturelles, bien qu'elles ressemblent, pour les plus grosses, à des boulets de canon, et à des balles de fusil pour les plus petites. J'ai découvert celles-ci au pied des falaises de la côte normande. On les prend souvent pour des météorites ferreuses qui auraient traversé la craie du plateau de Caux. Ce sont en réalité des nodules de marcassite, une forme cristalline du sulfure de fer. Mais si ces objets sont bien naturels, ils sont, d'une certaine manière, encore des artefacts. Contrairement à ce que l'on pense — mais vous devez le savoir autant que moi —, on n'obtient pas du feu en tapant deux silex l'un contre l'autre, car leurs étincelles ne sont pas assez chaudes. Mais si l'on frappe deux de ces pierres, le fer qu'elles contiennent fond aussitôt et l'étincelle se maintient assez longtemps pour embraser un morceau d'amadou ou des feuilles sèches. Voilà probablement l'origine du feu. Ces pierres ont joué un rôle déterminant dans l'histoire humaine. Il est intéressant d'ailleurs de remarquer qu'au temps où l'homme ne maîtrisait que les technologies de la pierre et du bois, il se soit approché aussi près de ce qui allait devenir son domaine d'élection : je veux parler de la métallurgie. La température atteinte localement, dans ces éclats de pierre, ne sera atteinte à nouveau que des milliers d'années plus tard, dans les hauts-fourneaux. »

Clément fit alors part au marquis des découvertes faites quelques mois plus tôt sur le trajet sarthois de la LGV : un système économique intégré construit autour de très anciennes mines de fer.

« Que pensez-vous de cela ? » lui demanda alors le marquis, en ouvrant délicatement une boîte en carton dans laquelle reposaient plusieurs objets étranges, très déformés par l'oxydation.

Ils tenaient du flocon de neige agrandi, de la toile d'araignée ou du *dreamcatcher*, peut-être de l'astrolabe. Leur corrosion excessive évoqua immédiatement à Clément la machine d'Anticythère.

« Intriguant, n'est-ce pas ? Ce sont des objets d'un type tout à fait particulier, et encore inconnu.

— D'où viennent-ils ?

— Je ne saurais vous le dire.

— Les avez-vous fait analyser ?

— Absolument pas. Il m'arrive de croire à leur nature artefactuelle, et je serais trop déçu de découvrir qu'ils sont naturels. »

Le marquis aimait les mystères. Il accordait cependant peu de crédit à ses livres parus dans L'aventure secrète, quoiqu'ils lui aient permis de se documenter et d'élaborer patiemment une doctrine ésotérique, dont il avait eu une confirmation récente et dont il avait longtemps pensé que sa fille serait, après sa mort, l'unique dépositaire. Il commença cependant à en délivrer des aperçus à Clément.

L'histoire humaine était incroyablement ramassée et opaque, mais il manquait à ses exégètes un principe capable de rendre compte de son foudroyant développement, tout en étant susceptible de s'occulter lui-même — de rester effectif en restant inconnu.

Le marquis d'Ardoigne n'était ni chrétien ni marxiste. Il cherchait quelque chose d'intermédiaire entre Dieu et les rapports de classes, quelque chose de l'ordre d'un complot. Il croyait à une certaine rationalité de l'histoire. Non pas à celle de Kant, d'Hegel ou de Comte, rationalité pour les masses impliquant un sens obscur de l'auto-organisation ou un calcul probabiliste des meilleures fins accessibles, mais rationalité au sens antique, impliquant la discussion et la mise au point, par quelques-uns, d'un système historique convenable.

Le marquis d'Ardoigne tenait pour certain qu'à un certain moment de l'histoire quelques hommes, chamans, druides ou prêtres, avaient déterminé ensemble les grandes orientations de l'histoire humaine pour les millénaires à venir.

L'histoire, répétait-il, était un phénomène récent. Un phénomène qui, aussi loin que l'on remontât, couvrait moins de mille générations. Avec les outils mémoriels adéquats, c'était une quantité encore manipulable. La Bible établissait ainsi la généalogie de Jésus sur près de cent générations. Un ordre de grandeur supérieur exigeait la construction d'un palais de mémoire de très grand volume, d'une tour de Babel mémorielle, mais les mythes fournissaient justement d'excellents échafaudages mnémotechniques.

Des humains spécialement équipés, sans dons particuliers, mais initiés dès leur plus jeune âge à exercer leur mémoire et gardés un peu hors du temps comme les prêtres d'un ordre religieux, auraient normalement pu réciter, sans aucun recours à l'écriture, leur ascendance complète jusqu'à Lascaux.

Que ce savoir ait été censuré intriguait beaucoup le marquis, qui laissait parfois entendre que ce mystérieux ordre de la mémoire, réfugié dans l'immatérielle oralité de son culte, pourrait s'être perpétué.

C'était une fantasmagorie absurde, mais Clément accepta d'en débattre. Il compléta les connaissances du marquis sur la révolution néolithique. La fusée comprenait plusieurs étages, diversement empilés selon les sites, mais l'on retrouvait presque chaque fois la domestication des graminées aux premiers temps du décollage. Les graminées présentaient un avantage presque inquiétant sur les autres plantes : bien maîtrisées, elles offraient un rendement exponentiel, chaque grain, planté, permettant de multiplier sa mise de départ par dix, vingt, trente ou cinquante selon les variétés sélectionnées. En trois ans seulement, un mètre carré de culture pouvait produire assez de graines pour ensemencer un hectare. La dynamique était spectaculaire. L'homme avait désormais la possibilité de laisser des usines nanotechnologiques automatisées transformer pour lui la lumière du soleil en farine comestible.

La question immédiate était alors celle de la conservation d'une année à l'autre d'une certaine portion de graines pour réensemencer le sol. L'humanité vivait encore au ras de la terre et tout ce qui n'était pas dévoré par les bêtes pourrissait très vite. Sans les techniques issues de la poterie et de la vannerie, qui allaient permettre d'éloigner les grains du sol ou de les stocker dans des récipients fermés, les propriétés merveilleuses des céréales seraient restées inexploitables.

Le grenier est la vraie technologie de rupture qui signe la fin de la préhistoire.

On pouvait même considérer que les chemins, les voies ferrées et les routes, agglomérats de pierres fines repoussant les boues liquides du sol, n'étaient que le produit dérivé de ces greniers primitifs, une sorte de fuite dans l'espace des grains de matière retenus hors du temps.

Clément intéressa particulièrement le marquis quand il lui fit part des théories récentes qui associaient un tremplin démographique, situé entre le Tigre et l'Euphrate, à un rebond littoral, marquant la fin du contrôle démographique par l'expansion territoriale. Le processus de concentration urbaine et l'apparition d'inégalités sociales marquées, jusque-là limité au Moyen-Orient, allait devenir la norme unique de développement en Eurasie, une fois que l'homme aurait été, pour la première fois, confronté à la limitation du monde.

« Les premières civilisations se sont organisées, entre deux déserts, dans des marécages, avec toutes les évolutions techniques afférentes, liées au contrôle de l'eau. Des civilisations assez fermées, avec des cellules humaines de taille plutôt rigide, déterminée par la quantité de champs mis en culture — des civilisations rapidement contraintes de se réguler en exilant leurs membres surnuméraires. La conquête de l'Europe est un malthusianisme. Imaginez maintenant la rencontre de ces nomades avec le scandale géographique — et démographique — d'une péninsule.

— Les hommes ont alors vu leur avenir fondre, comme le soleil couchant, dans l'eau glacée et infertile de l'Océan…

— Mais leur réaction sera alors exceptionnelle. La fin du monde allait constituer le plus puissant des moteurs de développement. Le plus vieux foyer connu de l'histoire de l'humanité a ainsi été découvert récemment sur le site de Menez Dregan, dans le Finistère, près de la pointe du Raz. »

Le marquis ignorait cela, mais il connaissait l'allée couverte voisine de Menez Korriged, qui faisait partie des quelques sites archéologiques que les nazis avaient vandalisés, quand ils avaient construit le Mur de l'Atlantique.

« Les bords du monde, reprit Clément, ont évidemment incité les hommes à développer des techniques de navigation en mer. Celles-ci sont très mal documentées. Mais nous connaissons leurs effets indirects : la prolifération des structures mégalithiques le long du littoral. Elles exigent en effet, pour leur érection, la maîtrise préalable des techniques typiquement maritimes de la corderie. Ces mégalithes ont permis, selon certains théoriciens du rebond littoral, de dissiper l'énergie excessive des premières tribus humaines chez lesquelles le bannissement ou l'exil des éléments perturbateurs ou surnuméraires n'était plus permis. Carnac ne serait pas autre chose qu'un paratonnerre à testostérone, qu'un puits calorifique. L'arrivée continuelle de nouveaux émigrants, venus de l'est sans savoir encore que le monde était fini, a cependant obligé le peuplement humain à aborder un repli progressif vers l'intérieur des terres : les côtes, très attractives sur le plan conchylicole, ont fini par être saturées. L'économie sociale récemment inventée, fondée sur le mégalithisme — et qui était, contrairement aux idées reçues, sans doute profondément égalitaire, les allées couvertes servant surtout de tombes collectives —, s'est probablement affaiblie à mesure qu'elle rétrogradait vers l'est, et que tout simplement les affleurements rocheux du littoral ont commencé à manquer. Il a fallu s'organiser autrement, avec des carrières, peut-être exploitées par des esclaves. La politique de grands travaux, fondement d'une sorte de communisme primitif, décline en tout cas rapidement. A-t-on imaginé, à la place, des techniques de gouvernement des hommes plus souples et plus transportables, comme les inégalités, véritable transposition sociale des menhirs, dolmens et autres pierres levées ? À certains hommes les qualités de la pierre, aux autres celles du sable ?

— Le clivage droite-gauche ferait là sa première apparition historique...

— Si la théorie du rebond littoral était vraie, il devrait être encore possible d'identifier une ligne, située à quelques centaines de kilomètres de la mer, à partir de laquelle la transmutation du somptuaire vers l'inégalitaire deviendrait prépondérante. La carte des mégalithes européens montre en tout cas que ceux-ci se trouvaient surtout à l'ouest.

— Avez-vous lu, jeune homme, l'ouvrage de Siegfried sur la typologie du vote dans l'Ouest ? C'est tout à fait cela, d'une tout autre manière, mais il faut absolument que vous le lisiez.

— Que dit-il ?

— Il fait état d'une profonde fracture entre l'Est et l'Ouest, qu'il lie à la géologie. Je vais vous le chercher. »

Clément avait conscience d'avoir un peu forcé la théorie du rebond littoral. Il aurait été incapable, cependant, de faire la part des improvisations qu'il avait pu commettre. Le récit fonctionnait presque tout seul et semblait fasciner le marquis.

Celui-ci avait trouvé l'ouvrage de Siegfried. Clément réalisa soudain ce que ce nom avait de comique pour un livre qui prétendait séparer aussi complètement l'Est et l'Ouest.

« Si je vous suis bien, conclut le marquis, la Marche de Bretagne est le guichet qui devait marquer l'entrée, après des siècles de stupeur et d'errances au milieu d'un paysage de pierres dressées sans fonctions véritables, dans la civilisation moderne, plus rationnelle et plus fonctionnelle. »

Clément, voyant qu'il avait suffisamment excité l'imagination du vieux marquis, évoqua alors la grotte qu'il avait découverte avant sa chute dans l'Ardoigne et lui fit part de son désir de l'explorer.

Le marquis garda le silence pendant plusieurs minutes. Il semblait très nerveux et tapotait mécaniquement sur les livres de sa bibliothèque.

Il se retourna soudain vers Clément et lui serra la main, comme s'ils venaient de conclure un marché difficile.

« J'accepte l'idée d'une expédition archéologique, à condition que celle-ci reste secrète, et que vous la meniez seul. Il existe un risque, certes infime au vu de sa position un peu à l'écart de la grotte, d'interférence avec le chantier de la LGV. Ma fille ne me le pardonnerait pas. Je veux votre promesse. Vous garderez, quoi qu'il arrive, le silence le plus complet.

« En attendant, je vous prie de bien vouloir accepter mon invitation. Vous êtes ici chez vous, et aussi longtemps que vous le jugerez nécessaire. »

III

LA GROTTE

27

L'idée que les constantes physiques, comme la vitesse de la lumière dans le vide ou la constante de Planck, pourraient avoir évolué au cours de l'histoire de l'Univers fut suggérée, au début du XXe siècle, par quelques physiciens, idée sans doute induite par la découverte, par Hubble, d'un Univers en expansion, et par la théorie plus troublante encore de Lemaître sur l'«atome primitif». Si l'Univers était en développement, il pouvait être le créateur de ses propres lois — idée curieuse, difficile et antiplatonicienne.

L'Univers serait ainsi une machine partie à la découverte de ses propres règles. C'est le sens fort du principe anthropique, qui soutient non seulement que les lois de l'Univers doivent être compatibles avec l'apparition de la vie, mais encore que ces lois doivent inclure, dans leur développement normal, leur propre découverte par une civilisation évoluée comprenant en son sein une caste de physiciens. Le but ultime des sondes cosmologiques envoyées dans les fosses profondes des points de Lagrange pour photographier l'Univers serait alors de se photographier elles-mêmes, en montrant que les irrégularités du rayonnement fossile observées contenaient déjà le germe futur de leurs instruments refroidis à des températures plus de cent fois inférieures à la sienne.

Or la modification, même légère, de la valeur d'une constante physique aurait suffi à dérégler ce système prophétique, cette douce prédestination physique, ce patient triomphe d'un ordre dont l'homme serait, peut-être, le seul bénéficiaire et le premier témoin. Un infime dérèglement, une seule erreur de chiffre dans des décimales lointaines, et les atomes légers auraient pu être aussi instables que les atomes lourds et radioactifs. La plupart des propriétés chimiques qui servent de support à la vie auraient alors été censurées dès les premières années de l'Univers.

Ces constantes, si bien réglées et aux effets particulièrement élégants et aimables, demeurent pourtant une énigme. On a calculé expérimentalement leur valeur jusqu'à des décimales avancées, mais sans jamais parvenir à découvrir les formules mathématiques qui pourraient générer les suites de chiffres aléatoires qui les composent. L'Univers, au niveau de ses constantes fondamentales, semble atrocement sophistiqué, ou encore inachevé. Une sorte de poussière numérique irréductible subsiste dans les équations transparentes de la physique, poussière qui rend possible, comme le sable utilisé par les peuples antiques pour faire coulisser les blocs de pierre de ses monuments grossiers, la mise en mouvement des choses, mais qui semble bloquer la grande entreprise rationnelle de mathématisation de la physique.

André Taulpin et Roland Peltier habitaient à moins de deux kilomètres l'un de l'autre mais l'une de leurs dernières rencontres remontait à la fin des années 1960, et s'était produite en Afrique, à l'instigation de Foccart.

La Cogema, qui exploitait à Oklo, au Gabon, une mine d'uranium, avait fait parvenir à Paris des informations alarmantes. La qualité du minerai avait subitement décru. Le pourcentage d'uranium 235 s'était affaibli dans des proportions qui pouvaient affecter la rentabilité du site. Plus on avait creusé profond, plus le minerai s'était avéré pauvre.

La Cogema s'était à juste titre demandé si elle n'avait pas fait l'objet d'un vol, pendant l'une des étapes, encore mal identifiée, du processus d'extraction ou de traitement du minerai.

On soupçonna les Russes, ou les Américains. Les privilèges miniers de la France en Afrique équatoriale généraient beaucoup de jalousie.

Roland Peltier avait été envoyé là par le CEA pour mener une enquête discrète. Foccart lui avait recommandé de se mettre en relation avec André Taulpin.

Celui-ci avait commencé à internationaliser son groupe, après avoir eu accès, en France, à presque tous les types de marchés publics. Il avait ainsi obtenu des contrats prestigieux, comme dans le domaine ultra-sensible du secret-défense. Il avait réalisé plusieurs des bâtiments en béton épais qui abriteraient bientôt les cœurs fissiles des centrales nucléaires de deuxième génération et il avait livré quelques-unes des hyperboles légères de leurs systèmes de refroidissement par air ; on disait également ment qu'il avait remporté l'appel d'offres secret pour creuser, sous les appartements présidentiels de l'Élysée, le poste de commandement antiatomique Jupiter.

La Cogema lui sous-traitait ici la part non nucléaire de l'exploitation de ses mines : travaux de remblaiement et d'accès, construction de routes et d'unités d'habitation climatisées. Le groupe supervisait également la sécurité du site, aidé en cela par Foccart, qui lui fournissait des spécialistes de toutes sortes — de nombreux transfuges des Services spéciaux avaient trouvé là l'occasion de se reclasser dans le privé.

Taulpin rendait d'excellents services. Il pourrait, encore une fois, se montrer très utile.

Les deux hommes ne se connaissaient pas. Ils avaient dîné ensemble à l'hôtel Intercontinental de Libreville.

Ils s'étaient très mal entendus, mais parfaitement compris quand ils en étaient arrivés au véritable objet de leur rencontre : Roland Peltier avait demandé à André Taulpin de veiller à ce que la mine soit soumise à une surveillance étroite. Les ouvriers devraient être systématiquement fouillés et feraient l'objet d'enquêtes approfondies — on chercherait d'éventuels antécédents criminels ou des engagements politiques passés au sein du parti communiste gabonais.

Ces investigations minutieuses restèrent vaines. Roland Peltier rentra à Paris sans apporter d'explication au mystérieux phénomène.

Ce fut un physicien qui découvrit bientôt la clé de l'énigme.

Il était parti d'une hypothèse de travail audacieuse qui fut bientôt validée par l'analyse des échantillons que la Cogema lui laissa examiner.

L'uranium s'était naturellement appauvri.

Le site d'Oklo avait été le théâtre, deux milliards d'années plus tôt, d'un phénomène géologique rarissime.

Modérées par l'eau qui s'était infiltrée entre les couches de minerai, des réactions de fission nucléaire s'étaient produites.

Oklo était l'unique exemple attesté d'un réacteur nucléaire naturel.

Les noyaux d'uranium 235 s'étaient scindés pour former des éléments chimiques nouveaux.

L'analyse de ceux-ci ne laissait aucun doute. Leur signature isotopique correspondait à celle prédite par la théorie.

Ce fut une nouvelle retentissante. La fission nucléaire, de plus en plus contestée par la société civile, était devenue un phénomène naturel.

Oklo inscrivait le programme nucléaire français dans le temps long de la géologie.

Roland Peltier accueillit ces résultats avec une triple satisfaction : son enquête trouvait là une résolution physique définitive, l'excellence de la recherche française était à nouveau démontrée, le recours à l'énergie nucléaire se trouvait validé par la Terre elle-même.

André Taulpin interpréta lui aussi ces résultats avec optimisme. Il savait que la filière nucléaire, grande pourvoyeuse de contrats, devrait à terme se doter d'un dispositif qui lui permettrait de sécuriser, pour des millénaires, ses dangereux déchets. Oklo prouvait que l'une des technologies à l'étude, celle de l'enfouissement dans des couches argileuses profondes, était indirectement validée : deux milliards d'années après l'extinction du réacteur, ses déchets étaient restés bien en place et n'avaient contaminé aucune autre couche géologique.

Le stockage des déchets nucléaires représentait un marché gigantesque. Il faudrait prospecter plusieurs sites, forer des puits, en assurer l'étanchéité et la stabilité. Le groupe Taulpin avait devant lui le marché du millénaire : toute l'histoire minière du XIXe siècle, repassée à l'envers — l'enfouissement remplaçant l'extraction — et au ralenti pour durer, plutôt qu'un siècle, des milliers d'années.

André Taulpin vit là une manière d'assurer la pérennité de son empire.

La France allait, dans les prochaines décennies, signer avec lui le contrat du millénaire.

Il allait bientôt acheter un pays entier et devenir le maître du temps.

Oklo continua à fournir la France en uranium tandis que physiciens et géologues tentaient d'établir avec précision les conditions initiales du miracle qu'il avait représenté.

On nomme α la constante de structure fine. C'est au premier abord une constante agréable. On peut l'exprimer sous la forme d'une équation élégamment holistique :

$$\alpha = \frac{e^2}{\hbar c}$$

α se trouve ainsi exprimée par un rapport entre d'autres constantes fondamentales : celle de la charge électrique d'un proton, notée e, celle de la constante de Planck réduite, , et celle de la vitesse de la lumière, c.

α exprime la force des interactions entre un photon et un électron et ressortit donc au champ de l'électrodynamique quantique. L'apparition de c, dans son expression physique, la lie cependant aussi, d'une manière encore inconnue, à la relativité générale.

On en connaît seulement une valeur approchée, située autour de 1/137. Valeur étrange, imparfaite, qui faisait dire à Feynman, cofondateur de l'électrodynamique quantique, qu'α était «l'un des plus grands mystères de la physique : un nombre magique donné à l'homme sans qu'il y comprenne quoi que ce soit. On pourrait dire que "la main de Dieu" a tracé ce nombre, et que l'on ignore ce qui a fait courir Sa plume».

L'autre hypothèse, pour expliquer la bizarrerie d'α sans recourir aux caprices d'un dieu, serait de considérer que la constante n'était pas encore stabilisée, et se présentait, encore sauvage, sous une incarnation historique provisoire — elle serait encore en train de muter.

Il restait à découvrir des protocoles expérimentaux susceptibles d'infirmer ou de confirmer ce soupçon.

Le Russe Shlyakhter proposa d'analyser à cet effet les résidus de fission d'Oklo. Ces premiers travaux furent repris, avec plus de précision, par les physiciens Thibault Damour et Freeman Dyson en 1996.

Les deux physiciens analysèrent tout particulièrement les concentrations de plusieurs isotopes du samarium, dont le pourcentage relatif, déterminé par le taux d'absorption de neutrons libérés par l'uranium d'Oklo, était directement lié à la valeur d'α.

Ils montrèrent ainsi qu'α n'avait pu, au maximum, varier que de 10^{-5} pendant ces deux derniers milliards d'années. C'était bien moins qu'envisagé par Shlyakhter.

De nouvelles expériences furent menées, pour déterminer les variations éventuelles d'α entre deux intervalles de temps très courts — c'était possible, à condition de produire des approximations très fines de la constante. Il fut une fois encore montré qu'α ne variait que très peu. Or, des variations inférieures au millième impliquaient très peu de modifications à l'échelle atomique. L'hydrogène et les atomes plus complexes demeuraient stables.

L'Univers était donc bien réglé, quoique souple et légèrement modulable.

Oklo livra aussi d'autres enseignements, qui purent être interprétés de différentes façons. S'il était désormais prouvé, en conformité avec le principe anthropique, que l'Univers était par nature habitable et plutôt régulier, on pouvait reconstituer, à partir des données fournies par le réacteur fossile, un scénario presque aussi terrifiant que celui qui verrait l'eau devenir une substance radioactive instable.

Les fossiles des plus vieux eucaryotes — des organismes pluricellulaires — furent découverts en 2008 tout près du site d'Oklo. Âgés d'environ deux milliards d'années, ces organismes ont connu l'époque où le réacteur était en activité. On peut imaginer un scénario dans lequel les radiations d'Oklo viendraient accélérer le processus normal de mutation de leurs ancêtres unicellulaires, pour aboutir à cette forme de vie plus complexe.

Nous serions alors les enfants monstrueux de la plus grande catastrophe nucléaire de l'histoire.

On pouvait aussi imaginer, à partir d'Oklo, une uchronie particulièrement terrifiante.

La demi-vie de l'uranium 235, estimée à 700 millions d'années, avait fini par rendre, à Oklo comme ailleurs, cette substance relativement rare. Il était par exemple, il y a deux milliards d'années, huit fois plus abondant dans l'écorce terrestre qu'il ne l'était aujourd'hui.

La principale difficulté, quand on veut fabriquer une bombe atomique, consiste à réunir une quantité suffisante de matière fissile.

Si la civilisation humaine était apparue deux milliards d'années plus tôt, les humains n'auraient eu qu'à ramasser un peu de terre, à Oklo ou ailleurs, pour fabriquer des bombes, presque aussi facilement qu'ils fabriqueront du feu dans leur chronologie véritable.

Des anthropologues révisionnistes pouvaient même être tentés d'aller plus loin et de faire de l'homme moderne le lointain héritier d'un homme d'Oklo, presque entièrement rayé de la carte par le premier holocauste nucléaire de l'histoire — il y aurait eu une première civilisation humaine, née trop tôt dans un monde trop riche, et qui se serait presque entièrement autodétruite.

La célèbre prophétie d'Einstein devait peut-être se lire comme le récit d'un événement passé : « Je ne sais pas comment on fera la Troisième Guerre mondiale, mais je sais comment on fera la quatrième : avec des bâtons et des pierres. »

L'holocauste nucléaire qu'il désignait sous le nom de Troisième Guerre mondiale se serait déjà produit et le long épisode de dévolution technique qui aurait suivi serait ce que nous nommons improprement la préhistoire. Nous serions en train de traverser le dangereux processus historique pour la seconde fois, et nous aurions sans doute franchi, avec la reconquête de l'arme nucléaire, une sorte de Rubicon fatal — l'unique façon de démanteler cet arsenal pour en protéger les générations futures, en détruisant non seulement les bombes mais aussi les manuels expliquant comment en fabriquer, consisterait désormais à en faire brutalement usage, ramenant l'humanité, entièrement réfugiée dans des abris antiatomiques, à un nouvel âge des cavernes.

Oklo aurait ainsi validé les théories cycliques du temps imaginées par les premiers poètes grecs, avec un âge d'or, marqué par les réactions en chaîne spontanées des noyaux d'uranium et des épis de blé, suivi bientôt par des âges sombres, désignés par des noms de métaux plus légers, de la même manière que la dégradation des atomes lourds signe la lente dégradation de l'Univers, qui perd peu à peu avec eux des propriétés physico-chimiques de haut niveau, pour redescendre à un état plus simple — théorie des âges métalliques qui fut paradoxalement reprise par l'archéologue danois Thomsen pour désigner les progrès cumulatifs de l'humanité, passée de l'âge de la pierre à l'âge du fer *via* celui du bronze.

L'humanité, étourdie par l'accélération du temps et le développement synoptique de ses facultés de transformation du monde, semblait hésiter entre ces deux lectures du progrès.

Les partisans de celui-ci exprimaient parfois une agressivité surprenante, qui conduisait certains à affirmer, comme l'un des chercheurs qui s'étaient intéressés au réacteur d'Oklo, que l'homme devrait un jour abandonner la Terre pour exprimer sa vraie nature, et se construire dans l'espace des écosystèmes sphériques destinés à capter toute l'énergie des étoiles jeunes. Ces pionniers auraient alors passé l'éternité du temps à se souvenir de la dispendieuse pauvreté du premier écosystème que leur civilisation avait colonisé : la Terre, petite planète laissée depuis longtemps entre les mains malhabiles, mais implorantes, de quelques fondamentalistes de l'écologie radicale.

Inversement, de plus en plus de penseurs et d'hommes politiques réclamaient l'établissement immédiat d'un processus de décroissance, seul capable à leurs yeux de sauver l'homme des dérèglements d'une planète devenue folle à force de subir les injonctions contradictoires du progrès technique.

Taulpin et Peltier revenaient souvent en pensée jusqu'à Oklo, lieu mythique qui les obséda longtemps après leurs aventures africaines, Oklo où la géologie s'était comportée comme un faussaire, Oklo où reposait l'unique artefact naturel de la Terre, Oklo réacteur nucléaire devenu site de stockage, Oklo qui reflétait, enfin, cette double lecture du progrès comme cycle de croissance très courte traversé de longues phases d'oubli salvateur, ou comme hasardeux démarrage, entre quelques couches d'argile humide, d'une réaction en chaîne bientôt destinée à s'étendre à une planète entière avant de semer la vie dans tout l'Univers — explosion absolue contre laquelle il n'existait aucun refuge —, le seul souvenir de ses conditions initiales suffisant à la réactiver.

La question de la mémoire avait justement atteint un stade industriel avec les réflexions menées par les majors du nucléaire autour du problème des déchets.

Les centrales de première et deuxième génération arrivant en fin de vie, leur démantèlement allait multiplier de façon exponentielle la quantité de déchets nucléaires répartis à la surface de la Terre. On devait s'assurer que les sites d'enfouissement retenus, au terme d'un long processus de sélection, ne seraient pas ensuite abandonnés aux vicissitudes auxquelles étaient toujours soumis les objets historiques. Il fallait s'assurer qu'on ne les oublierait jamais.

Leur localisation devrait demeurer aussi universelle et accessible que celle de l'étoile du berger.

Ce serait la première fois que l'homme aurait à se projeter dans une échelle de temps bien plus longue que son histoire passée, la première fois qu'il aurait à réfléchir sur des dispositifs d'une portée temporelle supérieure au millénaire.

À la recherche d'un système de mémoire absolue, on en vint bizarrement à privilégier les solutions de stockage d'information les plus anciennes, considérées comme plus robustes.

Les mémoires informatiques offraient en effet peu de garantie de durée.

On choisit donc de s'en tenir largement au livre. On mit au point des papiers plastifiés spécialement conçus pour durer plusieurs siècles. Mais les civilisations, de même que les systèmes d'écriture, étaient mortelles. Il fallait inventer des techniques plus robustes encore.

On consacra alors des sortes de sanctuaires mémoriels situés au-dessus des sites d'enfouissement, en laissant aux hommes, naturellement attachés au sacré, le soin de les restaurer régulièrement et de redécouvrir le sens de leurs mystérieuses instructions.

On imagina, enfin, que le plus sûr était encore de se passer de tout objet mémoriel prédéfini, et de laisser le bouche-à-oreille assurer la transmission continue de ce savoir crucial, qui se transformerait peu à peu en mythe, en récit fondateur et en religion barbare.

28

Roland Peltier s'était beaucoup amusé à écrire son pamphlet contre le transport de masse. Il s'était même aperçu qu'il aurait pu en revendiquer certaines des thèses les plus extrémistes. Il avait porté l'État, dans sa jeunesse, à son dernier niveau de splendeur, et cet âge d'or historique ne serait probablement jamais retrouvé ; cela nourrissait parfois un certain pessimisme chez le vieillard progressiste, pessimisme vite dissipé, tant il se confondait avec le désagréable sentiment de sa mort — mais l'idée mélancolique qu'il aurait été le dernier des grands commis de l'État, le dernier des aménageurs, n'était pas sans charme. Il était, là aussi, au cœur de la fin des temps annoncée par la lettre de Foccart. Son combat contre Taulpin portait bien une promesse d'apocalypse.

Il s'agissait, pour l'heure, d'assurer la formation intellectuelle de ses cavaliers. Peltier décida de faire imprimer, à compte d'auteur et de façon anonyme, son petit pamphlet.

Il choisit, par discrétion, un éditeur local, dont le père avait été en relation avec le sien, et qui avait accepté, sans même le lire, de mettre en page et d'imprimer *L'Étoile Absinthe*.

Les Éditions de la Ronce étaient installées dans le château de la Ronce, situé au bord de l'Ardoigne, quelques kilomètres en amont du moulin. D'apparence très éclectique, le château était plus proche de la relecture d'un château écossais par un magnat d'Hollywood que d'une authentique citadelle de la Marche, mais cela ne l'avait rendu que plus aisément aménageable : le rez-de-chaussée servait maintenant d'imprimerie et de magasin de stockage — comme à la grande époque de la presse clandestine.

Les Éditions de la Ronce résistaient à leur manière : c'était l'un des derniers refuges de la grande édition catholique, qui après un demi-millénaire à imprimer la quasi-totalité des best-sellers de l'histoire de l'imprimerie — bibles, manuels de piété, livres de prières, hagiographies et recueils de sermons qui s'étaient vendus par millions — souffrait depuis un demi-siècle d'un brutal reflux de ses ventes. Cachées au cœur d'un département de France qui fut pendant des siècles un foyer vivant du cléricalisme, une terre de congrégations et d'imprimatur, plus royaliste que le roi, plus catholique que le pape, et en tout point, avant que Vatican II n'oblige la frange la plus rigoriste de sa population à renoncer à Rome pour le jacobinisme paradoxal des lefebvristes réfugiés dans l'église parisienne de Saint-Nicolas-du-Chardonnet, plus ultramontaine que gallicane, les Éditions de la Ronce assuraient aujourd'hui presque seules la mission sacrée de diffuser dans les librairies de la fille aînée de l'Église les encycliques, les bulles et les discours pontificaux.

Les Éditions de la Ronce comptaient seulement deux employés : le directeur et sa secrétaire, couple étrange qui rappela à Peltier les innombrables anecdotes de son père, anticlérical passionné, sur les curés et leurs bonnes.

Peltier se dit que les Éditions de la Ronce portaient bien leur nom, comme un château depuis longtemps en ruine et recouvert par la végétation, comme le catholicisme lui-même, lentement oublié jusque dans la pieuse province du Maine, après avoir constitué, pendant presque deux mille ans, l'une des plus solides arches de l'histoire de l'humanité.

Il fut cependant surpris de la modernité des machines qui imprimèrent devant lui plusieurs centaines d'exemplaires de son fascicule antimoderne.

Peltier put bientôt faire lire à sa jeune recrue son premier livre — il laissa entendre à Sébastien, sans rien lui révéler d'autre, que tout le stock avait été saisi chez un imprimeur en faillite, au terme d'une enquête antiterroriste mal menée, avant d'être mis aux enchères et acheté par un bouquiniste qu'il connaissait. Après avoir ainsi agité les fantômes de Tarnac devant les yeux du jeune activiste, le vieux préfet lui signifia qu'il pouvait, si jamais la chose lui plaisait, se procurer la totalité du stock pour une somme ridiculement modique. Et ce fut autant par cupidité que par pureté idéologique que Sébastien, après avoir lu L'Étoile Absinthe trois fois de suite, comme le grand poème lyrique que sa génération attendait, revint lui demander dès le lendemain, certain de tenir la nouvelle Insurrection qui vient, l'adresse du bouquiniste.

Dès sa première lecture, Sébastien avait décidé de consacrer un stand du prochain festival Changé le monde à la vente du petit livre. Mais il lui vint, en le relisant, une idée plus ambitieuse : le prochain festival *Changé le monde* ne se tiendrait pas dans le village éponyme, mais sur le plateau d'Argel, là où un acte de vandalisme scandaleux avait anéanti, au nom de la vitesse, l'une des plus vieilles fermes du monde, patiemment révélée par le travail d'un groupe d'archéologues.

Il récrirait ainsi l'histoire à l'endroit même où on l'avait vandalisée, il ferait sortir une utopie nouvelle de la terre dévastée de Vaultorte — Martin, à Notre-Dame-des-Landes, lui avait parlé de Walter Benjamin, et il savait depuis que la révolution était un être en hibernation que l'action politique, même la plus minime, permettait de réveiller. La révolution était avant tout un ici et un maintenant, la saisie d'une chance éphémère, l'activation résolue d'un point d'acupuncture. L'étoile Absinthe de l'Apocalypse pouvait être repoussée par un tout petit groupe d'hommes déterminés. Si l'on parvenait à drainer un seul champ pour en évacuer les eaux amères, l'étoile entière pourrait basculer sur l'une de ses branches et disparaître dans le néant. Ce serait alors un miracle, mais l'histoire en était remplie.

Sébastien refusa, sans donner d'explication, la subvention annuelle de la mairie de Changé. Son association disposait d'assez de trésorerie pour lui permettre de tenir jusqu'au début de l'automne. Passé cette date, il sortirait du monde économique pour entrer dans la zone dangereuse du communisme libertaire intégral — son vieil ami le préfet retraité lui avait cependant laissé entendre qu'il pourrait le soutenir financièrement.

Sa conscience politique de plus en plus éclairée, Sébastien laissait le vieil homme intervenir à côté de lui comme conseiller occulte : il importait peu, au fond, que leurs causes convergent, ou que l'un manipule l'autre, la véritable politique consistant à mélanger la glaise des intérêts humains pour en former un objet nouveau, et elle ne pouvait arriver à ce résultat que par la prise en compte et l'acceptation de ses composantes impures — la seule stratégie étant, comme il l'avait lu quelque part, que le chaos domine, car en lui naissaient les éléments propices à la réussite des actions humaines.

La présence de Peltier, ainsi justifiée, présentait d'ailleurs un intérêt immédiat : le vieillard lui avait promis, à demi-mot, de faire jouer ses contacts dans la gendarmerie pour retarder l'intervention, inévitable, des forces de l'ordre.

Tout s'enchaîna alors très vite. Sébastien se révéla un excellent élève, capable de mettre en pratique seul l'enseignement qu'il avait reçu à Notre-Dame-des-Landes : clandestinité, discrétion, vitesse, utilisation du terrain et gestion des ressources humaines. Avec la vingtaine d'activistes qu'il avait recrutés parmi son réseau *alter*, ils parvinrent à descendre un matin, juste avant l'arrivée des machines, dans l'excavation boueuse qui avait succédé au chantier archéologique. Il leur fallut moins d'une heure pour se déployer entièrement et installer un campement provisoire.

L'employé de Piau-Sécurité responsable du site s'aperçut trop tard de leur présence : il était impossible à un homme seul, même accompagné d'un chien, de les déloger tous. Ils avaient de plus barricadé avec des palettes la rampe inclinée qui constituait le seul chemin d'accès jusqu'à eux.

Le camp, encaissé, aurait été désastreux sur le plan tactique, s'il s'était agi de manifester autre

chose que la pure passivité d'une occupation pacifique. Les activistes s'étaient volontairement
enterrés, sous les yeux du monde, pour affirmer
leur opposition à la LGV.

Prévenu, Yann Piau arriva aussitôt, suivi par la
maire d'Argel.

Les gendarmes ne furent pas là avant le déjeuner.
Ils avaient reçu des ordres très modérés : ils devaient
empêcher d'autres manifestants de débarquer, et
contrôler les identités de ceux qui occupaient déjà
le site — et qui, évidemment, refusèrent.

Dominique Taulpin arriva la dernière, de Paris,
en début d'après-midi, un peu avant la presse
régionale. L'événement était si imprévu qu'elle se
demanda, pour la première fois de sa carrière,
comment son père aurait réagi à sa place.

Ce ne fut pourtant pas elle qui le prévint, et elle
fut surprise de le voir. Informé de la situation par la
société de sécurité du site, celui-ci se manifesta en
longeant, dans sa voiture avec chauffeur, le bord de
la dépression, ouvrant un instant sa portière pour
jeter un coup d'œil en contrebas. Il repartit sans
même adresser un regard à sa fille.

Le diagnostic général était le suivant : les engins
de chantier étant pour la plupart réquisitionnés à
cinq kilomètres de là pour le creusement d'une
autre tranchée, on pouvait laisser la situation mourir d'elle-même — les insurgés ne tiendraient pas
longtemps. En cas d'orage, le risque d'éboulement
exigerait cependant leur évacuation immédiate.

Le *statu quo* dura quelques jours.

Les manifestants, venus pour la plupart de la
scène musicale mayennaise, et pour quelques-uns

de Notre-Dame-des-Landes, s'organisèrent comme ils l'auraient fait dans le camping d'un festival particulièrement *roots*, creusant des sanitaires, économisant l'eau et se protégeant du soleil.

Les gendarmes s'installèrent tout autour, sur la ligne de crête. On voyait, à la tombée du jour, leurs ombres évoluer au milieu du campement.

La confrontation restait très symbolique : les festivaliers rebelles faisaient griller des saucisses en jouant de la musique, tout en s'amusant à piétiner les ombres des képis qui défilaient au milieu d'eux.

On organisa aussi, plus par jeu que par réelle nécessité tactique, des quarts de garde derrière la barricade qui fermait la rampe.

Les manifestants n'avaient pas plus de trois jours de réserves d'eau. Quant aux saucisses, condamnées par la chaleur et par l'absence de tout dispositif frigorifique, elles ne tiendraient pas plus d'un jour ou deux.

Jamais, pourtant, Argel n'avait vécu un tel face-à-face.

Sébastien ne parvenait pas à dormir, malgré l'herbe qu'il fumait en grande quantité pour tenter de se détendre.

Au terme d'une deuxième journée marquée par une tension extrême, on finit par voter l'expulsion d'un jongleur particulièrement agressif avec les gendarmes. La tension retomba.

Peltier surveillait toute l'affaire de loin. Il invita à dîner, au soir du deuxième jour, le brigadier-chef d'Argel, un homme charmant, et plutôt heureux d'offrir à ses hommes un peu de divertissement, après une décennie passée à faire, presque exclusivement, des contrôles de vitesse sur la nationale et sur l'autoroute.

Les manifestants étaient sur le point de renoncer — on prévoyait 30 degrés pour le lendemain. Il avait rassuré en ce sens la maire d'Argel et la fille de Taulpin.

Le département avait vocation à rester calme. Les échanges de terre et les indemnisations n'avaient donné lieu, sauf exceptions très rares, à aucune contestation — la LGV était acceptée, et entérinée, depuis des années. Ces agitateurs exogènes ne signifiaient rien. Rien à signaler, par exemple, du côté des organisations paysannes, autrement plus virulentes et plus violentes que les écologistes radicaux. Le déficit de terre serait largement compensé par les gains en productivité provoqués par les remembrements. Les maires avaient tous soutenu le projet, générateur d'emplois et d'équipements routiers rénovés.

Certes, l'occupation du chantier trouvait un certain écho médiatique. *Ouest-France* et France 3 Pays de la Loire avaient dépêché des envoyés spéciaux, mais l'affaire n'avait pas encore mobilisé les rédactions nationales.

Le passé récent de la Mayenne plaidait pour un rapide épuisement de ce feu de paille insurrectionnel. Jean Chouan ne survivait plus que sur les murs du château de Lassay, pendant les représentations estivales du plus fameux son et lumière du département.

Roland Peltier souscrivait largement à ce constat : Sébastien allait échouer.

Il était lui-même, après tout, un homme d'organisation plutôt qu'un révolutionnaire. Il avait manœuvré en pure perte. Le vieux Taulpin, cependant, devait être fou de rage. C'était presque le mieux qu'il pouvait obtenir.

Mais leur guerre n'avait pas la LGV pour objet principal.

Il avait espéré, un temps, que le jeune archéologue fasse une découverte retentissante. Nul tombeau, pourtant, ni ici, dans la vieille terre d'Argel, ni là-bas, dans les livres un peu délirants du marquis d'Ardoigne. Il n'avait pas trouvé d'autre arme à sa disposition que le jeune Sébastien Piau, arme sans ampleur, ni dangerosité aucune.

Peltier relut encore la lettre de Foccart en se demandant pour la première fois s'il n'avait pas déjà rencontré l'objet qu'elle décrivait dans ses dernières lignes, et qu'elle comparait à une bombe atomique : ce serait le réacteur d'Oklo. Alors sa confrontation avec Taulpin se serait déjà produite presque un demi-siècle plus tôt.

À moins qu'il existe encore, dans un endroit seulement connu par son rival, une réplique cachée de l'étrange objet.

Peltier dormit très mal cette nuit-là.

L'évacuation du site fut votée le lendemain matin, à l'aube du troisième jour, après l'insolation d'un percussionniste et une bagarre impliquant le propriétaire de deux chiens et une militante, pourtant plutôt végétarienne, qui avait suggéré qu'on mangeât les animaux, pour tenir un jour de plus — animaux qui venaient de s'attaquer au dernier stock de saucisses.

Les pompiers prirent en charge la plupart des militants, qui souffraient de déshydratation. Seul leur leader fut brièvement interrogé par les gendarmes.

Il y eut enfin une petite manifestation de soutien devant la gendarmerie — un simple pavillon, bizarrement situé derrière un crucifix, et surmonté d'une antenne radio à hauban. Le groupe se dispersa assez vite, avec la libération de Sébastien, laissant un christ recouvert, jusqu'à la taille, d'autocollants contre la LGV.

Sébastien, conscient dès le départ des faiblesses de sa stratégie, avait cependant imaginé une fin plus spectaculaire, pour laquelle il avait déjà rassemblé des équipements spéciaux. Il avait aussi convaincu trois autres militants — les anciens membres de son groupe — de le suivre dans sa prochaine action, action qui consisterait à prendre possession des arbres qui encadraient le chantier. Ceux-ci pouvaient constituer, si l'on s'y prenait bien, avec des baudriers, des cordes et une assistance au sol, des refuges presque imprenables. Les médias étaient par ailleurs très demandeurs de ce genre de spectacle, à la symbolique très forte.

Sébastien et ses trois éco-warriors se redéployèrent ainsi dès le lendemain de l'évacuation du chantier.

Cette action eut l'effet escompté : LCI et I-Télé vinrent filmer, en contre-plongée et en vue panoramique, l'insurrection venue du ciel en baudriers fluo — quatre silhouettes humaines accrochées aux branches dans un paysage désertique, sur fond de soleil couchant.

Des équipes de reporters d'images de France 3 se rendirent même jusqu'aux fenêtres du château d'André Taulpin, qui figurait un excellent potentat local.

Plusieurs journalistes entreprirent alors de raconter comment le discret natif d'Argel était devenu l'un des hommes les plus puissants de France. De vieux scandales furent exhumés, un journaliste pointant même le rôle présumé d'André Taulpin dans la mort suspecte de Robert Boulin.

Roland Peltier, surpris de la persévérance de sa recrue, fut enchanté de la tournure imprévue des événements.

Isabelle d'Ardoigne prit un arrêté ordonnant l'évacuation des arbres. La gendarmerie les plaça sous sa surveillance, mais sans intervenir.

29

Le nettoyage du site donna lieu à un chantier archéologique particulièrement rapide — aussi bref que la civilisation autogérée qui l'avait occupé : les tentes, les palettes et les déchets divers furent rassemblés dans une benne puis redistribués entre les différents containers de la déchetterie municipale. Les travaux purent alors reprendre.

L'ancien site archéologique, situé à peu près au sommet du plateau de Vaultorte, ayant déjà été déblayé à niveau, on l'utiliserait comme puits d'accès pour creuser deux tranchées, l'une en direction de l'est, qui descendrait progressivement jusqu'à la nationale, où elle se transformerait en tunnel pour franchir le futur rond-point, l'autre en direction de l'ouest, jusqu'à la crête de la falaise, où elle rejoindrait le futur viaduc.

Les ouvriers subirent pendant quelques jours les invectives répétées des quatre éco-warriors qui, quand ils étaient fatigués de crier, trompaient leur ennui en suivant l'évolution du chantier.

Peu à peu, les écologistes finirent cependant par redescendre, et il ne resta plus, au bout de deux semaines, qu'un seul arbre occupé : celui de Sébastien.

On avait d'abord procédé à l'arrachage des souches qui subsistaient dans le champ dévasté, ultimes vestiges des anciennes haies bocagères. Il ne fut pas nécessaire de recourir à la dynamite, les bulldozers étant parvenus à les extraire du sol — des morceaux de schiste de la roche mère restèrent accrochés à leurs dernières racines.

Les deux tranchées opposées purent alors être découpées dans le plateau désert par des pelles hydrauliques sur chenille Caterpillar 390D, machines immenses, agiles et souples, capables d'opérer sur un rayon de 17 mètres et de creuser jusqu'à 11 mètres au-dessous d'elles.

Dominique et Isabelle venaient au moins une fois par semaine assister aux évolutions des machines. Elles semblaient légères malgré leurs 90 tonnes. Déblayant la terre devant elles, leurs bras articulés disparaissaient avant de remonter, sans manifester ni effort ni stress mécanique, des pelletées de terre de plus de 4 mètres cubes, qu'elles versaient dans des tombereaux situés à côté d'elles, en surplomb, sur des pistes d'accès qu'elles avaient préalablement aménagées.

Les deux types d'engins progressaient ainsi de concert, synchronisés de telle sorte que les pelles trouvaient toujours, dans leur rayon d'activité, une benne à remplir et de la terre fraîche à dégager.

Tout semblait léger, poudreux et volatile. La tranchée, profonde d'une dizaine de mètres et présentant un profil trapézoïdal, fut achevée sans effort.

Elle rejoignait une immense zone de chantier, qui correspondait à l'emplacement où la nationale croisait jadis la route d'Orligné. Les lieux, qui couvraient l'ancienne partie orientale de Vaultorte, étaient méconnaissables. Il n'y aurait bientôt plus qu'un paysage neuf, reflété par les fenêtres lisses des trains, pincé un instant par le tunnel de franchissement de la nationale et relâché aussitôt vers l'ouest, à la vitesse souveraine de 300 km/h. Les silos argentés des établissements Piau serviraient, pour les voyageurs attentifs, de borne kilométrique géante annonçant l'arrivée imminente du train en Bretagne.

L'évacuation rapide du campement avait représenté, pour Yann, un soulagement de courte durée ; il n'avait pas vu venir le redéploiement arboricole des écologistes. Les arbres étaient cependant situés en dehors de sa zone de surveillance, sur des terrains appartenant à la commune.

Yann plaça néanmoins un vigile à proximité de chaque arbre, conseillé en cela par André Taulpin, qui ne faisait pas confiance à la gendarmerie. Il apprit bientôt que le leader des *insurgés du bocage*, comme les avait surnommés la presse, était son cousin, avec qui il avait toujours entretenu de bonnes relations. Il était plutôt gêné pour lui, honteux qu'il se livre, à l'âge où lui-même était déjà devenu deux fois père, à de semblable excentricités, et qu'il s'obstine autant — ses trois autres complices ayant eux fini par redescendre.

Redevenus mobiles, ils représentaient en réalité une plus grande menace. Yann organisa, nuit et jour, des rondes de surveillance. Ils pouvaient saboter les engins ou incendier le village de chantier. Yann installa à demeure une petite équipe dans un préfabriqué. Le vieux Taulpin lui avait demandé de veiller particulièrement sur un abri situé un peu à l'écart des autres, juste contre le grillage qui séparait le village du parking des établissements Piau — des explosifs y seraient entreposés. Il lui avait aussi demandé, chose plutôt étrange, d'embaucher son propre frère pour assurer diverses missions sensibles : l'industriel, paranoïaque, redoutait, à l'heure où la situation exigeait qu'il procède à des recrutements d'urgence, une possible infiltration de militants écologistes. Il se trouvait de plus que Pierre avait jadis exercé à Paris les délicats métiers de la surveillance — ce fut la première fois depuis des années que Yann se sentit un point commun avec son frère.

Décidé à venger l'affront qui lui avait été fait, il s'engagea enfin, personnellement, dans la surveillance du site, effectuant chaque soir une longue ronde sur la terre désolée de son enfance.

Il longeait le plus souvent la ligne de crête, surveillant au loin les géomètres, équipés de laser et de GPS, qui venaient faire leurs mesures de contrôle à la tombée du jour.

On entendait les bips de leurs appareils. Puis ils repartaient, satisfaits de la conformité du chantier aux plans.

Le soleil se couchait alors dans l'alignement de la tranchée. La lumière rasante révélait les empreintes des chenilles sur le sol. On entendait le son de l'autoroute et de la nationale, entrecoupé du bruit que faisaient les petites pierres qui dévalaient la pente, comme si le chantier de terrassement, par inertie, était devenu autonome.

Pierre avait assisté avec beaucoup de jalousie à l'apothéose de son cousin, réfugié politique dans le tronc d'un arbre creux.

C'était maladroit et inutile, c'était un coup pour rien, sans vision politique, mais cela contenait une certaine capacité de nuisance, cela existait et d'aucuns en verraient la signification cachée. Comme une réplique de Notre-Dame-des-Landes, la terre venait de craquer à Argel. Le village avait fini par sécréter un antidote à sa sortie de l'histoire ; il s'était enfin passé quelque chose, pendant un jour ou deux.

Pierre avait manqué, alors qu'il avait vu le massacre des lieux où il avait connu ses premiers sentiments de vengeance, l'endroit même d'une rébellion possible.

La destruction de Vaultorte l'avait considérablement ému, mais il avait aimé le caractère inéluctable de l'événement. C'était une humiliation réjouissante pour l'homme qu'il était devenu : un délicat martyr de la modernité, un perdant absolu, la victime d'un complot général et incompréhensible. Il avait accepté que la grande vitesse, incarnation opportuniste de la fatalité historique dont il fantasmait depuis toujours la puissance, ruine les lieux de son enfance.

En laissant son cousin lui voler une part de son martyre, en lui faisant manquer l'unique riposte de la terre, l'ultime chouannerie de l'Ouest contre les puissances arbitraires de la modernité, l'histoire avait une nouvelle fois choisi de le laisser seul, et défait, dans le camp des victimes impuissantes et rageuses et, au fond, un peu consentantes.

On avait gardé l'habitude, dans les vieilles terres de bocage, de transformer les chênes en émousses, en élaguant toutes leurs branches au niveau du tronc, à l'exception d'une seule, nécessaire à la poursuite de leur développement. Il ne repoussait, au printemps, que des branches plus petites, qui formaient au bout de quelques saisons une couronne dense, mais relativement basse, tandis que le tronc continuait lui à grandir, de façon disproportionnée par rapport à la hauteur de l'arbre. L'ensemble jouait un peu, dans les haies vives qui séparaient les champs, le rôle d'une tour dépassant des remparts d'une enceinte fortifiée. Les émousses, à peine plus hautes que les autres plantes, mais beaucoup plus larges, servaient à solidifier l'ensemble. L'arbre continuait, lentement, sa croissance centenaire, mais son tronc, ayant perdu l'essentiel de sa fonction structurelle, pourrissait de l'intérieur. On pouvait alors l'évider.

Des avares y avaient longtemps déposé leurs trésors. On pouvait aussi aménager la cavité qui, fendue par la foudre, servait parfois de chapelle champêtre — le chêne d'Allouville, en Normandie, abritait ainsi deux chapelles superposées, la plus haute ayant un temps servi d'ermitage. Pendant la Révolution, les chouans trouvèrent aussi refuge dans ces grottes naturelles, que les Américains, après le débarquement, apprirent à craindre et à utiliser à leur tour.

L'émousse de Sébastien était jadis située à l'angle que faisait le chemin de Vaultorte avec la route qui menait au pavillon de chasse et à la ferme abandonnée.

Il passa le premier jour à évider le tronc, rempli de bois moisi et de terreau, sur une profondeur d'un mètre. Son arbre devint alors aussi confortable qu'une nacelle de montgolfière. Il pouvait y dormir et y faire chauffer des conserves sur un petit réchaud.

L'arbre n'étant pas sur le chantier de la LGV, il pourrait y demeurer longtemps sans craindre l'abattage. Sa présence avait à cet égard assez peu de sens. Ses complices étaient tous redescendus. Mais il entendait passer l'automne ainsi, et marquer les esprits par sa résistance. Il faisait corps avec la nature. Il aimait son arbre, le bruit de ses feuilles et le souffle du vent.

Une bâche étanche le protégeait parfaitement de la pluie et du soleil.

Il ne s'ennuyait pas. Il avait une radio et des livres. Ses amis lui apportèrent une guitare et rechargeaient régulièrement son smartphone. Il se créa un blog, puis un compte Twitter, et échangea bientôt avec une dizaine d'autres résistants grimpeurs à travers le monde, qui protégeaient, ici un platane dans une avenue de New York, là un érable menacé par une exploitation de gaz de schiste au Canada.

Ils étaient les primates évolués d'une civilisation nouvelle.

Sébastien avait assisté, impuissant, au percement de la tranchée et savait que l'arrivée du train était inexorable ; le champ subissait là un dernier labour, sans repose de la terre ; le sillon de la voie resterait stérile.

Mais Sébastien opposait à ce désastre un idéal de résistance et de pureté qui resterait fécond.

Il était une graine que la modernité triomphante ne serait pas parvenue à faire éclater. Les engins de chantier pouvaient retourner la terre, elle demeurerait intacte, avec toute sa puissance de germination.

Pendant ce temps, dissimulé dans des toilettes de chantier en plastique, Pierre n'avait rien perdu des agissements de son cousin, qu'il avait eu tout loisir de surveiller, pendant d'interminables heures. Sa seule distraction consistait à photographier tous ceux qui rendaient visite au premier éco-warrior de l'histoire du département : ses parents, des complices, la maire d'Argel venue plusieurs fois négocier, en vain, sa reddition, ainsi qu'un mystérieux vieillard.

André Taulpin reconnut aussitôt le préfet de région à la retraite.

Ils avaient été vaguement ennemis jadis, mais l'homme était un moderniste, un aménageur. Son retournement apparent était inexplicable — même en prenant en compte sa pédérastie. À moins d'accepter de souscrire à une théorie folle, que l'industriel refoulait généralement car elle aurait impliqué qu'il n'avait pas été le maître de son destin.

L'entrepreneur se résolut à inviter Roland Peltier à dîner.

30

C'était en 1946, quelques jours après la naissance de son premier fils. Le père de l'actuel marquis d'Ardoigne s'était présenté à lui, André Taulpin, deux ans après lui avoir refusé la main de sa fille :

« Je n'ai pas voulu vous laisser entrer dans ma famille. J'ai utilisé pour cela le premier alibi venu — un différend politique entre mes activités dans la Résistance et celles de votre père. Par un subtil effet d'ironie, moi, le marquis de la Marche, l'héritier de l'une des plus vieilles citadelles du pays, le gardien de la frontière de l'Ouest, j'ai ainsi condamné le rôle qu'a joué votre père dans la construction du Mur de l'Atlantique.

« Cela étant dit, je ne suis pas votre ennemi, loin de là. Je voulais seulement, d'une certaine manière, préserver les formes. Faire de vous mon gendre n'aurait pas eu de sens — cela aurait été trop, et trop peu.

« Le marquisat d'Ardoigne se prolonge, de père en fils, depuis plus d'un millénaire. L'heure est venue pourtant de délier le titre de la fonction. La fin des temps est proche et j'ai décidé d'accélérer encore le mouvement, en imitant, à ma modeste échelle, le mouvement historique de la Révolution française.

«Notre ordre vit en ce moment même sa Nuit du 4 août : j'ai décidé de faire de vous mon héritier — héritier au sens spirituel. »

Le marquis avait alors révélé au jeune André Taulpin l'existence de la confrérie orlandiste, et lui avait dévoilé son fonctionnement ainsi que le rôle qu'il aurait à y jouer. Il lui expliqua aussi que la société secrète vivait ses dernières années et ne compterait bientôt plus que deux membres : lui, André Taulpin, et un autre, qui serait désigné plus tard, selon des critères qu'il n'avait pas à connaître. Tout avait été verrouillé à l'été 1944, lors d'une rencontre secrète à Laval entre les trois membres de sa génération.

En somme, la société orlandiste, condamnée par le malthusianisme absurde de ses statuts, avait décidé de finir en apothéose, apothéose dont une part lui était réservée :

«Vous êtes ambitieux, je perçois cela. Vous allez succéder à votre père, et vous parviendrez, je n'en doute pas, à développer les activités de l'entreprise familiale. Vous labourerez sans fin la Terre et la recouvrirez d'une couche lisse de béton et d'asphalte. Vous vengerez l'homme de la nature, remodèlerez ses paysages et redistribuerez les eaux selon votre caprice. Je vous veux libre, triomphal et arrogant. Je vous veux avide, moderne et destructeur. Je ne vous veux pas prudent, inquiet ou raisonnable — ce rôle sera réservé à votre rival. Vous devrez faire rayonner la Marche à travers le monde, devenir quelqu'un de puissant, de dangereux peut-être. Vous serez l'interlocuteur privilégié de l'État, un marquis de la Marche ambitieux jusqu'à l'activisme, jaloux de sa propre puissance — autant un allié fidèle qu'un danger permanent. Vous n'avez, au fond, aucune mission à remplir. Accomplissez-vous, devenez riche, constituez-vous en empire, croyez en son indépendance.

« Mais parvenu à ce stade vous ne serez plus seul. Tout aura été fait pour que vous trouviez alors face à vous un adversaire à votre mesure. Comme il ne faudra à aucun prix que vous fraternisiez avant d'avoir mis vos dernières forces dans l'accomplissement de vos missions, celui-ci n'aura été, par sécurité, désigné que bien après vous, afin que vous ignoriez le plus longtemps possible qui il est.

« Vous deviendrez alors comme les deux pièces coordonnées d'un mécanisme, un mécanisme dont la fonction sera de faire, à un moment donné, un choix qui décidera du sort de l'histoire humaine. Je dois à cet effet vous signaler l'importance toute particulière d'un lieu, que vous devrez surveiller. Adonnez-vous autour à toutes les ivresses de la modernité, construisez ce que bon vous semble, mais gardez, dissimulée dans la pleine lumière de vos routes rectilignes, cette enclave inentamée — je veux parler de mon château, ou plutôt d'un lieu souterrain que mon château, comme un piquet de géomètre, sert à marquer. »

André Taulpin avait alors à peine 22 ans, et il était au plus haut point étrange de s'entendre dire ce genre de choses. Elles éveillèrent pourtant chez lui une ambition féroce.

Il ne revit jamais le marquis, qui mourut bientôt, et à qui son fils succéda. André Taulpin se demanda alors si celui-ci savait qu'il avait été spolié, à son profit, de la moitié de son héritage, puis il cessa d'y penser, à mesure que les peupliers qui bordaient la rivière commençaient à occulter la vue qu'il avait, depuis le château de son père, du château d'Ardoigne.

La société Taulpin, passé les années d'après-guerre difficiles, marquées par les trahisons familiales, grandit elle aussi.

Les prédictions du marquis se vérifièrent une à une, tandis que l'ambitieux patron oubliait qu'elles lui avaient été faites, jadis, par un jour brumeux et endeuillé d'hiver.

Il remporta, loin de son département de naissance, des contrats de plus en plus importants. Son compatriote Foccart, rencontré au hasard d'une chasse, lui ouvrit bientôt les portes du pouvoir. Son groupe remodela la France.

Il finit par presque oublier sa rencontre avec le vieux marquis. Son destin était devenu une affaire entièrement personnelle — il s'était d'autant plus écarté de toute allégeance à l'hypothétique mouvement orlandiste que celui-ci présentait l'avantage d'être tellement secret qu'il ne comportait aucune obligation.

Ultime bravade, il décida même de fonder sa propre société secrète, l'Ordre du Grand Architecte, qui allait lui permettre de récompenser symboliquement ses meilleurs employés en leur remettant des parchemins et des médailles frappées d'une pendule à Salomon.

Mais André Taulpin accomplissait en réalité à la perfection la mission dangereuse qu'on lui avait confiée : réactiver le rôle stratégique de la Marche, réveiller le monstre endormi du nationalisme breton, provoquer une cassure inédite à l'extrémité ouest du continent eurasiatique.

Plus André Taulpin était devenu puissant,

plus il s'était vu, secrètement, en empereur de l'Ouest, un empereur occulte, occupant une fonction que lui seul connaissait, et qui lui survivrait, quand bien même il ne serait pas parvenu à l'exercer pleinement — ainsi que César, fondateur d'un empire mort juste avant d'être proclamé empereur.

André Taulpin avait décidé de finir sa vie sur un acte de guerre. Il allait faire sauter la République sous les fenêtres de son château, et proclamer ainsi, pour l'éternité, l'indépendance de la terre de Bretagne — il en serait le nouveau Salomon, le roi mythique qui, un peu moins d'un siècle après la mort de Roland, s'était emparé de la Marche de Bretagne. Ou plutôt, il en serait la figure inversée : l'homme des Marches venu conquérir un empire, comme l'avait fait Napoléon avant lui.

Et André Taulpin, jaloux de sa future indépendance, s'était déjà demandé comment il allait la défendre contre les envahissantes prérogatives de la France. Il faudrait sans doute faire de son empire une puissance nucléaire — il n'était bien sûr pas envisageable de privatiser la base sous-marine de l'Île-Longue : en cas d'indépendance, André Taulpin savait que la presqu'île resterait la propriété de la France, qui finirait par rapatrier tous ses équipements nucléaires, comme elle l'avait fait, après l'indépendance algérienne, avec la base oranaise de Mers el-Kébir.

Il était cependant possible de doter la Bretagne d'installations plus pérennes.

Cela lui avait demandé une patience infinie.

Ce fut le Cotentin, éphémère possession bretonne redevenue normande, qui fut doté d'un site de stockage et de retraitement de l'uranium. La Bretagne hérita cependant d'une centrale nucléaire, à Brennilis, dans les monts d'Arrée, au début des années 1960. Cible facile d'indépendantistes fantasques, Brennilis subit deux attentats mineurs dans les années 1970, avant d'être fermée dans les années 1980.

La dénucléarisation de la Bretagne contraria durablement les plans d'André Taulpin, d'autant que les indépendantistes, qu'il avait négligé de noyauter, s'opposèrent bientôt à la construction d'une nouvelle centrale à Plogoff, près de la pointe du Raz, puis d'une autre au Carnet, près de Nantes.

Son empire affaibli, André Taulpin fut forcé de réagir.

Il avait participé, au Gabon, aux aventures minières de l'ancienne puissance coloniale. Le groupe Taulpin était un sous-traitant apprécié qui hérita bientôt de son premier contrat en métropole.

Des forages venaient de révéler la présence d'uranium dans le village de Piriac, sur la presqu'île de Guérande. Le filon, assez riche pour permettre une exploitation industrielle, était en grande partie situé sous la mer. La Cogema, avec le soutien logistique du groupe Taulpin, parvint à extraire, entre 1975 et 1989, 600 tonnes d'uranium, avant que les coûts d'exploitation trop élevés — il fallait extraire et traiter une tonne de minerai pour produire un gramme d'uranium — n'entraînent la fermeture du site. On avait cependant décidé de le conserver en l'état et de garder un filon inexploité, comme réserve stratégique.

Ce filon obliquait vers le nord. Après plusieurs kilomètres de parcours sous-marin, il remontait vers la surface de l'eau pour former une petite île, l'île Dumet, qu'on voyait, par temps dégagé, depuis la côte. Le filon d'uranium resterait ainsi facilement accessible. L'île Dumet, occupée jadis à des fins militaires, était abandonnée. Elle fut rachetée par le Conservatoire du littoral, qui prétexta son importance ornithologique. Une bombe nucléaire dormait là, sous la bruyère et le guano.

Très peu de gens connaissaient le secret de la petite île. André Taulpin était l'un d'eux.

L'indépendance énergétique du futur empire de Bretagne était assurée, ainsi que sa capacité à se doter un jour de l'arme nucléaire.

La Bretagne avait longtemps opposé à l'Europe chrétienne un ensemble de croyances archaïques et païennes — un druidisme dégénéré, mélange de plus en plus confus de légendes arthuriennes, d'écologie fondamentale et de christianisme primitif. Il en ressortait, notamment, que la terre d'Armorique possédait une vibration particulière, que les menhirs étaient des cristaux vieillis entrés en résonance, qu'il existait des lieux dotés d'une charge tellurique optimale et que la radioactivité du sous-sol granitique recelait des propriétés magiques, comme dans *L'Île aux trente cercueils*, l'aventure d'Arsène Lupin que Taulpin préférait.

Ces légendes éparses retenaient la Bretagne à son passé merveilleux.

Connaissant le secret de l'île Dumet, André Taulpin pouvait désormais les réactiver et transformer l'archipel mythologique en plate-forme guerrière. Il avait échoué avec les centrales de Brennilis et de Plogoff, respectivement construites à proximité de la forêt légendaire de Huelgoat et de la cité engloutie d'Is, mais Dumet était son Excalibur, une Excalibur enfoncée dans le sol jusqu'à la garde, une Excalibur qu'il préférait à Durandal, l'épée brisée de Roland.

La Bretagne était entièrement prise dans sa fantasmagorie nucléaire quand il remporta le contrat du site de stockage souterrain de Bure, en Lorraine. Une bombe sale répondait désormais aux bombes virtuelles de sa péninsule. Il tenait la France entière entre ses mains. Le dispositif était parfait, à ceci près qu'il ne serait en état de fonctionner que longtemps après sa mort — les silos de Bure étaient encore vides, et les galeries de l'île Dumet encore pleines.

La nucléarisation de la Bretagne et la contamination radioactive de la France resteraient pour l'heure une simple prophétie qui ne serait accessible qu'à celui qui saurait lire le signe historique qu'il s'apprêtait à laisser. Il n'avait, parvenu au terme de son existence terrestre, que la possibilité d'en actionner un lointain détonateur, qui serait perçu comme un acte isolé, mais qui armerait, en réalité, le dispositif fatal — il fallait seulement qu'un héritier se manifeste, un héritier capable de comprendre la sublime machination qu'il avait mise au point. André Taulpin attendait cet héritier providentiel, cet héritier qui obligerait un jour la République à signer un second traité d'Entrammes, quand l'affaire des radars automatiques avait éveillé son attention.

31

Clément n'avait jamais pratiqué la spéléologie.

Légèrement claustrophobe, il préférait la face externe du monde, des grands chantiers dégagés et clairs de son métier d'archéologue aux parois lisses qu'il escaladait à mains nues.

Pour se mettre à l'épreuve, Clément descendit d'abord dans les grottes de Saulges, à une quinzaine de kilomètres de là, dans un petit canyon creusé par l'Erve. Le site évoquait, en beaucoup plus grand et plus spectaculaire, celui où était bâti le château d'Ardoigne : la vallée de l'Erve, d'abord resserrée jusqu'à se transformer en gorge, voyait là les falaises qui l'encadraient s'écarter d'elle sur quelques centaines de mètres, pour former un cirque rocheux.

Les deux sites différaient cependant beaucoup, sur le plan géologique. Les schistes d'Argel, très répandus dans les anciens contreforts du Massif armoricain, laissaient ici la place à des calcaires, très rares dans la région. Saulges était à ce titre l'unique complexe pariétal du Grand Ouest. Cela pouvait renforcer l'hypothèse de départ de Clément, sur la nature artefactuelle de la grotte d'Argel.

Clément visita d'abord la grotte Rochefort, qui descendait, presque à la verticale, jusqu'à un lac souterrain situé au niveau de la nappe phréatique. Des échelles de fer facilitaient l'exploitation touristique du site ; les visiteurs s'y infiltraient aussi facilement que l'eau. Des fouilles avaient révélé que la grotte, au moins dans ses parties hautes, avait été habitée, jusqu'à une époque relativement récente.

La grotte Mayenne-Sciences, un peu plus loin, présentait, elle, d'intéressantes figures sur ses parois, notamment des chevaux et des mammouths, dessinés plus de vingt mille ans auparavant. C'était très rare, à cette latitude — les sites étaient surtout concentrés dans le Sud-Ouest.

En réalité, la grotte s'emboîtait mal dans la chronologie standard de l'art pariétal. Mais cette chronologie, définie en fonction de grottes découvertes par hasard, demeurait ouverte. Il ne pouvait pas vraiment exister d'anomalies temporelles quand l'échelle du temps était à ce point fragile et incomplète. Chaque grotte possédait sa propre échelle, son temps local. Certains âges anciens, comme s'ils avaient été articulés par la bouche des grottes où leur existence avait été postulée pour la première fois, portaient même les noms hypostasiés de celles-ci : le Moustérien était sorti, comme un nuage de sable et de silex, de l'abri troglodyte du Moustier, le Magdalénien tenait, comme un phylactère, à la grotte de la Madeleine, la grotte des Fées de Châtelperron avait murmuré aux oreilles des archéologues le nom du Châtelperronien.

L'existence d'une chronologie générale n'était pas fondamentalement remise en question, mais son universalité était sans cesse contestée. On était, à chaque nouvelle découverte, confronté à la perplexité qu'avait connue Hubble, quand il avait constaté des anomalies dans le spectre lumineux des galaxies lointaines et qu'il avait dû inventer l'expansion de l'Univers pour justifier leur décalage vers le rouge.

On manquait précisément d'une théorie de portée universelle pour justifier certaines anomalies locales de la préhistoire humaine. Les théories progressistes, expliquant certains anachronismes par un développement technique, démographique ou même spirituel de l'humanité, étaient généralement admises, bien qu'elles demeurent d'application moins universelle que l'hypothèse de Hubble en astronomie. Les phénomènes observés manquaient de cohérence.

La révolution néolithique faisait presque seule l'objet d'un consensus. Mais elle était beaucoup plus tardive. Si l'humanité était en expansion — et cela ne faisait aucun doute —, on tenait là son big bang. Mais on manquait de théories pour expliquer l'état des choses plusieurs millénaires avant lui. Il y avait des fluctuations, des découvertes, comme celle du feu, ou des révolutions spirituelles, comme l'ensevelissement rituel des morts, mais on n'apercevait aucune direction précise. Il n'y avait, par exemple, pas d'histoire de l'art, mais une étrange glaciation des méthodes de représentation.

Cependant, la convergence des phénomènes préhistoriques était indubitable : ils devaient, d'une manière ou d'une autre, aboutir à l'histoire, cet étrange étranglement du temps, bref et violent, qui marquerait probablement la fin des aventures hasar-

deuses des plus complexes arrangements moléculaires que l'univers ait connus.

Clément se méfiait de toute téléologie, mais il avait
attentivement écouté le marquis lui faire part d'une
de ses théories, qui voulait qu'avec la maîtrise de la
fission nucléaire l'homme ait brutalement mis fin au
cycle de développement moléculaire qui s'était
emparé de la Terre depuis des milliards d'années : le
progrès consistait désormais à casser des atomes,
plutôt qu'à rallonger les chaînes qui les unissaient.
La radioactivité avait d'ailleurs pour conséquence
immédiate de détruire les molécules d'ADN conden-
sées dans les noyaux cellulaires des êtres vivants. Le
danger n'était pas tant la bombe que l'ouverture d'un
nouveau cycle de l'histoire du monde, marqué par la
régression du vivant et la dissolution terminale de
toutes les machineries moléculaires connues.

C'était une vision assez radicale de la pollution
radioactive.

Elle trouva cependant un certain écho chez Clément, qui se souvint d'un livre qu'il avait lu enfant.
C'était un panorama de l'habitat à travers les âges.
On suivait l'aventure de la notion de maison des
premières grottes habitées aux cabanes sur pilotis
des tribus primitives, l'apparition des villes avec
Çatal Hüyük et Babylone, puis venaient les mégalo-
poles, de Rome à Paris, Londres et Manhattan. On
arrivait enfin à l'époque contemporaine, avec ses
cités radieuses et ses machines à habiter écologiques. Il restait, pourtant, une dernière double
page. Cela aurait dû être la maison du futur, mais le
livre, étrangement, se concluait sur la description
détaillée d'un abri antiatomique.

Clément vainquit une seconde fois le dévers qui conduisait à la grotte. Il portait sur son dos une échelle pliante — le marquis d'Ardoigne avait insisté pour qu'il se dote d'un tel équipement.

La corniche qui dissimulait l'entrée permettait tout juste de se tenir debout. Clément alluma sa lampe frontale, salua le marquis qui l'observait à la jumelle depuis les combles de son château et s'engagea dans la cavité.

Celle-ci était parfaitement circulaire, et présentait des contours polis, signe d'une fréquentation importante. Le schiste bleuté ressemblait à du marbre.

On pouvait être en présence d'une ancienne carrière d'extraction, qui avait tiré profit d'une faille préexistante. L'entrée circulaire elle-même était traversée, en haut et en bas, par une large veine de quartz blanc, qui la faisait ressembler au signe mystérieux qui servait d'entrée au tombeau antique dans *Les Cigares du pharaon* — sauf que la porte serait ici restée ouverte. La grotte adoptait un profil étroit, ce qui confirmait qu'on avait élargi une veine préexistante, faite probablement du même quartz blanc. Clément se souvint que cette pierre était souvent associée à la présence d'or. L'arête du plafond se perdait dans l'obscurité de la voûte, tandis que le sol sableux devait combler un puits de profil à peu près symétrique.

Clément progressa en position debout sur quelques mètres, avant de se mettre à quatre pattes, pour finalement ramper dans un goulot étroit. Il se mit à respirer plus fort et à entendre son cœur.

Il continua pourtant à avancer.

La galerie s'élargit enfin et Clément déboucha dans une longue salle où il pouvait se tenir debout. Bizarrement, la lumière du jour, suivant le même trajet que lui, arrivait jusque-là. Clément trouva un emplacement d'où il pouvait voir le ciel.

Il devait exister un moment dans l'année où le soleil couchant se trouvait directement dans l'axe.

Clément avait évoqué, quelques jours plus tôt, l'astronomie préhistorique avec le marquis. Celui-ci avait cherché, à travers le monde, toutes les structures qui pouvaient représenter, au sol, les étoiles du ciel. Dans les mythes anciens, le ciel était presque toujours décrit comme une coupe renversée, émaillée de bleu le jour et laissant paraître un décor plus riche la nuit. Il existait donc une ligne d'horizon circulaire où le ciel arrivait jusqu'au sol. La voûte céleste était simplement posée sur la terre. Il y avait une sorte de contradiction à considérer que les éléments fixes de la nuit reposaient ainsi sur un matériau aussi incertain. Les hommes voyaient en effet les étoiles comme des pierres d'une dureté absolue et la terre comme un ensemble grumeleux de matériaux friables, dont ils passaient une large partie de leur temps à exploiter les propriétés ductiles.

Différentes catastrophes pouvaient se produire. Bien sûr, les étoiles filantes laissaient penser que la coupe du ciel pouvait se fendiller, comme une céramique trop cuite. Mais on considérait généralement que la cuisson du ciel avait été parfaite. Ou bien qu'elle reprenait chaque jour avec le cycle du Soleil, qui roulait dans le creux du ciel comme une pierre chaude dans les crânes des trophées jivaros.

On craignait en réalité, beaucoup plus qu'un effondrement cosmique ou qu'un bombardement de météores, le mol enfoncement du ciel dans les marécages du sol, la chute ralentie des étoiles, l'étouffement final de toute vie dans un espace compressé et réduit — ou bien, spectacle peut-être encore plus atroce, un renversement soudain du ciel, qui basculerait entièrement, dévoilant le néant mortel du second ciel, ciel sans étoiles, sans temps, sans existence aucune.

Le marquis mettait ces deux types d'apocalypse en relation avec les deux grands types de structure mégalithique. Pour répondre aux menaces de la seconde, des fils invisibles furent tissés entre la terre et le ciel pour retenir celui-ci ; menhirs et étoiles étaient leurs points d'ancrage symétriques. Les dolmens et les allées couvertes devaient eux servir d'abri en cas d'effondrement.

Et l'on continua à rechercher des grottes, qui pourraient, dans les deux cas, jouer le rôle protecteur et oppressant qu'avaient joué, pour les hommes de la guerre froide, les abris antiatomiques.

Clément ne releva aucune trace d'occupation : pas de charbon de bois, pas de squelettes d'animaux, encore moins de représentations picturales sur les murs.

Il crut pourtant discerner quelque chose. Une sorte de disque ajouré rendu monstrueusement épais par la couche de rouille qui s'était développée autour.

Il prit le petit objet, qui était beaucoup plus lourd que ce à quoi il s'était attendu.

Il ressemblait à ceux que le marquis lui avait montrés dans la bibliothèque.

Le plafond de la salle finissait par redescendre, sans toucher tout à fait le sol. La faille qui commençait ici semblait praticable. Clément s'y engagea. Soudain, la pente augmenta et il glissa, sans parvenir à se retenir, jusqu'au sol de ce qui devait être une seconde salle.

Sa lampe frontale se brisa dans sa chute.

Il faisait à présent complètement noir.

Clément fit le tour des lieux en maintenant une main appuyée à la paroi. Il passa ainsi plusieurs heures à chercher une sortie, sans retrouver l'endroit d'où il était tombé, qui devait être situé un peu trop haut. La salle lui paraissait immense.

La paroi, à la fois lisse et en léger dévers, n'offrait pas plus de prises que celle d'un sablier. Trop régulière, elle ne fournissait à ses mains, dans l'obscurité, aucun élément mnémonique exploitable.

Sa douceur avait pourtant quelque chose de rassurant pour Clément, qui ne paniqua pas pendant les heures que dura son exploration aveugle.

Finalement épuisé, il décida de dormir un instant. Il sortit de sa poche l'objet métallique qu'il avait trouvé dans la salle supérieure, et se mit à en caresser la texture grumeleuse.

Concentré sur la chose, dont il essayait de se représenter la forme, il commença à sentir le sol bouger sous lui, très doucement, de quelques centièmes de degré seulement — c'était de l'ordre d'une impression générale de mouvement, comme dans un véhicule qui roulerait à vitesse régulière et sans provoquer aucune vibration. C'était même si parfaitement équilibré qu'en bloquant sa respiration Clément parvenait à arrêter le mouvement, qui reprenait en même temps qu'il aspirait à nouveau un mince filet d'air.

Bercé par ce phénomène étrange, il finit par s'endormir.

32

Roland Peltier reçut l'invitation d'André Taulpin comme une sorte de victoire. Il avait parié sur Sébastien Piau un peu au hasard et il encaissait là son premier et probablement unique gain : le jeune écologiste n'avait pas démérité, mais il représentait un niveau de menace si faible que le signe adressé, à travers lui, à son vieil ennemi était en soi un accomplissement. Roland Peltier fit donc savoir qu'il se rendrait à ce dîner.

Dominique et Isabelle seraient également présentes.

André Taulpin avait aussi eu l'idée d'inviter son soldat perdu, Pierre Piau, ainsi que le frère de celui-ci, Yann Piau.

Il voulait montrer sa force au fonctionnaire à la retraite, et s'amuser un peu.

Il avait fait venir les deux frères en avance. Yann avait de plus reçu une mission particulière.

André Taulpin, fatigué et vieilli, ne chassait plus depuis plusieurs années. Il avait tiré ses dernières cartouches dans des conditions peu satisfaisantes, debout à travers le toit ouvrant de sa voiture, en traversant une forêt au pas. La chose n'avait présenté presque aucun des attraits de la chasse : il en manquait la solennelle lenteur, les gestes simples et primitifs opérés dans le ventre encore chaud de la bête, l'impression générale de puissance et de magnanimité qui se dégageait de l'ensemble.

Le vieillard voulait revivre cela, ce contact avec la plus ancienne nature et la mise en scène patiente de sa domination. Malgré son âge, ses mains ne tremblaient pas et il pouvait encore rester debout pendant de longues minutes.

Il avait ainsi passé commande d'un sanglier à Yann Piau. Excellent tireur invité dans l'une de ses chasses les plus giboyeuses et accompagné de ses meilleurs veneurs, Yann avait comme prévu abattu un sanglier, d'une balle en pleine tête, et le lui avait apporté dans l'heure.

La bête était à présent suspendue au plafond de la salle de découpe du château par des crochets qui passaient derrière les tendons de ses pattes arrière.

Pierre était arrivé presque en même temps qu'elle.

« Cher Yann, vous me seconderez. Cher Pierre, ne perdez pas une goutte du spectacle. Je suis comme un vieux chirurgien au faîte de sa carrière, après des centaines d'opérations, dont un certain nombre conduites en plein champ de bataille dans des conditions d'inconfort extrême. Car l'éviscération du gibier doit être presque immédiate, surtout si la blessure fatale est intervenue au niveau du ventre — ce qui n'est ici heureusement pas le cas. Dès la première heure, le ventre de la bête gonfle et les bactéries prolifèrent. L'intestin perd son étanchéité. Tout va alors très vite, et la viande, en seulement deux ou trois heures, devient inconsommable — on parle d'un million de bactéries par gramme de viande souillée. Par bonheur, nos ancêtres nous ont légué des techniques de conservation d'une robustesse à toute épreuve. Prenez note de la précision de ces gestes ancestraux. »

Taulpin commença par trancher, d'un geste sûr, les testicules du sanglier, puis il incisa l'abdomen. Les poils foncés s'écartèrent, laissant apparaître un univers beaucoup plus propre, fait d'organes irisés et brillants. La bête, déjà vidée de tout son sang, était lumineuse et précise. Le vieillard sectionna le morceau de cartilage qui unissait les deux parties du bassin et le fit jouer comme une charnière, afin d'accéder aux entrailles. Il retira la vessie et se mit à couper les membranes dentelées qui retenaient l'intestin ; celui-ci glissa doucement jusqu'à une bassine, expulsant avec lui l'estomac hors du corps. L'étape suivante, l'une des plus délicates, consistait à détacher, à la pointe du couteau, la vésicule biliaire sans la percer. Venaient ensuite le foie, les reins, les poumons et le cœur.

« Même des spécialistes de l'anatomie mettraient quelques secondes à déterminer l'origine, animale ou humaine, de ces nobles organes. Nous frôlons ici les terres dangereuses de l'homicide et de l'anthropophagie, dit-il en regardant Pierre. Tenez, ajouta-t-il en tendant le foie, les rognons et le cœur à Yann, réservez cela pour nos invités de ce soir, qui auront l'honneur de les déguster poêlés et accompagnés d'une sauce aux échalotes et à la gnôle. Je vais aussi vous demander de prendre le relais. »

André Taulpin, épuisé, dut s'asseoir pour assister à la fin des opérations.

Yann enfila des gants en maille et, jouant avec un couteau dans la couche graisseuse qui séparait les muscles de la peau, dépeça l'animal avant de le décapiter et d'attaquer, à la scie, un pénible travail de découpe à travers la colonne vertébrale. Enfin l'animal se sépara en deux parts égales qui oscillèrent un instant, avant d'entamer un double mouvement de torsion symétrique.

«Jeune homme, c'est du beau travail. Quant à vous, mon cher Pierre, j'espère que cela vous aura éclairé. La découpe des êtres vivants, contrairement aux pénibles leçons des écologistes, est un processus très pur et très beau, qui n'a rien de barbare. C'est depuis des millénaires l'un des actes les plus achevés de notre civilisation.»

Les abats furent soigneusement cuisinés pendant que les trois hommes se préparaient, en se lavant aussi minutieusement les mains que s'ils avaient commis un crime, Yann Piau et André Taulpin par application mécanique des procédures d'hygiène cynégétique, Pierre avec un étrange sentiment de culpabilité.

Les invités arrivèrent au château à l'heure dite.

On félicita d'abord Dominique Taulpin pour l'avancée régulière des travaux. Les piles du viaduc seraient posées au printemps, le tablier à l'été. La continuité du chantier serait ainsi assurée.

Les autres ouvrages bétonnés, le tunnel sous la nationale et les trois ponts qui permettraient de rétablir les chemins de ferme provisoirement coupés, seraient, eux, terminés à l'automne prochain.

Isabelle d'Ardoigne, en tant que maire, se félicitait de voir ces voies de communication rétablies.

Le village serait bientôt délesté du trafic continuel des engins de chantier qui le traversaient : la LGV avait remporté un certain consensus parmi ses administrés, mais ce bruyant défilé faisait l'objet de nombreuses plaintes.

L'arrivée du ragoût d'abats de sanglier à la gnôle, parfaitement assorti à un romanée-conti de 1971, détendit l'atmosphère du dîner. On évoqua l'occupation éphémère du chantier et l'étrange action des écologistes qui avaient trouvé refuge dans des arbres.

Le fait que cela se fût réglé sans violence fut unanimement salué. Il ne subsistait plus qu'une ultime poche de résistance, dont le caractère, aussi folklorique que désespéré, amusa presque toute la table.

André Taulpin observait Roland Peltier, qui ne trahit aucune émotion particulière. Son plan avait échoué mais ses motivations restaient obscures.

Le message qu'il lui adressait, en l'invitant à dîner en même temps que le responsable de la sécurité du chantier, était, lui, parfaitement clair : tout était sous contrôle, aucune action nouvelle ne serait tolérée. C'était aussi le sens de la présence de Pierre Piau, dont Taulpin n'avait pas indiqué la raison : il était ici pour que le vieux préfet spécule sur son rôle possible.

André Taulpin s'était ainsi toujours entouré, pour ses affaires, de personnages relativement mystérieux, aux cheveux courts et à la mâchoire carrée, dont il ne spécifiait jamais la fonction précise. Ils se contentaient de catalyser sur eux la légende noire que l'industriel aimait entretenir.

Intimidé, mais heureux de revenir dans la partie, après plusieurs semaines de planque humiliante, Pierre jouait merveilleusement bien son personnage.

Il parlait peu, cherchant une nouvelle fois à comprendre ce que son grand-oncle attendait de lui.

André Taulpin révéla soudain, certain que son invité ignorait ce détail, que l'insurgé du bocage était son lointain neveu, et par conséquent le cousin de Pierre et de Yann.

Peltier, intimement vexé, réagit :

« Je l'ignorais. Les ramifications de votre famille sont surprenantes. J'ose espérer que vous contrôlerez mieux les substances radioactives dont votre groupe héritera bientôt.

— Je vois que vous suivez attentivement mes activités, monsieur le préfet. Rassurez-vous, la sécurité du site d'enfouissement que vous évoquez sera optimale. Les spécifications techniques de l'appel d'offres sont de loin les plus exigeantes que j'aie jamais vues. Mais puisque nous parlons de risques écologiques, savez-vous quelle est, d'après les services de renseignement de la gendarmerie, la première menace qui plane sur la sécurité de nos installations nucléaires ? C'est celle des groupuscules terroristes, qui s'infiltrent avec des fumigènes et des banderoles, par voie terrestre, maritime ou aérienne. Subtile ironie, n'est-ce pas ? Pour dénoncer les failles de sécurité de la filière, ne seraient-ils pas prêts à faire sauter un réacteur ? Ce serait assez rentable, écologiquement parlant. On considère parfois la région de Tchernobyl comme le plus grand conservatoire naturel d'Europe. Plus aucune activité humaine, des écosystèmes livrés à eux-mêmes : le paradis, n'est-ce pas ?

— Par chance, les écologistes ont toujours échoué à se constituer en force politique stable. Ce sont des auxiliaires de gouvernance assez malléables. Je me souviens de la manière dont ils se sont laissé manipuler pour retarder les travaux d'une autoroute : on est parvenu à les faire s'agenouiller pour recueillir les excréments d'un scarabée rare, mais ils se prosternaient en réalité devant les intérêts de je ne sais plus quel groupe.

— Mais l'autoroute s'est faite, n'est-ce pas ? répliqua Taulpin. C'était l'axe Tours-Alençon, si ma mémoire est bonne — je ne me souviens bien que des autoroutes que j'emprunte, ou de celles dont j'ai la concession. Je n'ai pas eu le loisir d'emprunter celle-ci. Tours-Alençon : cela doit générer un trafic impressionnant. C'est comme certains aéroports : il aurait peut-être mieux valu, pour une fois, écouter les écologistes... Qui sait si l'avenir ne leur donnera pas raison ici aussi ?

— J'ai la faiblesse de penser qu'un pays trop exclusivement centralisé est un pays qui dépérit. L'apparition de ces autoroutes de province à province, comme le redéploiement de l'appareil aéroportuaire vers les métropoles périphériques, marque une étape importante du processus de décentralisation.

— Je suis entièrement de votre avis. Quoique je me demande parfois, si certains aménageurs avaient eu les mains entièrement libres, s'ils n'auraient pas placé la Francilienne dans le Limousin pour délester les abords de Guéret, et le tunnel sous la Manche au large de La Rochelle pour raccourcir l'autoroute des Estuaires. C'est fascinant. Les grandes radiales, l'Aquitaine, l'Armoricaine, l'autoroute du Soleil, seraient restées à l'état de projet pour ne pas trop déséquilibrer le territoire en faveur de Paris. Comment s'appelait, déjà, cet abbé qui proposa à la

Révolution de découper la France en départements carrés de même taille ?

— Sieyès, lui répondit Peltier. Ce n'était pas absolument absurde. Sa carte comportait, à l'intérieur des cases de son damier, d'intéressants effets d'échelle. Chaque département se subdivisait en 9 districts, eux-mêmes se divisant en 9 cantons. Mirabeau anéantit pourtant ce beau projet rationaliste. On décida de respecter la carte des anciennes provinces, avec quelques ajustements. J'ai pu consulter les procès-verbaux des discussions qui ont suivi. Notre département est né du découpage du Maine. Une mystérieuse faction voulut absolument le renforcer, pour qu'il soit en mesure de contrôler, comme aux temps médiévaux de la Marche, l'hypothétique expansion de la Bretagne. Des intérêts du même ordre furent agités un siècle et demi plus tard, quand il s'agit de priver l'ancien duché de Nantes, sa capitale historique.

— La menace du péril celte m'a toujours amusé. À se demander si l'État ne cherche pas à punir l'une de ses régions les plus dynamiques…

— Le dynamisme de la Bretagne est l'un des succès incontestables du dirigisme économique des Trente Glorieuses, reprit Peltier.

— Oui, je sais, je sais. Je me suis d'ailleurs quelquefois fait passer pour breton, afin de m'attirer des sympathies ministérielles.

— Et la LGV, selon vous, favorise-t-elle ou défavorise-t-elle un possible dessein indépendantiste ?

— L'histoire le dira, monsieur le préfet. Mais elle risque de ne pas nous le dire à nous, qui mourrons dans l'incertitude…

— Mais personnellement, seriez-vous pour ou contre l'indépendance de la Bretagne ?

— Intéressante question. La faction que vous avez évoquée, qui semblait vouloir absolument affaiblir la Bretagne, pourrait exister encore, et si c'est le cas, elle doit être contrebalancée. L'idée qu'un empire celte menacerait le royaume franc supporte quoi qu'il en soit deux interprétations contradictoires : l'une ferait le pari de l'intégration — c'est à peu près la doctrine gaulliste —, l'autre verrait la République mieux protégée si on la débarrassait de cette pièce hétérogène, qui fut après tout déposée, par la tectonique des plaques, à l'extrémité de l'Eurasie comme un nez postiche. Il ne serait pas entièrement illogique de rendre cette péninsule à l'archipel anglo-saxon. »

Pierre, très ému, crut reconnaître là le développement logique de ses thèses sur le grand fleuve européen.

Roland Peltier, lui, frissonna. La lettre posthume de Foccart, restée abstraite jusqu'à maintenant, s'animait devant lui ; l'ennemi qu'elle lui promettait était là, en face de lui, aussi fanatique et dangereux qu'il se l'était représenté.

Leur rivalité était ce soir si manifeste qu'elle prenait presque un sens métaphysique. Ce n'était ni la gauche contre la droite, ni l'État contre l'argent, ni le droit contre la force. C'était tout cela et beaucoup plus encore. C'était quelque chose qui provoquait une haine mortelle, deux principes si radicalement opposés qu'ils n'avaient comme seule option que de se détruire mutuellement s'ils étaient mis l'un en face de l'autre.

Comme s'il avait deviné les pensées de son invité, Taulpin évoqua, pour finir, le chantier qui lui tenait actuellement le plus à cœur — bien plus que la LGV Ouest, même s'il mourrait là aussi avant d'en apercevoir la fin.

Peltier comprit qu'il parlait du site de stockage de Bure, destiné à devenir le plus grand site mondial d'enfouissement de déchets radioactifs — une sorte de pyramide d'Égypte inversée et républicaine, un monument négatif dont on aurait seulement construit, au lieu des immenses assemblages de pierres, les rampes d'accès et les chambres funéraires.

Taulpin se faisait creuser là un tombeau hors du temps, et se fabriquait un rôle à sa mesure, qui durerait aussi longtemps que durerait l'histoire humaine : celui de veilleur, de gardien, d'ingénieur du temps. Un rôle au fond plus crucial que celui que jouaient les États et leurs éphémères conquérants dans l'histoire du monde.

L'État français lui avait octroyé une mission stratégique inégalable : celle de veiller, même après sa mort, à la préservation de l'humanité. Il était le maître d'un Oklo artificiel et privatisé.

On se sépara bientôt, de façon glaciale, mais Peltier remarqua que son hôte avait ostensiblement retenu son silencieux voisin de table.

André Taulpin fit monter son neveu dans son bureau, et l'observa longtemps avant de prendre la parole :

« Qu'avez-vous pensé de ma petite leçon de géographie de tout à l'heure ? Je ne veux bien sûr pas parler de ces inepties sur les départements, mais des travaux pratiques, avec notre sanglier. Et qu'avez-vous pensé de mon invité d'honneur ? Le plan de table était en tout cas parfait : nous l'avons tué. Même silencieuse, votre seule présence fut un triomphe. Mais vous aviez le droit de vous exprimer ! Je terrorise notre sympathique vieillard depuis presque un demi-siècle, ne me dites pas que je vous terrorise aussi !

« Assez discuté. J'ai encore du travail pour vous. Laissez là votre cousin, il ne vous mérite pas. Vous allez plutôt cambrioler le magasin de son père — si les choses tournent mal, son fils sera peut-être inquiété à votre place. Vous devinez, n'est-ce pas ? Vous allez voler de l'engrais, beaucoup d'engrais. Il vous faudra en dérober quelque chose comme une tonne — prenez votre temps, faites plusieurs voyages, comme une diabolique petite souris dressée. Vous stockerez tout ça, provisoirement, dans des fûts en plastique que vous aurez préalablement disposés dans l'un des préfabriqués du village de chantier. J'ai été généreux avec vous, il a été positionné de telle sorte que, si vous sectionnez proprement le grillage, vous n'aurez chaque fois que quelques mètres à parcourir. Mais pour vous garantir des conditions vraiment idéales, j'ai demandé un petit service à votre frère : vous venez d'être nommé responsable de la sécurité du village de chantier. Je vous en félicite. Mieux encore, vous allez même avoir le droit de cumuler un second emploi, celui-ci beaucoup plus paisible, un emploi de jour. Je n'aime pas l'idée que le vieux marquis d'Ardoigne héberge mon archéologue. J'ai lu tous ses rapports de fouilles : il n'y avait rien, rien du tout. Pourquoi est-il alors resté ? On me rapporte qu'il fait de l'escalade. Ce ne sont pas les Alpes, ici, à ce que je sache. Je n'aime pas ça. Je soupçonne l'existence d'une grotte, ou d'un souterrain inexploré. Si c'est bien le cas, personne n'a rien à y faire. À part vous. »

33

Clément fut réveillé par un faisceau de lumière qu'il prit pour le soleil levant. Il reconnut le marquis, penché au-dessus de lui au bord d'un oculus percé dans la voûte de la salle. Celle-ci était beaucoup plus petite qu'il ne l'avait imaginé. Il y avait aussi une seconde ouverture, elle aussi inaccessible, par où il avait dû tomber.

« Je m'inquiétais de ne pas vous voir reparaître. Vous auriez dû être là pour le déjeuner, et c'est déjà l'heure du dîner. Vous auriez dû ressortir, au bout d'une heure à peine, dans la cave de mon château. Nous nous serions retrouvés dans le petit salon : cela aurait été spectaculaire. Êtes-vous blessé ?

— Non. C'est ma lampe, elle s'est cassée. Impossible de sortir. J'ai fini par m'endormir. Pourquoi ne m'avez-vous pas dit que vous connaissiez la grotte ?

— Je voulais conserver la fraîcheur de votre regard d'archéologue. Cette grotte est à bien des égards étrange.

— Étrange comme ceci ? »

Clément montra au marquis le petit morceau de métal qu'il avait ramassé — et qu'il n'était plus tout à fait sûr de ne pas avoir rêvé.

« Oh ! Vous en avez trouvé un autre !

— Oui. Et celui-ci, je le ferai analyser.

— Pas de précipitation, jeune homme. Je vais tout vous expliquer. Et même vous faire visiter. Mais tenez, je vous prie : du poulet froid et une bouteille de cidre. Mangez. Je ne vous tiens pas compagnie, car je serais incapable de descendre jusqu'à vous. Mais j'ai pris des cordes. Où est votre échelle pliante ?

— Elle est restée en haut. Mais inutile. Pointez seulement votre lampe dans cette direction. La lumière rasante fera apparaître des prises. »

Alors, sous les yeux ébahis du marquis, Clément remonta la paroi et la voûte, comme une araignée, et parvint sans difficulté à se glisser à travers l'ouverture.

« Je ne sais pas si sans lumière, en m'appuyant seulement sur mes sensations tactiles et sur mon oreille interne, j'y serais arrivé. C'est un dévers plus difficile encore que celui de la falaise, mais beaucoup plus court : je l'ai fait en sept mouvements, on doit pouvoir descendre jusqu'à quatre. »

Ils étaient désormais dans un conduit aménagé. Le plafond présentait des traces d'outils et des marches avaient été pratiquées dans la roche. L'escalier descendait presque à pic — il devait être taillé contre la voûte qu'il venait d'escalader. Malgré la sophistication évidente du complexe souterrain, les lieux offraient un caractère naturel : rien de tranchant ou de trop fraîchement taillé. La grotte avait été si fréquentée qu'elle en aurait été lentement polie, et les morceaux de quartz qui subsistaient ici et là, arrondis et doux, en témoignaient. Ou bien elle avait correspondu à une veine rocheuse qu'on aurait entièrement évidée : elle paraissait moins creusée que nettoyée.

«Vous êtes dans une ancienne mine d'or, expliqua le marquis d'Ardoigne. Une mine d'or si ancienne qu'elle a été exploitée sans outils de métal : regardez, aucune trace, nulle part. Seulement des outils en silex ou bien des coins en bois gonflés d'eau. J'ai lu des ouvrages de géologie. La chose serait possible. Au Canada — autrement dit, si l'on remonte plusieurs millions d'années en arrière, tout près d'ici —, il existe des gisements de quartz aurifère. La couche de quartz a même par endroits complètement éclaté, et l'on peut ramasser, à la main, des pierres recouvertes d'une fine couche d'or, comme des œufs de Fabergé naturels.

— La grotte aurait été remplie, comme un nid de lézard dans un tas de sable, de ces pierres blanches et dorées, qui auraient été cueillies à la main ?

— Oui. C'est exactement cela. Une sorte de miracle géologique.

— La grotte serait donc presque naturelle : la veine de quartz aurifère, qui remplissait une faille entre deux blocs de schiste, aurait simplement été égrenée, et on aurait ensuite aménagé l'ensemble, notamment les deux salles que j'ai visitées.

— Ainsi que l'escalier qui descend jusqu'à mon château… Mais vous allez voir, c'est tout un monde souterrain, avec une densité de mystère comme je n'en ai jamais vu nulle part ailleurs. Tenez, restaurez-vous un instant, le cadre est propice à des explications — et soyez sans inquiétude, j'ai au moins trois lampes de secours. »

« Il y a une vingtaine d'années, des maçons qui faisaient des travaux dans la petite chapelle du parc sont venus m'annoncer qu'un des tombeaux dissimulait un escalier. Je les ai aussitôt renvoyés, et j'ai commencé mon inspection souterraine. J'ai découvert plusieurs embranchements — je vous les montrerai tout à l'heure — avant d'arriver jusqu'ici. Je suis revenu avec des cordes et je me suis laissé glisser à l'intérieur — il me parut alors que le sol bougeait légèrement. La cheminée par laquelle vous êtes passé était entièrement comblée et invisible.

« Il vous faut comprendre que la grotte a servi à toutes les époques. L'existence de passages souterrains était, dans mon enfance, une quasi-certitude, sans doute fondée sur la mémoire familiale inconsciente. Il n'y eut, très vite, plus une once d'or à extraire, mais des druides persécutés par les premiers chrétiens ont dû se réfugier ici, comme les paysans à l'époque où les hordes du Prince noir terrorisaient le royaume. Des faux sauniers et des prêtres réfractaires ont aussi utilisé les lieux — regardez, d'ailleurs : il y a une croix taillée ici, la salle a dû pendant un temps servir de chapelle.

« Mais il restait, quelque part, un lieu inviolé : c'est ce que j'ai fini par découvrir, presque par hasard, longtemps après avoir cru que j'avais tout exploré.

« J'étais dans les combles de mon château, la nuit tombait et j'ai vu soudain, par le petit œil-de-bœuf orienté vers la falaise, des chauves-souris tourner près de son sommet. Je ne suis pas monté, j'en aurais été incapable, mais je suis descendu avec une corde attachée à un arbre. Les pieds posés sur la corniche et la joue appuyée à la paroi, je ne voyais rien, ne sentais rien, jusqu'à ce qu'un filet d'air m'effleure le visage. Je suis revenu avec des outils. Le couloir d'accès était presque hermétiquement scellé avec de l'argile séchée, et recouvert d'un parement de schiste qui faisait absolument illusion — les pierres, larges comme des ardoises, étaient profondément incrustées dans la terre séchée, et l'ensemble avait résisté à plusieurs millénaires de vent d'ouest. Les chauves-souris avaient dû creuser pendant des générations pour parvenir à se faufiler à travers un étroit tunnel — ou bien la chose avait été laissée là par nos mystérieux constructeurs, comme un conduit d'aération. J'ai fini par entièrement dégager l'entrée, et j'ai pu accéder à la salle haute de la grotte. J'étais déjà un vieil homme, mais j'avais l'impression d'être l'un des adolescents qui avaient découvert Lascaux. Cependant les murs, comme vous l'avez constaté, étaient nus. Par contre, il y avait un trésor : une dizaine de petits agrégats métalliques. Je les ai ramassés, et n'en ai jamais parlé à personne. Puis j'ai continué mon exploration. J'ai dégagé la faille par laquelle vous vous êtes faufilé, et j'ai reconnecté la salle supérieure avec les autres souterrains du château.

— Vous pensez qu'elle avait été délibérément scellée ?

— Je n'en ai aucun doute, mais j'ai hélas détruit les preuves archéologiques. Les deux issues étaient bloquées par un mélange très solide de terre séchée et de pierres. C'était, comme à l'entrée occidentale, presque du mortier, consolidé par des branches qui partaient en poussière à mesure que je creusais. L'ensemble avait peut-être même été teinté, j'imagine par des décoctions végétales, pour être de la même couleur, bleu-gris, que le reste de la roche.

La grotte avait été si merveilleusement scellée, et j'avais un tel sentiment de profanation que je n'ai voulu en parler à personne. J'aurais laissé quelques indices dans mes livres, rien de plus : un lecteur attentif saurait discerner certaines choses. Une sorte de trame générale. J'ai dit beaucoup de choses, mais beaucoup se contredisent. C'est comme une équation. Quand on enlève les termes qui s'annulent, il ne reste plus qu'une énigme assez simple, que j'ai laissée irrésolue. Même l'arrivée du TGV ne m'a pas conduit à faire plus de publicité à ma découverte : s'il épargnait la grotte — quoiqu'une pile du viaduc passe dangereusement près de l'une des galeries — je n'avais pas de raison légitime d'en dévoiler l'existence. Cela aurait été comme dévoyer le caractère sacré de la grotte, si patiente et si solitaire, que de l'utiliser pour faire obstacle à l'éphémère passage du train sur mes terres. Comprenez bien que mon père, qui m'a très peu parlé, m'a transmis le seul conseil, solennel, de demeurer toute ma vie un observateur impartial.

— Vous avez passé votre vie à rechercher les mystères archéologiques des civilisations lointaines sans tenter de percer celui-là ?

— Au contraire. Depuis sa découverte, toute ma vie intellectuelle converge vers ce lieu. Mais j'ai fini, tout simplement, par sécher. C'est la raison de votre présence : vous êtes ici pour m'éclairer. Je vais vous faire visiter. Nous n'allons cependant pas remonter jusqu'à la salle haute, mais vous avez dû remarquer son sol en sable : ici la faille devait atteindre sa profondeur maximale, et on l'a comblée. Mais je soupçonne ce puits d'être en réalité un siphon, qui communiquerait avec la pièce dont vous avez été le captif. Ce siphon aurait été rempli de sable, et la pression — à l'époque où le sable glissait encore, avant qu'il ne recristallise — aurait fait monter et descendre une aiguille posée à son autre extrémité — précisément sous la grosse pierre sur laquelle vous avez dormi, et dont vous avez très certainement remarqué vous aussi les mouvements. Il s'agit d'une pierre branlante souterraine, un cas unique au monde. Comment est-elle arrivée là ? Je n'ai pas d'explication. Peut-être s'est-elle naturellement détachée. On a profité de la disposition des lieux pour la mettre en équilibre sur une pointe rocheuse. Le dispositif ressemble, dans ses grandes lignes, à celui qui règle le débit d'essence dans les carburateurs dotés d'un flotteur. À quoi ces mouvements pouvaient-ils servir ? À des transes chamaniques ? Mais une telle finesse de réglage était-elle nécessaire ? Je cherche encore la solution à cette énigme, solution qui prenne aussi en compte ces mystérieux médaillons en or abandonnés sur le sable.

Les deux hommes descendirent l'escalier. L'humidité indiqua bientôt qu'ils avaient rejoint le niveau de l'Ardoigne. Un nouveau conduit apparut sur leur gauche. Il remontait en pente douce et n'avait pas été aménagé. L'escalier laissait place à un tunnel rectiligne.

« Si nous continuions, nous irions droit jusqu'à la cave de mon château. Si vous ne vous étiez pas endormi, vous m'auriez tranquillement retrouvé après vous être faufilé entre deux des étranges pierres de ses fondations — mon château est construit sur une allée couverte, d'où ses sérieux problèmes d'affaissement. Elle était, jusqu'à ce que je découvre la grotte, dissimulée derrière de faux murs en schiste, assez semblables à celui qui fermait l'accès par la falaise. Il semble que les procédés techniques se répètent, de siècle en siècle. Ce que je m'explique moins, c'est la permanence, à travers les âges, de ce goût pour le trompe-l'œil. »

Après quelques mètres à progresser dans le tunnel, ils trouvèrent une nouvelle bifurcation sur leur droite.

« Celle-ci mène à la chapelle du château. Par là, nous aboutirions au caveau censé servir de tombe à l'un de mes ancêtres. C'est tout à fait gothique. Mais nous aurions à soulever une pierre tombale assez lourde. Par ailleurs, nous marcherions, avant d'atteindre la chapelle, sous la LGV elle-même. Il semble que vos radars n'aient rien détecté ?

— Si c'est là où je pense, à une vingtaine de mètres de l'Ardoigne, nous sommes déjà sous l'emprise du futur viaduc. Des carottages ont été effectués à l'emplacement de ses piles, mais pas de repérages archéologiques ; la présence d'une anfractuosité souterraine, très improbable au vu des données recueillies, n'aurait de toute façon présenté aucun risque : la LGV est ici hors-sol. Mais il s'en est probablement fallu de peu pour que votre grotte soit découverte. Cela a dû se jouer à quelques mètres. »

Les deux hommes continuèrent à avancer dans le tunnel, qui remontait toujours en pente douce, jusqu'à une plaque de fonte, que le marquis repoussa doucement.

Ils se retrouvèrent, à la grande surprise de Clément, dans la cheminée du pavillon de chasse — une cheminée beaucoup plus ancienne que lui, et probablement conservée d'un bâtiment plus ancien, dans l'édifice aux allures de petit trianon.

«Astucieux, n'est-ce pas? Et pour l'ouvrir depuis l'autre côté, il faut enfoncer l'une des fleurs de lys. Il existe également une autre entrée, toute proche, par le vieux puits de la ferme abandonnée. Mais il faut desceller des pierres. Lisiez-vous les aventures du Club des Cinq, quand vous étiez enfant?

— Oui, c'est tout à fait ça. Ne manque que le vieux phare.»

Les deux hommes retournèrent au château par la voie normale, un chemin de terre qui passait dans une échancrure de la falaise. Le chantier avait détruit, à leur gauche, la moitié du paysage. Le clocher d'Orligné s'élevait au-dessus d'un canyon de terre.

Clément songea qu'on avait construit, avec son aide, une autoroute dans la vallée de la Dordogne, voire dans celle des Rois. Mais l'idée qu'on avait commis un massacre archéologique irréparable, comme l'idée qu'on avait porté atteinte au patrimoine de l'humanité, lui restait étrangère. Il ne ressentait aucune impression de gâchis. La grotte était intacte et seule comptait la résolution de l'énigme qu'elle encryptait depuis des millénaires.

Il allait rester au château d'Ardoigne aussi longtemps qu'il le faudrait.

Il pressentait que le marquis ne lui avait pas encore tout dit, et que l'énigme qu'ils auraient à résoudre ensemble ne relevait pas entièrement du champ de l'archéologie. Il ne s'agissait pas, cette fois, d'accumuler le maximum d'informations, d'effectuer des relevés minutieux et de tout dessiner, sous tous les angles possibles. On avait affaire ici à quelque chose qui dépassait les prudentes hypothèses des sciences expérimentales.

Clément avait conscience de commettre la plus grande faute professionnelle de sa vie en se compromettant ainsi avec un homme que tous ses pairs considéraient comme un imposteur. Il n'en éprouvait cependant aucun regret. Il avait dormi dans la grotte et celle-ci s'était incorporée à lui comme un rêve.

34

Peu après son retour à Argel, Pierre avait visité, avec son oncle, les nouvelles installations des établissements Piau.

Il était entré dans l'un des silos par le tunnel de ventilation qui passait au-dessous, ressortant par une trappe située au milieu de l'immense espace vide. Il avait alors fermé les yeux et tenté d'imaginer sur son corps la pression de plusieurs centaines de tonnes de blé. Il avait pensé au souffle d'une explosion comme à une cathédrale d'air, instantanée et volatile. Il avait aussitôt imaginé les effets inverses d'une dépressurisation brutale, repensant à l'image qu'il avait vue jadis d'un cobaye du docteur Mengele doublé d'un ectoplasme presque aussi grand que lui — il avait mis plusieurs secondes à comprendre qu'il s'agissait de ses intestins.

Ce double mouvement d'une explosion suivie d'un prodigieux appel d'air, Pierre allait bientôt le provoquer ; quelque chose allait être détruit. Cela se passerait près de Laval, la ville palindrome, le filtre du temps, le sas de décompression, la bouche d'où la Bretagne serait expulsée du royaume de France. Cela révulserait l'histoire et briserait le piège démoniaque de la modernité, celui d'un présent perpétuel retenu à une anse morte du temps, bague folle coulissant sur le rebord extérieur des choses, comme les mains d'un technicien de laboratoire utilisant toute une verrerie de délicatesse pour se protéger de la tragique acidité des choses qu'il manipule. Pierre allait casser net un morceau de cet appareillage.

Pierre, après avoir découpé une brèche dans le grillage qui séparait le village de chantier des établissements Piau, entra cette fois seul dans le magasin de son oncle.

Il y avait là tout le petit matériel dont les exploitants agricoles avaient besoin pour occuper leurs journées, ainsi que des outils de jardinage — il avait fallu s'adapter à la spectaculaire décrue du nombre d'agriculteurs.

Les paysans avaient de tout temps fabriqué leurs propres outils. C'étaient des objets discrets, péniblement arrachés à la terre et gardant ses couleurs, des objets de bois et de métal rouillé, trop fragiles pour dépasser la durée d'une génération, mais assez robustes dans leur conception pour traverser les siècles. C'était des portillons en bois de noisetier grossièrement ajustés à des troncs de sureau, des nasses en osier, des sabots en saule et des fourches à deux ou trois dents qu'on se transmettait de père en fils en en changeant régulièrement le manche.

Puis les habitants des campagnes avaient commencé à récupérer les débris du monde industriel. On vit apparaître dans les prés des cuves en zinc de machines à laver qui servaient d'abreuvoir. On récupéra les poteaux téléphoniques abattus pour consolider les toits des étables — des étables agrandies par des appentis en tôle ondulée. Les poteaux électriques en ciment, avec leurs alvéoles rectangulaires, servirent de mangeoire dans les basses-cours. Des traverses de chemin de fer furent un peu partout transformées en établis.

L'arrivée des machines agricoles fut suivie de celle, plus massive et plus insidieuse, d'objets de grande consommation qui, des bassines en plastique jaune aux outils électriques perfectionnés, allaient changer définitivement la couleur des fermes et le métier d'agriculteur.

Tout le temps passé à réparer les choses et à inventer des solutions techniques uniques et audacieuses, un temps ancestral et proche du rêve, fut bientôt gaspillé dans les grandes surfaces de bricolage.

Elles se multiplièrent à la fin du deuxième millénaire, spécialement en zone rurale, et représentaient, pour Pierre, de puissants foyers de déculturation.

Il avait récemment accompagné son père au Bricorama de Laval, pour l'aider à porter des sacs de terreau. Ils étaient repartis avec un barbecue à gaz, une dizaine de petits lampadaires solaires, une station météo digitale et un outil de désherbage révolutionnaire qu'ils avaient vu à l'œuvre sur un écran de démonstration.

La maison de ses parents avait été construite sur un ancien pré. Ils y avaient planté plus d'essences végétales qu'aucun autre sol terrestre n'en avait jamais connu, forêt tropicale incluse. La culture des fleurs et des arbustes occupait presque tout leur temps. Bénéficiant d'une retraite confortable, ils avaient cependant jugé indigne de développer un potager.

La culture du sol était devenue une occupation purement somptuaire.

L'homme avait transformé en caricature l'activité qui lui avait offert la richesse et la civilisation. Le travail était devenu un loisir comme dans les paradis marxistes ou libéraux. L'esclave était devenu le maître, mais un maître qui ne régnait plus que sur des créatures inanimées et dociles, qui craignait les chenilles, les pucerons et les taupes.

L'homme était bien sorti de l'Histoire. Les parents retraités de Pierre jouaient un rôle d'éclaireurs. Ayant rejoint le bourg, vivant en bourgeois, ils haïssaient leur ancienne condition, leur condition historique.

Avec l'aide des machines, l'homme pouvait jouer partout, depuis un demi-siècle, au maître et au possesseur de la nature. Il était redevenu un cueilleur animiste qui ramassait des fruits mûrs aux étals des supermarchés, un chasseur paresseux qui choisissait ses morceaux de viande sur le simple crédit d'une photo sur l'emballage, et les scandales alimentaires réguliers qui troublaient son mode de vie placide étaient tout ce qu'il connaissait du mal.

Pierre pensa à son cousin qui militait contre les OGM et l'industrie chimique. La domestication des céréales et l'usage d'un gros bovidé comme synthétiseur moléculaire capable de changer l'herbe verte en un liquide épais et blanc : c'était là une magie qu'il aurait certainement condamnée s'il avait vécu quelques millénaires plus tôt. Sébastien voulait renvoyer l'humanité à un stade antérieur au Néolithique.

Il était en cela parfaitement cohérent : il haïssait l'Histoire, processus tragique, pénible et trop cruel pour sa morale d'enfant gâté.

Pierre s'aperçut soudain, en passant devant le rayon des gants en caoutchouc, que presque tous les objets qui l'entouraient, de formes et de couleurs diverses, possédaient une propriété commune. Ils avaient des poignées, des manches, des boutons ou des dragonnes. Parfois des doigts négatifs étaient même sculptés dans la matière plastique.

Toutes ces choses étaient ergonomiques : destinées à habiller les mains humaines, à démultiplier leur puissance musculaire, à servir de prise sur le monde — le monde apparut alors à Pierre comme un immense gant retourné, comme l'intérieur d'une machine, machine dont il essayait depuis des années de rejoindre l'habitacle pour s'y livrer à un acte de sabotage définitif.

S'ils haïssaient tous l'Histoire, se disait Pierre, alors ils transformeraient en sauveur celui qui la leur enlèverait.

Ils avaient suivi Jésus car il leur avait montré que l'Histoire ne serait qu'une courte damnation dans une économie mystique qui verrait bientôt le triomphe du règne de l'esprit, et qu'ils ressusciteraient après l'Apocalypse dans une pastorale d'amour, loin de ce monde agricole et dur où ils étaient retenus depuis qu'Adam et Ève s'étaient fait chasser du paradis terrestre.

Ils avaient été séduits par la transmutation qu'avait opérée Marx en ramenant l'Histoire, cette bête dangereuse, folle et apeurée, à un processus rationnel d'émancipation des hommes.

Pris de panique devant les mouvements fous de leur émancipation et les paradoxes du progrès, ils avaient tenté de se figer le plus possible, se réclamant d'un bon sens paysan retrouvé qui culminait dans leur engagement locavore et dans le constat simple du bilan carbone déséquilibré de l'Histoire.

Ils allaient définitivement apprécier sa chronologie nouvelle, qui leur épargnerait bientôt un millénaire de temps rétrospectif, pénible à connaître en détail et difficile à tolérer. Ils allaient hériter, à la place, d'une histoire raccourcie et plutôt dispensable qu'il serait facile, une fois celle-ci captive et désarmée, de juger légèrement : un court ensemble de siècles méprisables qui n'avaient servi à rien d'autre qu'à séparer le temps heureux des origines du temps de l'émancipation qui s'ouvrait devant eux.

Pierre avait passé ses longues journées de surveillance à accélérer, mentalement, la grande réforme historique qu'il avait initiée devant le château de la Ronce.

Le sens historique était son don particulier depuis l'enfance. Il voyait au travers des événements et au travers des hommes. L'homme était pour lui un animal historique, une encoche dans le temps. Il habitait là, dans le creux d'une génération. Et le plus beau, le plus noble et le plus excellent des sentiments humains était le sentiment historique : sentir sa place exacte, sentir que rien ne serait plus jamais comme avant mais que demain ne nous appartiendrait jamais. Sentir l'écoulement du temps, la plus belle fatalité du monde et réservée seulement à l'homme, à quelques-uns des hommes seulement. Sentir que cela était atroce mais lui découvrir pourtant une sorte de beauté — la beauté de l'urgence et de l'irréversible, celle de la vitesse et de l'arrachement du sol. Un sentiment de décollage.

Pierre avait ainsi fait s'annuler ou se confondre des dizaines de siècles et de figures historiques majeures, comme des particules et leurs antiparticules, il avait déplacé des capitales, redessiné des empires, antidaté des découvertes.

Bouddha, Jésus et Mahomet étaient désormais un seul homme, de même que Carthage, Byzance et Rome étaient réconciliées et que l'Empire romain avait absorbé, sans difficulté, le califat des Omeyyades et le Saint Empire.

Il n'avait même plus besoin d'y croire, car tout fonctionnait à merveille. Le temps lui obéissait.

Pierre obéissait pourtant lui-même à des forces extérieures à son esprit.

Il se trouvait ainsi, au milieu de la nuit, dans un magasin d'ustensiles agricoles, accomplissant une mission dont il ne savait rien, mais dont il rêvait qu'elle soit, elle aussi, une œuvre de destruction absolue.

Les engrais azotés, vendus dans des sacs de 500 kilos, étaient entreposés dans un hangar ouvert avec les pesticides, les abreuvoirs et les parpaings.

Le nitrate d'ammonium contenu dans l'engrais réagissait avec les molécules carbonées du fuel. La recette exacte, pour un dégagement de puissance optimale, était de 94,3 % de nitrate d'ammonium pour 5,7 % de fuel.

André Taulpin tenait à ce que le vol ressemble à « un accident de stockage causé par les fourches d'un transpalette ». Pierre creva plusieurs sacs par le bas et recueillit ainsi, après plusieurs voyages, une importante quantité d'engrais, « comme une diabolique petite souris dressée ».

Il passa la nuit à remplir à moitié les dix fûts de plastique bleu qu'il avait récupérés, la veille, sur le chantier.

Après avoir déplacé l'engrais, Pierre avait abandonné son poste et était parti se balader sur le chantier voisin. Il avait cherché l'emplacement de son ancienne chambre, par triangulation, en tentant de retrouver l'angle que faisaient le château, le pavillon de chasse et le clocher d'Orligné. Pierre localisa l'endroit sur une levée de terre. Il s'assit à mi-hauteur, dans la bulle spatio-temporelle où il avait grandi. On avait déblayé la terre jusqu'à la roche mère. Polie par les engins de chantier, celle-ci brillait sous la lune comme une longue étendue de marbre.

Pierre eut la nostalgie de son enfance devant ce paysage vitrifié.

Il crut comprendre, cette nuit-là, l'origine de sa haine.

C'était très largement un sentiment de honte.

La famille Piau, comme celle des Rougon-Macquart, s'était scindée en deux branches, la branche industrielle et la branche agricole. Il était issu de la branche agricole. Son oncle et son cousin appartenaient à la branche industrielle — qui, malgré la persistance d'une inimitié ancienne, pouvait être reliée à la branche Taulpin.

Le prisme politique de Pierre Piau était ainsi brisé.

Il avait en conséquence choisi, secrètement, comme famille d'adoption celle qui survivait dans le vieux château d'Ardoigne et dont les catégories mentales supposées, issues directement d'un monde où la classe dominante considérait le tiers état comme une masse indistincte, devaient rendre ce douloureux snobisme inopérant.

Il avait choisi pour cette raison inavouable le vieux monde, la tradition et l'histoire, au détriment d'une vie heureuse et simple.

Ses visions historiques, il le découvrait soudain, étaient cependant restées marquées par la vieille opposition familiale entre monde rural et monde industriel.

Il avait toujours reproché à ses parents leur position bâtarde : ils avaient très mal tenu leur rôle, s'insérant sans complexe dans le système agroalimentaire, s'abaissant à la fonction d'ouvriers chargés de l'approvisionnement continu des usines laitières de Laval. Pierre avait visité l'usine Beriens avec son école. Il se souvenait distinctement d'une machine, très haute, qui assurait le pliage et le remplissage des briques de lait. Le liquide blanc était transformé en plusieurs milliers d'objets solides. Le processus avait quelque chose de magique, la machine était colossale. Pierre se souvenait aussi de ce qu'avait dit l'instituteur devant la machine impeccable : il avait dit aux autres enfants que le lait venait d'exploitations similaires à celle de ses parents. Cela avait tout gâché. La honte ne s'était jamais entièrement effacée.

Pierre avait surtout grandi à l'ombre d'un autre colosse industriel — dans une proximité si écrasante que les dimensions réelles de la chose, finalement plutôt modestes, lui avaient longtemps échappé.

Le hangar à blé de son oncle, comme un organisme monstrueux, avalait continuellement du blé, le stockait dans ses silos et le recrachait à la demande par une longue trompe. Des vis sans fin assuraient la circulation interne des grains.

Pierre comprit ce soir-là que le château lui avait servi d'écran. L'objet qui l'obsédait, celui dont il rêvait la nuit, celui dont il craignait la puissance, n'était pas ce modeste vestige historique, mais ce hangar bruyant et poussiéreux, qui l'avait terrifié, les rares fois où il était entré à l'intérieur.

La machine, comme une gigantesque moissonneuse, aspirait sans fin les épis de blé qui jaillissaient du sol. Elle écrêtait la terre, elle en transformait les fruits en cailloux dorés.

Le cycle de vie des céréales était réduit à néant par ces mouvements secrets et spectaculaires. La vie mécanique surpassait la vie biologique.

Et il n'avait pas la maîtrise de tout cela — l'autre branche de sa famille l'avait.

Il était resté sur le seuil du dernier grand mouvement historique reconnu : celui initié avec la révolution industrielle. L'orage grondait au loin, et il avait gardé les yeux fixés sur les tourelles hors du temps du château d'Ardoigne.

Il y avait, contre le mur du hangar des établissements Piau, un grand panneau de contrôle avec des boutons verts et rouges. Il était absolument interdit d'y toucher. Il commandait les mouvements invisibles des vis sans fin.

Il y avait des histoires de chats déchiquetés par leurs spirales aiguisées comme des lames. Un employé de son oncle avait également eu les doigts tranchés.

Ces vis interdites avaient longtemps obsédé Pierre.

Il en avait récupéré une sur un engin agricole abandonné et l'avait fait fonctionner, au sein du système d'écluses et de bassins qu'il avait fabriqué avec son frère dans la cour de Vaultorte.

Prise dans une gouttière, elle était à la fois mobile et immobile. Pierre la faisait tourner avec du gravier. Quand il l'actionnait, celui-ci montait inexorablement. Mais la vis, elle, ne montait jamais. C'était un paradoxe mécanique que Pierre ne comprenait pas et qui lui faisait horreur.

Il se souvenait aussi qu'à la même époque, par une bizarre obstination de l'Éducation nationale, le premier mois d'école était toujours consacré à la réalisation d'une frise chronologique géante qui viendrait orner un mur de la classe. Elle était chaque année plus détaillée, mais identique dans ses grandes lignes. Il y avait l'Antiquité, le Moyen Âge, l'époque moderne puis contemporaine.

Les deux objets, la vis et l'histoire, étaient apparus au même moment dans la vie de Pierre, les deux articulant ensemble les différents noms du temps : un temps stocké et immobile, celui des céréales retenues par le grillage des silos, lui-même indexé sur un autre temps, régulier et solaire, lié à l'orbite de la Terre autour du Soleil, temps qui se déversait dans le premier chaque année à la fin du mois de juillet, au moment de la récolte, en faisant intervenir un troisième temps, le temps accéléré des machines qui assuraient le remplissage des silos, temps en apparence inépuisable et laissé à la libre disposition des hommes, mais en son cœur aussi immobile et stérile que les vis sans fin à travers lesquelles il se manifestait.

Le temps de l'Histoire se rattachait désormais à ce seul temps malade.

Pierre rentra à pied en marchant lentement. Il avait l'impression, très douce, d'accomplir son destin.

Il pensa aux camions toupies orange du groupe Taulpin qui transportaient à travers le monde des millions de mètres cubes de ciment. Les toupies, légèrement obliques, dissimulaient elles aussi des vis sans fin, qui pouvaient tourner dans les deux sens : dans l'un, leurs ailettes effilées servaient à brasser le ciment pour le garder liquide, dans l'autre, elles évacuaient, par l'arrière, la substance grise et collante pour la laisser sécher au soleil. Quoique entièrement dissimulé par les parois de la toupie, le mécanisme avait quelque chose de monstrueux, comme le mystérieux plan dont il était la délicate, l'impuissante et la douloureuse ailette.

Il rêva cette nuit-là, entre les bras de Caroline, d'une explosion soudaine qui viendrait abolir toutes les machinations des hommes — qui viendrait réparer le temps.

35

Après plus d'un mois passé dans son arbre creux, Sébastien commençait à manifester des signes de fatigue. Avec les pluies de l'automne, tout s'était mis à pourrir. Son hygiène était de plus en plus problématique et il perdait des *followers*. Il s'ennuyait et recevait de moins en moins de visites — et des visites plus compatissantes que politiques, comme celles de ses parents ou de son oncle et de sa tante. L'un de ses principaux soutiens, le vieux préfet, l'avait abandonné depuis plus d'une semaine et le combat était perdu depuis longtemps quand il décida, amaigri et déçu, de redescendre sur la terre.

Il se laissa glisser le long du tronc, après une nuit glaciale et cauchemardesque. Incapable de tenir sur ses jambes, il roula dans la boue et se mit à rêver d'un bain — il était à dix minutes de chez ses parents.

Sa reddition allait être à peine remarquée ; il pleuvait depuis une semaine et on annonçait une semaine identique. Le paysage était désespéré.

Sébastien avançait difficilement sur l'ancien chemin de Vaultorte, laissant le chantier à sa gauche — un chantier déserté, en attendant des conditions météorologiques plus propices, la terre gorgée d'eau étant devenue trop instable pour les engins.

Sébastien vit alors une silhouette sortir du vieux puits de la ferme abandonnée, et se diriger vers la nationale. Sa cape de pluie faisant obstacle au vent, elle marchait très lentement. Sébastien crut pourtant reconnaître son cousin Pierre.

Roland Peltier apprit la défection du jeune écologiste le soir même. C'était la conclusion logique d'une aventure mal menée. La débâcle était aussi misérable que le projet. Le vieux préfet se jugeait très sévèrement. Recruté sur le tard par un agent de liaison décédé, il avait mené sa carrière d'agitateur de façon pathétique ; en technocrate, plutôt qu'en homme de terrain. Son premier réflexe avait été d'écrire un livre. Il avait eu cette vanité-là. Puis il avait déclenché, sur le plateau boueux d'un chef-lieu de canton perdu, le plus faible mouvement d'insurrection de l'histoire de l'Ouest. Tout cela s'était fini par la pendaison symbolique d'un martyr à un arbre creux. Après quelques semaines d'agonie, celui-ci était revenu à la vie, et on l'avait vu traverser le bourg en combinaison antipluie fluo. C'était tout. Il ne s'était rien passé d'autre.

Roland Peltier acceptait sa défaite.

Il avait compris, pendant le dîner chez Taulpin, qu'il n'avait que de la haine à opposer à son adversaire. C'était, tactiquement, beaucoup trop faible, aussi faible qu'un homme contre un train de 400 tonnes lancé à 300 km/h. C'était physiquement indigne. Le vieil homme se souvint de ses cours de physique, qui remontaient à la guerre. Il établit ainsi que l'énergie cinétique du train à pleine vitesse, un milliard de joules, était du même ordre de grandeur que celle produite par l'explosion d'une tonne de TNT. Il aurait fallu les efforts conjugués de plusieurs millions d'hommes pour arriver à une telle puissance — la démocratie avait de ce point de vue quelque chose de décourageant. Lancé à pleine vitesse, le TGV mettait trois kilomètres à s'arrêter — la longueur de la traversée d'Argel — tandis qu'il avait fallu à Sébastien un seul saut, et quasiment sur place, pour perdre en un instant toute sa dangerosité.

Roland Peltier relut encore une fois la lettre de Foccart. Il n'y trouva aucune consolation. Il se demanda même, pour la première fois, s'il ne s'était pas trompé dans son interprétation, et si Taulpin, l'empereur du BTP, ne jouait pas, plutôt que le rôle de Ganelon, celui de Charlemagne.

Le capitaine d'industrie s'était en tout cas très vite découvert une ambition impériale. Le groupe Taulpin s'était d'abord déployé sur le territoire métropolitain. Il avait été l'un des grands architectes des Trente Glorieuses, le grand exécutant des commandes d'État, construisant barres de logements, aéroports, autoroutes, barrages et centrales nucléaires. Taulpin s'était ensuite répandu, avec l'aide de Foccart, sur le territoire de la Françafrique — un pays vaste comme un empire, mais un empire perdu, à peine plus que le souvenir d'un rêve. Les contrats remportés par Taulpin étaient désormais les seules batailles que la France pouvait encore gagner. L'empire commercial avait remplacé l'empire politique. La France ne retrouverait jamais son rang de grande puissance. Le déclin de sa classe politique était irréversible, mais Taulpin offrait un modèle acceptable d'empereur de substitution.

Prisonnier d'une vision périmée du monde, au sein duquel l'État représentait le bien et l'économie, au-delà de tous les services qu'elle pouvait rendre, la menace lointaine, mais omniprésente, de la dissolution terminale de l'intérêt général dans les intérêts privés, Roland Peltier comprit soudain qu'il était passé de l'autre côté. S'il avait commencé sa carrière comme préfet occulte de l'empire, chargé d'en poser les conditions d'existence et d'en soutenir les premières conquêtes, il s'était, en vieillissant, retourné contre l'empereur, dès qu'il avait pu mesurer sa puissance. Sa trahison pouvait même être datée précisément : elle était intervenue au soir de leur première rencontre, à l'hôtel Intercontinental de Libreville. Il était alors devenu lui-même Ganelon, le traître, le nuisible adversaire, le dépeceur d'empire.

Mais il avait échoué à contenir l'empereur.

Argel serait le nom d'une bataille perdue, puis d'une bataille oubliée. La vitesse aurait vaincu le temps long, composé et savant de l'histoire — le temps des aménageurs et des équilibres de long terme, celui de la vie soutenue par la main habile et infatigable de l'État-providence et de ses serviteurs. Peltier avait longtemps pensé qu'il arriverait, par sa prudence planificatrice et par son art consommé du rééquilibrage, à retenir la France et à préserver sa puissance. Mais l'inclinaison était soudain devenue trop forte. Le pays basculait.

L'apocalypse serait quelque chose d'étrange.

Peltier comprit qu'il en serait l'unique témoin. Le dernier point fixe d'un monde distordu par des forces centrifuges insupportables. Il se voyait mourir, avec horreur, au milieu d'un monde qui lui échappait. Il regarda son moulin vide et se sentit dans le même état spirituel.

Soucieux de se raccrocher à quelque chose, il appliqua cependant, de façon mécanique, les protocoles rassurants de l'espionnage. Officier traitant ou recruteur, il devait rencontrer, une dernière fois, son agent de terrain avant de refermer définitivement le dossier — son échec prendrait alors une coloration administrative, qui en dissoudrait l'acide mélancolie.

Sébastien lui raconta qu'il avait vu son cousin Pierre sortir du puits du Vieux Vaultorte.

C'était une information extrêmement précieuse, de nature à tout changer. La présence du jeune homme l'avait beaucoup intrigué pendant le désagréable dîner qu'avait donné Taulpin. Il s'était dit que celui-ci devait effectuer des missions de surveillance pour le compte de la société de son frère. Mais il n'avait pas le profil d'un simple vigile.

Il avait été frappé par la ressemblance, cruelle, entre Sébastien et son cousin. Ils se ressemblaient mais seul Sébastien possédait la grâce. Pierre avait en lui quelque chose de lourd et de presque désagréable. Peltier avait alors eu le sentiment de contempler directement, dans son visage, la théorie de Darwin, dont il livrait une interprétation tragique. La théorie de Darwin devait être lue au présent. Ce n'était pas l'évolution des caractères dans le temps qui en faisait la substance, c'était la brutale et l'injuste distribution, à un même endroit de l'espace et du temps, des qualités disponibles. Sébastien les avait presque toutes prises, son cousin

Yann avait hérité du reliquat, et Pierre n'en avait reçu aucune. C'était cela, ces inégalités fondamentales dans la répartition des phénotypes, qui fournissait le seul carburant de l'évolution — Sébastien et Yann avaient une chance de se reproduire, Pierre n'en avait aucune. La lignée qu'il représentait s'éteindrait naturellement. À moins, cependant, qu'on applique un violent correctif à cette trajectoire funèbre. Cela pouvait être l'argent, la ruse ou la chance. Cela pouvait être un élément de surprise ou la trame patiente d'un complot. Cela pouvait être la mort brutale d'un de ses compétiteurs.

Peltier pensa à tout cela en écoutant Sébastien lui raconter la scène, presque horrifique, de la sortie du puits. Le complot dont il avait trop souvent fantasmé l'existence existait peut-être. Des forces occultes utilisaient le corps inutile de Pierre pour exercer leur influence.

Cela ne pouvait être que Taulpin.

Peltier chargea Sébastien d'espionner son cousin. Ce fut alors comme un voyage dans le passé pour Sébastien : les deux cousins avaient souvent joué à cache-cache ici même, sur le plateau de Vaultorte.

Le nombre de caches ayant spectaculairement décru, Sébastien décida de retourner dans son arbre. Il découvrit bientôt que Pierre descendait chaque nuit au fond du vieux puits.

36

Une fois la cabane de chantier transformée en poudrière et solidement scellée, Pierre était parti sur les traces du jeune archéologue qui inquiétait son oncle. Il s'était installé pour cela en face du château d'Ardoigne, sur la rive opposée de la rivière, dans le petit bois humide un peu à l'écart des travaux.

Il portait une tenue de chasse et une grande cape de pluie. Il avait froid mais il tenait fidèlement son poste. Le gué qu'il avait traversé quelques mois plus tôt avec Caroline était entièrement inondé. Tout était gris et liquide, tout s'enfonçait dans la terre boueuse et dans l'eau glaciale. Protégé par son toit en ardoise et par les gros rochers sur lesquels il était construit, le château semblait seul résister à l'humidité générale   mais il était flagrant qu'il s'affaissait chaque hiver un peu plus, et qu'il finirait au sol, comme un tas d'ardoises brisées qui craqueraient sous les pieds.

Dès 15 heures, ses lumières s'allumaient. Pierre tentait alors d'observer, avec ses jumelles, ce qui se passait à l'intérieur, mais les fenêtres à petits carreaux, faits de verre concave qui avait gardé, comme une chronophotographie de l'Ardoigne après l'apparition d'un poisson, l'empreinte d'une onde concentrique à différents stades de son développement, ne permettaient pas de discerner beaucoup plus que les silhouettes floues d'un vieillard et de celui qui devait être l'archéologue.

Le troisième jour, Pierre vit enfin celui-ci sortir. Il se dirigea vers le chemin qui montait à la ferme abandonnée. Le soir, les deux silhouettes étaient à nouveau réunies derrière les fenêtres du château. Pierre était pourtant certain de ne pas avoir pu manquer l'archéologue s'il était redescendu par là où il était monté ; il aurait bien sûr pu faire le grand tour et rejoindre le château par le chemin de la nationale, mais cela n'aurait eu aucun sens.

Pierre avait, enfant, beaucoup fantasmé sur les souterrains du château d'Ardoigne. Il ne faisait aucun doute que l'archéologue les avait empruntés pour revenir.

Il se rendit aussitôt à la ferme abandonnée, à la recherche de traces de pas, mais la pluie avait tout effacé. Le paysage, entièrement désolé, à l'exception d'un arbre, celui où son cousin avait passé l'automne dans l'indifférence générale, se prêtait mal à une éventuelle filature. Il connaissait la ferme et ne voyait rien qui aurait pu servir de point d'accès au souterrain. Il décida d'aller jusqu'au pavillon de chasse.

L'endroit était beaucoup plus petit que dans son souvenir, et beaucoup moins luxueux qu'il l'avait imaginé. Sa porte n'était pas fermée et il put entrer à l'intérieur. C'était très humide. Les carreaux du sol étaient recouverts de mousse. Une hélice d'aération circulaire en plastique transparent tournait dans l'une des fenêtres, provoquant un grincement anachronique — la cheminée, d'allure plus ancienne que le reste, n'avait pas dû être allumée depuis des années et on comptait sans doute sur ce filet d'air pour empêcher la complète liquéfaction du bâtiment.

Soudain, le bruit de grincement s'amplifia.

La cheminée bougeait.

Pierre allait être découvert; il n'y avait aucun meuble qui pouvait le dissimuler. Il sortit en courant et se cacha derrière l'unique mur sans fenêtre du pavillon octogonal.

Il vit bientôt passer l'archéologue, venu de nulle part et comme sorti d'un palais des miroirs.

Pierre attendit un peu et retourna dans le pavillon. Il découvrit la fleur de lys qui servait de clé au mécanisme. La plaque de fonte, décorée d'une scène de chasse à courre, s'ouvrit comme une porte.

Pierre entra et descendit une dizaine de marches avant de réaliser qu'il n'avait pas de lumière. Il reviendrait dès qu'il aurait averti Taulpin de sa découverte.

« Nous devons empêcher l'archéologue d'y descendre à nouveau. »

Ce fut la première réaction d'André Taulpin aux révélations de Pierre.

« Je vais vous fournir tout le matériel nécessaire au relevé de ce souterrain providentiel. S'il est aussi étendu que je l'imagine, c'est un véritable miracle. Saurez-vous utiliser un scanner laser ? C'est quelque chose que nous utilisons parfois dans nos grands projets architecturaux, pour vérifier la conformité de certaines parties de nos constructions au plan. Non, vous ne saurez pas l'utiliser. Mais voilà ce que nous allons faire. Vous allez recevoir une formation, ici même, et dans les prochains jours. Vous descendrez ensuite le petit appareil sous la terre, et, en surface, mes ingénieurs traiteront les données que vous aurez extraites comme si elles provenaient d'une grotte située en Chine, au Vietnam ou au Paraguay. »

Pierre s'exécuta : dans la semaine, il suivit une formation accélérée au maniement du scanner laser Faro Focus3D X 330.

Taulpin était d'excellente humeur :

« Savez-vous que mon groupe ne possédait pas cette merveille de technologie, mais quelques appareils plus rustiques, issus d'une précédente génération ? Et savez-vous qui a passé commande de la machine de dernière génération que vous tenez entre les mains, et qui est peut-être la première vendue sur le sol français ? Notre jeune archéologue. Voyant son contrat avec nous arriver à son terme, l'enfant gâté s'est empressé de réclamer un dernier jouet. Hélas, il ne pourra pas l'utiliser avant au moins six mois — le temps, pour nous, de prendre certaines dispositions, et le temps pour lui de se remettre d'un fâcheux accident. Il nous a fallu agir un peu dans l'urgence, et celui-ci a eu, en réalité, beaucoup de chance. »

Pendant ses rares entretiens avec son grand-oncle, Pierre, terrorisé, parlait à peine, et ne posait presque aucune question, mais il voulut savoir, cette fois, ce qu'il était arrivé à l'archéologue.

« Un très étrange accident de chasse. Il se rendait à Paris en TGV, précisément pour prendre possession du coûteux appareil, quand une balle perdue, destinée sans doute à abattre un sanglier, a traversé le triple vitrage pour venir le frapper à l'épaule et au cou — c'est un miracle s'il a survécu, l'affaire de quelques millimètres, grâce au secours inopiné du vieux Coriolis. Le train roulait alors au ralenti : on venait de signaler la présence d'un sanglier sur la voie. Une enquête est en cours, mais la nature peu conventionnelle de la balle, comme la présence d'un sanglier à un endroit normalement grillagé, a mis la police sur la piste d'un braconnier, difficilement identifiable. Voilà, vous en savez presque autant que moi. Mais concentrez-vous sur l'objet qu'un incroyable hasard a mis entre vos mains. »

Pierre retourna dans la grotte avec le petit appareil. Elle lui parut immense, désordonnée et inquiétante. Il n'aimait pas y descendre, mais dut néanmoins faire plusieurs voyages pour en dresser le relevé complet. Il découvrit ses cinq entrées ainsi que la salle au sol qui tremblait — et où les données acquises par la machine, perturbées par le battement de son cœur, restèrent à jamais imprécises.

Il existait deux types de scanners laser : ceux qui mesuraient le temps de vol aller-retour d'un rayon de lumière réfléchi par l'objet cible, et ceux qui, comme celui-là, mesuraient le décalage de phase de l'onde émise par la machine. Le procédé donnait des résultats plus fins, en reposant moins sur le temps global mis par l'onde pour revenir à son point d'origine que sur la manière dont la sinusoïdale s'écrasait, comme les doigts d'un grimpeur, sur l'objet cible, pour revenir à son point d'origine très légèrement désynchronisée.

Pierre accéda aussi, avec une extrême difficulté, à la salle supérieure, qu'il scanna également, jusqu'au bord de la falaise — des éclats laser se perdirent alors dans les brumes qui flottaient au-dessus de l'Ardoigne, et seuls quelques-uns, après avoir ricoché sur les toits du château d'Ardoigne, sur les peupliers de la rive ou sur l'église pointue d'Argel, revinrent jusqu'à la machine, qui lissa, après les avoir assimilés à du bruit, ces clochers solitaires.

La part manquante du paysage détruit, étirée et difforme comme une tumeur découverte au moment de l'autopsie d'un corps, fut bientôt reproduite sur des écrans dociles, d'abord comme un édifice de sable, fait des grains assemblés des mesures successives, puis, après leur cimentation logicielle, comme une longue, étroite et amère vésicule.

André Taulpin et Pierre Piau cherchèrent longtemps, en la faisant tourner devant eux, un point d'accès qui permettrait de l'opérer sans la crever, pour y stocker la quantité voulue d'explosif loin des yeux laser de l'archéologue, qui finirait immanquablement par redescendre.

« Les fenêtres de tir, remarqua Taulpin, sont décidément très resserrées avec notre homme. »

Enfin, Pierre pointa du doigt l'emplacement idéal.

C'était dans le conduit qui remontait jusqu'à la chapelle, une amorce de galerie creusée sur seulement un mètre. Elle aurait rejoint, si on l'avait prolongée, l'une des piles du viaduc, située dix mètres plus loin.

C'était suffisant pour l'atteindre à travers la roche friable, si l'on parvenait à bloquer complètement l'effet de souffle du côté de la galerie — en emmurant justement la bombe, qui resterait invisible jusqu'au jour fatal.

Il proposait à cet effet de creuser, au fond de la galerie abandonnée, une étroite chatière, qui serait plus facile à dissimuler qu'un tunnel entier. Passé un mètre, il élargirait celle-ci pour creuser une chambre secrète, d'un volume d'environ deux mètres cubes. Il la remplirait du mélange explosif, qu'il aurait préalablement réparti dans des bidons de 5 litres. Il ne resterait alors plus qu'à murer la chatière, pour dissimuler entièrement la bombe et empêcher que l'explosion ne perdît en puissance ce qu'elle gagnait en volume.

André Taulpin invita Pierre à passer à l'action dès la semaine suivante, pour synchroniser le bruit de son marteau-piqueur avec celui des engins de surface qui commenceraient à creuser les fondations du viaduc.

Pierre loua donc un petit utilitaire et déplaça les fûts, du village de chantier à la ferme abandonnée. Il passa les deux premiers jours à confectionner son mélange, à même le sol de l'ancien poulailler. Les bidons blancs, parfaitement alignés, qu'il avait disposés là furent bientôt tous remplis d'engrais, puis de fuel. Avant de les refermer, Pierre glissait, dans chacun, un phare de voiture dont il avait cassé le verre et relié les connecteurs électriques à deux fils rouges et jaunes qu'il enroulait ensuite à la poignée en plastique des bidons.

Le pavillon de chasse était exposé ; Pierre passerait plutôt par le vieux puits. Celui-ci était asséché. Il y fit péniblement descendre un petit groupe électrogène, auquel il brancha son marteau-piqueur compact — du matériel professionnel fourni par le groupe Taulpin.

Il fit d'abord sauter les pierres qui fermaient l'accès au tunnel, puis se déploya jusqu'à la cavité située à l'autre bout du souterrain. Il attendit là que le sol se mette à vibrer pour commencer à creuser à son tour.

Ce furent des journées interminables. Il dut creuser la chatière allongé, puis se glisser à l'intérieur pour en élargir le fond, tenant d'abord le marteau-piqueur contre son visage, avant de pouvoir enfin s'accroupir, et il continua, inlassablement, jusqu'à ce qu'il tienne debout, dans un espace à peine plus grand qu'un caveau. Il dut aussi remplir des dizaines de sacs de gravats, puis balayer le sol et le laisser aussi intact qu'il l'avait trouvé.

Il commença alors à remonter ces sacs et à descendre à la place autant de bidons, qu'il assembla soigneusement dans la chambre secrète.

Il vérifia cent fois les fils avant de les connecter à une batterie. La boucle était bien ouverte : une seule des deux bobines était reliée à la batterie de voiture. Il suffisait maintenant, pour déclencher l'explosion, de mettre le fil rouge et le fil jaune en contact.

La partie pyrotechnique était prête.

Il pouvait désormais passer aux travaux de maçonnerie. Il s'agissait de définitivement condamner la chatière avec des parpaings et du béton.

Pierre ignorait qu'en surface Sébastien n'avait rien perdu de ses mystérieux allers-retours entre le vieux bâtiment de la ferme et le puits.

37

« Ils sont encore plus dangereux que je ne le pensais. Vous devez absolument rester ici. Ils vous ont miraculeusement raté, mais ils ne feront pas deux fois la même erreur. Vous êtes ici à l'abri : ils ne peuvent s'attaquer à mon château. Nous devons encore travailler mais nous pourrons bientôt faire une déclaration qui vous donnera l'immunité en annonçant au monde ce que nous avons découvert. Je voulais attendre le passage du train, par courtoisie envers ma fille. Je voulais aussi attendre que la prophétie se manifeste et que les deux ennemis entrent en conflit ouvert. Mais nous n'avons plus le choix. Vous allez rester là, en convalescence, le temps qu'il faudra, puis vous retournerez dans la grotte si cela est nécessaire, mais l'heure n'est plus à l'archéologie ou à la conservation du patrimoine. Votre survie compte plus que tout. Vous êtes au seuil d'une révélation historique majeure. Tout le reste est indifférent… La terre est en train de trembler comme elle ne l'a jamais fait. »

Le marquis était obsédé, depuis quelques jours, par les vibrations qu'il ressentait dans les murs de son château, comme par un mystérieux homme vert qu'il avait vu sortir de la grotte. Il voyait ces signes comme le prélude d'une soudaine révélation, révélation dont Clément aurait été une sorte de messie.

Encore endormi par les antidouleurs, celui-ci ne ressentait rien, mais aurait eu plutôt tendance à les attribuer au chantier voisin. Il venait de rentrer de l'hôpital du Mans, où il avait passé, après sa blessure, plus d'un mois en soins intensifs.

Il avait mis du temps à comprendre qu'il avait failli mourir, et plus de temps encore à admettre qu'on avait voulu le tuer, et le tuer pour l'empêcher d'accéder à la technologie qui lui aurait permis de percer le secret de la grotte.

Le marquis avait accouru à son chevet dès qu'il avait su. Il semblait effrayé et il avait insisté pour que Clément vienne passer sa convalescence dans son château.

Il l'avait alors installé dans une chambre bleue, très calme et exposée au sud.

Clément dormait beaucoup et occupait le peu de temps qu'il était éveillé à regarder défiler les grands nuages de pluie venus de l'ouest.

Son hôte lui préparait des potages et des repas froids qu'il lui montait, midi et soir. Il restait alors quelques instants à discuter avec lui.

Il était extrêmement tendu.

Clément, dans un état de rêve éveillé permanent dû à la morphine qu'il devait encore absorber quotidiennement, était obsédé par les bruits lointains de la nationale, de l'autoroute, de l'Ardoigne et du train. Il mit longtemps à se souvenir que le chantier de la LGV n'était pas fini, et quand il l'admit enfin, ce fut pour déplorer aussitôt que son chantier archéologique ait été laissé en friche — il voulait reprendre les fouilles, descendre plus profond, atteindre une strate si lointaine que personne ne l'avait encore explorée. Il avait oublié la grotte, ou la confondait avec la double plaie par balle qu'il avait à l'épaule et au cou — il était certain qu'elles communiquaient au niveau de son cerveau par une cavité immense, qu'il n'attribuait pas à une balle, mais à sa chute du haut de la falaise, et il jurait qu'on l'avait poussé volontairement dans l'eau. Il se voyait tomber à plus de 300 km/h. Il évoquait aussi une conjuration secrète, des meurtres rituels d'archéologues, des déprédations de sites, une nouvelle invasion vandale.

Le marquis dut attendre que ce délire paranoïaque se dissipe et que Clément retrouve la chronologie normale des événements pour lui révéler tout ce qu'il savait au sujet de la mystérieuse confrérie dont son père avait été membre, et dont il avait été exclu.

«Mon père a en effet désigné André Taulpin — le commanditaire de l'attentat qui vous a frappé — comme héritier. Je l'ai deviné le jour où celui-ci m'a approché avec des questions étranges. Il semblait particulièrement intéressé par mon château, qu'il était prêt à acheter à un prix très supérieur à sa valeur réelle. Je venais d'en découvrir les souterrains et je n'ai évidemment pas donné suite à sa demande. Mon autre voisin, le vieux préfet, votre sauveteur, m'a aussi approché plusieurs fois. Je l'ai lui aussi éconduit. Vieux rival de Taulpin, il serait l'autre membre vivant de la société secrète — un nouveau Roland, au dire de mon père, contre un nouveau Ganelon. J'occupe pour ma part le troisième rôle, à l'articulation des deux, réfugié au-dessus de la grotte sacrée, dépositaire du secret mais incapable de mener aucune action, protecteur de l'éternité sur le point de mourir et laissant venir à lui, comme un nouveau Joseph d'Arimathie, les chevaliers perdus d'un ordre agonisant.

« J'ai passé ma vie à tenter de comprendre pourquoi mon père m'avait mis dans cette position bâtarde. J'ai eu des réponses. J'ai observé les signes qui étaient observables. J'ai découvert la grotte. J'ai à peu près tous les éléments de l'énigme mais j'ai maintenant besoin d'un regard extérieur pour les assembler. Votre chute était providentielle, comme l'est peut-être votre actuelle convalescence.

« J'étais certain, en descendant l'escalier de la chapelle, que j'allais découvrir le tombeau de Roland. J'ai évidemment été déçu, puis j'ai compris que cette affaire de confrérie cachait autre chose. J'ai beaucoup réfléchi à l'histoire de la confrérie et même beaucoup écrit sur elle, de façon indirecte, dans mes essais ésotériques.

« Quelque chose me gênait. Roland ne devint un personnage historique que longtemps après sa mort. *La Chanson de Roland* est incontestablement un texte de propagande, probablement commandité par une société secrète qui n'était pas orlandiste, mais qui a dû utiliser cette histoire et ce personnage pour, comment dire, *rafraîchir son image*.

« Je crois qu'il s'agit d'une société beaucoup plus ancienne. Une société fondée aux premiers temps de l'Histoire. »

Le marquis marqua un temps, avant de reprendre :

« J'irais même plus loin : la société est plus ancienne encore, et ce serait elle qui aurait imaginé la patiente et irréversible transformation du Néolithique en Histoire. »

Le coup de théâtre final du discours du marquis impressionna Clément.

Il aurait dû rejeter cette théorie, mais elle avait acquis, avec les événements de ces derniers mois, un aspect rationnel. Le rôle messianique que lui conférait le marquis dans l'économie de cette révélation mettait bien sûr l'archéologue plutôt mal à l'aise, mais il devait reconnaître que la grotte était un site archéologique exceptionnel.

Savoir sa vie menacée était aussi quelque chose de nouveau et d'étrange. Mais plus les jours passaient, plus il se sentait à l'abri, protégé par la théorie même qu'il commençait à élaborer et qui devait détruire à jamais la conjuration qui lui voulait du mal — et c'était alors la morphine, plutôt que les lointains conjurés dont le marquis lui avait parlé, qu'il redoutait le plus, car elle le séparait de la résolution définitive de l'énigme.

Dès qu'il fut capable de se lever, il s'installa un cabinet de travail dans la bibliothèque du château.

Il ne serait pas en état de retourner dans la grotte avant plusieurs semaines, mais il avait accumulé assez de matériel pour commencer à faire des hypothèses sérieuses.

Il attendait ainsi les résultats du laboratoire auquel il avait transmis quelques-uns des artefacts découverts dans la chambre haute.

Il épingla, sur un grand panneau en liège, des centaines de photos et dessina, sur un tableau noir, la forme détaillée du complexe souterrain.

Laissant de côté les tunnels, Clément se concentra sur les deux salles supérieures, celle qui laissait passer la lumière du jour et celle dont il avait été le prisonnier. Le plateau de Vaultorte n'était pas une structure karstique et la grotte n'était évidemment pas naturelle. Mais ces deux salles ne ressemblaient à aucune structure artefactuelle connue. C'était comme si elles avaient été creusées par l'érosion, mais une érosion d'origine exclusivement humaine, comme celle qui donnait, dans les villes touristiques, un même aspect lisse aux socles des statues, aux bases des colonnes et aux bords des fontaines.

Clément fit des hypothèses pour le moment invérifiables.

On aurait d'abord détaché, comme la chute volontaire d'une énorme stalactite, le plafond de la salle inférieure — c'était la seule explication possible à la présence d'un bloc de roche aussi gros dans une chambre fermée. Mais tout aurait été fait pour rendre le mécanisme réversible en permettant au plafond de lentement remonter jusqu'à ce qu'il retrouve sa position initiale. Avait-il passé la nuit, comme le prisonnier de la nouvelle de Poe, dans une chambre de torture ?

Le marquis avait comparé le dispositif à un flotteur capable d'osciller — le rocher, en contact avec la chambre haute par un siphon caché, aurait vibré en même temps que le sol en sable de la chambre supérieure, où des officiants du culte auraient dansé, mettant l'occupant de la chambre inférieure dans un état de transe particulier.

Clément retint de l'hypothèse du marquis l'idée qu'on était en présence d'une sorte de simulateur sur vérin hydraulique — comme une salle de cinéma dynamique. Il restait à déterminer quelle était la chose qu'on simulait. Clément repensa à l'orientation de la grotte. Il faudrait vérifier, sur un logiciel d'astronomie, si le soleil atteignait bien, au moins une fois dans l'année, la paroi du fond de la salle supérieure.

Alors il comprit la fonction des artefacts. Il comprit aussi la fonction de la chambre inférieure et le rôle que jouait le siphon.

Mais sa plaie s'était entre-temps rouverte et la fièvre était revenue, avec ses inutiles délires paranoïaques et ses cauchemars : quelqu'un, qui ressemblait au vieux Taulpin, grimpait jusqu'à la fenêtre de sa chambre et jetait une ampoule sur le sol — une ampoule au dessin aussi alambiqué que celui de la grotte.

Alors tous les bruits alentour se déversaient dans sa chambre et le château se mettait à trembler — il avait été inexplicablement construit au centre d'un échangeur autoroutier et ferroviaire, et les ondes de choc de la vitesse affaiblissaient dangereusement sa structure.

38

Obsédé par l'existence désormais avérée du souterrain qu'il avait jusque-là recherché en vain, souterrain qui validait le contenu de la lettre de Foccart, qui
transformait la société orlandiste en réalité, qui prêtait au tombeau mythique de Roland une existence
inespérée et qui offrait à sa guerre contre Taulpin le
plus fantastique, le plus secret et le plus sombre des
théâtres d'opérations, Peltier ne dormait plus et passait, pour se fatiguer, ses journées à descendre et à
remonter sans fin le cours de l'Ardoigne, entre son
moulin et le vieux château du marquis. Il fallait que
Sébastien descende à son tour dans le vieux puits, il
leur fallait déjouer ensemble les plans de l'adversaire.

Mais il restait peu de temps. Peltier se sentait
gagné, dans ses insomnies, par une sensation de
froid qui rayonnait entre son cœur et l'extrémité de
ses doigts — le caractère centralisé du corps humain
présentait, lui aussi, des inconvénients.

Il faillit se noyer quand, voulant détacher des
branches qui obstruaient la roue de son moulin, ses
cuissardes se remplirent d'eau glacée.

Il regagna la rive avec des efforts démesurés, ses
jambes pesant soudain le double ou le triple de

leur poids, et continua à trembler longtemps après être sorti de l'eau. Ses jambes, même sans les cuissardes, pesaient toujours aussi lourd. Il se décida à appeler les pompiers, qui le conduisirent à l'hôpital de Laval.

Il passa presque un mois en soins intensifs. Loin des souterrains d'Argel, Peltier assista, passif, au percement de plusieurs galeries autour de son cœur.

Les quatre pontages ne changeraient rien à l'état extrêmement dégradé de son métabolisme. Il aurait juste un sursis de quelques mois, au mieux de quelques années — il verrait le train passer avant de mourir.

Le triomphe de son ennemi semblait inéluctable.

Malgré les révélations de Sébastien sur les activités souterraines de son cousin, le vieux préfet avait longtemps eu du mal à appréhender le plan de Taulpin, dans sa totalité.

Le plus étrange était que Taulpin ait laissé le TGV passer sous les fenêtres de son château. Il aurait pu manipuler le jeune archéologue, l'obliger à saler le site de la villa antique en y dissimulant des pièces au profil de Vercingétorix, César ou Charlemagne. La découverte ultérieure des souterrains du château aurait pu être utilisée pour obtenir le détournement de la ligne.

Mais tout indiquait que Taulpin avait voulu que la LGV passe à proximité immédiate de son château.

Alors Roland Peltier comprit. Durandal. La symbolique de l'épée cassée : Taulpin voulait accomplir un acte extraordinaire, la transposition cruelle, démesurée et méphistophélique, adaptée au temps de la vitesse comme à celui de la technique, d'un d'opéra.

Et il voulait qu'on joue cette œuvre apocalyptique, ce son et lumière sans effets spéciaux, sous les fenêtres de son château.

La construction de la ligne n'en avait été que le nécessaire prélude.

Il s'agissait ensuite, probablement après avoir miné, depuis la grotte, l'une des piles du viaduc, de faire sauter la voie juste au-dessous d'un train lancé à pleine vitesse. Les voitures de tête se précipiteraient dans l'Ardoigne, les autres seraient projetées dans les airs jusqu'à l'autre rive où elles se planteraient dans la terre comme des javelots de métal. Ce serait la première et la plus terrible catastrophe de la grande vitesse en France.

Mais ce serait aussi beaucoup plus que cela.

En toute logique, Taulpin ne s'attaquerait pas à n'importe quel train, mais à celui qui transporterait, à plus de 300 km/h, la République entière. Le président, le Premier ministre, les ministres, les préfets, les présidents des conseils généraux et les maires seraient tous embarqués dans la débâcle du train inaugural.

Et André Taulpin assisterait, de son château, à la mise à mort de la France de Louis XIV, de Colbert et de Vauban, celle des grands projets industriels et territoriaux, celle des frontières naturelles et du pré carré. Le TGV, fétiche industriel de la Ve République, technologie zéro-mort, ambassadeur technologique de la France, allait connaître à Argel son premier accident mortel. Un accident qui serait aussi un coup d'État, ou, mieux qu'un coup d'État, un événement d'une ampleur incomparable, qui provoquerait une brutale inflexion de l'histoire. La chronologie de la France casserait soudain au passage de l'Ardoigne.

Taulpin voulait assister, depuis son château, à la plus effroyable catastrophe politique et technique de l'histoire française.

L'hypothèse était extravagante. Aussi extravagante que la lettre où Foccart lui prédisait qu'il aurait un jour à décider s'il soutenait Taulpin. Les implications de ce choix étaient présentées comme majeures. Pour la première fois, Peltier considéra, en relisant sa lettre de mission, qu'il pouvait la prendre intégralement au sérieux.

Il fallait que Sébastien descende au plus vite dans le puits de la ferme. Il fallait savoir au plus vite si le souterrain était piégé.

Peltier contacta Sébastien dès qu'il sortit de l'hôpital. Celui-ci acceptait de descendre dans la grotte.

Il attendit, un jour de mars, que son cousin ressorte du puits et quitte la ferme dans sa petite voiture pour descendre sous la terre à son tour.

Des encoches régulières, taillées dans la paroi du puits, autorisaient une descente facile. À un mètre du sol, une petite niche maçonnée permettait d'accéder au souterrain. Sébastien s'y engagea. Le tunnel avançait en ligne droite, tout en descendant assez fortement. Il finissait par rejoindre une galerie qui semblait naturelle, et continuait encore sur plusieurs dizaines de mètres. Il arriva à une intersection et prit à gauche. Le souterrain remontait.

Sébastien vit plusieurs bidons. Il y avait, près d'eux, un renforcement. Sébastien s'allongea pour passer la tête à l'intérieur.

Il vit d'autres bidons, alignés les uns sur les autres et reliés à des fils électriques.

Il recula aussitôt et partit en courant.

Arrivé au puits, son cœur battait si fort qu'il n'entendit pas la voiture de Pierre, revenu avec un nouveau chargement de parpaings.

Sébastien émergea du puits sous les yeux de son cousin qui tenait le lourd objet entre ses mains.

Il baissa immédiatement la tête.

Pierre avança jusqu'au bord de la margelle et laissa simplement tomber son chargement. Sébastien prit le parpaing en pleine tête et lâcha aussitôt prise.

Pierre le vit tomber à la renverse jusqu'au fond du puits.

« Arrête, Pierre, c'est moi ! Arrête ! Viens m'aider, je saigne. »

Pierre pensa au chien qu'il avait tué enfant. La culpabilité ne s'était jamais entièrement dissipée. Il se souvenait du corps brûlé de la bête et de son ventre gonflé. Il avait déjà tué. Il avait tué, indirectement, une seconde fois. Il pouvait tuer encore.

Il retourna au coffre de sa voiture et continua à faire ce qu'il avait commencé.

Il déchargea un à un les parpaings dans le puits en se félicitant que quelque chose amortisse leur chute.

Il fallut cinq voyages pour que les cris s'arrêtent définitivement.

Pierre préféra ne pas regarder. Il entendait encore une sorte de râle. Il n'avait plus de parpaing.

Alors il alla chercher un bidon de fuel dans l'ancien poulailler.

Il versa le liquide puis retourna à la voiture. Il mit le contact et enfonça l'allume-cigare.

Le petit bruit de ressort que fit celui-ci quand il fut devenu incandescent signa la mort de Sébastien.

Pierre jeta l'objet dans l'ouverture du puits.

Il y eut quelques secondes de silence, suivies du grondement lourd des flammes.

Pierre attendit qu'une fumée noire monte du puits pour démarrer.

Il arriva chez Caroline quelques minutes plus tard.

La journée du lendemain serait difficile.

Il retourna à la ferme abandonnée dès le lever du soleil.

Son cousin avait dû se débattre, car le corps calciné était à moitié rentré dans le tunnel. De la graisse chaude suintait encore de la peau craquelée.

Pierre eut beaucoup de mal à descendre, les pierres du puits étant rendues glissantes par la couche de suie.

Il s'attaqua d'abord aux membres inférieurs, qui pendaient dans le vide — le fait que le visage de Sébastien soit dissimulé était plutôt une bonne chose. Les jambes cassèrent, au niveau des genoux, aussi facilement que des cuisses de poulet. Pierre les fit entrer dans un sac plastique. Les cuisses furent plus difficiles à détacher du corps. Il dut scier les fémurs.

Il tira à lui le reste du cadavre, en prenant soin de laisser la tête face contre terre. Les bras étaient tordus dans une position peu naturelle, mais rejoignirent un second sac sans trop de difficultés.

Restait le torse et la tête. Pierre entama la nuque à la scie. Il dut s'y reprendre à deux fois, car il avait d'abord attaqué par le milieu d'une vertèbre. Le ventre de Sébastien était encore chaud. Mécaniquement, Pierre se mit à réciter le célèbre slogan antifasciste : « Le ventre est encore fécond, d'où a surgi la bête immonde. »

Enfin, ne résistant pas, il retourna la tête.

Les yeux étaient demeurés blancs, comme les dents. Tout le reste était aussi noir que le visage d'une momie. On reconnaissait pourtant Sébastien Piau, son cousin proche et très lointain rival.

Sa tête était légère mais marquait ses doigts comme du charbon de bois. Il la fit glisser à son tour dans un sac et traîna l'ensemble jusqu'à la chambre secrète — le sac qui contenait le torse passa difficilement dans la chatière. Il laissa le sac qui contenait la tête à l'extérieur, au cas où Taulpin voudrait la voir.

Le charbon de bois étant l'un des ingrédients de la poudre à canon, Pierre se demanda si son cousin, réduit à l'état de réactif chimique, n'allait pas contribuer, de façon posthume, à démultiplier la puissance de la bombe.

39

Clément avait vu sa fièvre retomber depuis plusieurs jours quand il reçut enfin les résultats du laboratoire.

Ils confirmaient ses théories.

Les disques métalliques étaient bien en or, mélangé à de l'oxyde de fer, ce qui expliquait pourquoi ils étaient à ce point rouillés. Ils avaient été fabriqués vers -4000, et comptaient donc parmi les plus anciens objets en or jamais découverts.

La radiographie avait permis de retrouver leur dessin primitif. Le métal souple avait été travaillé sous forme de fils. C'était de cette façon qu'on pouvait réaliser les objets les plus complexes — par un saisissant raccourci, l'impression 3D, qu'on disait porteuse d'une révolution historique majeure et de la promesse d'un nouvel âge d'or qui verrait l'humanité accéder à un monde postindustriel, utilisait elle aussi, comme matière première, une substance malléable dotée d'une température de fusion très basse et stockée sous forme de fils.

Les artefacts avaient donc été assemblés selon un procédé complexe situé quelque part entre l'orfèvrerie, la vannerie et le tissage.

La radiographie révéla leur dessin asymétrique. Cela ne ressemblait à aucune autre forme d'art connue.

Clément, incapable de bouger le bras, demanda au marquis d'en fabriquer des reproductions grossières avec du fil d'étain de section à peu près identique à celle du fil d'or utilisé.

Il lui demanda ensuite s'il avait un appareil de projection et un écran. Le marquis avait un vieux projecteur à diapositives.

Clément fit ainsi apparaître sur un grand drap blanc le disque qu'il tenait à la main en ombre chinoise.

Il lui superposa un autre artefact, qui compléta le dessin. Il fit plusieurs essais, sans parvenir à rien.

Le dessin révélait une capacité d'abstraction surprenante, et de probables connaissances en géométrie, mais Clément restait convaincu qu'il représentait bien quelque chose. Mais rien n'apparaissait sur le drap tendu — cela ressemblait aux empreintes spirales des particules élémentaires dans une chambre à fils ou aux modélisations, par un graphe circulaire, des relations d'amitié dans un réseau social.

L'énigme était totale.

Ce fut le marquis qui mit Clément sur la voie, en lui faisant remarquer que les ombres produites lui rappelaient les vieilles cartes médiévales, qui plaçaient Jérusalem au centre d'un monde circulaire entouré par l'Océan et qui donnaient au Nil, à la Méditerranée et à la mer Noire la forme schématique d'un T.

Il pouvait en effet s'agir de cartes, de cartes transparentes qui devaient être projetées et agrandies sur la paroi lisse de la grotte.

Les fils d'or auraient alors pu représenter des fleuves.

Clément vérifia rapidement son hypothèse : si le gros fil au centre était la Loire, les fils qui s'en détachaient correspondaient bien à ses affluents majeurs.

L'archéologue photographia les ombres des autres artefacts en étain et les compara aux cartes schématiques des grands bassins versants des fleuves européens. La correspondance était presque parfaite. Clément sortit en courant de la bibliothèque, à la recherche de son hôte, à qui il voulait faire part de sa découverte. Le marquis buvait un tilleul dans la cuisine. L'eau de l'Ardoigne fumait légèrement dans le crépuscule.

« Qu'avez-vous découvert ?

— Quelque chose qui remet en question tout ce que l'on sait de l'histoire et de la géographie anciennes. Ceux qui vivaient ici il y a six mille ans projetaient sur le mur de la grotte des diagrammes incroyablement détaillés. Ils connaissaient le réseau hydraulique de tout le continent. C'est presque incroyable. Chaque artefact représente l'un des grands fleuves d'Europe, avec ses affluents majeurs. Il a fallu plus de cinq mille ans pour que l'on retrouve des cartes aussi détaillées que celles-ci.

— C'est un procédé très habile. Tout change sur la terre des hommes et même les montagnes disparaissent, mais le cycle de l'eau ne s'arrête jamais et les lignes de partage des eaux survivent longtemps à celles-là — non loin d'ici, le Couesnon et la Vilaine, aux sources toutes proches mais aux embouchures opposées, témoignent presque seules de l'existence fantomatique du Massif armoricain...

— Nous sommes à l'emplacement de l'un des plus fabuleux foyers de culture préhistorique. Et cela confirme toutes mes hypothèses, des hypothèses complètement folles, que je croyais seulement liées à la fièvre. Je connais maintenant la fonction de la grotte, et je commence à trouver votre théorie, celle du complot néolithique, parfaitement crédible. »

Le marquis regarda longtemps vers l'ouest avant de répondre à Clément. Il tremblait, et dut poser sa tasse, mais ses yeux restèrent fixés sur les derniers rougeoiements du ciel.

Clément vit qu'il pleurait. Comme si l'évolution avait fini par doter l'homme d'yeux trop lourds — ou d'une vie trop longue —, l'apparition de cernes constituait l'un des premiers signes de vieillissement, qui atteignait ici ses effets les plus spectaculaires. La peau se ridulait et les muscles de l'œil s'avéraient progressivement incapables de soutenir le regard, devenu aussi pesant qu'un ciel. Passé 80 ans, les paupières s'affaissaient, celles du haut empêchant désormais les yeux de s'ouvrir entièrement, celles du bas commençant à béer et à révéler la couleur rose et crépusculaire de leur face interne. De tous les phénomènes liés au vieillissement, l'effondrement du regard était cependant le plus lent et le plus doux. Clément réalisa que le marquis n'avait plus que quelques années à vivre.

Le vieil homme se retourna lentement vers lui pour lui demander, d'une voix presque implorante, si l'œuvre spéculative de toute une vie recevait enfin l'agrément de la science :

« Êtes-vous prêt à me suivre, et à déplacer le point d'origine de l'histoire ici, sur nos vieilles terres mouillées de l'Ouest, à quelques jours de marche de l'Océan, à la périphérie révulsée du monde ?

— C'est évidemment contre l'hypothèse généralement admise, et tout à fait validée, qui fait partir ce phénomène des vallées du Tigre et de l'Euphrate, avec la domestication des céréales, des premiers animaux, et l'écriture... Il faudrait prendre — et je pense l'avoir découvert — un autre événement comme point de départ de l'incroyable aventure humaine...

— ... et ce point de départ sera à rechercher dans la théorie que vous m'avez exposée il y a quelques mois, celle du rebond armoricain : ne pouvant plus avancer, les hommes auraient construit des péninsules de substitution, d'abord concrètes et verticales, les mégalithes, puis seulement symboliques, avec l'apparition de sociétés hiérarchiques — des analogues sociaux du mouvement de fuite en avant que manifesteront bientôt d'autres peuples primitifs en construisant des pyramides ou des tours destinées à escalader le ciel.

— Oui. Mais il fallait pour cela inventer une manière d'agglomérer les hommes. La Bretagne forme comme le cône supérieur d'un sablier — les hommes sont agglutinés là depuis des siècles et les seules choses qu'ils ont réussi à produire, ce sont ces petites irrégularités géologiques, ces monticules rocheux.

— De maigres encoches dans la dimension du temps...

— Oui. N'oublions pas, surtout, que ces mégalithes ne sont pas les reflets d'une société déjà hiérarchisée — ce ne sont pas les tombeaux démesurés de Chéops : il s'agit presque exclusivement de tombes collectives.

— Nos sociétés ne sont pas encore rangées en ordre de marche historique.

— Comment vont-elles y parvenir ? Je ne crois pas aux théories mécanistes ou biochimiques de l'organisation par la force physique ou par la grâce moléculaire des phéromones, qui voudraient que les sociétés animales évoluées se structurent d'elles-mêmes sous l'emprise d'un mâle alpha ou d'une femelle particulièrement féconde. Les hommes se ressemblent et occupent, dans l'espace et le temps, des volumes à peu près égaux : on peut les secouer dans tous les sens pendant l'éternité, comme les molécules d'un gaz parfait, sans qu'ils s'organisent jamais.

— Oui, vous avez raison, confirma le marquis. Il faut un principe, une volonté. Je ne crois pas à la spontanéité et au hasard en histoire. Encore moins pour la préhistoire. Les préhistoriens, à de rares exceptions près, font tous la même erreur méthodologique : ils prêtent à leur sujet d'étude une intelligence bien inférieure à la leur — alors que le fait de vivre dans un monde limité, avec des paramètres restreints, augmente considérablement, comme l'ont montré tous les anthropologues, les capacités d'intellection humaines.

— Les artefacts nous montrent justement que l'homme a acquis très tôt, et dans des proportions qui aujourd'hui ne nous seraient plus accessibles — même en concevant je ne sais quelle dictature cybernétique, ou un Léviathan du big data —, un contrôle absolu de son développement. Pensez qu'on parle, pour l'Europe, d'un million d'habitants à peine, répartis en tribus distinctes et obéissant à des systèmes de valeurs apparentés.

— La fenêtre de tir idéale pour monter un complot majeur...

— Le rêve de tout homme politique, de tout aménageur. L'homme, à cette époque, pouvait contrôler son histoire comme il ne la contrôlera jamais plus.

— Nos artefacts, dans cette perspective, seraient des plans d'occupation des sols.

— Plus encore, précisa Clément, ce sont des schémas directeurs d'aménagement du territoire.

— Vous attribuez à la grotte, plutôt qu'une fonction sacrée et théocratique, une fonction explicitement technocratique ?

— L'histoire humaine, depuis l'apparition du premier outil, est gouvernée par la technique. C'est, de fait, une technocratie. Les hommes qui vivaient ici ont été les premiers à s'en apercevoir. À découvrir qu'en contrôlant la production technique on contrôlait l'humanité.

— Et la grotte servirait selon vous à contenir quelle technique ? L'extraction minière ? La sidérurgie ?

— Voilà toute la subtilité de mon hypothèse, et son caractère un peu aventureux : elle serait destinée à contenir une technique nouvelle dont elle-même serait le moule primitif et l'instrument de contrôle exclusif — une technique qui ne pourrait être déployée qu'ici et qui tirerait sa puissance de la forme même de la grotte, dont elle serait comme l'empreinte négative.

— Quelle technique ?

— Celle qui serait précisément la source de l'histoire elle-même comme moteur fonctionnant sur les inégalités sociales et sur l'hypothèse toujours risquée que les déséquilibres du présent trouveront à se résorber dans le futur — l'histoire comme emprunt au temps et vie à crédit sur l'avenir, comme temps domestiqué sur plusieurs générations et devenu aménageable, comme temps susceptible d'être accéléré ou ralenti, vendu et négocié.

— L'argent. Ou plutôt l'or. Ce serait cela, le secret de la grotte. La monnaie. La machine à calculer universelle, l'argent comme point d'origine de l'histoire. Évidemment.

— La machine à fabriquer des inégalités à la demande et à les résorber, la machine à distribuer le pouvoir et à le reprendre, la machine à voyager dans les temps probabilistes des futures récoltes et à créer à partir d'elles des lignes temporelles divergentes, mais aussi réelles que les orbites croisées de la Lune et du Soleil... »

Le marquis s'assit enfin à la table de la cuisine et se mit à remuer sa cuillère dans sa tasse jusqu'à faire apparaître un maelström de tilleul, pendant que Clément, très excité, tournait autour de lui en pensant à voix haute :

« Par sa nature, sa position et son orientation, la grotte devait être, parmi toutes celles situées à moins d'une ou deux semaines de la mer, la formation minérale la plus facile à aménager, en plus d'être la plus riche en minerai malléable, et sans doute aussi la seule pointée vers le dangereux secret de l'Ouest. Son existence valide bien la théorie du rebond armoricain. Le tremplin néolithique menait à une impasse, et c'est ici qu'on l'a compris pour la première fois. On parle de fin du monde, pas seulement d'une banale peur de l'an 1000. Imaginez les ressources spirituelles qui seraient soudain sollicitées si l'on découvrait qu'une météorite était sur le point d'anéantir toute vie sur la Terre. L'humanité se découvrirait soudain, en quelques instants, un destin collectif et se remettrait massivement entre les mains du petit millier d'ingénieurs nucléaires et spatiaux capables de concevoir un plan pour détruire la météorite — disons à 80 %, les religions apocalyptiques restant des refuges compatibles avec la prophétie scientifique de la fin du monde. C'est ainsi qu'est né le complot, avec une double mission : contenir les peuples de l'Ouest, et dissimuler à ceux de l'Est, soit à la quasi-totalité du monde, que l'Apocalypse avait déjà eu lieu. Mais comment est apparue l'idée absolument inédite, démesurée et folle qu'on pouvait sauver l'humanité de cette menace imminente — menace de famine, de guerre civile et d'inceste généralisé ? Nous abordons ici le domaine inexploré de la psycho-archéologie — il nous faut reconstruire, sur les vestiges d'une grotte, un continent mental entier. Mais j'ai une théorie. Ce qui s'est passé alors s'est reproduit, beaucoup plus près de nous, et a même été l'un des deux ou trois événements majeurs de l'histoire occidentale.

— Connaissez-vous, jeune homme, la belle expression de Gracq à propos de Freud, découvreur d'un petit aven qui s'avéra déboucher sur l'Océan illimité ?

— Non. Mais rien d'inconscient ici. Tout est sous contrôle. Nos comploteurs ont été les premiers à s'apercevoir qu'il se passait quelque chose de radicalement nouveau, et qu'ils disposaient peut-être, pour le contenir, d'un pouvoir inédit. La vague de peuplement primitif revenait vers eux. Les mythes anciens voyaient fondre sur eux des mythes rajeunis par le contact avec les eaux froides et salées de l'Océan. C'est peut-être la première fois que l'homme faisait ainsi l'expérience du temps. Dans son éternité, dans son existence encore animale et fuyante, dans ce monde toujours inconnu et toujours renouvelé, il découvrait soudain une structure régulière. Les exilés du bout du monde présentaient un curieux mélange de familiarité et d'étrangeté — c'étaient les premiers hommes, depuis des millénaires, à se recroiser ainsi à seulement quelques générations de distance. Il s'est produit quelque chose de l'ordre de la réminiscence, du sentiment de déjà-vu. Le même sentiment qui allait provoquer, bien plus tard, une gêne profonde chez les premiers explorateurs de la Renaissance, une gêne qu'on retrouve, plus près de nous, dans les travaux des grands anthropologues, une gêne liée à la redécouverte de leurs propres rituels et de leurs propres mythes, modifiés, enrichis et déformés, mais malgré tout apparentés aux leurs, une gêne inédite, annonciatrice d'un étrange sentiment de fin du monde — ils se voyaient soudain comme des primitifs, comme les héritiers d'une version ancienne et parcellaire des mythes qui avaient connu, loin d'eux et dans un temps non indexé au leur, leur véritable âge d'or. Comme eux, les peuples de la Marche ont compris que quelque chose avait changé, que quelque chose avait été atteint — et cette chose, c'était la structure même du temps. Il s'est en réalité produit l'opération exactement inverse de celle qui s'est produite pour nos anthropologues : là où ceux-ci ont été forcés d'arrêter de croire au progrès, auquel ils croyaient jusque-là, ceux-là ont été contraints d'admettre le principe historique et la fin de l'éternel retour du même. Quelque chose s'était cassé. Les côtes bretonnes avaient déchiqueté le temps. Alors il a fallu inventer, très vite, une solution, et lui donner une forme acceptable, et plus encore, une forme opérationnelle — une forme susceptible de contenir les peuples de l'Ouest et de rassurer ceux de l'Est. Cette forme sera justement le rêve perdu de nos anthropologues : le progrès, l'idée que tout cela possédait un sens et une direction.

— L'idée que l'histoire existe et que tout ne recommence pas toujours.

— Comment s'en assurer, justement ? reprit Clément. En calculant au plus juste les ressources disponibles, de sorte que celles-ci paraissent illimitées. Les structures sociales de l'Europe primitive ont donc été calculées ici afin de maximiser l'apparition du progrès, cette nouvelle ressource, ce *deus ex machina*. On a fabriqué ici les premières cartes et les premiers *power-points*. On a commencé ici à faire des projections démographiques et à contrôler la distribution des richesses.

— Vous décrivez l'invention anachronique de l'État-providence…

— Et celle de son rival, le libéralisme économique. Les inégalités sociales, les échanges, l'argent : tout cela a été inventé en même temps, et inventé ici même, au pied d'une mine d'or. C'est ici qu'on a découvert à quoi cette substance facile à manipuler, mais trop molle pour fabriquer des outils, pouvait servir.

— La grotte serait une sorte de banque centrale...

— C'est exactement cela. Et attendez : elle est aussi une sorte de superordinateur destiné à effectuer des projections et des simulations. Et ces simulations, on le découvrit bientôt, pouvaient presque tenir lieu de monde véritable. La Terre pouvait bien être finie, cela importait peu, car le temps, lui, demeurait ouvert. On avait fait en sorte, avec ces cartes, de dupliquer le triangle breton, de le rendre proliférant dans la dimension illimitée du temps. On allait empiler sur le sol épuisé de l'Europe un sol inépuisable. Ces cartes sont des portes de sortie, des filtres destinés à laisser l'humanité s'enfuir en abandonnant derrière elle tout ce qui pouvait empêcher son développement : terres épuisées, littoraux incultivables, violences excessives. Ces cartes sont comme des pierres dressées sur lesquelles il serait possible, quelle que soit leur inclinaison, de continuer à marcher.

— L'humanité quitterait sa planète de naissance pour vivre dans le monde dédoublé des cartes.

— Sauf que ce monde, le monde de l'histoire, est en réalité limité à son tour. Ou plutôt, il est potentiellement illimité à condition de respecter des règles intangibles, liées, en dernier lieu, à la rareté des ressources terrestres. C'est ici qu'intervient, dans ma théorie, un élément capital : nos cartes auraient tout aussi bien pu être en osier tressé ou en nerfs de mouton, cependant on les a faites en or, un matériau éternel et immuable, mais pas illimité. La rareté de l'or est ce qui rattache l'histoire à la révélation tragique qui a conduit à son invention : la fin du monde géographique.

— Et l'on retrouve ici, une nouvelle fois, notre monde moderne, celui qui commence à la Renaissance et qui finit, lui aussi, une fois les premières circumnavigations achevées, par s'inquiéter de la quantité de ressources disponibles. J'ai l'impression de comprendre enfin la prophétie de mon père : la fin des temps est proche. Le temps se referme.

— La grotte n'avait pas d'autre but que de calculer quand ce moment se produirait. Cette fermeture. Je ne suis pas encore sûr, il me faudrait commander de la verrerie pour réaliser une maquette transparente de la grotte afin de vérifier ma dernière hypothèse, mais oui, il y a ici même l'annonce de cela. Nous existons, aussi fou que cela paraisse, à l'intérieur de la grotte.

— *Nous rêvons dans la grotte où nage la sirène...* »

Il faisait à présent entièrement nuit. Les deux hommes passèrent dans le salon en silence, de peur de rompre le charme de leur conversation — c'était pour le marquis comme un rêve éveillé, et pour Clément quelque chose de plus libérateur, de plus exaltant que tout ce qu'il avait connu jusque-là, tant sur les grandes plaines qu'il avait éventrées que sur les falaises qu'il avait vaincues.

Le marquis alluma un feu et Clément attendit que les flammes soient hautes pour reprendre son récit :

« Imaginez notre siphon, entre les deux chambres, rempli, plutôt qu'avec des grains de sable dont le frottement limiterait les déplacements internes, avec de petites billes. La puissance du dispositif serait décuplée, comme dans une presse hydraulique : les billes versées dans le fond du puits de la chambre haute influeraient directement sur la hauteur de la pierre gardée prisonnière dans la chambre basse.

— Cela me fait penser à *La Peau de chagrin*, où on trouve une description très stimulante d'une presse hydraulique. Mais à quel type de billes pensez-vous donc ?

— À des graines. Parmi les plus résistantes, du blé. La grotte serait une sorte de pont-bascule comme il en existe au pied de tous les silos à céréales. La grotte devait recevoir, comme un impôt somptuaire, un échantillon remis par chaque cultivateur de blé. Dans quel périmètre ? Impossible à dire. Peut-être toute l'Europe. Il faudrait effectuer des analyses biologiques poussées du sol de la grotte. Et dans quelle quantité, surtout ? Était-ce un dispositif annuel, vidangé après chaque récolte pour empêcher les grains de pourrir ? Ou bien, s'il existait une méthode de conservation du blé, le dispositif était-il destiné à fonctionner pendant des millénaires ? Alors chaque récolte aurait un peu plus rapproché le plancher de la salle basse du plafond. Chaque récolte aurait réduit l'espace libre — jusqu'à ce qu'aucun homme ne puisse plus, comme moi, s'y endormir un instant. Le ciel se serait rapproché, rapproché de plus en plus…

— Le pire des planétariums jamais inventé…

— Nos comploteurs auraient ainsi domestiqué l'Apocalypse.

— Après le blé, le chien et le cheval, et avant l'écriture et le fer : la fin du monde. Étonnante chronologie.

— Il ne leur restait alors plus qu'à concevoir les outils qui allaient permettre de garder l'hypothèse à une distance acceptable.

— Comme la Lune, sujette à d'inquiétantes variations de taille, mais d'une régularité jamais démentie...

— C'est justement là aussi une affaire de fluctuations. Une fois quelques grains de blé ou un boisseau entier versés dans la chambre haute, quelle chose nos cultivateurs obtenaient-ils en contrepartie ?

— De l'or. Évidemment.

— Voilà l'outil presque magique qui fut forgé ici. L'or, non pas comme substance, mais comme symbole du secret obscur enfermé dans la grotte, comme contrepartie exacte des hectares de terre consacrés à la culture, comme lointain souvenir de la finitude du monde.

— Et comme symbole merveilleux du temps. La seule dimension qu'il restait à nos hommes de la fin du monde. L'or comme unique moyen, validé et reconnu, d'influer sur le cours du temps, de le stocker, de l'accélérer. Et même de le ralentir en inventant des crises.

— La grotte est à ce titre Fort Knox et le pavillon de Breteuil : l'endroit où sera stocké ce qui garantit la valeur de tout le système, le lieu où les mètres étalons du temps et de l'espace seront gardés à l'abri. C'est aussi une sorte de superordinateur — j'en ai eu l'intuition en pensant aux silos de la nationale. Je me suis dit que c'était comme une banque, et mieux qu'une banque : l'ordinateur d'une banque. Le dispositif, avec la grille sur laquelle on livre le blé, les vis sans fin souterraines et le silo lui-même, m'a rappelé quelque chose que j'avais appris dans mes cours d'électronique en terminale : on nomme les trois électrodes d'un transistor la grille, le drain et la source. L'analogie fonctionne étrangement mieux encore avec le blé qu'avec l'eau. Nous aurions donc découvert un superordinateur qui calcule les taux d'intérêt de l'or prêté aux hommes, taux d'intérêt qui sont le principal levier pour agir sur le temps, vendu à crédit. Car au-delà de l'argent, ce que la grotte garantit, c'est l'existence de l'histoire elle-même. Le temps long de l'histoire, qui regarde la survie des hommes sur une planète finie.

— C'est merveilleux. Cette grotte est merveilleuse. Votre théorie est merveilleuse. Nous contemplons là, tranquillement assis au coin du feu, le complot le plus ambitieux et le mieux conçu qu'on ait jamais vu.

— L'histoire, en totalité, serait ce complot. »

« Mais il restait, reprit Clément, encore deux points importants à régler. Il fallait que l'existence de la grotte demeure secrète, et que le monstrueux artefact qui était sorti d'elle, l'histoire, demeure sous contrôle. Il y avait un moyen de répondre simultanément à ces deux exigences. Il fallait, tout en fabriquant l'histoire, miner préalablement ses fondations, et être capable de l'abolir à tout instant, si elle dégénérait... et comment, sinon en gardant la preuve qu'elle n'était pas un processus naturel, mais un artefact inventé, à un moment et en un lieu donnés, par quelques-uns.

— L'histoire aurait été mortelle. Hypothèse séduisante : nous avons ainsi accédé à son cœur et sommes soudain en mesure d'en anéantir, ou du moins d'en compromettre, la manifestation la plus proche, je veux parler de la ligne du TGV.

— Le passage d'un train à grande vitesse à proximité du plus ancien dispositif d'aiguillage connu ne doit sans doute rien au hasard, mais je veux parler d'une abolition plus radicale, et plus définitive, du principe historique. La grotte est en réalité une arme de destruction massive à deux étages. Un étage actif, qui servit dans les premiers millénaires de son existence à contrôler l'histoire, *via* l'émission de monnaie, et un étage passif, celui que nous contemplons aujourd'hui : c'est le fossile de la banque primitive ; mais c'est encore, avouons-le, quelque chose d'intellectuellement vivant, quelque chose de très troublant, en réalité : la grotte fait peser une hypothèque massive sur tout ce que nous connaissons. Tout était faux, ou préparé. Tout était aussi léger qu'un rêve, et notre découverte, sans doute prévue de longue date, est un réveil brutal, dont les conséquences idéologiques seront probablement majeures, et dévastatrices.

— Je vous suis. Dans son état actif, la grotte possédait un pouvoir de destruction quasi instantané, de l'ordre presque de la magie. Quiconque accédait à la grotte déclenchait, en s'emparant de ses réserves d'or, un choc inflationniste brutal, comme celui que préparent les conjurés de *L'Île Noire*.

— Oui. En tout cas, cela devait être l'hypothèse la plus pessimiste, celle sur laquelle reposait la sacralité ultime du lieu, son caractère tabou : y accéder aurait été radicalement dévastateur. Cependant, la grotte devait également demeurer accessible pour un petit groupe d'initiés, les servants du sablier à graines, les maîtres de l'or, les tisseurs de cartes. À eux de relancer régulièrement la machine économique, démographique, historique, par des apports ciblés d'or frais. L'histoire demeurait ainsi concédée aux hommes sous une forme périssable. Il fallait, à tout moment, qu'on puisse rétrograder. J'en viens même à me demander si l'écriture n'était pas connue, à cette époque, du moins envisagée comme une solution technique possible. Mais on fit probablement le choix délibéré de ne pas pousser plus avant dans cette voie dangereuse. Il fallait, pour que l'histoire fonctionne correctement, qu'on oublie qu'elle était une machination. Ou que le fait de s'en souvenir, brusquement, après des millénaires d'oubli, constitue un phénomène plus explosif que la découverte de tous les continents inconnus ou de tous les messies rassemblés...

— Dissimulée sous l'histoire comme une mine prête à la faire sauter, la grotte serait une sorte d'interrupteur du temps. Une sécurité initiale laissée à notre disposition à travers les siècles.

— Le fait est que les conditions d'un court-circuit, d'un accident brutal, sont étrangement rassemblées ici ; voyez tout le matériel accumulé autour de la grotte : la nationale, l'autoroute, la LGV. La grotte est entourée de tous les symboles du progrès triomphant, dont la plupart auraient été déposés là par Taulpin lui-même, votre tout-puissant usurpateur, qui nous livre une interprétation spatiale peu orthodoxe de la doctrine secrète dont il serait l'ultime dépositaire.

— Je pense qu'il obéit, plus ou moins consciemment, à des ordres immémoriaux. La fin est proche et la seconde chambre s'apprête à se refermer. Le temps semble en tout cas décrire une boucle, la vitesse revient vers le lieu où la première accélération a été pensée et paraît sur le point de repiquer à travers sa grotte originelle.

— Le tremplin néolithique risque alors de prendre la forme dangereuse d'une courbe exponentielle...

— À moins que, comme le jeune Marcel Ravidat parti à la recherche de son chien Robot et découvrant Lascaux, vous n'annonciez au monde votre incroyable découverte. »

40

Le tablier du viaduc fut posé à la date prévue.

Au siège de la SNCF, à Saint-Denis, près du tombeau des rois de France, des ingénieurs dessinaient avec du fil rouge le schéma abstrait de la nouvelle carte de la grande vitesse.

Il fallait redéployer une partie du matériel roulant sur la future LGV Ouest, redistribuer les horaires et les correspondances, optimiser les flux.

Étrangement, il n'existait pas de solution logicielle satisfaisante du problème, qui comptait de trop nombreuses variables : c'était comme parcourir tous les sommets d'un graphe gigantesque sans emprunter deux fois la même arête — l'équivalent mathématique d'une collision — ni rallonger inutilement le chemin — il se trouvait toujours une solution plus économique que les autres.

Celle-ci ne pouvait être découverte qu'en tâtonnant dans le noir et presque par hasard. L'informatique, par rapport à des problèmes de ce type, en était encore à l'âge des cavernes et l'on était incapable de dire si elle sortirait un jour d'une telle situation de disgrâce platonicienne.

Il aurait fallu prouver pour cela que l'identité

P = NP était valide. Cette conjecture faisait même l'objet d'un concours, doté d'un million de dollars et appelé *concours du millénaire.*

On a parfois opposé le monde classique, doté d'une historicité faible, au monde moderne, compulsif et accéléré, en faisant remarquer que les problèmes rencontrés dans un monde classique étaient simples, mais difficiles, tandis que le monde moderne en présentait des versions complexes, mais faciles.

La conjecture P = NP était d'une certaine manière la formulation mathématique de cela. Face à un problème donné, on pouvait explorer une à une toutes les solutions possibles — les ordinateurs savaient merveilleusement bien le faire. C'était long et complexe, mais d'une certaine manière très facile — à condition de disposer de beaucoup de temps. Ce temps pouvait être polynomial (P) et demeurer proportionnel au nombre d'éléments du problème, l'algorithme permettant de le résoudre conservant une longueur raisonnable. Il pouvait aussi ne pas l'être (NP), et donc requérir un temps presque infini pour être parcouru — l'algorithme lié aurait alors été d'une longueur déraisonnable, et il était presque exclu qu'on le découvre un jour. Il existait pourtant l'infime possibilité, approchée par les ingénieurs qui jouaient devant une carte de la France avec un long fil rouge, de parvenir, avec beaucoup de chance, au résultat attendu. Il aurait alors été prouvé qu'il existait un algorithme de résolution du problème. Il restait, cependant, à généraliser ce résultat, et à déterminer, pour tous les cas possibles, si P = NP, autrement dit s'il existait, pour tous les problèmes simples, une solution facile, et si le calcul permettrait un jour d'obtenir d'aussi bons résultats que la chance, quel que soit le domaine concerné, qu'il s'agisse de la seule informatique fondamentale ou de sa version appliquée connue sous le nom de physique, de sa version fragmentaire et sauvage connue sous le nom de théorie de l'évolution ou de sa version encore plus incomplète, mais présentant des efforts louables de rationalisation locale, connue sous le nom d'histoire.

Craignant que son village ne demeure le lieu symbolique d'un obscurantisme révolu — la médiatisation de l'éphémère poussée écologique de l'automne avait failli faire d'Argel, petit bourg décoratif déposé par le temps entre les kilomètres 100 et 103 de la LGV, l'emblème de la France profonde opposée au progrès —, Isabelle d'Ardoigne eut l'idée d'organiser un événement qui ferait oublier les inutiles errements des anti-LGV.

Elle soumit l'idée à sa compagne, qui la trouva excellente.

Argel allait devenir le premier village rural de l'Ouest à célébrer un mariage entre deux femmes. Envisagé comme une fête populaire, celui-ci permettrait aussi de célébrer l'achèvement du viaduc de l'Ardoigne, ainsi que l'inscription des Marches de Bretagne au patrimoine mondial de l'humanité — Argel voyait ainsi, avec une centaine d'autres sites à cheval entre la région Bretagne et la région des Pays de la Loire, la portion de l'Ardoigne située sur son territoire en aval du viaduc rejoindre les vallées de la Seine, de la Loire, du Gange, de l'Euphrate et du Nil.

Tout le village serait invité, à leurs frais, à une cérémonie publique, puis on gagnerait, pour une cérémonie plus intime, le vieux château d'Ardoigne.

La publication des bans représenta un événement local. Les plus anciens se souvenaient du mariage avorté du père de Dominique Taulpin avec la tante de sa future compagne. L'histoire de la châtelaine au domaine à jamais défiguré par la LGV mais tombant amoureuse de celle qui en conduisait les travaux fut même reprise par plusieurs médias nationaux.

On se réjouit aussi de ce qu'Argel figure désormais, après les errances de la chouannerie et le long obscurantisme chrétien qui s'était ensuivi, parmi les villages les plus progressistes de France.

La cérémonie civile, célébrée par Yann Piau, fut très sobre et très digne.

Les mariées sortirent sur le perron de la mairie et saluèrent la population d'Argel, rassemblée dans le jardin de la Fraternité, à l'emplacement où se tenait jadis la kermesse.

Elles furent longuement applaudies. Isabelle avait préparé un discours :

« Je vous remercie d'être venus si nombreux à cet événement d'habitude privé, mais que j'ai voulu rendre, que nous avons voulu rendre, public, festif et convivial.

« Il possède en effet, et je l'affirme avec fierté, un caractère historique.

« Je vous remercie tous du fond du cœur. Je remercie mon père, qui a fait preuve d'une incroyable ouverture d'esprit, acceptant d'accueillir Dominique dans sa vieille et noble famille, acceptant auparavant que ses terres accueillent l'événement historique qui m'a permis de rencontrer celle qui allait devenir ma compagne — et qui aurait pu devenir ma rivale si mon père s'était montré moins moderne. Je remercie aussi le père de ma femme, André Taulpin, le fondateur de Taulpin-Rail, sans lequel je n'aurais jamais rencontré non plus celle qui le dirige aujourd'hui avec un si grand talent.

« C'est un jour de progrès pour Argel. Le viaduc vient d'être achevé, et notre territoire deviendra dans quelques mois une des pièces innombrables, mais toutes essentielles, du puzzle de la grande vitesse à la française, qui est une vitesse mise au service de l'homme, et moins l'affirmation d'un individualisme triomphant que l'aventure collective d'un peuple fier de savoir toujours se rassembler, le moment venu, pour donner le meilleur de lui-même.

« Le mariage célébré en ce jour est ainsi celui d'un territoire uni avec une technologie fédératrice, et je suis heureuse du symbole que nous représentons, Dominique et moi, symbole d'une union entre le monde industriel et le vieux monde de la terre, heureuse aussi que nous soyons des femmes à la tête de ce qui aurait encore été, il y a vingt ou trente ans, des domaines réservés aux hommes, des rêves de petits garçons.

« Je ne sais pas si Dominique a joué avec des trains électriques dans son enfance, mais je sais que pour ma part je n'ai jamais rêvé de commander, mais seulement de me mettre au service des autres.

« Ce mariage est le symbole d'un humanisme républicain, alliance de technologie et de compassion, progressiste et généreux, ouvert et exemplaire. C'est parce que la France a su rester un pays moderne et compétitif que des droits nouveaux, vecteurs d'égalité et d'amour, ont vu le jour hier et verront le jour demain. C'est parce que notre pays a su conserver sa dimension humaine qu'il existe un lien fort et inébranlable entre les réalisations de l'esprit et les réalisations du cœur.

« Ce contrat indissoluble entre les désirs de tous et l'avenir du pays, Argel l'exprime à la perfection. J'ai accepté, vous avez tous accepté le passage du TGV car vous savez qu'en échange il vous sera rendu beaucoup. Il n'existe de projet viable que dans le respect mutuel et la redistribution des biens.

« Et nous venons d'être récompensés par l'Unesco lui-même, qui a inscrit notre région au patrimoine mondial de l'humanité, en retenant, parmi cent autres sites, notre belle vallée de l'Ardoigne, celle-là même que des esprits chagrins jugeaient à jamais dénaturée par le passage du train.

« Le pari du futur est gagné au moment où le passé devient à son tour une ressource nouvelle et inépuisable.

« Argel ne pouvait mieux réussir son début de troisième millénaire.

« Je me marie aujourd'hui avec Dominique, mais je veux que, tous, vous ayez le sentiment d'être mariés les uns avec les autres, sous le régime de la communauté des biens. Car c'est cela, être une nation, aujourd'hui.

« Vive l'amour, vive le progrès, vive la France, et vive la République ! »

Isabelle et Dominique s'embrassèrent avant de descendre saluer la foule. On avait dressé un buffet sur les tables pliantes qui servaient aux élections et sorti quelques chaises-coques en plastique beige et à piétement chromé.

Roland Peltier, très diminué, avait conscience d'effectuer l'une de ses dernières apparitions publiques. Le pied de sa chaise s'enfonçait progressivement dans la terre et il n'avait plus la force de contrebalancer le mouvement qui l'entraînait inexorablement en arrière. Sans nouvelles de Sébastien depuis plusieurs jours, il avait l'espoir de le croiser dans l'assistance. Ses parents redoutaient, à mots couverts, une nouvelle radicalisation de leur fils. Peltier, lui, imaginait le pire.

Assis un peu à l'écart, Taulpin, entouré de ses deux fils, parlait à l'oreille de Pierre, avec une noble assurance que le vieux préfet jalousait. Impossible d'entendre ce qu'il disait, mais il vit distinctement le visage inquiet du jeune homme s'éclairer. Plusieurs personnes passèrent, l'empêchant de voir la suite de la scène, mais Peltier crut apercevoir Pierre agenouillé, la tête baissée, aux pieds du vieillard.

Peu après, celui-ci vint lentement le saluer :

« Je vois que votre écuyer n'est pas venu mais nous sommes de trop anciens amis pour que je vous laisse ainsi seul. Regardez, même convalescent, le compagnon du marquis, le jeune archéologue, a tenu à l'accompagner. Vous semblez en comparaison bien abandonné. »

Il passa derrière sa chaise et le redressa.

« Je vous survivrai donc. J'en suis désolé. Oh, il ne me reste sans doute pas plus de trois ou quatre ans à vivre, mais ce seront des années bien remplies, des années d'apothéose. Quelle tristesse que vous soyez privé du meilleur du spectacle ! Quelle regrettable perte, pour moi aussi, mon vieil ennemi ! »

À mesure que l'assemblée se dispersait sans que Sébastien apparaisse, l'inquiétude du vieux préfet augmentait. Le pire devenait de plus en plus certain. Il décida d'aller à sa rencontre à l'unique endroit où il pouvait être retenu : il était peut-être blessé au fond du puits.

Peltier partit très lentement à pied jusqu'au plateau de Vaultorte tandis que les habitants d'Argel formaient un cortège qui prit la direction opposée.

La foule franchit d'abord l'autoroute puis bifurqua pour rejoindre le chantier de la LGV. On avança, sur la terre battue et la roche décapée, en ligne droite pendant un kilomètre, tout en contemplant, à gauche, le joli village d'Argel et en spéculant sur ce qu'on en verrait quand, à plus de 300 km/heure, on traverserait la Mayenne en quelques minutes. Les mariées marchaient devant. Le château d'Ardoigne leur faisait face, au bout d'une allée exceptionnellement plus longue et plus large que toutes les allées du monde : on n'en vit d'abord que les tours, puis la façade entière, entourée du cirque rocheux qui dominait l'Ardoigne. Tout au fond du paysage, comme le canon d'un fusil en embuscade, on pouvait aussi voir la tranchée couverte.

On arriva enfin au viaduc où un employé municipal attendait la foule avec des flambeaux.

La traversée du viaduc donna ainsi lieu à un spectacle superbe.

De l'autre côté, on se sépara — seules les familles

et les amis proches étaient invités au château. Cela faisait une trentaine de personnes.

On put alors croire un instant que les familles Piau, Ardoigne et Taulpin étaient définitivement réconciliées et que leurs anciennes rivalités, vieilles de plus d'un demi-siècle, étaient définitivement enterrées. On se tint dans la cour du château, jusqu'à ce que, la nuit tombant, on décide de rentrer pour le dîner.

Seul Pierre resta à l'extérieur, déterminé à rejoindre le plateau de Vaultorte où il voulait, solennellement, saluer son enfance disparue.

Peltier avait de son côté atteint la ferme abandonnée au moment où la foule s'engageait sur le viaduc. Il était résolu à descendre dans le puits. Une petite lampe-torche était accrochée à son porte-clés.

Ses pieds à peine engagés dans les encoches de la paroi, il glissa et tomba à la verticale sans parvenir à se retenir à la suie noirâtre qui recouvrait l'intérieur du puits.

Il entendit distinctement le bruit que fit le col de son fémur droit en se rompant.

La douleur était insupportable.

Il ne pourrait pas remonter, mais il existait peut-être une autre sortie. Sébastien était peut-être ici même, et encore en vie.

Au fond, cela ne changeait rien et n'avait plus d'importance. Il mourrait certainement ici.

Mais il allait enfin savoir ce qu'il y avait sous la terre. Connaître le secret d'Argel et la nature de sa mission.

Il parvint difficilement à se hisser jusqu'à la petite niche.

Il alluma sa lampe et commença, en s'appuyant à la paroi, à progresser dans le boyau, en hurlant de douleur à chaque pas. À la première intersection, il choisit la galerie de gauche.

Il vit d'abord les parpaings et les sacs de ciment, puis les deux bobines de fil, l'une rouge et l'autre jaune. Il y avait aussi un sac en plastique noir posé sur le sol.

Peltier eut un horrible pressentiment.

Il glissa la main à l'intérieur et tâta la chose en refusant d'y croire.

Il poussa un cri quand ses doigts reconnurent une dentition humaine. Il sortit la tête du sac. La chose, si c'était encore une chose, ressemblait à Sébastien.

Sa lampe commençait à faiblir et sa hanche lui faisait de plus en plus mal.

À quelques dizaines de mètres de là, Clément, rapidement présenté par le marquis, venait de prendre la parole.

« C'est un moment unique dans la vie d'un archéologue. Nous avons attendu des mois pour tout vérifier. Nous avons travaillé dur mais nos hypothèses ont toutes été validées et vous allez être les premiers à les entendre. Les révélations que je vais vous faire ce soir vont changer votre vision de l'histoire. Ces révélations vont changer, à jamais, l'histoire elle-même. »

Au moment où Clément prononçait ces mots, Peltier rapprochait, dans la grotte, les deux extrémités du fil. Il n'eut pas le temps de se demander s'il avait réussi : il fut instantanément pulvérisé par l'explosion.

Le feu, accéléré comme dans le canon d'un fusil, se propagea à toutes les extrémités de la grotte.

Les fenêtres du pavillon de chasse furent soufflées. Le plafond de la chambre basse s'effondra sur un sol qui se révéla être, nettoyé par le feu avant de disparaître à nouveau sous une épaisse couche de débris, un gigantesque bloc d'or pur. La déflagration dévasta ensuite la chambre supérieure avant d'atteindre, projetée à l'extérieur, les tours du château comme un feu de Saint-Elme.

Au même moment, l'onde de choc rejoignait l'allée couverte qui servait de fondations au château. Elle en renversa toutes les pierres, ayant à peine, avant que le château ne s'écroule sur elle, le temps de remonter à travers les étages pour en faire exploser les fenêtres, les vases et les cloisons intérieures, et jusqu'aux cages thoraciques et aux boîtes crâniennes de ses hôtes.

Pierre arriva sur les lieux juste avant les pompiers.

Il n'y avait plus rien, rien qu'une croûte de cendre qui refroidissait déjà comme le dessus d'une coulée de lave. Caroline en était restée prisonnière, avec ses parents, son frère et ses neveux.

Du vieux et menaçant Taulpin comme des autres invités du château d'Ardoigne il ne devait subsister que des cendres. Tous avaient rejoint le paradis pompéien des archéologues.

Le cours de l'Ardoigne était resté étrangement paisible. L'onde de choc avait dû être facilement absorbée par l'élément liquide.

Des sirènes se rapprochaient.

Pierre disparut dans le petit chemin qui longeait l'Ardoigne, passa le pont de l'autoroute en larmes et partit en direction de l'ouest.

L'incendie du château fut assimilé à une forme d'autocombustion architecturale. On supposa qu'une poche de gaz, produite par la décomposition des corps de la famille d'Ardoigne, s'était accumulée pendant des centaines d'années sous la chapelle, avant que les vibrations provoquées par le chantier ne libèrent le gaz dans les vieux souterrains du château ; il avait suffi d'une étincelle pour tout enflammer.

Les piles du viaduc furent minutieusement inspectées, mais la voie n'avait pas souffert de la catastrophe. Le martyre d'Argel — près de trente morts, dont toute l'équipe municipale du village — n'impacta pas le chantier de la LGV Ouest, qui fut livrée dans les délais prévus, malgré la complète disparition du comité exécutif du groupe Taulpin, qui resta longtemps sans héritier identifiable.

Le viaduc reçut son chargement de ballast. Les rails furent déposés et soudés, les caténaires dressées et le câble d'alimentation tendu.

Un train d'inspection franchit alors l'Ardoigne, à la vitesse solennelle et régulière d'un robot. Ses capteurs, paramétrés pour détecter des anomalies inférieures au micron, prenaient le plus lent et le plus exact relevé topographique de la voie nouvelle, et le train automatisé en posséda bientôt une connaissance si fine et si profonde qu'il aurait pu la parcourir seul, sans conducteur ni passagers, pendant l'éternité du temps.

Composition IGS-CP
Impression 🦁 *Grafica Veneta*
à Trebaseleghe, le 11 octobre 2019
Dépôt légal : octobre 2019
1ᵉʳ dépôt légal dans la collection: décembre 2015

ISBN : 978-2-07-046809-6./Imprimé en Italie

363477

DU MÊME AUTEUR

Aux Éditions Gallimard

LA THÉORIE DE L'INFORMATION, *roman*, 2012 (Folio n° 5702).

L'AMÉNAGEMENT DU TERRITOIRE, *roman*, 2014 (Folio n° 6049), prix de Flore 2014, prix Amic de l'Académie française 2015 et prix du Zorba 2014.

LE GRAND PARIS, *roman*, 2017.

Aux Éditions Léo Scheer

HOUELLEBECQ ÉCRIVAIN ROMANTIQUE, 2010.